Jacquie D'Alessandro | El ladrón de novias

byblos

Título original: *The Bride Thief*

Traducción: Ana del Valle

1.ª edición: julio 2004

© 2002 by Jacquie D'Alessandro
© Ediciones B, S.A., 2004
   Bailén, 84 - 08009 Barcelona (España)
   www.edicionesb.com
   www.edicionesb-america.com

Publicado por acuerdo con Dell Publishing, un sello editorial de
The Bantam Dell Publishing Group, una división de Random House, Inc.

Ilustración de cubierta: Alan Ayers
Diseño de colección: Ignacio Ballesteros

ISBN: 84-666-1630-6

Impreso en los talleres de Quebecor World

JACQUIE D'ALESSANDRO | El ladrón de novias

Este libro está dedicado a mi editora Kara Cesare, a la ayudante de edición Liz Scheier y a Nita Taulibb, con mi gratitud por sus estupendas ideas, su ahínco al trabajar y su constante amabilidad, apoyo y entusiasmo.

Y, como siempre, a mi increíble esposo Joe, el Ladrón que me robó el corazón; y también a mi hijo Christopher, del que tan orgullosa me siento, también conocido como Ladrón Junior.

Agradecimientos

Quisiera aprovechar esta oportunidad para dar las gracias a las siguientes personas por su valiosa ayuda y apoyo:

A mis críticos Donna Fejes, Susan Goggins y Carina Rock, por sus sesiones semanales de puesta al día.

A mi agente Damaris Rowland, por su fe y su sensatez.

A los apicultores Angus Stokes, Dave Kushman, Jacob Kahn, Chris Slade, Albert Knight y Brenda McLean por la abundancia de información que me han proporcionado.

A mis padres Kay y Jim Johnson, por una vida entera de amor y apoyo constante.

A mis suegros Lea y Art D'Alessandro, por el impagable regalo que ha sido su hijo y por lo mucho que me han animado.

A mi hermana Kathy Guse, por todos los buenos ratos y lo mucho que me ha animado.

A Marcia Hopkins, por todas las salidas de compras con fines terapéuticos.

A Martha Kirkland, mi mejor fuente de investigación, por ser tan generosa con su tiempo y sus conocimientos.

También quisiera dar las gracias al maravilloso personal de Bantam/Dell, en particular a Theresa Zoro, Marietta Anastassatos y al diseñador de la portada David Gatti.

Vaya un agradecimiento muy especial a Wendy Etherington y Jenni Grizzle, y un abrazo cibernético de Princess Shoes para Don Vito, Filbert, Jilly/Jan, Happy Jack, la Virgen, Slick, Dimwiddie, Kaffeine y Brocodile. Gracias también a Steve, Michelle y Lindsey Grossman, Jeannie y Ken Pierannunzi, los miembros de Georgia Romance Writers, las estupendas chicas de mi equipo de tenis (aunque fuisteis los chicos los que me votasteis como capitán cuando fui al cuarto de baño), y a todos los amigos y vecinos que me han demostrado tan increíble apoyo.

Y por último, gracias a todos los maravillosos lectores que se han tomado la molestia de escribirme o enviarme correos electrónicos. ¡Me encanta tener noticias de vosotros!

1

Kent, 1820

Samantha Briggeham se volvió de la ventana por la que penetraba la fresca brisa nocturna a la salita y miró a su querido y senil padre.

—No puedo creer que me sugieras eso, papá. ¿Por qué crees que debería considerar la posibilidad de casarme con el mayor Wilshire? Apenas le conozco.

—Bueno, es amigo de la familia desde hace años —repuso Charles Briggeham al tiempo que cruzaba la estancia para reunirse con Samantha junto a la ventana.

—Sí, pero la mayor parte de esos años la ha pasado en el ejército —señaló ella, esforzándose por conservar el tono calmo y contener un estremecimiento. No se imaginaba que ninguna mujer albergara pensamientos románticos respecto del austero mayor Wilshire. Cielos, aquel hombre lucía un ceño que le daba la apariencia de acabar de morder un limón. Aquella conversación era probablemente el resultado de las maquinaciones casamenteras bien intencionadas pero inoportunas de su madre.

El padre se acarició la barbilla.

—Ya tienes casi veintiséis años, Sammie. Es hora de que te cases.

Sammie luchó contra el impulso de elevar los ojos

al techo. Su padre era el hombre más cariñoso y dulce del mundo, pero a pesar de tener una esposa y cuatro hijas era más cerril que una puerta en cuanto a entender a las mujeres, sobre todo a ella.

—Papá, ya he superado con mucho la edad casadera. Estoy perfectamente bien tal como estoy.

—Tonterías. Todas las jóvenes desean casarse. Me lo ha dicho tu madre.

Aquellas palabras confirmaron sus sospechas de que su madre estaba detrás de aquel lío.

—No todas, papá. —El estremecimiento que ya no podía reprimir más le bajó por la espalda al pensar en verse sujeta con grilletes a alguno de los hombres que conocía. Todos eran unos pesados y unos mastuerzos, o bien se limitaban a mirarla fijamente con una mezcla de lástima, confusión y, en algunos casos, claro horror cuando osaba hablar con ellos de ecuaciones matemáticas o temas científicos. La mayoría le llamaban Sammie *la Excéntrica*, un *nom de plume* que ella aceptaba filosóficamente, ya que sabía que en efecto era excéntrica, al menos a los ojos de los demás.

—Por supuesto que todas las jóvenes desean casarse —insistió su padre, volviendo a atraer su atención al asunto que tenían entre manos—. Fíjate en tus hermanas.

—Ya me he fijado. Todos los días de mi vida. Las quiero mucho pero ya sabes que no soy en absoluto como ellas. Ellas son bonitas dulces y femeninas, perfectamente dotadas para ser esposas. Durante los últimos diez años no hemos hecho otra cosa que tropezar con su constante aluvión de pretendientes. Pero el hecho de que Lucille, Hermione y Emily estén ya casadas no significa que deba casarme yo.

—¿Es que no deseas tener una familia propia, querida?

Un silencio llenó el aire, y Samantha hizo caso omiso de la punzada de anhelo que le hirió las entrañas. Hacía mucho tiempo que había enterrado aquellas fantasías poco realistas.

—Papá, los dos sabemos que no soy de esas mujeres que atraen a los hombres al matrimonio, ni en aspecto ni en temperamento. Además, soy demasiado vieja...

—Bobadas. Eres más guapa de lo que crees, Sammie. Y no hay nada de malo en que una mujer sea inteligente... siempre que no permita que alguien se entere. —Le dirigió una mirada llena de intención—. Por suerte, el mayor Wilshire no encuentra del todo desalentadores tu avanzada edad ni tu agudo intelecto.

Sammie apretó los labios.

—Una amabilidad increíble por su parte.

Su sarcasmo no hizo mella en su padre, el cual, acariciándose la barbilla, prosiguió:

—Desde luego. De hecho, el mayor prefiere una esposa de edad madura. Por supuesto, ya no podrás ayudar a Hubert en sus experimentos, ni recoger insectos y sapos. Resulta de lo más indecoroso para una mujer casada andar por ahí escarbando en la tierra. Tu hermano tendrá que seguir adelante sin tu ayuda.

Aquella situación ya había pasado de la raya. Sammie se aclaró la garganta y se ajustó las gafas sobre la nariz.

—Papá, me encanta trabajar con Hubert en su laboratorio, y no tengo intención de dejarlo, sobre todo ahora que mis propios experimentos están arrojando grandes progresos. Además, estoy sumamente contenta ante la perspectiva de ser una tía encantadora para mis futuros sobrinos. No siento deseo alguno de convertirme en la esposa del mayor Wilshire, y, francamente, me sorprende que lo sugieras.

—El mayor Wilshire es un hombre magnífico.

—Sí, lo es. Y también lo bastante mayor para ser mi padre.

—Sólo tiene cuarenta y tres...

—... teniendo en cuenta que tuvo hijos cuando era muy joven —añadió ella en tono suave, como si su padre no hubiera hablado—. Pero lo más importante es que yo no lo amo, y que él no me ama a mí.

—Tal vez no, pero ciertamente te profesa cierto afecto.

—Desde luego no el suficiente para casarse conmigo.

—Por el contrario, ha aceptado de buena gana la alianza.

Se produjo un pesado silencio cuando ella asimiló el significado de aquellas palabras.

—¿A qué te refieres? —preguntó cuando por fin pudo encontrar la voz—. Papá, por favor, dime que aún no has hablado de esto con el mayor.

—Cómo, por supuesto que he hablado. Todo está arreglado. El mayor está radiante, así como tu madre y yo. Felicidades, querida mía. Estás comprometida oficialmente.

—¡Comprometida! —La exclamación de Samantha resonó en el aire como un disparo de pistola. Cerró los ojos con fuerza y se obligó a respirar hondo y con calma. En el pasado, su madre había intentado sin éxito buscarle pretendientes, pero al final había abandonado para centrarse en sus tres hijas pequeñas, todas ellas bellezas de primera fila.

Pero desde la boda de Emily tres meses atrás, el ojo de casamentera de su madre se había fijado nuevamente en la única hija que le quedaba soltera, un giro de los acontecimientos que Sammie debería haber previsto. Estaba claro que su madre no había abandonado aquellas ridículas esperanzas. Con todo, ella restó importancia a sus esfuerzos, sabedora de que entre sus conocidos nadie querría casarse con una mujer sosa, con gafas, sin pelos en la lengua y socialmente inepta, un ratón de biblioteca que se quedaría para vestir santos.

Excepto, al parecer, el mayor Wilshire, del cual sólo podía pensar que había perdido el juicio.

Su padre se encajó el monóculo en el ojo izquierdo y la observó.

—Debo decir, Sammie, que no pareces tan feliz como me aseguró tu madre que te sentirías. —Parecía verdaderamente perplejo.

—No tengo el menor deseo de casarme con el mayor Wilshire, papá. —Se aclaró la garganta y agregó con toda claridad—: Y no pienso hacerlo.

—Bah. Naturalmente que te casarás. Todo está arreglado, querida.

—¿Arreglado?

—Por supuesto. Este domingo se publicarán las amonestaciones. La boda se celebrará el mes que viene.

—¡El mes que viene! Papá, esto es una locura. No puedo...

—No te preocupes, Samantha. —Estiró un brazo y palmeó la mano de su hija—. Estoy seguro de que te sentirás feliz una vez que el mayor y tú os conozcáis un poco mejor. —Su voz adoptó un tono de conspiración—. Tiene pensado hacerte una visita esta misma semana para regalarte un anillo de compromiso. Un zafiro, creo.

—Yo no quiero un anillo de compromiso...

—Claro que sí. Todas las jóvenes lo quieren. Bueno, es muy tarde y estoy muy cansado. Todos estos preparativos nupciales resultan agotadores, y deseo retirarme. Tu querida madre se ha pasado horas arengándome, y soy incapaz de continuar conversando. Ya seguiremos hablando de los preparativos mañana.

—No hay preparativos de que hablar, papá. No voy a casarme con él.

—Naturalmente que te casarás. Buenas noches, querida.

—¡No voy a casarme con él! —chilló Samantha al tiempo que su padre se retiraba y cerraba la puerta al salir.

Lanzó una exclamación exasperada y se frotó las sienes, donde se le estaba formando rápidamente un fuerte dolor de cabeza.

¿Qué era lo que había provocado aquella insensatez? ¿Y cómo demonios iba a deshacer semejante embrollo?

El rubor le quemó las mejillas al imaginar lo que debía de haber dicho su madre para convencer al mayor Wilshire de que deseaba casarse con ella. Sabía demasiado bien lo obstinada que podía ser su madre cuando se empeñaba en algo. A menudo, uno abandonaba la compañía de Cordelia Briggeham con la sensación de haber recibido un golpe en la cabeza con una sartén de hierro forjado.

Sí, por desgracia las buenas intenciones de su madre no siempre estaban tamizadas por el buen tacto, pero Sammie no podía por menos de admirar —en ocasiones con horror— el modo en que era capaz de manipular a cualquiera. No le cabía duda de que si a ella le hubieran permitido servir en el ejército, Napoleón habría encontrado su Waterloo varios años antes de lo previsto.

Se paseó por la habitación retorciéndose las manos, sus pasos amortiguados por la gruesa alfombra de Axminster. ¿Qué demonios iba a hacer? La idea de pasar el resto de su vida con el mayor Wilshire, escuchándolo relatar sus maniobras militares con insoportable detalle, le causó algo parecido a un escalofrío de pánico. Y sin duda él exigiría que dejase sus trabajos científicos, algo que desde luego no pensaba hacer.

Seguro que lograría disuadir a su padre. Pero recordó la determinación que percibió en su voz cuando dijo que todo estaba arreglado. Por lo general, conseguía llevar a su padre a su terreno, pero si mamá le había metido una idea en la cabeza no había modo de disuadirlo. Y su boda con el mayor Wilshire la tenía muy metida en la cabeza.

Le ardieron las mejillas de humillación. Dios del cielo, aquello era igual que su puesta de largo, celebrada ocho años antes. Había rezado por no tener que soportar toda aquella pompa: las fiestas en las que sabía que la gente cuchicheaba acerca de ella con disimulo, compadeciéndola por no poseer la belleza ni el donaire de sus hermanas pequeñas; aquellos vestidos con volantes que la hacían sentirse conspicua e incómoda. Sin embargo su madre había insistido, y su padre se doblegó con actitud sumisa. De modo que, con la cabeza bien alta, ella aguantó los cuchicheos y las miradas de compasión que se ocultaban a los agudos ojos y oídos de su madre, y escondió sus sentimientos heridos bajo incontables sonrisas falsas.

Se sujetó el estómago revuelto, recordando cómo su madre había arreglado el matrimonio de Hermione con una brillantez táctica que habría dejado sin habla a Wellington.

Ciertamente Hermie era feliz, pero la pobre casi no conocía a Reginald cuando se casó con él. Con la misma facilidad podía haber sido desgraciada, aunque Sammie no se imaginaba a la dulce Hermie en otro estado que no fuera el de felicidad. Y además Reginald besaba el suelo que pisaban las zapatillas de su bella esposa.

Sammie no concebía que el mayor Wilshire se diera cuenta siquiera si ella llevaba zapatillas hasta que lograra relacionarlas de algún modo con alguna estrategia militar.

Se dejó caer sobre el diván tapizado de cretona y exhaló un suspiro de frustración. Si se negaba a respetar el arreglo llevado a cabo por su padre, su familia sufriría a causa del consiguiente escándalo y las murmuraciones. No podía hacerles eso. Pero tampoco podía casarse con el mayor Wilshire.

Lanzó un suspiro de cansancio, se levantó y cerró la ventana. Después de apagar las velas que había en la repisa de la chimenea, salió de la salita y cerró la puerta tras de sí.

Cielo santo, ¿qué iba a hacer?

En el cantero de flores, Arthur Timstone oyó el chasquido de la ventana al cerrarse y aspiró profundamente por primera vez desde que oyese el sonido de las voces por encima de él. Se incorporó lentamente de su posición en cuclillas, movimiento en el cual sus rodillas protestaron con un crujido, y acto seguido ahogó una exclamación cuando su trasero rozó los rosales.

Mirando ceñudo al ofensivo arbusto, musitó:

—Ya soy demasiado viejo para andar escurriéndome entre las plantas en mitad de la noche. Pero por impropio que parezca, así es.

Desde luego, un hombre que se acercaba a los cincuenta no debería andar rondando por ahí después de medianoche como si fuera un muchacho en celo. Ah, pero es que aquél era el efecto que causaba el amor en un hombre: lo hacía actuar como si fuera un necio de pocas entendederas y ojitos de carnero.

Si alguien le hubiera sugerido que al lanzar una mirada a la nueva cocinera de los Briggeham iba a enamorarse al instante, Arthur lo habría tachado de idiota y luego se habría partido de risa. Pero aquello era precisamente lo que le había ocurrido; y por la misma razón llevaba media hora atrapado bajo la ventana de la salita de los Briggeham sin atreverse a dar un paso, no fuera que lo oyeran la señorita Sammie o su padre, intentando no pensar en su cama confortable, de la que lo separaba una hora a caballo. Si se hubiera ido de la habitación de Sarah sólo unos minutos antes... Ah, pero eso habría sido imposible.

Se recostó contra la rugosa fachada de piedra de la casa y se frotó las articulaciones entumecidas antes de lanzarse a través del prado en sombras en dirección al lugar donde había atado a *Viking*, en la linde del bosque. Pobre señorita Sammie; estaba claro que no deseaba casarse con el mayor Wilshire, y él no se lo reprochaba. Si bien el mayor no era un mal tipo, sus perotatas sobre la guerra y el importante papel que desempeñó en ella podía llegar a aburrir a las piedras. Era un hombre que podría llevar a la señorita Sammie directamente al manicomio. Y la señorita Sammie era la sal de la tierra; siempre tenía para él una palabra amable y una sonrisa, siempre le preguntaba por su madre y su hermano, que vivían en Brighton.

Cruzó el prado con la espalda erguida por la determinación; había que hacer algo para ayudar a la pobre señorita Sammie.

Arthur sólo conocía un hombre que pudiera ayudarla: el individuo misterioso cuyo nombre estaba en boca de todo el mundo desde Londres hasta Cornualles, el hombre al que el magistrado buscaba tan ávidamente por sus osadas proezas.

El célebre y legendario Ladrón de Novias.

Por la ventana de su estudio privado, Eric Landsdowne, conde de Wesley, observaba a Arthur Timstone cruzar el césped de camino a los establos.

En sus oídos volvieron a sonar las palabras del encargado de las cuadras: «La situación es terrible, señor. La pobre señorita Sammie no quiere tener nada que ver con ese estirado del mayor Wilshire, pero su padre insiste. Verse obligada a casarse de esa manera, vaya, eso va a romperle el corazón a la señorita, y no conozco a nadie que tenga un corazón más tierno.»

Eric había permanecido sentado a su escritorio, escuchando a su fiel sirviente; ninguno de los dos reconoció ni siquiera con un pestañeo por qué Arthur le traía aquella noticia, pero ambos sabían exactamente el motivo. El secreto que compartían los unía con más fuerza que un clavo, aunque rara vez hablaban de ello durante el día, cuando los criados estaban despiertos, por miedo a que los oyeran.

Un error así podía costarle a Eric la vida.

Pero el simple hecho de saber que Arthur compartía su secreto, que no se hallaba completamente solo en el peligroso estilo de vida que había escogido, le proporcionaba un gran consuelo. Quería a Arthur como a un padre; y ciertamente el sirviente había pasado más tiempo con él durante sus años de formación que su propio padre.

Ahora, al observar a Arthur atravesando a grandes zancadas el césped perfectamente cuidado, con su cabello entrecano iluminado por el sol matinal, Eric se fijó en su ligera cojera y se le encogió el corazón. Arthur ya no era un hombre joven, y aunque nunca se había quejado, Eric sabía que sus articulaciones envejecidas con frecuencia le producían rigidez y dolor. Le había ofrecido un dormitorio bien amueblado en la casa solariega, pero él lo había rechazado. Tan generosa oferta hizo aflorar lágrimas en los ojos azul claro de Arthur, pero prefirió quedarse en su alojamiento situado encima de los establos, cerca de los caballos que amaba y cuidaba.

Una sonrisa curvó los labios de Eric, pues sabía que Arthur también había rechazado su oferta debido a que no quería arriesgarse a entrar furtivamente en la casa principal en mitad de la noche, después de verse con su amada. Aunque entre ellos no existían secretos, rara vez hablaban de sus respectivas vidas amorosas. Arthur se sentiría mortificado si sospechase que Eric estaba al tanto de sus citas a altas horas de la noche, pero Eric se alegraba por él.

«Quizá no sea una cojera en absoluto, sino más bien una manera de andar con alegría», pensó Eric.

Desvió la mirada hacia el bosque que se veía a lo lejos, y sus pensamientos regresaron al asunto que lo ocupaba.

Compartía con los Briggeham sólo una amistad informal, al igual que con la mayoría de las familias de la zona. Vivía la mayor parte del tiempo en Londres, en estrecho contacto con el abogado que llevaba sus asuntos, y en Wesley Manor pasaba solamente unas semanas en verano. Durante aquellas breves estancias cada año, esquivaba con mano experta las maniobras casamenteras de las madres del pueblo, de las cuales la señora Cordelia Briggeham era una de las más notables. Por supuesto, la señora Briggeham conocía, al igual que las otras madres de Tunbridge Wells, su inveterada aversión al matrimonio, si bien no estaba al corriente de todos sus motivos. Por desgracia, dicha aversión servía sólo como un reto para las intrépidas casamenteras azuzadas por sus hijas.

Tenía que reconocer que las tres hijas pequeñas de los Briggeham eran raras bellezas. Una de ellas, no recordaba cuál, se había casado recientemente con el barón de Whiteshead. De Samantha guardaba sólo un vago recuerdo; frunció el entrecejo tratando de recordar cómo era, pero sólo consiguió evocar una imagen borrosa de cabello castaño y gruesas gafas. Sabía, gracias a la maquinaria del chismorreo, que se la consideraba una excéntrica marisabidilla y que tristemente carecía de atractivo femenino, un hecho que resultaba más notorio debido a la extrema belleza de sus hermanas.

Como contraste, no le costó traer a la mente al mayor Wilshire: un hombre grande, tempestuoso y arrogante que tenía un porte militar rígido como una vara. Eric lo encontraba soportable sólo en pequeñas dosis. Que él supiera, el mayor no sonreía casi nunca, y reír era algo que desconocía totalmente. Lucía unos bigotes poblados y entrecanos, llevaba un inquisitivo monóculo y solía ladrar órdenes con una voz retumbante, como si aún mandara en un campo de batalla.

Con todo, el mayor era inteligente y, según decían, no le faltaba amabilidad. ¿Por qué no querría casarse con él la señorita Briggeham? Ya había rebasado con creces el primer rubor de juventud, y si era tan poco atractiva como había oído comentar, no podría atraer a muchos pretendientes. Arthur le había dicho que ella afirmaba no amar al mayor. Un resoplido se escapó de los labios de Eric, que sacudió la cabeza. Ya le gustaría conocer algún matrimonio que hubiera sido por amor; desde luego no lo fue el de sus padres, y Dios sabía que tampoco el de Margaret...

Se apartó de la ventana y anduvo por la alfombra de Axminster hacia su escritorio de caoba. Cogió la miniatura de su hermana. Se había hecho pintar el retrato justo antes de que él se incorporase al ejército. «Llévatelo contigo, Eric —le había dicho Margaret con una sonrisa alentadora que no ocultaba la profunda preocupación que se leía en sus ojos oscuros—. De esa forma estaré siempre a tu lado, cuidando de que estés a salvo.»

Se le hizo un nudo en la garganta. Aquel rostro encantador lo había acompañado a lugares que prefería olvidar. Margaret había sido el único retazo de belleza en una existencia de fealdad. Sí, ella lo había mantenido a salvo, y sin embargo él no había logrado mantenerla a salvo a ella.

Contempló su imagen en la miniatura, y un vívido recuerdo acudió a su mente: el día en que nació su hermana. El disgusto de su padre con su esposa por haberle dado una hija. La tristeza de su madre agotada. La entrada a hurtadillas aquella noche en la habitación de los niños para contemplar aquel bulto diminuto e inquieto. «No importa que no le gustes a papá —susurró él, con su corazón de un niño de cinco años rebosante de osadía—. Tampoco le gusto yo. Yo cuidaré de ti.» Después rodeó con un dedo el puño minúsculo de la pequeña y así, simplemente así, quedó la cosa.

Una miríada de imágenes pasaron raudas por su mente. Enseñar a Margaret a montar a caballo. Ayudarle a rescatar a un pájaro con un ala rota. Curarle los rasguños que se había hecho al caerse de un árbol, para que su padre no la regañara. Escapar a la quietud del bosque para eludir las constantes tensiones y discusiones que había en casa. Enseñarle a pescar, y luego rara vez atrapar más peces que ella. Representar obras de teatro de Shakespeare. Verla crecer y pasar de ser una mocosa traviesa a convertirse en una hermosa jovencita que lo llenó de un profundo orgullo. «Nosotros éramos lo único que teníamos en esta familia tan infeliz, ¿verdad, Margaret? Hacíamos que fuera soportable el uno para el otro. ¿Qué habría hecho yo sin ti?»

Pero le había fallado.

Sus dedos se cerraron alrededor de la miniatura. Al igual que Samantha Briggeham, Margaret había sido obligada a casarse, un hecho por el que Eric no había perdonado a su padre, ni siquiera cuando yacía en su lecho de muerte. Su padre había vendido a la inocente y bella Margaret como si fuera una posesión cualquiera al anciano vizconde de Darvin, que deseaba un heredero. Durante años habían circulado por la zona los rumores acerca del libertinaje de Darvin, pero poseía los atributos que buscaba el padre de Eric cuando hizo el trato: dinero y varias propiedades disponibles. A pesar de lo sustancial de sus propios bienes, la avaricia de Marcus Landsdowne lo hacía desear más. En ningún momento pensó en los sentimientos de Margaret, y aquel matrimonio la destrozó. En aquella época Eric se encontraba luchando en la península Ibérica y no estaba al corriente de la situación.

Llegó demasiado tarde para rescatar a Margaret.

Pero a su regreso juró que ayudaría a otras como ella y que llamaría la atención sobre su difícil situación. ¿Cuántas pobres jóvenes eran forzadas cada año a contraer un matrimonio no deseado? Se estremeció al calcular el número. Había intentado convencer a Margaret de que abandonase a Darvin, prometiendo ayudarla, pero ella se negó a incumplir sus votos matrimoniales y respetó de mala gana su decisión.

Desde la primera vez que se enfundó su disfraz, cinco años atrás, había ayudado a escapar a más de una docena de muchachas. Y al hacerlo con tanta teatralidad, en vez de valerse de discretos medios financieros, consiguió que aquel problema atrajera la atención de todo el país.

Había alcanzado su objetivo, quizá demasiado bien. Varios meses atrás, un reportero del *Times* lo había apodado el «Ladrón de Novias», y ahora por lo visto toda Inglaterra anhelaba conseguir información acerca de él, en particular el magistrado Straton, que estaba decidido a desenmascarar al Ladrón de Novias y poner fin a lo que él denominaba «los raptos».

Se ofrecía una sustancial recompensa por su captura, lo cual encendía aún más el interés por sus actividades. Recientemente, Arthur le había informado de un rumor que afirmaba que varios padres airados de novias «robadas» se habían unido con el objetivo común de capturar al Ladrón de Novias.

Eric se pasó los dedos por la garganta. El magistrado, por no mencionar a los padres, no quedaría satisfecho hasta que el Ladrón fuera ahorcado por sus delitos.

Pero Eric no tenía intención de morir.

Aun así, la búsqueda del Ladrón de Novias ya había aumentado hasta el punto de que cada vez que Eric se ponía el disfraz arriesgaba la vida. Pero el hecho de saber que iba a liberar a otra pobre mujer del insoportable destino que había robado a Margaret su felicidad hacía que aquel riesgo mereciera la pena. Y contribuía a aliviar su sentimiento de culpa por no haber logrado ayudar a su hermana.

No permitiría que el dolor y la desesperación que dominaban la vida de su hermana destruyeran también a la señorita Samantha Briggeham.

Él la liberaría.

Samantha iba sentada en el carruaje de la familia, contemplando por la ventanilla cómo disminuía la luz. Unas franjas de vivo color naranja y violeta se extendían por el cielo marcando el comienzo del crepúsculo, su momento favorito del día.

Se ajustó las gafas, respiró hondo y trató de calmar su estómago inquieto. Cuando llegase a casa tendría que hablar con sus padres, perspectiva nada halagüeña pues intuía que no iba a gustarles el recado que venía de hacer.

Mientras miraba por la ventanilla observó un diminuto destello de color en la luz menguante. Cielos, ¿podía haber sido una luciérnaga? En tal caso, Hubert se alegraría mucho; llevaba meses intentando criar insectos raros, tanto en el bosque como en su laboratorio, a partir de las larvas que había traído de las colonias. ¿Podrían estar dando fruto sus experimentos?

Indicó a Cyril que detuviera el carruaje y extrajo una pequeña bolsa de su redecilla. Una voz interior le dijo que sólo estaba retrasando la inevitable discusión con sus padres, pero tenía que capturar los insectos para Hubert; la mente de catorce años del chico se sentía fascinada por la suave luz intermitente que emitían.

Se apeó del carruaje y aspiró el fresco aire de la tarde. El intenso aroma a tierra mojada y hojas muertas le hormigueó las fosas nasales y la hizo estornudar, con lo cual las gafas le resbalaron hasta la punta de su nariz respingona. Volvió a ajustárselas con su gesto habitual y examinó la zona en busca de luciérnagas mientras Cyril se recostaba en el pescante para esperarla. Estaba acostumbrado a aquellas paradas inesperadas en el bosque.

Sammie echó a andar por el sendero hacia el punto donde había visto el resplandor. Se alegró al imaginar el rostro delgado y serio de Hubert, todo sonrisas, si ella regresaba con un tesoro como aquél. Quería al adolescente con todo su corazón: su mente aguda y brillante, su cuerpo alto y larguirucho y sus pies grandes y torpones, a los que aún no se había acostumbrado.

Sí, Hubert y ella estaban hechos de la misma cuña; usaban gafas similares y poseían los mismos ojos azules y el mismo cabello castaño, tupido y rebelde. A los dos les gustaba nadar, pescar y explorar el bosque en busca de especímenes de flora y fauna, actividades que más de una vez habían puesto furibunda a su madre. De hecho, Samantha y Hubert tenían un nombre secreto para mamá: «Grillo», porque emitía una serie de agudos gorjeos justo antes de «desmayarse» —siempre de manera artística— sobre uno de los muchos divanes estratégicamente distribuidos por el hogar de los Briggeham.

«Seguro que mamá va a cantar como un grillo cuando sepa dónde he estado. Y lo que he hecho.»

Unos minúsculos destellos de luz amarilla atrajeron su mirada, y el corazón le dio un vuelco de emoción. ¡Eran de verdad luciérnagas! Había varias cerca del suelo, junto a la base de un roble a poca distancia de allí.

—No eche a correr por ahí, señorita —le advirtió Cyril cuando ella se dirigió hacia el roble—. Está oscureciendo y mi vista ya no es la de antes.

—No te preocupes, Cyril. Aún hay luz de sobra, y no pienso alejarme más. —Se arrodilló, atrapó con delicadeza el raro insecto en su mano y lo guardó en la bolsa.

Acababa de introducir otro más cuando le llamó la atención un sonido procedente de la densa floresta. ¿El débil relincho de un caballo? Alzó la cabeza y escuchó, pero sólo oyó el murmullo de las hojas en la brisa.

—¿Has oído algo, Cyril?

Cyril negó con la cabeza.

—No, pero es que mis oídos ya no son los de antes.

Con un encogimiento de hombros, Sammie volvió a concentrarse en su tarea. Sin duda se había equivocado. Después de todo, ¿quién iba a andar cabalgando en las tierras de su familia, y ahora que se estaba haciendo rápidamente de noche?

A lomos de *Campeón*, la observó en silencio por entre los árboles. La luna derramaba pálidos haces de luz, y se le encogió el corazón al fijarse en la postura de la muchacha.

Maldición, la joven en apuros estaba rezando. De rodillas y doblada por la cintura, tanto que la nariz casi rozaba el suelo. La rabia y la frustración le hicieron hervir la sangre. Maldita sea, él iba a salvarla de aquella aflicción.

Campeón se removió y relinchó suavemente. Él puso una mano sobre el brillante pescuezo del animal para tranquilizarlo y observó a la señorita Briggeham. Al parecer ella había oído el ruido, porque levantó la vista. Un débil haz de luz arrancó destellos a sus gafas cuando miró en derredor. A continuación, con lo que parecía un encogimiento de hombros, bajó la cabeza y reanudó sus oraciones.

La había seguido a través del bosque y había aguardado mientras ella se encontraba en la casa del mayor Wilshire, preguntándose por qué lo habría visitado. Se veía a las claras que el rato que habían pasado juntos no había terminado bien, pues ahora estaba arrodillada en el suelo rezando en medio del bosque, mientras iba oscureciendo. La compasión le oprimió el corazón.

Echó una mirada al cochero y se percató de que estaba dormitando en el pescante. Perfecto. Había llegado el momento.

Con serena concentración, se enfundó su ajustada máscara negra de modo que le cubriese toda la cabeza salvo los ojos y la boca, y tiró de la tela para situar dos pequeñas aberturas sobre sus fosas nasales. Su larga capa negra caía sobre la silla a su espalda, y sus manos estaban ocultas por unos entallados guantes de cuero negro. Su camisa, pantalón y botas de color negro lo volvían casi invisible en la creciente oscuridad.

Entonces clavó la mirada en la angustiada muchacha que permanecía de rodillas junto al roble.

«No tema, señorita Samantha Briggeham. La libertad la espera.»

2

Sucedió con la velocidad de un rayo.

De rodillas para tomar delicadamente una luciérnaga en la mano, Sammie alzó la cabeza al percibir un rumor en los arbustos cercanos. A continuación surgió de entre los árboles un caballo negro que saltó por encima de un pequeño matorral. El corazón estuvo a punto de parársele por la sorpresa, y acto seguido la embargó el miedo al darse cuenta de que el caballo se dirigía directamente hacia ella.

Se puso en pie de un brinco y retrocedió a toda prisa. Acertó a distinguir la silueta de un jinete que evidentemente no la veía a ella, pues había virado en su dirección. Abrió la boca para advertirlo con un grito, pero antes de que pudiera emitir siquiera un gemido, un fuerte brazo la izó del suelo.

El aire abandonó sus pulmones con un sonoro suspiro y sintió un latigazo en el trasero al verse depositada sobre la silla de montar de un golpe que le hizo temblar todos los huesos. Las gafas salieron volando y la bolsa de insectos se le escurrió entre los dedos. Pasó por su lado lo que parecía un ramo de flores. Entonces oyó el grito angustiado de Cyril:

—¡Señorita Sammie!

Un fuerte brazo la sujetaba como una barra de hierro, presionándola de lado contra un cuerpo grande y musculoso, mientras el caballo se internaba al galope en el bosque.

—No se preocupe —le susurró al oído una voz profunda y aterciopelada, teñida de un leve acento escocés—. Está perfectamente a salvo.

Sin habla a causa de la impresión, Sammie intentó mover los brazos, pero su captor la tenía atrapada por los costados con los suyos. Al girar la cabeza se encontró con una máscara negra. El pánico le recorrió la espalda y le atenazó la garganta. ¿Qué clase de loco era aquél? ¿Un salteador de caminos? Pero en ese caso, ¿por qué se la había llevado en vez de simplemente exigirle el dinero?

Entonces comprendió de pronto. Santo cielo, ¿estaba siendo secuestrada? Sacudió la cabeza para despejarla. La lógica le decía que era una idea absurda, pero el hecho era que estaba cabalgando en medio de la noche, cautiva de un hombre enmascarado, lo cual indicaba que se trataba de un secuestro. ¿Por qué motivo querrían secuestrarla precisamente a ella? Si bien su familia disfrutaba de holgura económica, no era lo bastante rica para pagar un rescate exorbitante. ¿Habría cometido un error el raptor equivocándose de mujer? No lo sabía, pero tenía que escapar.

Aspiró tan profundamente como pudo y abrió la boca para chillar. El sonido apenas había salido de su garganta cuando el brazo que la ceñía por la cintura apretó con más fuerza y ahogó el grito hasta convertirlo en un mero jadeo.

—No grite —le susurró él al oído—. No voy a hacerle daño.

Nada convencida, Sammie abrió la boca de nuevo, pero se detuvo al sentir los labios de él contra su oído.

—No quiero meterle un pañuelo en la boca, pero si es necesario lo haré.

Sammie se tragó el grito que le temblaba en los labios. Aunque no era propensa al pánico, no pudo evitar el estremecimiento de alarma que la recorría de arriba abajo.

—Le exijo que detenga este caballo y me suelte. Inmediatamente.

—Pronto, muchacha.

—Ha cometido usted un error. Mi familia no puede pagar un rescate.

—No es un rescate lo que busco. —Se inclinó más hacia ella y su aliento le provocó un escalofrío—. No tema, señorita Briggeham, ya está salvada...

La invadió un pánico helado. El secuestrador sabía cómo se llamaba. Así pues, no era un error de identidad. ¿Pero quién era él? «Está salvada.» ¿Salvada? ¿De qué demonios estaba hablando? Por Dios bendito, debía de estar loco de verdad.

—¿Cómo es que usted...?

—Guarde silencio, se lo ruego —susurró él—. Ya hablaremos cuando lleguemos a la casa.

¿Una casa? La inundó una nueva oleada de miedo, pero se obligó a concentrarse. Respiró tan hondo como se lo permitió el brazo que la sujetaba y rápidamente comenzó a sopesar sus opciones de manera lógica. Era obvio que no podía razonar con aquel hombre, persuadirlo de que la soltase. ¿Tendría intención de hacerle daño? La cólera barrió parte de su miedo, y apretó con fuerza los labios; si aquel hombre tenía pensado herirla o forzarla, lo esperaba una buena pelea.

Escapar. Eso era lo que debía hacer, ¿pero cómo? El caballo corría a galope tendido. Trató de revolverse un poco, pero el musculoso brazo no hizo sino ceñirla con más fuerza, le oprimió las costillas y expulsó el aire de sus pulmones comprimidos. Aunque lograra arrojarse de la silla —lo cual, a juzgar por la fuerza de él, parecía imposible—, sin duda la caída la mataría, la heriría de gravedad. Y entonces quedaría a merced de su secuestrador.

Apartó aquel turbador pensamiento.

¿Quién diablos era aquel hombre? Observó su rostro enmascarado con los ojos entornados. Tenía toda la cabeza cubierta por una máscara negra. Había una rendija para la boca, dos orificios pequeños para la nariz y unos cortes estrechos y oblongos para los ojos. Entrecerró los ojos para determinar de qué color eran, pero no pudo.

La aprensión le puso la carne de gallina al notar la fortaleza de aquel cuerpo. Incluso a través de las varias capas de ropa, no había forma de confundir la dureza de sus músculos. Su pecho, que presionaba contra el costado de ella, poseía toda la flexibilidad de una pared de ladrillo, y los muslos que la acunaban eran como piedras. El secuestrador la sostenía como si fuera una muñeca en su regazo. No había manera de superarlo físicamente.

A menos que encontrara un arma para golpearlo en la cabeza. Sintió una perversa satisfacción ante la idea de dejar inconsciente a aquel bandido.

Por desgracia, iba a tener que esperar hasta que llegasen al destino que él tenía en mente. Entonces huiría de él, ya fuera propinándole un porrazo o superándolo en inteligencia.

Mientras tanto, se obligó a centrarse en lo inmediato. Se estaban adentrando profundamente en los bosques, pero sin sus gafas, toda referencia que pudiera haber reconocido era un mero borrón. Entre los árboles se filtraban brillantes rayos de luz de luna, pero aun así el camino quedaba sumido en la oscuridad. Sammie se maravilló de que su secuestrador pudiera ver siquiera, entre la oscuridad y la máscara que llevaba puesta.

Avanzaron durante casi una hora, pero por más que lo intentó no consiguió distinguir dónde se encontraban. El brazo que la sujetaba no cedió en ningún momento, y ella se obligó a no pensar en la fuerza del cuerpo masculino que la ceñía. Sentía las posaderas doloridas y le picaban los brazos a causa de la falta de circulación que le provocaba el fuerte abrazo.

Por fin el caballo aminoró la marcha y comenzó a avanzar al trote. Era obvio que se aproximaban a la casa que él había mencionado, pero, sin las gafas, Sammie no la distinguió en la oscuridad. No tenía la menor idea de dónde estaban, y se preguntó si él no habría cabalgado a propósito en círculos para despistarla. Con todo, para cuando detuvo al caballo, ella ya tenía planeada su estrategia. Era simple, clara y lógica: apearse del caballo, buscar un objeto con que atizarle, atizarle sin miramientos, volver a subir al caballo y buscar el camino de vuelta a casa.

El secuestrador tiró de las riendas y el animal resopló. Entornando los ojos, Sammie distinguió el contorno de una casa de campo. Su captor desmontó y la depositó en tierra. Ella sintió frustración al comprobar que sus rodillas, hechas gelatina, amenazaban con doblarse; si él no la hubiera sostenido por los brazos, se habría derrumbado. ¿Cómo iba a atacar a aquel libertino si ni siquiera era capaz de mantenerse en pie? Hizo rechinar los dientes y afianzó las rodillas, al tiempo que rezaba por recuperar rápidamente la sensibilidad en sus miembros entumecidos.

—Diablos, ¿le he hecho daño? —Aquel ronco susurro contenía una nota de preocupación que sorprendió a Sammie. Antes de que pudiera responder, él la tomó en brazos y la llevó hacia la casa—. No debería haberla apretado con tanta fuerza, pero es que no podía dejar que se cayera. Vamos dentro y le echaré un vistazo.

Sammie juró en silencio que si él intentaba echarle un vistazo le arrancaría los ojos. Tenía ganas de aporrearlo con los puños, pero, para su disgusto, sus brazos mostraban tanta fuerza como un puré de gachas. No obstante, un hormigueo le ascendía por los miembros y le recorría la piel, indicación segura de que pronto se recuperaría.

Tal vez fuera mejor que él la creyera débil e indefensa; eso seguramente le haría bajar la guardia. Y entonces ella podría buscar en la casa algo que le sirviese de arma —un cuchillo afilado, un atizador para el fuego— y escapar.

Él abrió la puerta y entró, tras lo cual la cerró con el pie. En la chimenea ardía un fuego mortecino que bañaba la pequeña habitación con un pálido resplandor dorado. Sammie parpadeó, miró alrededor, y el alma se le cayó a los pies.

La estancia estaba vacía. Ni muebles, ni alfombras, ni nada que se pareciera a una arma.

Las botas del secuestrador resonaron en el suelo de madera cuando se acercó al fuego. Sammie recorrió con la mirada la repisa de la chimenea con la esperanza de ver un candelabro, pero, al igual que el resto de la habitación, la repisa estaba desnuda. Sin embargo, sus esperanzas renacieron cuando su visión borrosa reparó en lo que parecía un conjunto de herramientas de bronce para la chimenea, apoyadas contra la pared de enfrente. Se encontraban demasiado lejos, pero ya buscaría la manera de hacerse con una; lo único que necesitaba era tiempo.

Su captor se arrodilló y la depositó en el suelo, junto a la chimenea, con una suavidad que la sorprendió. En el instante en que la soltó, ella retrocedió hasta dar con la espalda en la pared.

—No se acerque a mí —le ordenó, orgullosa de que no le temblara la voz—. No me toque.

Él se quedó inmóvil. Sammie lo miró fijamente, deseando tener las gafas para poder verlo con claridad. Aunque apenas distinguía sus ojos entre las rendijas de la máscara, percibía el peso de su mirada firme.

—No tiene nada que temer, señorita Briggeham. Sólo deseo ayudarla...

—¿Ayudarme? ¿Secuestrándome? ¿Reteniéndome contra mi voluntad?

—No es contra su voluntad. —Inclinó la cabeza y dijo con voz ronca—: Alégrese, tiene ante usted al Ladrón de Novias, que ha venido a rescatarla.

Eric la observó a través de las aberturas de la máscara y esperó a que el alivio y la alegría sustituyeran la aprensión que le ensombrecía los ojos.

Pero la señorita Briggeham lo contemplaba con una mirada vacía.

—¿El Ladrón de Novias? ¿A rescatarme?

Pobre mujer. Era evidente que estaba aturdida por la gratitud.

—Pues sí. Estoy aquí para ayudarla a empezar una nueva vida... una vida de libertad. Sé que no desea casarse con el mayor Wilshire.

Ella abrió unos ojos como platos.

—¿Qué sabe usted del mayor Wilshire?

—Sé que es su prometido y que quieren obligarla a casarse con él.

Su expresión cambió de inmediato, y un inequívoco gesto de fastidio cruzó su semblante.

—Ya estoy harta de que la gente me diga que estoy comprometida. —Irguió la espalda y lo señaló con el dedo puntualizando cada palabra—: El mayor Wilshire no es mi prometido, y no voy a casarme con él.

Eric se quedó perplejo y con una súbita sensación de malestar. ¿Que no era su prometida? Maldición, ¿había raptado a otra mujer? ¿Por eso no daba saltos de alegría porque él la hubiese rescatado?

La recorrió con la mirada fijándose en su aspecto desaliñado. El sombrero le colgaba del cuello, por las cintas. Su despeinado cabello oscuro le rodeaba el rostro, y varios mechones sueltos le sobresalían tiesos hacia arriba de un modo que le recordó los cuernos de un diablo... una desafortunada comparación, dadas las circunstancias. Sus ojos parecían enormes en aquella cara, una cara pálida y sosa que mostraba una expresión de claro disgusto. Desde luego no era una expresión que soliese ver en las caras de las mujeres que rescataba.

—¿No es usted Samantha Briggeham? —le preguntó.

Ella lo miró ceñuda y apretó los labios.

Maldita mujer obstinada. Se inclinó más hacia ella e hizo caso omiso de la punzada de culpabilidad que sintió cuando vio brillar en sus ojos un destello de pánico.

—Conteste a la pregunta. ¿Es usted Samantha Briggeham?

Ella asintió con gesto rígido.

—Sí lo soy.

Lo abrumó un sentimiento de confusión. Había acertado con la mujer. Diablos, ¿sería incorrecta la información de Arthur? Si lo era, había cometido un error terrible. Se obligó a conservar la calma y estudió a la joven.

—Tengo entendido que su familia ha arreglado todo para casarla con el mayor.

Sammie lo observó con mirada cauta.

—Así es, pero como yo jamás en mi vida he visto un plan menos apetecible, por no decir idiota, he desarreglado lo que arregló mi bien intencionado pero mal aconsejado padre.

El malestar de Eric se triplicó.

—¿Cómo dice?

—Esta tarde he ido a ver al mayor Wilshire y le he explicado que, aunque lo tengo en alta estima, no siento el menor deseo de casarme con él.

—¿Y él se ha mostrado de acuerdo?

Sammie desvió la mirada y un rubor carmesí le tiñó las mejillas.

—Pues... sí, al final.

Él apretó los puños al ver el embarazo de ella. Maldición, ¿habría intentado el mayor tomarse libertades con ella?

—¿Al final?

Ella lo observó entrecerrando los ojos y luego se encogió de hombros.

—No es que le concierna a usted, pero incluso después de explicarle con toda la cortesía del mundo que no deseaba casarme con él, me temo que el mayor se mostró todavía un tanto... insistente.

Por Dios, aquel réprobo en efecto la había tocado. Sintiéndose confundido, Eric alzó las manos para mirar el pelo, pero se topó con la máscara que le cubría la cabeza.

Sammie se aclaró la garganta.

—Sin embargo, por suerte para mí, en cuanto el mayor finalizó su largo discurso de «por supuesto que se casará usted conmigo, ya se han llevado a cabo todos los preparativos», fue cuando apareció *Isidro*. Y salvó bastante bien la situación.

Eric dejó escapar el aliento que no sabía que estaba conteniendo.

—¿Isidro? ¿Es su cochero?

—No. Mi cochero es Cyril. *Isidro* es mi sapo.

Eric supo que si no fuera por la ajustada máscara, se le habría descolgado la mandíbula.

—¿Su sapo? ¿Y dice que salvó la situación?

—Sí. A *Isidro* le gusta acurrucarse en mi redecilla y acompañarme cuando salgo en el carruaje. Casi me había olvidado de él hasta que dio un salto y fue a aterrizar justo en una de las relucientes botas del mayor. Cielos, nunca he visto semejante revuelo. Cualquiera hubiera pensado que lo habían despojado de su rango, a juzgar por su reacción. Es asombroso que un hombre que afirma haber realizado tantas heroicidades militares pueda tener tanto miedo y aversión a un sapo. —Meneó la cabeza—. Naturalmente, al ver que ponía tantos reparos a *Isidro*, pensé que lo mejor era advertirlo sobre *Cuthbert* y *Warfinkle*.

Divertido, Eric inquirió:

—¿Más sapos?

—No. Un ratón y una culebra de jardín. Los dos son totalmente inofensivos, pero el mayor Wilshire se puso bastante pálido, sobre todo cuando le insinué que ambos se alojaban en mi dormitorio.

Medio divertido y medio horrorizado, Eric preguntó:

—¿De veras?

—Ella le dirigió una mirada miope de inconfundible picardía contenida.

—No, pero sólo lo insinué. No se me puede considerar responsable de las suposiciones incorrectas que pueda hacer el mayor, ¿no cree usted?

—Cierto. ¿Y qué ocurrió después?

—Bueno, mientras perseguía a *Isidro* por toda la habitación, de una forma que el mayor describió más tarde como «deplorable y nada femenina», me pareció que sería justo compartir con él algunas de mis otras aficiones.

—¿Como cuáles?

—Cantar. Alcé la voz para entonar lo que para mí era una versión particularmente bien interpretada de *Barbara*

Allen, pero me temo que el mayor opinó que mi voz era menos que aceptable; creo que la palabra que musitó por lo bajo fue «espantosa». Pareció bastante alarmado cuando le informé de que todos los días canto varias horas. Y se alarmó todavía más cuando le hablé de mis planes para convertir su salita en un laboratorio. En realidad, armó mucho alboroto, incluso cuando le aseguré que las pocas ocasiones en que mis experimentos habían terminado provocando un incendio, las llamas se habían apagado enseguida sin causar apenas daños.

Diablos, aquella joven constituía una amenaza. Pero no se podía negar que era inteligente.

—¿Puedo preguntar qué siguió a continuación?

—Pues que a *Isidro*, que estaba resultando imposible de capturar, le pareció oportuno saltar al regazo del mayor. Cielo santo, jamás habría imaginado que ese hombre tenía tal... agilidad. Cuando por fin atrapé a *Isidro* y lo devolví a la redecilla, y luego convencí al mayor de que se bajase del pianoforte, él se mostró bastante dispuesto a conceder que no formaríamos buena pareja. —Su expresión se tornó fiera—. Y cuando volvía a mi casa, decidida a contar a mis padres la disolución de mi compromiso, usted me secuestró de esta manera tan maleducada. Tal vez ahora quiera tomarse la molestia de explicarse usted.

Momentáneamente privado del habla, la mente de Eric funcionó a toda velocidad para deshacer el atroz enredo en que se había metido. Se incorporó y miró fijamente a Sammie, en cuyos ojos destelló un inconfundible recelo al tiempo que retrocedía aún más, un gesto que molestó todavía más a Eric.

—Deje de mirarme como si fuera un asesino a punto de descuartizarla —exclamó con un ronco gruñido—. Ya le he dicho que no voy a hacerle daño. Sólo intenta-

41

ba ayudarle. Soy el hombre al que llaman el Ladrón de Novias.

—Ya lo ha dicho, y además en un tono que sugiere que yo debería conocerlo, pero me temo que no es así.

Eric se la quedó mirando, estupefacto. ¿Había oído mal?

—¿Acaso nunca ha oído hablar del Ladrón de Novias?

—Me temo que no, pero por lo visto debe de ser usted. —Lo recorrió con los ojos de arriba abajo, dos veces, y de hecho a él le ardió la piel bajo aquella mirada cáustica—. No puedo decir que esté encantada de conocerlo.

—Por todos los santos, muchacha. ¿Es que nunca lee los periódicos?

—Por supuesto que sí. Leo todos los artículos concernientes a la naturaleza y a temas científicos.

—¿Y las páginas de sociedad?

—No pierdo el tiempo con semejantes memeces. —Su expresión de desprecio sugería que lo consideraba muy poca cosa si su nombre aparecía sólo en las columnas de sociedad.

Eric enmudeció de pura incredulidad. Abrió la boca para hablar, pero no le salieron las palabras. ¿Cómo era posible que esa chica no supiera nada del Ladrón de Novias? ¿Es que vivía en una mazmorra? No pasaba un solo día sin que se hablara del Ladrón de Novias en los clubes de Londres, en Almack's, en las posadas rurales y en todas las publicaciones del reino.

Y sin embargo la señorita Samantha Briggeham jamás había oído hablar de él.

En fin, maldita sea.

Si no estuviera tan confuso por aquel hecho, se habría reído de lo absurdo de la situación... y de su propia vanidad. Resultaba obvio que no era tan famoso como creía.

Con todo, su diversión se desvaneció rápidamente cuando comprendió la gravedad de su error. La señorita Briggeham no estaba siendo obligada a contraer matrimonio. Había raptado a una mujer que no necesitaba su ayuda. Y ahora el Ladrón de Novias tendría que hacer algo inaudito: devolver a una mujer a la que había rescatado.

Una mujer que lanzaba miradas hacia el atizador de hierro con un brillo en los ojos que indicaba que le gustaría verlo enroscado alrededor del cuello de él. Cerró los ojos con fuerza y maldijo en silencio su mala suerte.

Al diablo con todo; ser el hombre más célebre de toda Inglaterra era a veces un verdadero incordio.

3

—¿Qué quiere decir con que no va a casarse con mi hija?

Cordelia Briggeham, de pie en su salita, contemplaba al mayor Wilshire con su actitud más imperiosa, en cierto modo resistiéndose al impulso de azotar con su abanico de encaje a aquel militar arrogante.

El mayor permanecía rígido como una estaca junto a la chimenea y con su larga nariz apuntada hacia Cordelia.

—Como he dicho, la señorita Briggeham y yo hemos acordado esta misma tarde que la boda proyectada no resulta aconsejable. Tenía la certeza de que a estas alturas su hija ya la habría informado a usted.

—Mi hija no me ha informado de nada parecido.

El rostro rubicundo del mayor perdió todo el color.

—Por el cielo, ¡esa muchacha no afirmará que aún estamos comprometidos!

A Cordelia le pareció detectar un estremecimiento que sacudió la corpulenta constitución del mayor. Acto seguido, éste bajó la vista hacia sus botas y arrugó la nariz. Qué extraño comportamiento. A lo mejor es que era lerdo.

—Mi hija no ha hecho ningún tipo de afirmación, mayor. No la he visto ni he hablado con ella desde el almuerzo. —Se volvió hacia su esposo, que estaba sentado en su sillón favorito, situado en el rincón—. Charles, ¿has hablado tú con Samantha esta tarde?

Tras ver que su pregunta era respondida con un silencio, Cordelia apretó los labios y, por segunda vez en el lapso de unos minutos, pensó en la posibilidad de aporrear a un hombre. Hombres, iban a terminar matándola.

—¡Charles!

Charles Briggeham alzó la cabeza de repente como si ella lo hubiera pinchado con un palo. Sus ojos nublados indicaron a las claras que estaba echando una cabezadita.

—¿Sí, querida?

—¿Ha hablado Samantha contigo esta tarde acerca de su compromiso?

—Ya no existe compromiso alguno...

La voz del mayor se desvaneció poco a poco cuando Cordelia le clavó una mirada glacial.

—No he visto a Sammie desde el almuerzo —dijo Charles. Se volvió hacia el mayor—: Un asado excelente, mayor. Debería haber...

—¿Qué tienes que decir de la insolente afirmación del mayor, Charles? —lo apremió Cordelia.

Su marido parpadeó velozmente.

—¿Qué afirmación?

—¡La de que Samantha y él ya no están comprometidos!

—Tonterías. No he oído nada de eso. —Y se volvió hacia el mayor con ceño—. ¿Qué sucede? Ya están en marcha todos los preparativos.

—Sí, bueno, eso era antes de que la señorita Briggeham me hiciera una visita esta tarde.

—Ella no ha hecho semejante cosa —afirmó Cordelia, rezando por estar en lo cierto. Señor, ¿qué embrollo habría creado Sammie esta vez?

—Por supuesto que sí. Me dijo que no creía que fuéramos a hacer buena pareja. Después de... eh... hablarlo un poco, coincidí con ella en su valoración de la situación y tomé las medidas apropiadas. —El mayor se aclaró la garganta—. Para decirlo sin rodeos, la boda ha sido anulada.

Cordelia miró el sofá y llegó a la conclusión de que se encontraba demasiado lejos para que ella se desmayara como las circunstancias exigían. Maldición.

¿Que no habría boda? Vaya, aquello suponía un problema espinoso. No sólo podía producirse un escándalo dependiendo de lo que hubiera hecho Sammie para disuadir al mayor, sino que ya le parecía estar oyendo a la odiosa Lydia Nordfield cuando se enterase de aquella debacle: «Pero, Cordelia —diría Lydia agitando las pestañas como una vaca en medio de una granizada—, es una verdadera tragedia que Sammie ya no esté comprometida. El vizconde de Carsdale ha mostrado interés por mi Daphne, sabes. Y Daphne es realmente encantadora. ¡Por lo visto, voy a casar a todas mis hijas antes que tú!».

Cordelia cerró los ojos con fuerza para borrar aquella horrible situación hipotética. Sammie valía diez veces más que la insípida de Daphne, y casi le hirvió la sangre ante tamaña injusticia. Daphne, cuyo único talento consistía en agitar un abanico y reír tontamente, iba a cazar a un vizconde simplemente porque poseía un rostro atractivo. Mientras tanto, Sammie se quedaría para vestir santos, lo cual la obligaría a ella a pasarse los próximos veinte años escuchando la cháchara presuntuosa de Lydia. ¡Oh, aquello resultaba simplemente insoportable!

Lo había arreglado todo para que Sammie se casara con un caballero de lo más respetable, ¿y ahora el mayor Wilshire pretendía desbaratar todos sus planes? «Hum. Eso ya lo veremos.»

Con la mandíbula apretada, Cordelia se fue acercando al sofá por si acaso necesitaba hacer uso de él, y luego volvió su atención hacia el mayor.

—¿Cómo es posible que un hombre que se considera honorable deshonre a mi hija de esta manera?

Charles se levantó y se estiró el chaleco.

—Ciertamente, mayor. Esto es de lo más irregular. Exijo una explicación.

—Ya se lo he explicado, Briggeham. No habrá boda. —Clavó una mirada de acero en Cordelia—. Usted, señora, me llevó a confusión al describirme a su hija.

—Yo no hice nada de eso —replicó Cordelia con su gesto más elegante—. Le informé de lo inteligente que es Samantha, y usted sabía muy bien que no acababa de salir de la escuela.

—Descuidó mencionar su afición por los sapos viscosos y otras alimañas, su predilección por arrastrarse por el suelo, su aterradora falta de talento musical y su costumbre de montar laboratorios y provocar incendios.

Cordelia salió disparada hacia el sofá. Tras emitir dos suspiros jadeantes parecidos a un gorjeo, se desplomó con un grácil movimiento.

—¡Qué cosas tan terribles dice! ¡Charles, mis sales!

Mientras aguardaba las sales, la mente de Cordelia funcionaba a pleno rendimiento. Cielo santo, el mayor debía de haber conocido a *Isidro*, *Cuthbert* y *Warfinkle*. ¡Qué maldita suerte! «Oh, Sammie, ¿por qué no podías haber llevado contigo simplemente un libro?» ¿Y qué era aquello de arrastrarse por el suelo? Por supuesto, sabía que la falta de talento musical y el bendito laboratorio podían resultar un problema, pero ¿a qué se refería con lo de provocar incendios? Por Dios, ¿qué historias truculentas le habría contado Sammie a aquel hombre?

Exhaló un suspiro y se preguntó por qué tardaba tanto Charles en traerle las sales. Había mucho que hacer para remediar aquella catástrofe, y no podía quedarse toda la noche tendida en el sofá.

—Aquí tienes, querida. —Charles agitó el frasco de sales debajo de la nariz de su esposa con un entusiasmo tal que le hizo llorar.

Cordelia se incorporó y le apartó la mano.

—Ya es suficiente, Charles. Se trata de revivirme, no de llevarme a la tumba. —Compuso una mueca lo más severa posible y miró ceñuda al mayor—. Vamos a ver, mayor. Usted no puede...

En ese momento se abrió de golpe la puerta del estudio e irrumpió en la habitación Cyril, con expresión desencajada.

—¡Señora Briggeham! ¡Señor Briggeham! Ha ocurrido algo espantoso.

—Por Dios santo, ya lo creo que sí —repuso Charles fijándose en el aspecto desaliñado del cochero—. Lleva la corbata completamente deshecha y tiene manchas de hierba en los pantalones. Y qué es eso que tiene en el pelo, ¿ramitas? En fin, está usted hecho una pena. ¿Qué le ha sucedido para dejarlo en semejante estado?

Cyril intentó recuperar el resuello y se secó la frente con el dorso de la mano.

—Es la señorita Sammie, señor. —Tragó saliva, y al hacerlo se le movió la nuez—. Ha... ha desaparecido.

—¿Que ha desaparecido? —repitió Charles con desconcierto—. ¿Quiere decir de la casa?

—Sí, señor. Cuando regresaba de la visita que hizo al mayor...

—¡Ooh! ¡Ooh! Entonces es verdad —gorjeó Cordelia volviendo a caer desmayada sobre el sofá—. ¡Mi pequeña! ¡La han deshonrado!

—No, señora Briggeham. La han secuestrado —corrigió Cyril inclinando la cabeza.

Cordelia se puso en pie de un brinco.

—¿Secuestrado? Oh, es usted un idiota. ¿Por qué se le ha ocurrido algo tan ridículo? ¿Quién demonios iba a querer secuestrar a Sammie? ¿Y por qué razón?

Como respuesta, Cyril le tendió un ramo de flores.

Cordelia luchó contra el impulso de poner los ojos en blanco.

—Muy amable de su parte, Cyril, pero no es momento para cortesías.

—No, señora Briggeham. Esto es lo que me entregó el secuestrador. Me lo lanzó tras arrancar del suelo a la señorita Sammie como si fuera un hierbajo mientras ella recogía insectos para el señorito Hubert, y se la llevó en un gran caballo negro. —Le tendió las flores—. Llevan una nota.

Cordelia se quedó mirando el ramillete, completamente sin habla por primera vez en su vida, que ella recordara.

Charles retiró la nota de las flores y rompió el sello de lacre. Su semblante perdió todo el color, y Cordelia se preguntó si tendría que pasarle las sales a él, pero de algún modo consiguió mantenerse en pie sobre sus piernas inseguras.

—¿Qué dice, Charles? ¿La han secuestrado de verdad? ¿Exigen un rescate?

Mirándola por encima de la vitela de color marfil, Charles no pudo ocultar su perplejidad.

—En efecto, la han secuestrado, Cordelia.

También por primera vez en su vida, a Cordelia se le

doblaron las rodillas sin haber previsto dónde iba a caer. Por suerte se derrumbó sobre el sofá.

—Dios santo, Charles. ¿Qué canalla se ha llevado a nuestra Sammie? ¿Cuánto dinero pide?

—Nada. Léelo tú misma.

Cordelia tomó la nota de los dedos temblorosos de su marido y la sostuvo lejos de ella como si fuera una serpiente. Lo que leyó la hizo tambalearse.

> Estimados señor y señora Briggeham:
> Escribo esta nota con el fin de sosegar sus temores respecto de su hija Samantha. Pueden tener la seguridad de que se encuentra perfectamente a salvo y que no sufrirá daño alguno por mi mano. Simplemente le he ofrecido la oportunidad de ser libre, de tener una vida propia, sin la perspectiva de tener que casarse con un hombre con quien no desea desposarse. Abrigo la esperanza de que ambos encontrarán en sus corazones el deseo de que ella obtenga la felicidad que se merece.
>
> El Ladrón de Novias

Cordelia tenía la mirada fija en la firma y la mente convertida en un torbellino.

El Ladrón de Novias.

El hombre más famoso y más buscado de toda Inglaterra había raptado a su niña.

—Santo cielo, Charles. Hemos de llamar al magistrado.

Estalló un relámpago, seguido de un profundo trueno que retumbó en las ventanas de la casa. Segundos más tarde se oyó el repiqueteo de la lluvia contra el tejado. Eric reprimió un juramento. Lo último que necesitaba era que una tormenta retrasara el momento de irse de la cabaña junto con la señorita Briggeham.

Bajó la mano y susurró con su voz de Ladrón de Novias:

—Le ruego me permita ayudarla a levantarse.

Ella le lanzó una mirada hosca.

—Puedo arreglármelas sola, gracias. —Y sin quitarle el ojo de encima, se puso de pie.

Eric la observó mientras se limpiaba el polvo de su sencillo vestido y a continuación se ajustaba el sombrero recogiéndose varios mechones de pelo sueltos debajo del mismo. Era menuda, su cabeza apenas llegaba a la altura del hombro.

Lo poco que alcanzaba a ver de su cabello enmarañado bajo el sombrero parecía denso y brillante. Como la estancia estaba iluminada sólo por el mortecino fuego, resultaba imposible distinguir el color exacto de sus ojos, pero eran muy claros —azules, diría él— y muy grandes en comparación con sus pequeñas facciones. Excepto los labios, que, al igual que los ojos, parecían demasiado grandes para su cara. Si bien no se le podía describir como hermosa, aquel rostro de ojos demasiado grandes y labios llenos le resultaba interesante.

Recorrió con la mirada las formas de su cuerpo, y alzó las cejas bajo la máscara; pero si era toda curvas, la tal señorita Briggeham. Ni siquiera aquel vestido mojigato conseguía ocultar la generosa curvatura de sus senos. Su mirada bajó todavía más, y Eric se preguntó si las caderas de la joven tendrían la misma madurez que su busto. Aquel pensamiento lo hizo reaccionar como si le hubieran lanzado un cubo de agua a la cara. «Maldita sea, compórtate. Tienes que llevar a esta muchacha a su casa sin que te ahorquen por haberte tomado la molestia.»

Volvió a fijar la vista en el rostro de Samantha y vio que ella lo estaba observando con suspicacia.

—Exijo saber qué piensa hacer conmigo.

Tuvo que admirar aquella demostración de valor. Lo único que la estropeó fue el rápido subir y bajar del pecho de la joven.

—No tema. La devolveré a su casa, al seno de su familia.

Los ojos de Samantha perdieron parte del recelo que mostraban.

—Perfecto. Quisiera partir de inmediato, si no tiene inconveniente. No me cabe duda de que mi familia estará preocupada.

Eric miró hacia la ventana.

—Está lloviendo. Esperaremos a que amaine.

—Preferiría salir ya.

—Yo también, pero quiero dejarla intacta en su casa. —Para aliviar la tensión que percibía en la postura de ella, añadió—: Voy a proponerle un trato. Nos quedaremos aquí un cuarto de hora más. Si para entonces no ha cesado de llover, nos iremos de todos modos.

—¿Y cómo sé yo que está diciéndome la verdad?

—Le doy mi palabra de honor.

Samantha lanzó un resoplido muy poco femenino.

—Viniendo de un hombre al que llaman «Ladrón», no estoy muy segura de que eso sea un consuelo.

—Ah, pero sin duda sabrá que existe el honor incluso entre los ladrones, señorita Briggeham. —Flexionó las rodillas y se acomodó en el suelo, echándose hacia atrás hasta quedar recostado contra la pared—. Venga a sentarse conmigo y charlaremos un poco —la invitó con su ronco acento al tiempo que palmeaba el suelo a su lado—.

Prometo que no la morderé. Mientras estemos aquí rete-nidos, no está de más que nos pongamos cómodos.

Al ver que ella vacilaba, Eric se levantó y se acercó a la chimenea. Acto seguido sacó el atizador de su sopor-te de bronce y se lo tendió a Samantha.

—Tenga. Cójalo, si así se siente más segura.

Ella observó el atizador y luego al hombre.

—¿Por qué iba a darme usted una arma?

—Como muestra de confianza. La he secuestrado por equivocación y la llevaré de vuelta a su casa. Con sinceridad, ¿le he causado algún daño?

—No, pero casi me ha matado del susto.

—Lo siento de veras.

—Y además, durante la refriega he perdido las gafas y se me ha caído la bolsa.

—Una vez más, le ofrezco mis sinceras disculpas. —Señaló el atizador con un gesto de la cabeza—. Cója-lo. Le doy permiso para propinarme un porrazo si trato de hacerle daño.

Sammie no hizo caso de la chispa de diversión que contenía su voz y le arrebató el atizador de las manos. Re-trocedió rápidamente y lo empuñó con fuerza, dispuesta a dejar a su captor inconsciente si no cumplía su palabra. Pero en lugar de saltar sobre ella, él se limitó a sentar-se en el suelo, recostar la espalda contra la pared y ponerse a observarla.

Sammie, con el atizador en la mano, pensó qué ha-cer a continuación. La lluvia golpeaba los cristales, y tu-vo que admitir que no era buena idea internarse en el bosque en medio de la oscuridad y el agua. ¿Pero cómo podía fiarse de aquel hombre? Cierto, le había dado el atizador, pero seguro que creía poder desarmarla si ella decidía atacarlo. Aspiró profundamente y obligó a sus pensamientos a alinearse en orden lógico.

El Ladrón de Novias. Rebuscó en su memoria y se dio cuenta de que quizá lo hubiera oído mencionar, pero como casi siempre hacía oídos sordos a los chismorreos en que se recreaban su madre y sus hermanas, no estaba segura. No obstante, ahora que lo pensaba, el apodo le sonaba vagamente.

Lo mejor era entablar una conversación con aquel hombre; tal vez pudiera extraerle alguna información que la ayudara a decidir si podía fiarse de él, o bien alguna pista que fuera de utilidad a las autoridades.

Todavía empuñando el atizador, se sentó en el suelo en el extremo opuesto de la habitación vacía y contempló con los ojos entornados la mancha negra y borrosa que era su secuestrador. Manteniendo un tono ligero, preguntó:

—Dígame, señor... eh... Ladrón, ¿ha raptado a muchas novias reacias?

Una risa profunda emanó de la mancha negra.

—Sí que es un golpe a mi orgullo que usted nunca haya oído hablar de mí. He socorrido a más de una docena de novias. Mujeres desgraciadas, todas ellas a punto de ser obligadas a casarse en contra de su voluntad.

—Si no le importa que lo pregunte, ¿cómo las «socorre», exactamente?

—Les proporciono un pasaje al continente o a América, junto con fondos suficientes para que puedan establecerse en su nueva vida.

—Eso ha de resultar bastante oneroso.

Le pareció que él se encogía de hombros.

—Dispongo de fondos suficientes.

—Entiendo. ¿Acaso los roba también?

Él rió de nuevo.

—Es usted muy suspicaz, ¿no cree? No, no tengo necesidad de robar chucherías ni soberanos de oro. El dinero que doy es mío.

Sammie no pudo ocultar su sorpresa. Vaya, ¿qué clase de hombre era aquél? Tras dedicar unos instantes a asimilar aquellas palabras, asintió lentamente.

—Creo que empiezo a entenderlo. Es usted como Robin Hood, sólo que en lugar de robar joyas roba novias. Y en lugar de entregar el dinero a los pobres ofrece como regalo la libertad.

—Nunca lo había pensado de ese modo, pero así es.

Sammie comprendió de pronto, y soltó un resoplido.

—Y se disponía a ofrecerme a mí esa libertad... salvarme de mi casamiento con el mayor Wilshire.

—Así es. Pero es evidente que usted es una joven de sólidas convicciones y que ha arreglado el problema usted sola. —Murmuró algo que sonó sospechosamente a «si lo hubiera sabido, me habría ahorrado muchos problemas», pero Sammie no estaba segura—. Dígame, señorita, ¿por qué no desea casarse con el mayor?

Cielos, una explicación completa podría llevar horas. Sammie se aclaró la garganta y contestó:

—Tenemos muy poco en común y no haríamos buena pareja. Pero, la verdad, no me interesa casarme con nadie. Estoy muy contenta con mi vida, y la soltería me permite tener libertad para dedicarme a mis intereses científicos. Temo que la mayoría de los hombres, incluido el mayor, intentaría frustrar mis estudios. —Agitó la mano en un gesto que pretendía quitarle importancia al asunto—. Pero basta de hablar de mí. Por favor, cuénteme algo más sobre eso de raptar novias. Es posible que usted lo vea como una manera de ayudarlas, pero seguro que las familias de esas jóvenes consideran que sus actos son delictivos.

—En efecto, así es.

—E imagino que al magistrado le gustaría encontrarlo.

—Cierto, le gustaría verme con la soga al cuello.

Sammie se inclinó hacia delante, fascinada a pesar de sí misma.

—Entonces ¿por qué hace esto? ¿Qué puede ganar corriendo semejante peligro?

Su pregunta sólo encontró silencio por varios segundos, hasta que la voz ronca de él sonó más dura que antes.

—Una persona a la que yo quería fue obligada a casarse con un hombre al que aborrecía y yo no pude salvarla. Por eso intento ayudar a otras como ella. Una mujer ha de tener derecho a elegir no casarse con un hombre que no le agrade. —Hizo una pausa y a continuación, tan suavemente que Sammie tuvo que aguzar el oído, añadió—: Lo que gano es la gratitud que veo brillar en los ojos de esas mujeres. Cada una de ellas afloja, un poco más, el nudo de culpabilidad que me atenaza por no haber podido ayudar a quien yo quería.

—Oh, Dios —exclamó Sammie, y soltó un prolongado suspiro de emoción contenida—. Qué increíble... nobleza. Y qué romántico. Arriesgar su vida por una causa tan digna... —Un estremecimiento que no tenía nada que ver con el miedo le recorrió la espalda—. Dios sabe que yo le habría agradecido su ayuda, si de hecho la hubiera necesitado.

—Sin embargo, usted no necesitaba mi ayuda, lo cual me coloca en la extraña situación de tener que devolverla a su casa.

—Sí, supongo que así es.

Sammie lo miró fijamente desde el otro extremo de la habitación; el corazón le palpitaba tan fuerte que se preguntó si él podría oírlo. De pronto deseó poder verlo mejor, pues aquel hombre que personificaba todas las cualidades de sus fantasías secretas, todos los sueños que llevaba ocultos en lo más hondo de su alma, aquella alma insípida, socialmente inepta, propia de un ratón de biblioteca. Él era grande y fuerte, y estaba segura de que su máscara escondía un rostro fascinante, lleno de seguridad y carácter. Era arrojado, valiente, gallardo y noble.

Era un héroe.

Era como si se hubiera materializado desde su imaginación y salido de las páginas de su diario personal, el único sitio donde se atrevía a revelar sus deseos más íntimos y secretos, deseos alimentados por sueños imposibles de que un hombre así encontrase a una mujer como ella, digna de su atención, la tomara entre sus brazos y la llevara a lugares mágicos.

Dejó escapar un sentido suspiro, uno de aquellos suspiros femeninos y soñadores, inútiles, nada prácticos, que con tan poca frecuencia se permitía. Tenía que saber más... de él y de la vida emocionante y peligrosa que llevaba. Dejó el atizador en el suelo, se levantó, cruzó la habitación y se sentó a su lado.

Observó fijamente su máscara, y sus miradas se encontraron. Sammie sintió un hormigueo peculiar y ansió poder discernir el color de aquellos ojos. Al débil resplandor del fuego sólo lograba distinguir que eran oscuros. E insondables.

—¿Alguna vez tiene miedo? —le preguntó, procurando no parecer ansiosa.

—Pues sí. Cada vez que me pongo este disfraz. —Se acercó un poco, y ella dejó de respirar—. No tengo ningún deseo de morir, sobre todo a manos del verdugo.

Olía maravillosamente. A cuero y caballos, y a... aventura.

—¿Lleva una arma? —quiso saber.

—Un cuchillo en la bota. Nada más. No me agrada el tacto de las pistolas.

A Sammie le pareció ver un destello de dolor en sus ojos.

—Dígame, ¿adónde pensaba enviarme? —preguntó—. ¿A América o al continente?

—¿Adónde le habría gustado ir?

—Oh —suspiró ella cerrando los ojos ante la simple idea de poder escoger. Sintió un profundo anhelo, como un torrente impetuoso que abriera una grieta en el muro tras el cual ocultaba sus deseos más íntimos—. Hay tantos lugares que quisiera conocer...

—Si pudiera viajar a cualquier parte, ¿adónde iría?

—A Italia. No, a Grecia. No, a Austria. —Abrió los ojos y se echó a reír—. Me parece que es una suerte que no requiera sus servicios, señor, porque no sabría decidir adónde debería usted enviarme.

Los ojos de él parecieron perforar los suyos, y poco a poco dejó de reír. El peso de aquella intensa mirada la helaba y quemaba a un tiempo.

—¿Ocurre algo? —inquirió.

—Debería hacer eso más a menudo, señorita Briggeham.

—¿El qué? ¿Mostrarme horriblemente indecisa?

—No; reír como ha hecho ahora. Se ha... transformado.

Sammie no estaba segura de si era un cumplido, pero aun así, pronunciadas con aquella voz aterciopelada, las palabras la envolvieron como una confortable capa de miel.

—Dígame —susurró Eric—, si tuviera que escoger un solo sitio, ¿cuál sería?

Por alguna extraña razón, Sammie sintió que su corazón se asentaba.

—Italia —susurró—. Siempre he soñado con ver Roma, Florencia, Venecia, Nápoles... todas las ciudades.

Explorar las ruinas de Pompeya, pasear por el Coliseo, visitar los Uffizi, contemplar las obras de Bernini y de Miguel Ángel, nadar en las cálidas aguas del Adriático... —Su voz se fue perdiendo en un vaporoso suspiro.

—¿Explorar? —repitió él—. ¿Pasear? ¿Nadar?

Un repentino calor abrasó sus mejillas y experimentó una súbita vergüenza al darse cuenta de que, con aquellas palabras imprudentes, de manera inadvertida había revelado a aquel desconocido cosas que sólo había compartido con Hubert.

Sintió una punzada de humillación. ¿Se estaría riendo de ella? Lo miró guiñando los ojos, intentando ver los suyos, temiendo la burla segura que iba a encontrar en ellos; pero para su sorpresa, la mirada fija de él no revelaba diversión ninguna, sólo una profunda intensidad que, extrañamente, la puso nerviosa y le suscitó cierta conmoción.

Deseosa de romper aquel incómodo silencio, apuntó:

—Supongo que nadie conoce su verdadera identidad.

Él titubeó unos instantes y luego dijo:

—Si alguien la conociera, me costaría la vida.

—Sí, supongo que sí. —Sintió solidaridad hacia él—. Ha escogido usted una vida solitaria, señor, al perseguir tan noble causa.

Él asintió despacio, como sopesando aquellas palabras.

—Sí que lo es. Pero es un precio pequeño a pagar.

—Oh, no. Yo... yo también suelo sentirme sola. Y conozco la sensación de vacío que eso conlleva.

—Sin duda tiene amigos.

—Algunos. —Hizo un gesto carente de humor—. En realidad, muy pocos. Pero tengo a mi familia. Mi hermano pequeño y yo estamos muy unidos. Con todo, a veces sería agradable...

—¿Sí?

Se encogió de hombros, pues de pronto se sintió cohibida.

—Tener a tu lado a una persona que no sea un niño y que te entienda. —Fijó la mirada en su vestido arrugado, y a continuación volvió a clavarla en la de él—. Espero que algún día encuentre usted alguien o algo que alivie su culpa y su soledad, señor.

Él la contempló y después, lentamente, alzó una mano y le pasó un dedo enguantado por la mejilla.

—Yo también lo espero.

Sammie contuvo la respiración al sentir aquel breve contacto que rozó su piel como una suave brisa. Incapaz de moverse, simplemente se lo quedó mirando, confusa por el insólito calor que palpitaba en su interior. Antes de que pudiera analizar aquella sensación, él se puso en pie con un solo movimiento fluido y le tendió una mano.

—Vamos. Ha dejado de llover. Es hora de volver a casa.

¿A casa? Sammie miró aquella mano extendida y se sacudió mentalmente el estupor de la ensoñación. Sí, por supuesto. A casa. Donde le correspondía estar, con su familia...

¡Santo cielo, su familia! Debían de estar desesperados. Seguro que a esas alturas Cyril ya había dado cuenta de su desaparición. El estómago le dio un vuelco de culpabilidad cuando cayó en la cuenta de que había quedado tan cautivada por su secuestrador, que había olvidado lo preocupados que debían de estar sus padres y Hubert.

—Sí —contestó al tiempo que ponía una mano en la de Eric y le permitía que la ayudara a levantarse—. Debo irme a casa. —En realidad así lo deseaba. Entonces ¿a qué se debía la sorda sensación de pesar que la inundaba?

Sin una palabra más, ambos salieron de la cabaña. Eric la ayudó a montar y acto seguido hizo lo propio detrás de ella, sujetándola entre sus firmes muslos.

Un brazo musculoso la apretó contra su pecho. El calor que irradiaba su cuerpo se filtró en el suyo, pero no obstante una legión de escalofríos le bajó por la espalda.

—No se preocupe, no la dejaré caer.

Antes de que Sammie pudiera asegurarle que no estaba preocupada, partieron al galope atravesando el bosque. Esta vez, en lugar de miedo, no experimentó otra cosa que euforia. Cerró los ojos y saboreó todas las sensaciones: el viento que le azotaba el rostro, el olor a tierra mojada, el rumor de las hojas. Se imaginó que era una hermosa princesa abrazada por su apuesto príncipe mientras cruzaban raudos el reino de camino a algún exótico paraje. Unas fantasías tontas, pueriles. Pero sabía que los momentos pasados con aquel héroe enmascarado constituían un tesoro, y que jamás los viviría otra vez.

Demasiado pronto, Eric detuvo el caballo. Sammie abrió los ojos y parpadeó. Distinguió unos puntos de luz a lo lejos, que le recordaron las luciérnagas que había capturado.

—Briggeham Manor se encuentra detrás de esos árboles —susurró él—. Me temo que su ausencia ha provocado la alarma.

—¿Cómo lo sabe?

—Escuche.

Sammie aguzó el oído y percibió el grave murmullo de unas voces.

—¿Quiénes son?

—A juzgar por el número de faroles que se ven y por la multitud que se ha reunido en el prado, yo diría que ha venido media ciudad.

—Oh, cielos. Déjeme aquí e iré andando hasta la casa. No quisiera que se arriesgase a que lo capturaran.

Él calló unos instantes, y ella notó que estaba escrudiñando la zona.

—No parece que nadie esté armado —le dijo al oído—. Así que la llevaré con su familia. No quiero que se caiga en una zanja o que sufra una caída en medio de la oscuridad. Sin embargo, me despediré de usted aquí, ya que, lamentándolo mucho, necesitaré emprender una retirada precipitada.

—Gracias, señor.

—No hace falta que me lo agradezca. Era mi deber traerla a su casa.

—No es por eso, aunque también se lo agradezco. —Lo miró fijamente y sintió un nudo de emoción en la garganta. Forzó una sonrisa y le dijo—: Le doy las gracias por esta velada increíble que jamás olvidaré. Ha sido una aventura maravillosa. —Bajó los ojos—. Siempre había deseado vivir una.

Eric le tomó la barbilla con sus dedos enguantados y le levantó el rostro.

—En ese caso, señorita Briggeham, me alegro de haber podido proporcionarle su maravillosa aventura.

—Le deseo que tenga buena fortuna en su empeño, señor. Lo que usted hace es algo muy noble y heroico.

Notó que él sonreía por debajo de la máscara.

—Gracias. Y yo espero que usted llegue a explorar algún día todos esos lugares con que sueña. Espero que todos sus sueños se hagan realidad.

Y espoleó a su montura. Salieron de la línea de los árboles y atravesaron el prado a la carrera. Sammie entrecerró los ojos para protegerse del viento, mientras el corazón le latía con fuerza conforme iban acercándose al gentío.

Eric tiró de las riendas y el caballo se detuvo a menos de tres metros de los reunidos. Sammie se vio asaltada por un coro de exclamaciones seguido de murmullos ansiosos. Eric la depositó en el suelo y luego se volvió hacia el grupo de personas que los miraban boquiabiertas.

—Devuelvo a la señorita Briggeham junto con mis excusas.

Acto seguido, dio un tirón a las riendas y su magnífico semental se alzó sobre sus patas traseras altivamente. Sammie, al igual que todos los demás, contempló azorada el asombroso espectáculo del jinete enmascarado cuya silueta se recortaba contra el resplandor de una docena de faroles. Miró a su padre y vio cómo el monóculo se le caía al suelo.

En el instante en que sus cascos tocaron el suelo, el caballo salió disparado al galope, la capa del jinete ondeando a su espalda. Al cabo de diez segundos los tragó la oscuridad.

—¡Samantha! —La voz de su padre, enronquecida por la emoción, rompió el silencioso estupor.

—¡Padre! —Echó a correr, y él la estrechó entre sus brazos con tanta fuerza que apenas pudo respirar.

—Sammie, mi querida niña. —Ella notó que tragaba y que dejaba escapar un profundo suspiro—. Gracias a Dios. —Aflojó un poco el abrazo y la apartó un poco para recorrerla de arriba abajo con la mirada—. ¿Estás bien?

—Estoy bien.

Su padre bajó la voz y le preguntó:

—¿Te ha hecho daño?

—No. Ha sido muy amable.

Él la examinó con detenimiento, tras lo cual, al parecer satisfecho de verla ilesa, asintió con un gesto. Volvió los ojos hacia el bosque y comentó:

—Supongo que no merece la pena perseguirlo. Está demasiado oscuro y nos lleva demasiada ventaja. Además, lo único que importa es que estás en casa sana y salva. —Introdujo la mano en el bolsillo de su chaleco—. Aquí tienes tus gafas, querida. Cyril las encontró en el bosque.

Sammie, agradecida, se las puso. La multitud se cerró sobre ellos expresando su júbilo por verla sana y salva, al tiempo que lanzaban miradas expectantes en dirección al bosque. Cyril se secó las lágrimas con un pañuelo y la estrujó hasta que Sammie creyó que se le iban a salir los ojos.

—Espero que nunca vuelva a darme otro susto como éste, señorita Sammie —le dijo, sonándose la nariz a fondo—. Me ha quitado diez años de vida, ya lo creo. Y mi corazón ya no es el de antes.

Hubert le dio un brusco abrazo, aplastándola contra su estrecho pecho y haciendo que la montura de sus gafas se le hincara en la cara.

—Oh, Sammie, nos has dado un susto de muerte.

Ella lo besó en la mejilla y le revolvió el pelo.

—Lo siento, cariño, yo...

En ese momento se abrieron de par en par las puertas principales de Briggeham Manor.

—¡Mi niña! ¿Dónde está mi niña?

Cordelia Briggeham bajó presurosa los escalones y se abrió paso entre la multitud. Se abalanzó sobre Sammie con tanta energía que a punto estuvo de tirar a ambas al suelo. Sólo la mano del padre consiguió mantenerlas en pie. Envolvió a Sammie en un abrazo con aroma a flores que hizo crujir todos sus huesos y gimió:

—Oh, mi pobre niña. —Apartó a Sammie un paso hacia atrás y le escudriñó el rostro—. ¿Estás herida?

—No, mamá, estoy bien.

—Gracias a Dios. —Emitió un gorjeo y se llevó una mano a la frente.

El padre se adelantó y le advirtió con vehemencia:

—No se te ocurra desmayarte aquí, querida, o te dejaré tirada donde caigas. Ya está bien de tus histerias por esta noche.

Cordelia no podría haberse mostrado más sorprendida ni aunque él hubiera afirmado ser el rey Jorge en persona. Aprovechando su temporal privación del habla, el padre alzó la voz y dijo a los presentes:

—Como pueden ver, Samantha se encuentra bien. Gracias a todos por venir, pero ahora, si nos perdonan, desearíamos llevar a nuestra hija a acostarse en una cama confortable.

Expresando sus mejores deseos, los vecinos se marcharon y los sirvientes regresaron a sus alojamientos.

Cuando subían los peldaños de piedra que conducían a la puerta principal, llegó un hombre a caballo.

—¡Señor Briggeham! —llamó.

Charles se detuvo.

—¿Sí?

—Me llamo Adam Straton. Soy el magistrado. Tengo entendido que su hija ha sido secuestrada por el Ladrón de Novias.

—Así es, señor. Pero tengo el placer de informarle de que nos ha sido devuelta, e ilesa. —Señaló a Sammie con un gesto de la cabeza.

El magistrado estudió a la joven con agudo interés.

—Es una feliz noticia, señor. No me consta que ese bandido haya devuelto nunca a ninguna de sus víctimas. Es usted un padre afortunado.

Sammie se ofendió al oír aquello pero, antes de que pudiera protestar, el hombre continuó:

—Me agradaría hablar con usted respecto a su secuestro, señorita Briggeham... si es que tiene ánimos para ello.

—Por supuesto, señor Straton. —Sammie se alegró de tener una oportunidad de desengañarlo de sus falsas ideas. ¡Conque un bandido!

—Por qué no acompañas al señor Straton hasta la salita, Charles —sugirió la madre en un tono que no admitía discusión—. Samantha y yo nos reuniremos con vosotros dentro de un momento. Quisiera hablar un instante en privado con ella.

—Muy bien —convino el padre—. Adelante, señor Straton. —Entraron en la casa y cerraron la puerta tras ellos.

Cuando quedaron a solas, la madre se volvió hacia la hija.

—Ahora dime la verdad, cariño, ¿te ha hecho algún daño ese hombre? ¿De... alguna manera?

—No, mamá. Ha sido un perfecto caballero, y muy amable. Y además se ha excusado por haberme secuestrado.

—Y bien que debía hacerlo, aunque he de decir que la culpa de todo este episodio se la atribuyo al mayor Wilshire. Es un hombre de lo más antipático, querida, y me niego a permitir que te cases con él.

Sammie intentó replicar, pero su madre prosiguió:

—Ahora no intentes convencerme de lo contrario, Samantha. Estoy completamente decidida, y también lo está tu padre. Bajo ningún concepto te casarás con ese caradura del mayor Wilshire. ¿Lo has entendido?

Confundida, pero sabiendo que era mejor no discutir, sobre todo ahora que ya no iba a casarse con el mayor, Sammie respondió:

—Pues... sí, mamá, lo he entendido.

—Perfecto. Tengo una pregunta más que hacerte.

—Se acercó un poco y bajó la voz—: He leído todo sobre ese Ladrón de Novias en el *Times*. Dicen que va vestido todo de negro como salteador de caminos, y que además usa una máscara que le cubre toda la cabeza. ¿Es verdad?

—En efecto.

Un leve escalofrío sacudió los hombros de Cordelia.

—También dicen que es fuerte y despiadado.

—Es muy fuerte, pero no despiadado. —Se le escapó un suspiro—. Es gentil, atento y noble.

—Pero es un ladrón.

Sammie negó con la cabeza.

—No roba dinero, mamá, posee abundante dinero propio. Sólo quiere ayudar a mujeres que han sido obligadas a contraer un matrimonio no deseado, a ser libres para iniciar una nueva vida, porque una persona que él quería fue forzada a casarse con un hombre al que aborrecía.

La madre lanzó un profundo suspiro.

—Por muy noble que suene eso, la realidad sigue siendo que tú has pasado varias horas en compañía de un hombre. Y sin acompañante. Hemos de enfrentarnos al hecho de que eso podría acarrearte el fracaso social.

Sammie no supo qué decir, ya que no había pensado en que su aventura pudiera tener ese resultado. Aunque no la preocupaba especialmente lo que otros opinaran de ella, no sentía el menor deseo de atraer un escándalo sobre su familia. Cielos, realmente aquello podía suponer un problema.

Miró a su madre, y notó una sensación de pánico al fijarse en el severo gesto calculador de sus ojos. Sammie conocía demasiado bien aquella expresión: era el infame «ha de haber un modo de transformar esta catástrofe en una ventaja para mí» que invariablemente precedía a sus planes más escabrosos. Ya casi le parecía estar oyendo el ir y venir de sus pensamientos en la bonita cabeza de su madre.

—Debes reunirte con tu padre y el señor Straton, Sammie. Yo iré dentro de un momento; necesito recuperarme.

—¿Quieres que te traiga tus sales?

—No; me encuentro bien. —Acarició la mejilla de Sammie—. Es sólo que necesito un poco más de aire para centrar mis ideas. Ve tú, yo llegaré enseguida.

Sammie plantó un beso en su blanda mejilla y a continuación entró en la casa, rezando por que cualquiera que fuese el plan que urdiera su madre resultara menos desastroso que el del mayor Wilshire.

A solas en los escalones de piedra, Cordelia se paseaba nerviosa y rezaba por tener una inspiración. ¿Cómo demonios iba a impedir que aquel secuestro fallido se convirtiera en un escándalo que deshonrase a la familia? ¿Cómo podía arrojar una luz positiva sobre lo sucedido? ¿Su hija raptada por el bandido más famoso de Inglaterra? ¿En su compañía, sin carabina, por espacio de varias horas? Dios bendito, le dolía la cabeza sólo de imaginarlo. Y el hecho de pensar en la reacción de Lydia le causó un gélido estremecimiento. ¿Qué diablos debía hacer una madre en una encrucijada así?

Miró a lo lejos, allí donde la luna acariciaba la línea de árboles que formaban la linde del bosque, y se preguntó por el hombre que había secuestrado a Sammie.

Apretó los labios. Según Sammie, era gentil, atento y noble. Y poseía dinero en abundancia. Tal vez fuera un secuestrador, pero estaba claro que era un secuestrador decente. Y rico. Hum.

No pudo por menos de preguntarse si estaría casado.

4

Del *London Times*:

El célebre Ladrón de Novias ha atacado nuevamente raptando a una joven de la aldea de Tunbridge Wells, en el condado de Kent. Sin embargo, esta
vez ha devuelto a la muchacha al comprobar que la
había secuestrado por error. La joven, que afortu-
nadamente no sufrió daño alguno durante la peri-
pecia, demostró una gran fortaleza cuando fue inte-
rrogada por las autoridades. No pudo proporcionar
una descripción del Ladrón, ya que éste llevaba
puesta su máscara, que le cubre toda la cabeza, pero
reveló que tenía una voz grave y ronca, y que era un
jinete espléndido.

En relación con este suceso, un grupo de padres
de anteriores víctimas de secuestro se han unido en la
llamada Brigada contra el Ladrón de Novias. Han
aumentado la cuantía de la recompensa por la captura del bandido a la increíble suma de cinco mil libras.
Todos los hombres de Inglaterra saldrán a la caza de
semejante fortuna, y no quedará piedra por remover
hasta llevar al Ladrón de Novias ante la justicia.

—¡Está usted ahí, lord Wesley!
La aguda voz de Lydia Nordfield perforó los tím-

panos de Eric, que se obligó a no hacer una mueca de dolor. Maldiciendo las sombras de la noche que obviamente no lo habían ocultado tan bien como él había creído, emergió del rincón a oscuras de la terraza y cruzó el suelo de piedra en dirección a su anfitriona.

No pudo por menos de maravillarse por la extraordinaria vista de la señora Nordfield, aunque sospechaba que ni siquiera las circunstancias más inquietantes, como la total oscuridad, podían impedirle descubrir a un miembro de la nobleza.

Se detuvo frente a ella y realizó una reverencia formal.

—¿Me buscaba, señora Nordfield?

—Sí, milord. Apenas hemos hablado desde que llegó.

—Ah, no tema que me haya sentido ofendido. Comprendo las obligaciones que conlleva ser la anfitriona de una velada tan elegante como ésta. —Movió la mano describiendo un arco que abarcaba la mansión y los jardines perfectamente cuidados—. Se ha superado a sí misma.

Ella casi se esponjó como un pavo real, parecido que resultó todavía más pronunciado debido a las plumas de colores que salían en forma de abanico de su turbante.

—Después de nuestra conversación de la semana pasada, no tenía más remedio que organizar una velada para la señorita Briggeham. —Se inclinó más hacia él, hasta que sus plumas le rozaron la manga—. Tal como sugirió usted, el secuestro fallido de la señorita Briggeham es el tema de conversación más excitante que hemos tenido en años, sobre todo después del artículo publicado por el *Times*.

—Ciertamente. Al organizar esta velada en su honor, es usted la persona más celebrada de Tunbridge Wells.

Ni siquiera la penumbra reinante logró disimular la avaricia que relampagueó en los ojos de Lydia.

—Sí, tal como usted predijo. Y aunque se han dado otras fiestas en homenaje a la señorita Briggeham, nadie más ha conseguido atraerlo a usted. Claro que ninguna otra anfitriona tiene una hija tan encantadora como mi Daphne. —Deslizó su mano enguantada por el codo de Eric y sus dedos se cerraron sobre él como garras de acero—. Y, naturalmente, lo menos que puedo hacer por la pobre Samantha es garantizar que su secuestro se vea bajo una luz positiva. Al fin y al cabo, su madre y yo somos amigas íntimas desde hace años. —Lanzó un suspiro melodramático y prosiguió—: Espero que esa muchacha disfrute de su popularidad, ya que, como es natural, será efímera.

Eric enarcó una ceja.

—¿Efímera? ¿Qué la hace suponer eso?

—Cuando decaiga el súbito interés por la aventura de Samantha, la pobrecilla volverá a ser lo que ha sido siempre.

—¿Y qué ha sido?

Lydia se acercó aún más y bajó la voz hasta adoptar un tono de conspiración.

—No es ningún secreto, milord, que esa joven es... peculiar. ¡Si hasta recoge sapos e insectos en el bosque! Ya resultaba bastante excéntrica cuando era pequeña, pero esa conducta no es en absoluto decorosa para una mujer de su edad. Y en lugar de intentar aprender a tocar el pianoforte y algún que otro paso de baile, pasa el tiempo con su extraño hermano en ese extraño cobertizo que tiene él, donde llevan a cabo experimentos científicos que sólo pueden describirse como...

—¿Extraños? —repitió Eric.

—¡Exacto! Y aunque yo no soy dada a los chismorreos, ¡recientemente ha llegado a mis oídos que Samantha va a nadar al lago que hay en sus tierras! —Se agitó con un estremecimiento—. Por supuesto que yo jamás diría una sola palabra en contra de ella, pero no consigo imaginar cuánto debe de sufrir la pobre Cordelia a causa de las... predilecciones de su hija.

Eric visualizó súbitamente una imagen de la señorita Briggeham retozando en el lago, con el vestido pegado a sus femeninas curvas. ¿O quizá se lo quitaría y quedaría cubierta sólo por una camisola... o menos? Lo embargó un intenso calor.

—Tal vez a su madre esas... predilecciones de su hija le resulten simpáticas. E interesantes.

—Tonterías, aunque desde luego Cordelia intenta hacer creer a todo el mundo que así es. —Se echó hacia atrás y esbozó una ancha sonrisa de dientes afilados—. Gracias a Dios mi Daphne es una perfecta dama. Una joven encantadora. Se le da maravillosamente bien la música, y canta con una voz capaz de competir con la de los ángeles. Y además es una artista de gran talento; debería usted visitar la galería mientras esté aquí.

—Será un placer.

Los dedos de Lydia le apretaron el brazo.

—Y no olvide que ha prometido bailar con Daphne.

—Soy un hombre de palabra —repuso Eric, sabiendo muy bien que el objetivo de que él bailara con su hija era en gran parte la razón por la que la señora Nordfield había organizado aquella fiesta.

—Perfecto. —Volvió la vista hacia las ventanas francesas y ladeó la cabeza—. Parece que los músicos van a iniciar un baile por parejas. Lo ayudaré a buscar Daphne...

—Adelántese usted —replicó Eric con su sonrisa más encantadora—. Quisiera disfrutar de un cigarro antes de regresar a la fiesta, y no quisiera apartarla ni un minuto más del resto de sus invitados.

Claramente fastidiada por que le recordaran sus obligaciones de anfitriona, Lydia apartó la mano del brazo de Eric a regañadientes.

—Sí, supongo que debo regresar. —Lo miró entornando los ojos—. Le diré a Daphne que espere su invitación a bailar, milord.

—Espero que ella consienta en proporcionarme dicho honor.

Y musitando algo que sonó sospechosamente a «sería capaz de caminar sobre carbones encendidos por tener esa oportunidad», la señora Nordfield inclinó la cabeza, hizo una breve reverencia y cruzó la terraza de piedra para entrar otra vez en la casa.

En el instante en que desapareció por las ventanas francesas, Eric volvió a internarse en las sombras, alisando las arrugas que los dedos de la anfitriona le habían dejado en la chaqueta. Aunque estaba acostumbrado a tratar con madres casamenteras como Lydia Nordfield, por algún motivo el estilo de ésta le resultaba particularmente irritante. Sus comentarios condescendientes respecto de la señorita Briggeham le habían alterado los nervios.

Pero la irritación bien merecía la pena. Tal como sabía que iba a hacer cuando la llamó la semana anterior, la señora Nordfield había esparcido la luz positiva que él había arrojado sobre el secuestro de la señorita Briggeham más deprisa que un reguero de pólvora, y su causa se había visto favorecida por el artículo aparecido aquella misma mañana en el *Times*. Tras deshacerse en elogios acerca de la valentía de la señorita Briggeham, había informado a la señora Nordfield de que, aunque había recibido numerosas invitaciones a fiestas en honor de la señorita Briggeham —invitaciones que tristemente le había sido imposible aceptar debido a compromisos anteriores—, se sentía sorprendido de que todavía ella, la anfitriona más destacada de la zona, no hubiese organizado una fiesta. Desde luego él anularía sus compromisos para asistir a dicha velada, y esperaba se le concediera el honor de bailar con la única hija que a la dama le quedaba por casar.

Dos días más tarde recibió una invitación a la fiesta.

El siempre vigilante Arthur Timstone ya había comunicado que, en lugar de verse rechazada o sumida en el escándalo tras su secuestro, la señorita Samantha era la persona más celebrada de la aldea. Con todo, Eric sabía que era necesario el sello de aprobación de la señora Nordfield para garantizar que la señorita Briggeham no sufriera socialmente por culpa de su encuentro con el Ladrón de Novias, un encuentro que él no conseguía borrar de su mente.

Una vez comprendió que la señorita Briggeham había proporcionado a las autoridades poca información nueva respecto del Ladrón de Novias, Eric supuso que se olvidaría de ella.

Pero supuso mal.

Las palabras de la joven, pronunciadas en aquel tono soñador, se le habían grabado en la mente: «Ha sido una aventura maravillosa. Siempre había deseado vivir una.» Comprendía que una mujer joven como la señorita Briggeham —una marisabidilla solterona que se había pasado la vida en Tunbridge Wells— ansiara vivir aventuras. Pero aquella conmovedora afirmación, «Yo también suelo sentirme sola», lo había tocado en lo más hondo. Percibió un espíritu afín en ella, y Dios sabía que él entendía muy bien la soledad. El aislamiento que acarreaba la vida secreta que llevaba a veces amenazaba con asfixiarlo. Incluso estando rodeado de gente, aun así se sentía solo.

Fijó la vista en la casa y advirtió que todas las ventanas francesas que daban al atestado salón de baile permanecían abiertas para que corriese la fresca brisa. En el jardín, los grillos formaban un coro nocturno que competía con la música de los violines, el rumor de las conversaciones y el tintineo de las copas de cristal que llegaban flotando desde la casa. Los rosales rezumaban dulces aromas que lo rodeaban de una capa de fragancias florales.

La velada se encontraba en su apogeo. Pero ¿dónde estaba la señorita Briggeham? Sin salir del refugio de las sombras, Eric estiró el cuello para otear el abarrotado salón. Cuando al fin acertó a verla, el corazón le dio un extraño vuelco.

Sí, ciertamente sus maquinaciones habían dado resultado, porque desde luego a la señorita Briggeham parecía irle muy bien, tal como le había comunicado Arthur. Se encontraba de pie rodeada por media docena de damas, que la cercaban de un modo que recordaba a los buitres volando en círculo sobre la carroña. Al grupo se unieron dos caballeros que pugnaban entre sí por entregar a la señorita Briggeham un vaso de ponche.

Eric se situó más cómodamente contra la rugosa fachada de piedra, extrajo su cigarrera de oro del chaleco y sacó un puro. Tras prenderlo, inhaló el fragante humo y observó a la mujer que no había podido apartar de sus pensamientos.

Llevaba el cabello castaño sencillamente recogido en la nuca. Si bien su vestido de muselina de tono claro era modesto, no lograba ocultar del todo sus curvas femeninas. Estaba erguida, con la cabeza bien alta, pero incluso en aquella postura perfecta seguía siendo menuda.

Otro caballero portando ponche se unió al grupo que la rodeaba, y Eric se maravilló de que pudiera soportar beber un solo vaso más. Su mirada se clavó en los labios de la joven, que se abrieron en una sonrisa de agradecimiento dirigida al recién llegado. Incluso desde la distancia resultaba inconfundible la seductora plenitud de su boca. El recién llegado le hizo una reverencia y la observó con innegable interés. Eric juntó las cejas sintiendo fastidio, reacción inexplicable que lo irritó aún más.

La observó durante un cuarto de hora. Damas y caballeros zumbaban a su alrededor igual que abejas en torno a una colmena. Al principio pensó que la joven se estaba divirtiendo, pero tras varios minutos de observarla se dio cuenta de que su sonrisa parecía forzada; y le pareció que apretaba los dientes. Curiosas reacciones, sin duda.

Pero todavía más inusitadas eran las punzadas de tristeza que detectó en sus ojos. Estaba claro que la joven trataba de disimular su infelicidad, y al examinarla atentamente tuvo la seguridad de que no se equivocaba. En un momento en que creyó que su público no la estaba mirando, su sonrisa se desvaneció y se le hundieron los hombros, y su vista se dirigió hacia las ventanas que daban al exterior con un inconfundible anhelo.

Un sentimiento de culpabilidad, y también de compasión, le oprimió el pecho. ¿Por qué se sentiría desdichada? ¿Tal vez debido a su encuentro con el Ladrón de Novias?

Entonces, con una breve inclinación de la cabeza y una sonrisa tensa, la señorita Briggeham se escabulló del grupo que la rodeaba y se abrió paso siguiendo el perímetro de la sala. Le salió al paso un hombre alto y de pelo rubio que Eric reconoció como el vizconde de Carsdale, bastante cerca de la ventana junto a la cual se encontraba él. Aunque no logró oír su conversación, vio cómo Carsdale se llevaba a los labios la mano enguantada de ella para depositar un beso que duró más de lo de-

bido, mientras el muy canalla se regodeaba en una pro-
longada panorámica del escote del corpiño de la joven.

Maldita sea. Se sintió hervir de furia. ¿La trataba
Carsdale con tan poco respeto debido a su encuentro
con el Ladrón de Novias? ¿Ésa era la causa de la infelicidad de la joven? Maldición, tal vez su reputación sí
que había resultado perjudicada. Recordó la sensación
de sus seductoras curvas apretadas contra él y se le tensó la mandíbula. No permitiría que nadie le faltara al
respeto, sobre todo a consecuencia de la situación en
que él mismo la había puesto sin darse cuenta.

Tiró al suelo el puro a medio fumar y lo aplastó con
el tacón, decidido a rescatar a la señorita Briggeham de
aquel descarado de Carsdale. Pero en el mismo instante
en que entraba en el salón procedente de la terraza,
apareció Lydia Nordfield y se le pegó a un costado.

—Veo que ya ha terminado el cigarro, milord —dijo en tono zalamero al tiempo que aferraba su brazo
con su garra de acero.

Él le dirigió una inclinación cortés mientras decidía
la mejor manera de quitársela de encima. Sin embargo, la
señorita Briggeham se las arregló para escapar por sí
sola de Carsdale, de modo que Eric pasó unos momentos más con su anfitriona. Aceptó una copa de champán
y respondió a su banal cháchara, sin apartar la vista de la
mujer menuda y de cabello castaño que atravesaba el salón. Dos caballeros que reconoció como los señores
Babcock y Whitmore, ambos hijos de acaudalados vecinos del lugar, la interceptaron. Eric apretó con fuerza
su copa de champán cuando vio que Babcock le besaba
la mano.

Estaba a punto de cruzar la estancia a zancadas
cuando la señorita Briggeham señaló las ventanas francesas que daban a la terraza y, cuando Babcock y Whit-

more se volvieron para mirar, echó a correr y se escondió detrás de un enorme tiesto de palmeras. Eric contuvo una sonrisa y asintió con expresión ausente a lo que le estaba diciendo la señora Nordfield. Hum... Aquellas palmeras se parecían mucho a las que él tenía en su invernadero, una coincidencia que requería ser investigada más a fondo.

Sammie se ajustó las gafas sobre la nariz y espió con cautela entre las tupidas hojas de palmeras y helechos de la señora Nordfield.

Cielo santo, allí estaban Alfred Babcock y Henry Whitmore. Permanecían junto a las ventanas francesas, con la confusión pintada en el rostro, sin duda preguntándose adónde se habría ido ella.

Lanzó un suspiro. Jamás en toda su vida había conocido dos individuos más agotadores. Peor aún, era casi imposible mantener el semblante serio en su compañía, ya que el excesivo y áspero vello facial de Babcock le prestaba un desgraciado parecido con un erizo, y el cabello negro, los ojos demasiado juntos y la nariz puntiaguda de Whitmore evocaban inevitablemente la imagen de un cuervo. Sammie los escuchó mientras se explayaban en ensalzar los métodos para hacer un perfecto nudo de corbata hasta que le entraron ganas de estrangularlos a los dos.

Desesperada, señaló hacia el jardín oscuro y exclamó: «¡Miren! ¡Una manada de ciervos!» Y cuando volvieron la cabeza, ella se lanzó en busca de un refugio como si la persiguiera una jauría de perros rabiosos. Estaba a salvo por el momento... pero ¿cuánto tiempo podría aguantar sin que la descubrieran?

—Por Dios, Sammie, ¿se puede saber qué estás haciendo escondida entre las plantas de la señora Nord-field? ¿Te encuentras bien?

Sammie contuvo a duras penas un gemido. Al volverse se encontró cara a cara con Hermione, su preciosa hermana, que, con ojos llenos de amable preocupación, abrió su delicado abanico de encaje y se reunió con ella detrás de las frondas de palmera.

—Estoy bien, pero, por favor, baja la voz —imploró Sammie mirando por entre las hojas.

—Perdona —susurró Hermione—. ¿A quién estás evitando? ¿A mamá?

—Ahora mismo no, pero es una sugerencia excelente. Intento escapar de esos petimetres que están junto a las ventanas.

Hermione estiró el cuello.

—¿Los señores Babcock y Whitmore? A mí me parecen unos perfectos caballeros.

—Son encantadores, si te gustan los zopencos de cabeza de repollo.

—Oh, cielos. ¿Han sido groseros contigo?

Hermione parecía dispuesta a entrar en batalla por defenderla.

Sammie sintió una oleada de gratitud. Forzando una sonrisa, contestó:

—No. Peor todavía: los dos desean bailar conmigo.

La fiera expresión de Hermione se relajó.

—¿Y por ese motivo has fijado tu residencia detrás de las palmeras?

—Exacto.

—¿Qué estáis haciendo aquí las dos?

El fuerte susurro junto a su oído le dio un susto de muerte a Sammie. Al volverse, vio que su hermana Emily se apresuraba a colocarse al lado de Hermione.

—Siempre andas metida en las cosas más extrañas,

Sammie —dijo Emily al tiempo que se ajustaba el vestido de muselina de color crema, con sus verdes ojos llenos de curiosidad—. ¿A quién estamos espiando?

Antes de que Sammie pudiera responder, Hermione la informó en voz baja:

—No está espiando; se está escondiendo de los señores Babcock y Whitmore.

A Emily se le escapó un resoplido nada elegante y en total disonancia con su belleza etérea.

—¿El erizo y el cuervo de ojos saltones? Sabia decisión, Sammie. Esos dos son capaces de aburrir a las piedras.

—Exactamente —confirmó Sammie quedamente—. Y por eso vosotras dos debéis regresar a la fiesta. Alguien estará a punto de percatarse de que estamos las tres aquí. De hecho...

—¿Qué demonios estáis haciendo las tres detrás de estas palmeras?

La aguda voz de Lucille casi hizo eco sobre el empapelado de la pared. Sammie alargó un brazo, asió la mano enguantada de su hermana y la arrastró sin contemplaciones detrás de la planta, cuyas hojas quedaron en movimiento.

—Por favor, no levantes la voz, Lucille —rogó Sammie.

Cielos, su afán de encontrar paz se estaba convirtiendo en una debacle total. Una debacle muy concurrida, por cierto. Sabía que sus hermanas tenían buena intención, pero aquellas plantas apenas proporcionaban espacio para esconderse dos personas, de modo que cuatro quedaba completamente descartado.

Se apretó un poco más hacia el rincón y a duras penas reprimió una exclamación ahogada cuando Hermione le pisó el pie con el tacón del zapato.

—Tenéis que iros todas —susurró con desesperación—. ¡Fuera! —Agitó los brazos lo mejor que pudo en aquel reducido espacio.

—Deja de darme con el codo, Lucille —protestó Emily en tono bajo pero vehemente, haciendo caso omiso del ruego de Sammie.

—Entonces, deja tú de empujarme con la cadera —replicó Lucille—. Y guárdate esas plumas de avestruz para ti sola —añadió dando un manotazo a la pluma que adornaba el tocado de Emily.

—¿Quién me está empujando en la espalda? —quiso saber Hermione, intentando mirar detrás—. Yo estaba aquí primero...

—En realidad estaba yo —murmuró Sammie al tiempo que sacaba el pie dolorido de debajo del tacón de Hermione.

Mientras sus tres hermanas discutían sobre quién daba un codazo a quién, Sammie separó las frondas de la planta y observó la sala rogando para que nadie se hubiera fijado en la actividad que tenía lugar detrás de las palmeras. Pero sus oraciones fueron en vano.

Babcock y Whitmore, entre otros, lanzaban miradas de curiosidad hacia el bosquecillo de plantas. Pero lo peor era que su madre se dirigía hacia ellas con una expresión de clara sospecha.

—Atención, se acerca mamá —dijo Sammie agitando las manos frente a sus tres hermanas—. Si me descubre, volverá a pasearme por todo el salón, y entonces seré una candidata segura al manicomio. ¡Por favor, ayudadme!

La mención de la madre silenció de inmediato a sus hermanas, y al instante las puso en acción. Hermione apoyó una mano consoladora en el hombro de Sammie y susurró con tono terminante:

—Lucille, tú agarra a mamá por la derecha; Emily, tú por la izquierda. Yo me encargaré de la retaguardia.

Empleando la táctica militar de atacar por los flancos de la que se habían servido durante años para distraer la atención de su madre, Hermione, Lucille y Emily emergieron de detrás de las palmeras en un arco iris de muselinas, plumas y cintas. Espiando entre las hojas, Sammie vio cómo interceptaban a su madre y hábilmente la obligaban a girar en redondo. Ésta volvió la vista atrás y frunció el entrecejo.

—¿Habéis visto a Sammie, niñas? —Pero su pregunta se perdió en medio de la música. Sammie se apretó contra la pared deseando hacerse invisible.

—Me parece que está junto al ponche —dijo Lucille llevándosela de allí. Desaparecieron entre la multitud, y Sammie dejó escapar un largo suspiro.

«No eres más que una cobarde», la reprendió su conciencia. Se resistió a semejante descripción, pero no pudo negar que era cierta; hacía años que no recurría a esconderse detrás de una planta, pero había sido necesario tomar alguna medida drástica. Y aunque no podía pasar escondida el resto de aquella interminable velada, necesitaba desesperadamente un momento para sí misma antes de unirse de nuevo a la fiesta de la señora Nordfield. Le palpitaban las sienes debido al esfuerzo de mostrarse complaciente mientras todo el mundo la miraba sin pestañear, susurraba acerca de ella y le formulaba una pregunta tras otra. Cielos, jamás había sospechado que el resultado de su fallido secuestro fuera a ser... aquello.

Si bien se sentía agradecida de que su familia no se hubiera visto herida por el escándalo a consecuencia de su encuentro nocturno con el hombre más buscado de Inglaterra, nadie, ni siquiera su madre, hubiera predicho que ella iba a convertirse en la mujer más buscada del pueblo. Ya no era «la pobre Sammie, la rara»; no, ahora se la consideraba «la inteligente y fascinante Sammie, la que había hablado con el Ladrón de Novias».

Su flamante popularidad debería haberla complacido. A diario le llegaban flores de caballeros que sólo dos semanas antes la evitaban. Todas las tardes recibía visitas femeninas o invitaciones a tomar el té.

Sí, todos los que antes la habían ofendido —ya fuera directamente o a sus espaldas— ahora se proclamaban amigos suyos. Todo el mundo imploraba conocer detalles de su aventura con el Ladrón de Novias. Pese al hecho de que era una pésima bailarina, los caballeros deseaban ser su pareja para el vals y otras piezas. Ahora las damas del pueblo buscaban su consejo, aunque sólo para temas banales como moda y joyas. Hasta su propia familia, con excepción de Hubert, se deshacía en elogios de ella, como si fuera una inteligente mascota que hubiera llevado a cabo una cabriola curiosa.

No, no podía disfrutar de aquella ola de popularidad porque en su corazón, en la parte más recóndita de su alma que siempre había anhelado en secreto ser aceptada, sabía que todo aquel interés por ella era superficial. Ninguno de sus nuevos «amigos» se interesaba por ella; tan sólo querían interrogarla acerca del Ladrón de Novias. Sabía muy bien que una vez quedara satisfecha su curiosidad, su interés se desvanecería rápidamente. Y por alguna razón, aunque ella intentaba resistirse, aquello le dolía más que los cuchicheos que había aprendido a ignorar a lo largo de los años.

Con todo, había soportado el flujo constante de visitas, pues no deseaba privar a su madre y sus hermanas de la profunda satisfacción que les proporcionaba su reciente popularidad. Sonrió hasta que le dolió la cara y aguantó incontables horas sentada en la salita, bebiendo suficiente té como para botar una fragata, respondiendo a innumerables preguntas y deseando todo el tiempo estar con Hubert leyendo revistas científicas, ayudándolo en su Cámara de los Experimentos y avanzando ella misma en sus estudios al respecto.

Cuando no estaba atrapada en la salita, pasaba horas interminables delante de la costurera que le tomaba medidas para unos vestidos de volantes que la hacían sentirse llamativa e incómoda. Sin embargo, había consentido los planes de su madre porque no quería estropear su felicidad por la popularidad de su hija, y tampoco deseaba tentar al destino que milagrosamente había librado a su familia del escándalo.

No obstante, aún más pesada que las incesantes visitas era la larga serie de fiestas, veladas y sesiones musicales. Aunque a ella la encantaba la música, por lo general asistía a muy pocas reuniones de ese tipo. Había terminado cansándose de intentar desempeñar el papel de conversadora elegante e ingeniosa y de soportar expresiones de indiferencia o, peor aún, de lástima que decían inequívocamente «Oh, es una verdadera pena que la pobre Samantha no se parezca más a sus preciosas hermanas».

Hacía mucho que había asumido sus carencias físicas y sociales, pues sabía que su familia la amaba a pesar de ellas. Sin embargo, los actos de sociedad la hacían sentirse incómoda e inepta. Con todo, durante la última quincena había asistido a decenas de ellos con la sonrisa permanentemente fija en los labios, por no decepcionar a su madre. Pero su paciencia se había acabado. ¿Cuánto tiempo podría continuar aquella situación insoportable? ¿Cuándo se cansaría de ella toda aquella gente y la dejaría en paz? «Pronto, por Dios bendito, por favor que sea pronto.» Por suerte, aquella velada era la última programada de momento, al menos que ella supiera. Sólo esperaba que su madre no escondiera otra pila de invitaciones en alguna parte.

Exhaló un suspiro muy sentido. Por más que deseara permanecer oculta, sabía que había llegado el momento de volver a la fiesta. Pero se prometió evitar a Babcock y Whitmore, y marcharse lo antes posible.

De modo que respiró hondo para hacer acopio de fuerzas y se volvió. Entonces se encontró mirando una pajarita blanca como la nieve y perfectamente anudada.

Sobresaltada, dio un paso atrás y tropezó con los enormes tiestos de porcelana que contenían las palmeras y los helechos. Gracias a Dios dichos tiestos eran altos, de lo contrario habría caído de espaldas de manera vergonzosa entre las plantas. Echó la cabeza atrás y su mirada se topó con unos ojos castaño oscuro de expresión interrogante.

Respiró hondo y trató de reprimir su impaciencia. Por Dios, era imposible tener un momento de intimidad. ¿No podría aquel condenado hombre buscar otro rincón donde escapar? Recorrió con la mirada a aquel nuevo intruso que invadía su intimidad; su atuendo de noche, negro y formal, acentuado por un chaleco de brocado plateado y una camisa de un blanco cegador, le sentaba de maravilla a su figura alta y de hombros anchos. Su rostro resultaba llamativo más que apuesto, como si un artista hubiera esculpido sus rasgos con trazos amplios y audaces para crear unos pómulos altos, una mandíbula cuadrada, una nariz perfectamente recta y una boca firme pero bien formada. Sus hermanas y su madre sin duda lo encontrarían muy atractivo. Pero ella lo consideraba una condenada molestia y deseó fervientemente que se largara de su refugio.

—Perdóneme por haberla sobresaltado, señorita Briggeham —dijo el hombre con voz profunda—. Al observar el trío de damas que salía de detrás de estas plantas, supuse que el lugar estaba vacío.

Sammie consiguió a duras penas contener un gemido. Aquel sujeto conocía su nombre. Igual que todo el mundo en aquella velada, sin duda desearía información sobre el Ladrón de Novias. Como mínimo, la arrastraría a una conversación estúpida y después de alguna manera llevaría la charla al tema que estaba en boca de todos. Lo peor que podía pasar era que la interrogase y encima la invitase a bailar.

Esforzándose por ser cortés, incluso aunque procuraba apartarse poco a poco de él, le preguntó:

—¿Nos conocemos, señor?

Él la contempló unos segundos antes de contestar, y Sammie sintió que le ardía la piel bajo aquella intensa mirada.

—Sí, así es, aunque de ello hace varios años. —Hizo una reverencia formal—. Soy el conde de Wesley. A su servicio.

Sammie se ajustó las gafas y lo observó detenidamente antes de fruncir el entrecejo.

—Perdone, milord, que no lo haya reconocido. Creía que usted era más... viejo.

—Seguramente me confunde con mi padre. Falleció hace cinco años.

Un intenso calor anegó las mejillas de Sammie. Menuda metedura de pata. Sin duda todos los presentes sabían que el padre del conde había muerto años atrás, excepto ella. Otra razón por la que aborrecer aquellas reuniones sociales: nunca sabía qué resultaba apropiado decir.

—Lo siento. No era mi intención...

—No hay cuidado —replicó él agitando la mano para restarle importancia al asunto. Alzó una ceja y en sus ojos brilló un destello malicioso—. Dígame, señorita Briggeham, ¿qué la ha traído a buscar cobijo detrás de estas plantas?

«Caballeros fastidiosos como usted», pensó, y respondió:

—Yo podría preguntarle eso mismo a usted, milord.

Él sonrió mostrando una dentadura blanca y uniforme.

—Se lo diré si me lo dice usted primero.

Notando su diversión, y aliviada de que él hubiera pasado por alto su anterior metedura de pata, Sammie dijo:

—Había dos caballeros que me estaban importunando para que bailara con ellos.

—¿De veras? ¿Qué caballeros?

—Los señores Babcock y Whitmore. —Miró entre los helechos y los localizó, todavía de pie junto a las ventanas francesas.

El conde se acercó y miró por entre las hojas. Sammie inspiró y la cabeza se le llenó con una mezcla de sándalo —inspiró otra vez— y un intrigante aroma que sólo pudo describir como limpio. Señaló a los dos hombres situados junto a las ventanas.

—Ah, sí, son conocidos míos —comentó lord Wesley—, aunque sólo superficialmente. Me temo que no asisto a muchas reuniones sociales.

—Considérese afortunado —musitó Sammie soltando las hojas—. Bien, si me disculpa, lord Wesley...

—Naturalmente, señorita Briggeham. No obstante, tal vez desee permanecer aquí unos instantes más. —Separó varias frondas por encima de donde podía alcanzar Sammie y miró por la abertura—. Al parecer, los señores

Babcock y Whitmore andan buscando a alguien. Si sale ahora...

Sammie contuvo un escalofrío. Si bien no sentía deseos de hablar con lord Wesley, éste parecía, al menos de momento, el menor de dos males.

—Gracias, milord. Dadas las circunstancias, creo que me quedaré aquí unos minutos más. —Se irguió en toda su estatura, pero advirtió que él era bastante alto. Apenas le llegaba al hombro. Ojalá tuviera ella una altura tan útil; qué cómodo sería poder alcanzar los estantes más altos del laboratorio sin ayuda de una escalera.

Como no parecía que el conde fuera a marcharse, le dijo:

—Al final no me ha dicho qué lo ha hecho a usted esconderse aquí, milord.

—La señora Nordfield me estaba persiguiendo con la insistencia de un cazador avezado, y con un brillo en los ojos que sólo puedo describir como «casamentero». Éste era el lugar más apropiado para perderme de vista un momento.

Sammie asintió, solidaria. Se imaginó perfectamente a Lydia Nordfield acosando al casadero lord Wesley igual que un sabueso tras un zorro. Conocía muy bien aquel brillo de casamentera en los ojos: era la misma expresión que le había mostrado su madre con renovados bríos a lo largo de las dos últimas semanas. El mero hecho de pensar en ello le causó un escalofrío de inquietud.

Recorrió con la mirada la figura alta y musculosa del conde.

—No se preocupe, lord Wesley. No le quepa duda de que podrá correr más que la señora Nordfield. Al parecer, es usted un espécimen bastante sano.

—Eh... gracias.

Mirando una vez más entre los helechos, Sammie observó con horror que su madre estaba conversando con Babcock y Whitmore. En aquel instante el trío se volvió hacia las plantas y los ojos de su madre se entrecerraron. Con una exclamación ahogada, Sammie retrocedió, como si los helechos se hubieran incendiado.

—Me temo que he de irme, lord Wesley —dijo al tiempo que realizaba una torpe reverencia—. Al parecer, mi madre ha detectado mi presencia. Buenas noches.

Él se inclinó.

—Lo mismo le digo, señorita Briggeham.

Salió disparada y, con la cabeza gacha y mirando el suelo, rezó para que nadie se fijara en ella.

Pero antes de que hubiera dado media docena de pasos, su madre saltó frente a ella igual que un gato ante un ovillo.

—¡Samantha! Estás aquí, querida. Te he buscado por todas partes. ¡Los señores Babcock y Whitmore desean bailar con nosotras! ¿No es maravilloso?

Sammie miró a los dos petimetres que aguardaban y se obligó a sonreír, aunque no hizo otra cosa que enseñar los dientes.

—Esa palabra no basta para describir lo que siento, mamá.

Su madre sonrió de oreja a oreja.

—¡Magnífico! La orquesta está a punto de iniciar la pieza.

—En realidad —dijo Sammie intentando disimular su impaciencia— no quiero...

—Perderte una sola nota —la atajó su madre con una sonrisa y una mirada de advertencia—. Vamos, Samantha.

Tras arreglárselas para reprimir un gemido, Sammie lanzó una rápida mirada anhelante hacia el refugio que constituía la maceta de plantas. Reconoció en los ojos de su madre aquella mirada reprobatoria; el único modo en que podría escapar del baile por parejas sería si por misericordia se abriera el suelo y se la tragara. Contempló fijamente el parqué, rezando para que se obrara el milagro y se abriera ante ella, pero sus plegarias no hallaron eco. De modo que irguió la espalda y tomó fuerzas para permitir que Babcock y Whitmore las condujeran a la pista de baile, jurando que aquélla sería la última velada a la que asistiría jamás.

—Me temo que la señorita Briggeham me ha prometido a mí el siguiente baile —oyó la voz profunda de lord Wesley a la espalda.

Sammie, su madre y los dos caballeros se volvieron a un tiempo. Sammie vio cómo su madre abría unos ojos como platos al ver al conde.

—Lord Wesley —dijo Cordelia realizando una pronunciada y elegante reverencia—. Qué sorpresa tan encantadora el verlo aquí. —Acto seguido se incorporó y le dirigió su sonrisa más beatífica, al tiempo que apartaba eficzmente a Babcock y Whitmore de un codazo—. Y qué maravilloso que desee bailar con Samantha.

—Sí, maravilloso —coreó Samantha sin una pizca de entusiasmo.

En los ojos castaños de lord Wesley brilló la diversión.

—Quizá, señorita Briggeham, prefiera dar conmigo un paseo por la galería. Tengo entendido que la señora Nordfield y sus hijas son artistas de gran talento. —Se volvió hacia Cordelia—. Puede acompañarnos, señora Briggeham, si así lo desea.

A la aludida se le iluminó el rostro como una vela.

—Qué amable de su parte, milord. Estaría encantada...

—Permítanme —terció Babcock mirando por su monóculo, lo cual lo hacía parecer un erizo tuerto—. Si la señorita Briggeham no va a bailar esta pieza con Wesley, creo que entonces debería...

De labios de Cordelia salió una serie de gorjeos.

—Cielos —jadeó, aferrada al brazo de Babcock—. Me temo que voy a desmayarme. Señor Babcock, ¿usted y el señor Whitmore me harían el favor de llevarme junto a mi esposo?

—¿Te encuentras bien, mamá? —inquirió Sammie, sabiendo que se esperaba que preguntase aquello. Sin embargo, también sabía que su madre jamás se «desmayaba» sin tener un diván donde caer.

—Estoy bien, querida. Simplemente necesito descansar un momento. Demasiadas emociones, creo.

—Permita que la ayude, señora Briggeham —dijo lord Wesley ofreciendo su mano.

Pero Cordelia rehusó con un gesto.

—Estaré bien, gracias a la amable ayuda de los señores Babcock y Whitmore. Vayan los dos a la galería. No hay necesidad de que me acompañen; desde aquí veo que hay por lo menos una docena de invitados admirando las pinturas. —Agarró firmemente a Babcock y Whitmore, a cada uno por un brazo, y se los llevó de allí.

Sammie observó a lord Wesley con el rabillo del ojo y contuvo una sonrisa ante la expresión medio sorprendida y medio divertida con que contemplaba alejarse a Cordelia.

—Su madre se las arregla socialmente muy bien a la hora de... —Su voz se perdió buscando la palabra adecuada.

—¿Manipular? —sugirió Sammie.

El conde se volvió hacia ella reprimiendo una sonrisa.

—Iba a decir desplegar estrategias. —Extendió el codo y ofreció su brazo a la joven—. ¿Damos un paseo por la galería?

Sammie vaciló.

—Agradezco que me haya rescatado, milord, pero no es necesario que continúe con este ardid.

—¿A qué ardid se refiere, señorita Briggeham?

—Al de «yo la acompaño a la galería para que usted no se vea obligada a bailar con esos zopenc... quiero decir caballeros». Me siento sumamente agradecida, pero...

—No tiene importancia. Sin embargo, no ha sido un ardid. Me agradaría mucho tener el honor de acompañarla.

Sammie lo miró, buscando señales que delataran la actitud calculadora a la que se había acostumbrado en las últimas semanas. Pero, para su sorpresa, no vio más que lo que parecía cálida cortesía. Con todo, seguro que el conde sólo deseaba acompañarla para interrogarla acerca del Ladrón de Novias, perspectiva que la llenó de resignación. Decidida a terminar lo más rápidamente posible con lo inevitable, preguntó:

—¿Por qué desea usted mi compañía?

Él se inclinó con aire de conspiración. Sammie percibió su aroma a limpio aunque temía su respuesta.

—Le he prometido a la señora Nordfield echar un vistazo a sus pinturas, y creo que desea que haga lo mismo con su hija soltera. Me haría usted un gran servicio al acompañarme. —Se incorporó—. Además, tengo entendido que esas pinturas son... inusuales, y quisiera contar con su opinión.

—Me temo que mis conocimientos de arte son bastante limitados.

—Con el debido respeto a nuestra anfitriona, me parece más que probable que no sea precisamente «arte» lo que veremos, señorita Briggeham.

La risa borboteó en la garganta de Sammie. Por lo menos aquel hombre resultaba divertido. Y después de ver cómo la había rescatado de los horrores del baile por parejas, supuso que le debía una recompensa. De modo que, relajada por primera vez en varias horas, inclinó la cabeza y enlazó su mano enguantada en el codo que le tendía el conde.

—Ha despertado usted mi interés, lord Wesley. Me apetece ver la galería con usted.

5

Eric fue andando despacio hacia la larga galería, muy consciente de la pequeña mano enguantada que descansaba ligeramente sobre su manga; muy consciente de la mujer menuda que iba caminando a su lado.

«Ha despertado usted mi interés, lord Wesley.»

«Del mismo modo que usted el mío, señorita Briggeham.»

El contacto de la delicada mano de la joven irradiaba un tibio hormigueo que le subía y bajaba por el brazo. No estaba seguro del motivo por el cual ella le provocaba semejante reacción, pero no había duda de que así era.

Se detuvieron frente al primer lienzo. Con el rabillo del ojo, Eric observó cómo examinaba la pintura con la cabeza ladeada primero a la derecha y luego a la izquierda.

—Es muy... interesante —comentó Sammie por fin.

Eric contempló la mezcolanza de colores oscuros.

—Es sencillamente horroroso —dictaminó.

Un ruido que sonó sospechosamente a una risita salió de la garganta de Sammie, que se apresuró a toser. Luego miró al conde, que quedó sobrecogido al ver sus ojos... unos ojos en los que brillaba una aguda inteligencia y que parecían agrandados por las gruesas lentes de las gafas. Le recordaban a dos aguamarinas... llameantes, luminosos y de una claridad perfecta.

Estudió con detenimiento el rostro de la muchacha. La pequeña nariz se veía salpicada de una franja de pálidas pecas. Su mirada se desvió hacia la boca y le llamó la atención un lunar cerca de la comisura del labio superior... aquel labio superior carnoso y pecaminoso que, al igual que el otro, parecía demasiado grande para aquel rostro en forma de corazón. El cabello, tupido y castaño, estaba recogido en un moño con artísticos bucles que enmarcaban la cara. Varios mechones brillantes escapados de las horquillas le daban a su dueña un aire ligeramente desaliñado. Eric sintió el súbito impulso de pasar los dedos por aquellos bucles desordenados, y arrugó la frente al pensarlo.

Sammie se acercó más a él.

—Usted es el experto en arte, milord. ¿Qué representa este cuadro?

Él inhaló y un tentador aroma a miel le cosquilleó los sentidos, junto con un leve olor a... ¿tierra fresca?

Contuvo una sonrisa; aquella mujer llamaba mascotas a un sapo, un ratón y una culebra de jardín, y su «perfume» revelaba que había pasado un rato escarbando en el barro antes de asistir a la fiesta de la señora Nordfield. Sin embargo, aquel esquivo resto de miel olía lo bastante bien como para comérselo. Qué combinación tan interesante.

Hizo un esfuerzo para centrarse en la horrenda pintura y dijo en tono serio:

—Representa un granero durante una violenta tormenta. —Señaló una mancha informe de color pardo—. Aquí se ve un caballo que regresa a toda prisa a su establo. —Miró a la joven—. ¿No está de acuerdo?

Ella le ofreció una sonrisa, y a él se le detuvo la respiración igual que le había sucedido en la casa de campo. Sonreír la transformaba, iluminaba sus facciones otorgándoles un aire de malicia y travesura.

—Hum —dijo ella tocándose la barbilla con los dedos—. A mí me parece más bien el fondo de un lago.

—¿En serio? ¿Y qué iba a hacer un caballo en el fondo de un lago?

—Pero es que esa mancha no es en absoluto un caballo, milord, sino un pez enorme con la boca abierta.

—¡Oh! Veo que están admirando mi retrato de la querida tía Libby —dijo en ese momento Lydia Nordfield, que se reunió con ellos frente al cuadro y se fijó en que la señorita Briggeham tenía una mano apoyada en el brazo del conde.

—Un trabajo maravilloso —murmuró éste gobernando su semblante para adoptar una expresión convenientemente seria—. En realidad, cuando la señorita Briggeham y yo hayamos terminado el recorrido de la galería, deseo hablar con usted acerca de su talento, señora Nordfield.

La mujer abrió de golpe su abanico y comenzó a agitarlo con un vigor que puso en movimiento sus perfectos tirabuzones.

—Oh, se lo agradezco mucho, milord. Naturalmente, estaré encantada de acompañarlo...

—No osaría monopolizar su tiempo —replicó Eric—. Yo mismo la buscaré tan pronto me haya formado una impresión de su colección.

—Esperaré ansiosa ese momento, milord —repuso la anfitriona en un tono que dejaba claro que nada que no fuera la muerte iba a impedirle hablar de arte con él. Se excusó con evidente mala gana.

—Cielos, ¿qué va a decirle? —preguntó la señorita Briggeham en tono confidencial—. ¡Pero si ha comparado a la querida tía Libby con un caballo!

—Por lo menos no la he comparado con un pez con la boca abierta —bromeó él, y fue recompensado con un favorecedor arrebol de color melocotón—. A decir verdad, lo más probable es que no necesite decir nada, porque sin duda la señora Nordfield se encargará de llevar el peso de la conversación.

Sammie asintió lentamente y su expresión se tornó seria.

—Tiene razón. Veo que comparte usted el talento de mi madre para...

—¿La manipulación? —aventuró Eric con una sonrisa.

—¡No! —El color de las mejillas de Sammie se intensificó—. Me refería a los actos sociales, la conversación cortés, la charla ociosa.

—Me temo que eso es inevitable, dado el gran número de actos a que he asistido.

Pasearon hasta el cuadro siguiente.

—Supongo que es usted muy popular.

Él enarcó las cejas.

—Recibo muchas invitaciones, si se refiere a eso. Pero, por lo visto, a usted le sucede lo mismo.

Ella dejó escapar una risa sin humor.

—Sí, me temo que sí. Por lo menos últimamente.

—Parece... desilusionada.

—Me temo que, a pesar de los bien intencionados intentos de mis hermanas por enseñarme, soy una bailarina horrible. Y, como estoy segura de que se habrá percatado, no se me da bien conversar sobre temas banales.

—Al contrario, señorita Briggeham, aún no me he aburrido con usted.

Sus ojos mostraron sorpresa. Se detuvieron delante de la siguiente pintura, y Eric se obligó a mirarla. Tras examinar detenidamente aquellos trazos irreconocibles, aventuró:

—Estoy perdido. ¿Qué opina usted?

—Puede que sea el huerto de la querida tía Libby.

Eric la miró.

—¿O tal vez su esposo?

Sammie rió, y su rostro volvió a iluminarse con aquella sonrisa que él sólo podía describir como encantadora. No obstante, al cabo de pocos segundos aquella alegría se esfumó; Sammie abrió la boca y la cerró, y el ceño le arrugó la frente. Por fin dijo:

—No se me da bien fingir, milord. Si desea información sobre mi encuentro con... él, prefiero que sencillamente me pregunte y terminemos de una vez, en lugar de desperdiciar su tiempo acompañándome por toda la sala para conducirme poco a poco hacia el tema.

—¿Quién es «él»?

—El Ladrón de Novias. —Deslizó la mano del brazo del conde, que de inmediato echó de menos su calor—. Sé perfectamente que mi fallido secuestro es el único motivo por el que todo el mundo busca mi compañía.

—No creerá usted que su popularidad se basa exclusivamente en su encuentro con ese tal Ladrón.

—Estoy segura de que así es. Y jamás me había encontrado en una situación más engorrosa.

Reanudó el paseo, y Eric se puso a su lado resistiendo el impulso de recuperar su mano y envolverla alrededor de su brazo. Le dolía el corazón tras las palabras de la joven, y su mirada recorrió rápidamente los invitados que paseaban por la galería. ¿Qué demonios le ocurría a aquella gente? ¿Es que no veían que la señorita Briggeham era divertida e inteligente? Pero claro, su intelecto actuaba en contra de ella; no era coqueta ni frívola, y por lo tanto no atraería precisamente mucha atención masculina.

—Hubiera creído que la mayoría de las jóvenes disfrutaba siendo el centro de atención —comentó cuando se detuvieron ante otra pintura horrenda.

—Me temo que no soy como la mayoría de las jóvenes. —Lanzó un suspiro—. Antes de mi encuentro con el Ladrón de Novias me gustaba asistir de vez en cuando a una fiesta. Me acomodaba entre las matronas y las solteronas, veía bailar a mis hermanas y mi madre y charlaba con una de mis mejores amigas, la señorita Waynesboro-Paxton.

—No creo conocerla.

—Vive en las afueras del pueblo. Por desgracia no ha podido asistir a esta velada debido a su mala salud. Le está fallando la vista, y también sufre graves ataques de dolor en las articulaciones, la pobrecilla. —Se acercaron hasta el cuadro siguiente, y Sammie continuó en tono exasperado—: Sin embargo, ahora tengo una fiesta a la que asistir casi todas las noches. A pesar de que no dejo de propinarles pisotones, los caballeros insisten en sacarme a bailar. —Señaló su vestido de muselina con ademán impaciente—. Estoy ridícula con estos vestidos llenos de volantes. No sé nada de moda, y aun así las damas solicitan mi opinión sobre ese tema. Los caballeros se me acercan para hablarme del tiempo; lord Carsdale entabló conmigo una conversación sobre el último aguacero durante casi un cuarto de hora. Y todo ello no es más que parloteo cortés para llegar a las preguntas sobre mi secuestro.

Eric apenas consiguió reprimir el impulso de informarla de que mientras Carsdale le soltaba su discurso sobre el tiempo, también aprovechó para mirarle el escote. Él mismo bajó la vista y apretó los labios al ver aquellas generosas curvas. Maldición, no le extrañaba que Carsdale no hubiera podido quitarle los ojos de encima.

—¿Le ha preguntado lord Carsdale por el Ladrón de Novias?

—Me ha preguntado todo el mundo.

—¿Y qué les dice usted?

—La verdad. Que se mostró muy amable conmigo, sobre todo cuando comprendió su error. Y que sólo desea ayudar a las mujeres que rapta.

—¿Y cómo reacciona la gente a eso?

—Los hombres preguntan por su caballo y si iba armado o no. Y esos dos zopenc... quiero decir los señores Babcock y Whitmore, querían saber los detalles de cómo se anudaba la pajarita.

Conteniendo una sonrisa, Eric inquirió :

—¿Y las damas?

—Lanzan suspiros y hacen preguntas tontas como «¿era apuesto?», «¿era muy fuerte?», «¿de qué color tenía los ojos?».

—Entiendo. ¿Y qué les contesta usted?

—Que la máscara le ocultaba las facciones por completo. Y que era muy fuerte. Me levantó del suelo como si yo no pesara más que un saco de harina.

«Ni siquiera eso, querida.»

—¿Y qué contesta respecto de sus ojos?

—Les digo que estaba demasiado oscuro para distinguirlos. Pero que eran intensos, y con un brillo de inteligencia y de compromiso con su causa.

—Por lo visto, ese bandido la ha dejado bastante impresionada.

Sammie calló un instante y se volvió para mirarlo, con un fulgor azul en los ojos.

—No es un bandido, lord Wesley; es un hombre empeñado en ayudar a mujeres necesitadas, a pesar del riesgo que ello implica para él mismo. No tiene nada que ganar y todo que perder con su forma altruista de obrar. Y me atrevo a decir que si hubiera más personas como él, el mundo sería un lugar mucho mejor, sin duda.

La indignación, al igual que las sonrisas, obraba maravillas en la señorita Briggeham.

Sus mejillas se tiñeron de un color que la favorecía mucho, y el pecho le subía y bajaba con rápidas y profundas inspiraciones. Sus ojos agrandados llameaban como carbones azules y provocaban en Eric el deseo de quitarle las gafas para observar aquel fuego directamente.

—De hecho —prosiguió ella con acaloramiento—, me encantaría poder ayudar a ese hombre en su noble causa.

A Eric le produjo una gran satisfacción el hecho de que ella considerara que su causa era noble, pero aquel sentimiento fue sustituido rápidamente por un presagio. ¿Ayudarlo? Por todos los diablos, ¿pero en qué estaba pensando aquella mujer? Fuera lo que fuese, tenía que quitarle esa idea de la cabeza. De inmediato.

Haciendo un esfuerzo para mantener un tono calmo, le preguntó:

—¿Y cómo podría usted ayudarlo?

—No lo sé. Pero si hubiera algo que pudiera hacer, le aseguro que lo haría.

—No sea ridícula, señorita Briggeham —replicó Eric con más brusquedad de la que pretendía—. Ese hombre y sus escandalosas acciones son un peligro. Es grotesco que usted esté pensando en mezclarse con él.

La mirada glacial que ella le dirigió indicó bien a las claras que había dicho algo incorrecto y que la camaradería surgida entre ambos se había roto. Desapareció de sus ojos todo vestigio de calidez, y él se sintió abrumado por una aguda sensación de pérdida.

—Sólo estoy pensando en su bienestar —dijo.

—No se preocupe, milord. —Su tono gélido coincidía con la frialdad de su mirada—. Soy perfectamente capaz de cuidar de mí misma. Y permítame que lo felicite; su método para interrogarme ha sido más inteligente que el de la mayoría. —Realizó una torpe reverencia—. Le deseo buenas noches.

Eric se quedó boquiabierto, observando cómo ella se abría paso a toda prisa entre las parejas que paseaban por la galería. No recordaba haber sido nunca despedido de un modo tan sumario, y si lo había sido, desde luego no por una mujer. Y ciertamente no se acordaba de que nadie, salvo su padre, lo hubiera mirado con semejante desdén. Estaba claro que, en opinión de aquella joven, él no era mejor —aunque sí más listo— que las demás personas que se le acercaban para sonsacarle información acerca del Ladrón de Novias, un hecho que le causó una extraña sensación de dolor y vacío en el pecho.

La promesa de la joven de ayudar al Ladrón de Novias aún resonaba en su mente, y sus manos se cerraron en dos puños a los costados. Diablos, no podía estar pensando en serio en tratar de encontrar al Ladrón de Novias y ofrecerle su ayuda... ¿verdad? Si bien no tenía miedo de que diera resultado cualquier esfuerzo por su parte por localizar al Ladrón, sí le preocupaba que pudiera hacer algo potencialmente peligroso para ella. Conocía muy bien los peligros que entrañaba su cruzada.

Se mesó el pelo y lanzó un resoplido de frustración en un intento de calmar el malestar que lo embargaba. El lado bueno de aquello era que la señorita Briggeham no había sufrido menoscabo social a consecuencia de aquel intento de secuestro. Era verdad que estaba experimentando por primera vez lo que era la popularidad, la cual, aunque no fuera de su agrado, desde luego era preferible al ostracismo.

Sí, todo había salido bien para la señorita Briggeham, y él estaba preparado para dejar de preocuparse por ella... hasta que ella manifestó sus ridículas intenciones. Eric se sacudió mentalmente. ¿Qué podría llegar a hacer? Nada. Simplemente había hecho una afirmación, tal como hacían muchas mujeres. Sólo que en vez de declarar que le encantaría poseer un diamante de veinte quilates, la señorita Briggeham deseaba ayudar al Ladrón de Novias. No eran más que palabras pronunciadas en el calor del momento, y no significaban nada.

Exactamente. Ahora podía dejar de pensar en ella, en aquellos enormes ojos que reflejaban una fascinante mezcla de inteligencia, inocencia, seriedad, malicia y vulnerabilidad. El hecho de que aquellos ojos lo hubieran mirado con frío desdén en vez de calor lo inquietaba de un modo inexplicable... pero lo olvidaría.

Del mismo modo que olvidaría aquellos labios cautivadores y aquella figura llena de curvas, más propias de una espléndida cortesana que de una jovencita del campo.

Al salir de la galería, acertó a verla dirigiéndose hacia el vestíbulo, con su madre a la zaga.

Con todo, acaso viera una vez más a la señorita Briggeham, sólo para cerciorarse de que no había querido decir nada con aquel comentario. Sí, era una idea excelente. Tomaría nota de hacerle una visita la semana próxima.

Quizás incluso mañana mismo.

6

La mañana siguiente a la fiesta de la señora Nord-field, Sammie estaba sentada frente a su escritorio, hojeando las páginas color marfil de su diario íntimo, el lugar donde vivían todas sus fantasías secretas. Se detuvo en una entrada que llevaba fecha de tres meses antes.

Era el hombre más guapo que había visto nunca, aunque su belleza tenía poco que ver con sus apuestos rasgos y su físico varonil. Había en sus ojos una amabilidad, una generosidad de espíritu que me atraían, junto con el hecho de que él pasaba por alto defectos que otros no perdonaban. Y en efecto, afirmaba que aquellos rasgos que los demás consideraban peculiares a él le resultaban entrañables. Me miraba como si fuera la mujer más bella que hubiera visto nunca. Sus ojos resplandecían de amor, un amor que me reconfortaba, pero en su mirada había algo más... un oscuro deseo que me provocó un escalofrío.

Me tocó el rostro con delicadeza y al hacerlo le temblaron las manos, igual que las mías. Entonces fue bajando la cabeza lentamente hasta que su boca quedó a escasos centímetros de la mía.

—Eres todo lo que siempre he querido —susurró contra mis labios, y sentí su suave aliento en mi piel.

Sin duda estaba oyendo el retumbar de mi corazón, porque parecía a punto de estallarme en el pecho.

Su boca rozó levemente la mía y mi pulso se disparó como si tuviera alas. Después me estrechó entre sus fuertes brazos y apoyó mi cabeza bajo su barbilla.

—Te amo, Samantha. Quiero que viajemos por el mundo y compartamos emocionantes aventuras juntos.

Aspiré su maravilloso aroma y asentí con la cabeza. Había encontrado al hombre de mi vida.

Sammie exhaló un profundo suspiro y cerró el diario con suavidad. ¿De verdad era tan ingenua sólo tres meses atrás? Naturalmente, tres meses antes nunca se había interesado por ella un caballero. Sin embargo, ahora comprendía cuán tontas y profundamente irreales eran sus fantasías.

Basándose en sus observaciones hasta el momento, un hombre así, como el que ella había creado en las páginas de su diario, simplemente no existía. Si bien eran sumamente corteses, al menos en apariencia, ninguno de los caballeros que ahora le concedían sus atenciones le resultaba atractivo; ninguno deseaba hablar de temas con contenido, y no pasaba inadvertida la mirada vidriosa de sus ojos cuando ella intentaba hacerlo. Y aunque le trajeran ponche y conversaran con ella, parecía como si les resultara transparente, hasta que desviaban la conversación hacia el tema del Ladrón de Novias; entonces su atención se centraba en ella como si fuera un espécimen colocado bajo un microscopio.

Pero ninguno de ellos se interesaba por su persona, por lo que pensaba o sentía; ninguno parecía compartir su pasión por la aventura ni su sed de conocimientos.

Y si las compartían, desde luego no deseaban hablar de tales temas con ella. Su mente siempre le decía eso, pero en lo más recóndito de su corazón ella albergaba una chispa de esperanza...

Sólo en aquellas páginas de vitela se atrevía a desvelar sus anhelos secretos; sueños necios y tontos que jamás se harían realidad, pero aun así no podía impedir que acudieran a su mente. Y a su corazón. De manera que en lugar de combatir dichos anhelos, los ponía por escrito y desahogaba todos sus sueños incumplidos de amor y aventura, y los leía una y otra vez en las noches solitarias en que el sueño la eludía.

Su madre y sus hermanas se quedarían estupefactas si supieran que su mente lógica y práctica fantaseaba de semejante modo, y ponía cuidado en que no se enterasen. No podría soportar ver pintado en sus bellos rostros un bien intencionado pero no deseado sentimiento de lástima al saber que la «pobre Sammie» jamás llegaría a ver cumplidos sus queridos sueños, y que no encontraría un hombre que abarcara todas sus fantasías femeninas... un hombre que amase la aventura, la naturaleza, los animales, la ciencia.

A ella.

Sí, habiendo crecido al lado de tres hermanas bellísimas sabía muy bien cuán fútiles eran sus anhelos. Los hombres admiraban la belleza por encima de todo. Y si una mujer no había sido agraciada con un rostro encantador, por lo menos debía poseer algún talento femenino como la conversación, sentido de la moda, capacidad para la música y el baile y una voz bonita al cantar.

No, no existía ningún hombre en el mundo que pudiese pasar por alto todos sus notorios defectos. Pero sí existía en su mente, y en su diario, y continuaría escribiendo sobre él en aquellas páginas. Y soñando...

Todavía con aquellos pensamientos de aventura vagando por su mente, por un instante tuvo una visión del Ladrón de Novias que le causó un tibio hormigueo. Aquél sí era un hombre capaz de inspirar fantasías de aventura. Por primera vez en su vida, leyó con avidez las páginas de sociedad del *Times* en busca de comentarios sobre él. Resultaba bastante inquietante el que un grupo de hombres hubiera formado la Brigada contra el Ladrón de Novias. Ahora que se ofrecía por él una auténtica fortuna, el peligro que corría el Ladrón había aumentado de manera significativa. ¿Habría rescatado a alguna mujer más? ¿Se encontraría a salvo? Todas las noches, antes de acostarse, rezaba por su seguridad y suplicaba a Dios que cuidara de él.

Había sido discreta en las respuestas que daba a las preguntas que le formuló todo el mundo, desde el magistrado hasta los vecinos, en parte porque no quería decir nada que pudiera poner en peligro al Ladrón, pero también porque su corazón no podía compartir con nadie los maravillosos y fascinantes detalles del breve rato que habían pasado juntos.

El Ladrón de Novias. Sí, no había duda de que él personificaba muchas de las cualidades que poseía el hombre de sus fantasías. No olvidaría jamás el escaso tiempo que había pasado con él, la alegría y la emoción de atravesar velozmente el bosque a oscuras con un hombre que parecía más mítico que real.

Sin embargo era de carne y hueso, y sugería preguntas que la intrigaban. ¿Cómo sería debajo de aquella máscara? ¿Dónde vivía? Su imaginación evocó una fortaleza escondida, y a punto estuvo de echarse a reír de ideas tan extravagantes. Por supuesto que no lo sabría nunca, pero lo que sí sabía era que se trataba de un hombre admirable, un hombre de sólidas convicciones y fibra moral. Desde luego no era un «bandido» como tantas personas pretendían, personas como lord Wesley.

Juntó las cejas en un marcado ceño. Por razones que no podía explicar, sus pensamientos habían vuelto a girar en torno a aquel hombre irritante una docena de veces desde su encuentro la noche anterior. Se había desembarazado con facilidad de todos los petimetres con que se había topado; ¿por qué no se había olvidado de éste?

Quizá porque éste no hablaba de temas como la moda y el tiempo. O porque la había hecho reír. Tal vez se debiera a que en realidad había disfrutado con su compañía antes de su brusca separación, antes de que él demostrara que no era distinto de cualquiera de sus falsos admiradores.

Pero no tenía importancia; lo más seguro era que no volviera a estar nunca más con lord Wesley. Al fin y al cabo, salvo por la noche anterior, llevaba años sin verlo. A pesar de que su familia gozaba de cierta prominencia en Tunbridge Wells, el mundo social del conde orbitaba muy por encima del suyo. Sabía por su madre que Wesley pasaba la mayor parte del tiempo en Londres, sin duda entregado a toda clase de libertinaje, como era habitual en la nobleza.

Con todo, mientras que muchos otros la miraban con especulación y descaro, en los ojos de lord Wesley había visto algo —un calor inesperado, una amabilidad sorprendente— que la había reconfortado. Y atraído.

Respiró hondo. ¿Atraído? ¡Cielos, no! ¡Por supuesto que no se sentía atraída hacia aquel hombre! Era natural que toda mujer lo encontrase físicamente... agradable, pero un bello rostro no significaba nada cuando uno era arrogante y presuntuoso y calificaba de «grotesco» el deseo que tenía ella de ayudar a un hombre noble. No, ciertamente no lo encontraba atractivo en absoluto. La única razón por la que no lo había apartado de su mente era porque había conseguido ponerla furiosa... y recordar el modo en que se separaron la enfadaba aún más. Sí, eso era todo.

Satisfecha, ató cuidadosamente su diario con una cinta de satén y guardó el manoseado librito de tapas de cuero en el compartimiento secreto que tenía en su escritorio.

Se levantó y fue hasta la ventana del dormitorio. Brillaba el sol de última hora de la tarde, derramando un cálido haz de luz sobre la alfombra de vivos colores.

Apartó la cortina de terciopelo verde oscuro y abrió la ventana para contemplar la campiña. Percibió el aroma de las rosas de su madre, que florecían en una desatada profusión de rojos y rosados. Nadie en el pueblo tenía rosas más bellas que Cordelia Briggeham, y a Sammie le encantaba pasear por los senderos del jardín respirando aquel aroma maravilloso y embriagador.

En ese momento llamó su atención un ruido en el patio. Miró hacia abajo y vio a Hubert cruzando el suelo de losetas con paso desmañado, casi tambaleándose bajo el peso de una enorme caja.

—¿Qué llevas ahí, Hubert? —lo llamó.

El joven volvió la vista hacia arriba, y su rostro se transformó en una amplia sonrisa al verla. Un mechón castaño le caía sobre la frente y le daba un aire infantil que resultaba chocante para sus catorce años.

—¡Hola! —exclamó el chico—. ¡Por fin ha llegado el telescopio nuevo! Voy al laboratorio. ¿Te gustaría acompañarme?

—Claro que sí. Me reuniré contigo en un par de minutos. —Se despidió con la mano y vio cómo Hubert se encaminaba hacia el viejo granero que había convertido en laboratorio varios años antes.

Sammie salió del dormitorio y fue hasta las escaleras, emocionada por la perspectiva de ver el nuevo telescopio. Cuando se aproximaba al rellano, oyó la voz de su madre:

—¡Qué amable por su parte venir a visitarnos, milord! ¡Y qué flores tan preciosas! Chester, por favor, acompañe a su señoría a la salita. Voy a encargarme de este ramo y a informar a Samantha de que tiene una visita.

—Sí, señora Briggeham —entonó Chester con su profunda voz de mayordomo.

¡Maldita sea! No le cupo duda de que el «milord» que en aquel momento se dirigía a la salita era el irritante vizconde de Carsdale, que seguramente venía a hablar del tiempo. Se apoyó contra la pared y luchó contra el impulso de huir corriendo otra vez a su habitación y esconderse en el ropero. Y lo habría hecho si hubiera creído que tenía alguna posibilidad, pero el rumor de las faldas de su madre y sus pasos en las escaleras le indicaron que estaba atrapada. Lanzó un suspiro para reunir fuerzas y salió al encuentro de su madre en lo alto de la escalera. Traía un gran ramo de flores de verano y lucía una radiante sonrisa.

—¡Samantha! —dijo en tono bajo pero emocionado—. Tienes un pretendiente, cariño. ¡Y no vas a adivinar de quién se trata!

—¿El vizconde de Carsdale?

Cordelia abrió mucho los ojos.

—Cielos, ¿también ése piensa hacerte una visita? Has de contarme estas cosas, cariño.

—¿A qué te refieres con «también»? ¿A quién ha conducido Chester a la salita?

Su madre se inclinó con el semblante iluminado de placer.

—A lord Wesley. —Susurró su nombre con la reve-

113

rencia que normalmente reservaba para los santos y los monarcas.

Para gran fastidio suyo, Sammie sintió en la espalda un hormigueo que se parecía mucho a la emoción. ¿Qué demonios pretendía aquel hombre? ¿Acaso continuar la conversación sobre el Ladrón de Novias? En tal caso, su visita sería breve, ciertamente, pues ella no tenía intención de contestar más preguntas ni de escuchar más palabras groseras sobre aquel héroe. ¿O tal vez había venido por otra razón? Si era así, no se le ocurría cuál podía ser. ¿Y por qué le había traído flores?

Su madre le puso el ramo debajo de la nariz y dijo:

—Te ha traído esto. ¿No son espléndidas? Oh, flores de un conde... No puedo esperar a contárselo a Lydia. —Su mirada escrutó rápidamente el sencillo vestido gris de Samantha—. Querida, oh, querida, deberías ponerte uno de tus vestidos nuevos, pero supongo que éste tendrá que servir. No queremos hacer esperar a su señoría.

Y, aferrando el brazo de su hija con una fuerza que desmentía sus menudas proporciones, casi la empujó escaleras abajo y luego por el pasillo que conducía a la salita, al tiempo que le susurraba tajantes instrucciones.

—No olvides sonreír, cariño —le dijo—, y muéstrate de acuerdo con todo lo que diga el conde.

—Pero...

—Y pregúntale por su salud —continuó Cordelia—, pero por nada del mundo saques a colación esos temas tan poco femeninos, como las matemáticas y la ciencia, que tango te gustan.

—Pero...

—Y, hagas lo que hagas, no menciones a *Isidro*, *Cuthbert* ni *Warfinkle*. No es necesario que el conde esté al corriente de tus mascotas tan... inusuales. —Le lanzó una mirada de soslayo y con los ojos entornados—. Están fuera de la casa, ¿verdad?

—Sí, pero...

—Perfecto. —Se detuvieron delante de la puerta de la salita, y Cordelia le acarició la mejilla—. Me siento muy feliz por ti, cariño.

Antes de que Sammie pudiera pronunciar palabra, su madre abrió la puerta y traspuso el umbral.

—Aquí la tiene, lord Wesley —anunció, arrastrando a su hija casi en vilo—. Me reuniré con ustedes dentro de unos momentos, en cuanto me haya encargado de estas flores tan bonitas y haya pedido que nos sirvan un refrigerio. —Esbozó una sonrisa angelical y acto seguido se retiró dejando la puerta debidamente entreabierta.

Aunque estaba ansiosa por reunirse con Hubert y el telescopio nuevo, Sammie se sintió aguijoneada por una reacia curiosidad por saber a qué se debía la presencia del conde. Decidida a ser cortés, miró a su visitante.

Éste permanecía de pie en el centro de la alfombra de Axminster en forma de diamante, alto e imponente, perfectamente ataviado con sus botas negras y relucientes, unos pantalones de montar de color beige y una chaqueta azul noche que le sentaba a la perfección a su masculina figura. Por un instante, Sammie deseó, de modo inexplicable y nada propio de ella, llevar puesto uno de sus vestidos nuevos.

Los únicos detalles del atuendo del conde que no resultaban perfectos eran su corbata de lazo, que parecía anudada de un tirón, y su cabello oscuro, bastante alborotado. Sammie reconoció, aun de mala gana, que aquellos desajustes en su aspecto resultaban un tanto... entrañables.

Estuvo a punto de poner los ojos en blanco por haber elegido semejante adjetivo; aquel hombre no era entrañable en absoluto. Era fastidioso. Había cuestionado la idea que tenía ella del Ladrón de Novias de una manera que sólo podía calificarse de vulgar, y luego se había burlado de ella por desear ayudar a aquel hombre heroico, excusándose en que le preocupaba su bienestar. ¡Qué desfachatez! En fin, cuanto antes lo saludara y descubriera la razón de su visita, antes podría acompañarlo hasta la puerta.

—Buenas tardes, lord Wesley —dijo, tratando, en honor a su madre, de mostrarse amistosa.

—Lo mismo le digo, señorita Briggeham.

—Bien... gracias por las flores.

—De nada. —Recorrió la habitación con la mirada y se fijó en la abundancia de ramos que adornaban toda superficie disponible—. Si hubiera sabido que ya poseía tantos tributos florales, le habría traído otra cosa.

La mirada de Sammie siguió la de él, y no pudo reprimir un suspiro.

—Mi madre dice que una mujer nunca tiene demasiadas flores, pero yo tiemblo al pensar en todas las pobres plantas que han sido decapitadas para formar estos ramos. —En el instante mismo de pronunciar aquellas palabras, se dio cuenta de la descortesía que suponían para un hombre que acababa de regalarle flores. Para compensar su metedura de pata, le preguntó en su tono más educado—: ¿Quiere tomar asiento, milord?

—No, gracias. —El conde se acercó y clavó su mirada en la de ella de un modo que le causó un extraño desasosiego. Cuando los separaban sólo un par de metros, dijo—: Prefiero quedarme de pie para expresarle mi pesar por habernos despedido anoche de manera tan abrupta. No fue mi intención turbarla.

El calor que irradiaban sus aterciopelados ojos castaños era señal de su sinceridad, pero Sammie había aprendido en las últimas semanas que de los labios de los hombres salían palabras aparentemente sinceras igual que las abejas de un panal.

—No me turbó, lord Wesley. —Al ver que él alzaba las cejas con escepticismo, explicó—: Sólo me fastidió.

En los ojos de él surgió algo que pareció diversión.

—Oh. En ese caso, le ruego me permita expresarle mi pesar por haberla «fastidiado». Pese a lo que pudiera parecer, no intentaba sonsacarle información. Además, sólo pretendí señalarle el tremendo disparate que constituía su deseo de ayudar a un delincuente buscado por las autoridades.

Sammie apretó los puños.

—Expresa usted su pesar por haberme fastidiado, milord, y sin embargo continúa fastidiándome al ofrecerme una opinión que no le he solicitado.

—Le aseguro que yo...

—Hola, Sammie —interrumpió la voz de Hubert desde el otro lado de la puerta—. ¿Por qué tardas tanto? —Ella se volvió y vio que Hubert entraba en la salita y se paraba en seco al ver al huésped—. Oh, lo lamento —dijo al tiempo que se sonrojaba—. No sabía que estabas con una visita.

—No hay motivo para excusarse —le aseguró Sammie con una sonrisa que esperaba no delatase su alivio por la interrupción—. El conde es un hombre muy ocupado. Estoy segura de que no desea que yo lo entretenga mucho más. —Con el rabillo del ojo advirtió la levísima sonrisa que cruzó los labios del conde.

Haciendo un esfuerzo para mantener un tono de voz calmo, Sammie realizó las necesarias presentaciones observando de cerca a Wesley, y con todos sus instintos de protección alerta, por Hubert. La semana anterior, cuando acudió a visitarla el vizconde de Carsdale, le había presentado a su hermano, cuyo semblante se marchitó cuando la mirada del vizconde se posó en él con evidente desdén, lo cual había provocado en Sammie el impulso de abofetear a aquel arrogante. Estaba acostumbrada a los desaires sociales y había aprendido a no concederles importancia, pero Hubert aún era sensible a gestos como aquél. Si al conde se le ocurría actuar del mismo modo...

Pero quedó sorprendida cuando lord Wesley le tendió la mano de forma amistosa y sin afectación.

—Es un placer conocerte, muchacho —dijo.

—El placer es mío, milord —respondió Hubert ruborizándose todavía más. Volvió a centrar su atención en Sammie—: Siento interrumpirte, pero al ver que no te reunías conmigo en la cámara tal como habías prometido, empecé a preocuparme de que Grillo te hubiera entretenido. —Una ancha sonrisa se extendió por su rostro—. Pensé que a lo mejor necesitabas que te rescatara.

«Y así es, pero no de mamá.» Antes de que pudiera reaccionar, lord Wesley preguntó:

—¿Qué cámara?

—Mi Cámara de los Experimentos —contestó Hubert—. He convertido el viejo granero en un laboratorio.

La mirada del conde se llenó de interés.

—¿De veras? ¿Y qué haces allí?

—Toda clase de experimentos. —Hubert lanzó una breve mirada cohibida a su hermana, y prosiguió—: También lo utilizo para mis inventos y mis estudios de astronomía.

—Yo siento una gran curiosidad por la astronomía —comentó el conde—. Espero que esta noche el cielo esté despejado para poder ver las estrellas.

A Hubert se le iluminó el semblante.

—Yo también. Es una ciencia fascinante, ¿a que sí? A Sammie... quiero decir, a Samantha también le gusta mucho.

La mirada de lord Wesley se posó en ella.

—¿Es cierto eso, señorita Briggeham?

—Sí —se apresuró a responder—. De hecho, estaba a punto de reunirme con Hubert en su cámara cuando llegó usted. —Seguro que el conde captaría la indirecta y se marcharía.

—Acaba de llegar de Londres mi nuevo telescopio —informó Hubert al conde—. A lo mejor le gustaría verlo.

Sammie contuvo a duras penas un chillido de horror.

—Estoy segura de que lord Wesley tiene asuntos importantes que lo esperan, Hubert.

Una chispa de diversión brilló en los ojos del conde.

—¿Los tengo?

—¿No los tiene?

—A decir verdad, me interesaría mucho ver el telescopio de Hubert.

—Pero no querrá...

—Oh, es un telescopio muy bueno, milord —terció Hubert—. Sería un honor mostrárselo.

—Acepto tu amable invitación. Gracias. —Lord Wesley dedicó a Sammie una sonrisa claramente presumida, hecho que a ella le tensó los hombros. A continuación le extendió el brazo y le dijo—: ¿Vamos pues, señorita Briggeham?

Maldiciendo para sus adentros a su querido hermano por haber invitado a aquel hombre tan fastidioso, Sammie se obligó a sonreír. Estudió la posibilidad de rechazar su brazo, pero al final decidió no darle la satisfacción de comprobar que su presencia la turbaba. Además, estaba claro que Hubert se sentía emocionado por la perspectiva de exhibir su telescopio. Podría soportar la presencia del conde un poco más de tiempo... siempre que no volviera a hacer comentarios despectivos sobre el Ladrón de Novias. Si los hiciera, ella se limitaría a cambiar de tema y despedirlo sin más. Y después de aquel día, lo más seguro era que no volviera a verlo nunca.

Sí, era un plan de lo más sencillo, lógico y práctico. Apoyó la mano levemente en la manga de lord Wesley y ambos salieron de la salita y siguieron a Hubert.

Eric avanzaba por un tortuoso sendero del jardín flanqueado por una profusión de rosas e intentaba ocultar la sonrisa que tiraba de sus labios. Los dedos de la señorita Briggeham descansaban sobre su manga al parecer con todo el entusiasmo de alguien que está tocando un insecto enorme, peludo y potencialmente venenoso. Tenía que reconocer que la reacción de la joven hacia él suscitaba su interés y curiosidad. Las mujeres siempre se mostraban sumamente complacidas de recibir, así como de buscar, su compañía; tal vez también ocurriría si no fuera conde, pero no cabía duda de que poseer riquezas y un título le garantizaba atención femenina de sobra.

Excepto, naturalmente, con la señorita Samantha Briggeham, que parecía preferir arrojarlo a los setos de alheñas que pasar un minuto más con él. Cuando el hermano lo invitó a ver su telescopio, ella había compuesto una expresión como si se hubiera tragado la lengua, hecho que lo molestaba y divertía al mismo tiempo.

Decidido a romper el silencio, comentó:

—Su hermano ha mencionado un grillo. ¿A qué o quién se refería?

Un leve rubor tiñó las mejillas de Sammie.

—No es más que un tonto apodo que usamos para nuestra madre. Suele gorjear cuando se ve asaltada por los desmayos.

—Entiendo —murmuró él, recordando divertido que, en efecto, la señora Briggeham había emitido un gorjeo la noche anterior cuando afirmó que iba a desmayarse, justo antes de llevarse a Babcock y Whitmore.

Caminaron durante un minuto entero en silencio y, por motivos que no pudo explicar, Eric se recreó perversamente en mantener a propósito un paso de tortuga para contrarrestar los intentos de la señorita Briggeham, no tan sutiles como ella creía, de acelerar la marcha. Al fijarse en que Hubert iba muy por delante de ellos, lo suficiente para no oír su conversación, el diablillo que llevaba dentro lo empujó a decir:

—No quería usted que yo los acompañase. ¿Puedo preguntar por qué?

Ella se volvió rápidamente y lo escudriñó a través de las gruesas gafas antes de volver a fijar su atención una vez más en el sendero. Eric insistió:

—Dígamelo. No tema herir mis tiernos sentimientos; soy bastante impasible ante las pullas verbales, se lo aseguro.

—Muy bien, milord. Ya que insiste, seré totalmente directa. Creo que no es usted de mi agrado.

—Entiendo. Y por lo tanto, no le produce placer alguno la idea de estar en mi compañía.

—Exactamente.

—Debo decir, señorita Briggeham, que no recuerdo que nadie me haya dicho nunca algo así.

Ella le dirigió una mirada maliciosa y de soslayo.

—Eso me resulta muy difícil de creer, lord Wesley.

Debió de sentirse abrumado por la temeridad de la joven, y por el inconfundible insulto que se vio levemente atemperado por el brillo travieso de sus ojos; pero, en cambio, aquello lo divirtió.

—Le cueste creerlo o no, me temo que es verdad —repuso—. De hecho, con frecuencia las personas se empeñan en decirme lo mucho que les agrado y cuánto disfrutan de mi compañía. A menudo recelo de sus motivos. Así pues, encuentro refrescante que usted me considere...

—¿Fastidioso? —completó ella.

—Exacto. Sin embargo, ya que la invitación de su hermano la obliga a soportar mi compañía un poco más de tiempo, le propongo que firmemos una tregua.

—¿Qué quiere decir?

—Está claro que toda mención al Ladrón de Novias la pone furiosa, y, lo crea o no, me incomoda que se me considere un fastidio.

Sammie lo miró enarcando una ceja.

—Usted me ha pedido que diga la verdad, milord. Y no se me ocurre cómo podría afectarle mi opinión.

«Tiene razón. No debería afectarme. Pero, maldita sea, por alguna razón me afecta.» Antes de que él pudiera contestar, Sammie continuó:

—Entonces ¿he de entender que esa tregua exigiría que usted no expresara sus opiniones acerca del Ladrón de Novias y que yo me abstuviera de llamarlo fastidioso?

—Por supuesto. No obstante, debe tener en cuenta que, al actuar de ese modo, me plantea un reto irresistible.

—¿De veras? ¿Y cuál es?

—Pues la necesidad de demostrarle que está usted equivocada, naturalmente.

Sammie rió y miró al conde con ojos chispeantes.

—¿Cree que existe alguna posibilidad?

Eric se llevó una mano al corazón.

—Me ha herido, señorita Briggeham. Le diré que rara vez me equivoco. De hecho, ahora que lo pienso, no creo que me haya equivocado jamás.

Ella chasqueó la lengua y sacudió la cabeza.

—Por Dios. Fastidioso y además arrogante. Hay muchas palabras que empiezan por *a* para describir a un hombre, y eso es sólo el principio del alfabeto.

—Hay otras palabras que empiezan por *a* que podría utilizar, como...

—¿Agobiante?

Eric fingió fruncir el entrecejo.

—Iba a decir «amigable».

Ella emitió un bufido.

—Si le sirve de consuelo, estoy segura de que la mayoría de la gente opina eso de usted, milord.

—Aun así, recuerdo que anoche usted me dijo que no era como la mayoría de la gente.

—Me temo que así es.

Una ancha sonrisa estiró los labios de Eric.

—Bien, en ese caso simplemente tengo que hacerla cambiar de idea y convencerla de que está en un error.

Ella rió, un sonido delicioso que le produjo a Eric un agradable calor en todo el cuerpo.

—Puede intentarlo si quiere.

—¿Ve lo bien que está funcionando nuestra tregua? Ya me ha hecho una invitación. —Se detuvo y contempló fijamente a Sammie. El sol arrancaba destellos de rojo profundo y oro bruñido a su cabello, y sus ojos chispeaban a causa de la risa.

Su mirada se posó más abajo, sobre aquella extraordinaria boca y aquel tentador lunar que adornaba la comisura del labio superior. La tibia sensación que le había inspirado su risa se transformó al instante en ardor.

—Por nuestra tregua —murmuró. Y se llevó su mano a los labios, besándole suavemente los dedos. Un aroma a miel inundó sus sentidos y apenas logró resistirse al deseo de tocarle la piel con la lengua para ver si sabía tan dulce como olía.

Sus miradas se encontraron y, sin dejar de sostener su mano a escasos centímetros de la boca, Eric observó cómo de los ojos de la joven desaparecía lentamente todo vestigio de humor.

En ese momento una expresión de sorpresa cruzó el semblante de Sammie, sorpresa convertida en confusión, que coloreó sus mejillas de un encantador tono rosa. Su piel era suave como los pétalos de una flor, y Eric sintió un súbito hormigueo en los dedos provocado por el ansia de palpar aquella suavidad. Levantó la mano libre muy despacio, como un hombre en trance, hacia aquella piel sonrosada por el rubor. Sammie abrió los ojos desmesuradamente y contuvo la respiración, un gesto muy femenino que cautivó a Eric.

—¿Vienes ya, Sammie? —se oyó la voz de Hubert al otro lado de los rosales.

Ella dejó escapar una exclamación ahogada y dio un paso atrás, al tiempo que retiraba la mano de la de Eric como si se hubiera quemado.

—Sí —exclamó casi sin aliento. Entrelazó las manos con fuerza y señaló el sendero con la cabeza—. ¿Quiere acompañarme, lord Wesley?

Eric la siguió. Su estatura le permitía igualar su paso presuroso sin demasiado esfuerzo. No hizo intento alguno de ofrecerle el brazo, pues intuía que ella no lo aceptaría, y además no estaba nada seguro de que debiera tocarla otra vez. Aquella mujer ejercía un extraño efecto en sus sentidos.

Diablos, el deseo de tocarla casi había anulado su sentido común. ¿Qué demonios le estaba pasando? No estaba allí para cortejar a Samantha Briggeham, sino para cerciorarse de que ella no tramaba ningún plan absurdo para ayudar al Ladrón de Novias. Aunque mostraba claramente su simpatía por aquel hombre, cosa que a él lo complacía, también resultaba obvio que era una joven inteligente y sensata. No había necesidad de preocuparse por su bienestar; de hecho, en cuanto terminara de ver el telescopio se marcharía de allí.

Sammie observó a lord Wesley mientras Hubert le enseñaba su Cámara de los Experimentos, esperando ver signos de aburrimiento o gestos despectivos dirigidos a su hermano.

Pero su señoría parecía fascinado por el laboratorio y por la amplia colección de vasos, frascos y experimentos en curso. Formulaba muchas preguntas (preguntas inteligentes, tuvo que admitir). Se veía a las claras que no sólo le interesaba la química, sino que también poseía conocimientos de ella. Y ni una sola vez miró despectivamente a Hubert ni le habló en un tono de superioridad o censura. De hecho, por mucho que ella lo mirara, su señoría se comportaba de un modo que sólo podía calificarse de...

Amigable.

Arrugó la frente. Maldita sea, no quería que aquel hombre le resultara amigable; prefería con mucho considerarlo fastidioso y arrogante. Pero al verlo inclinarse sobre el microscopio de Hubert y luego mirar al muchacho con una sonrisa en su apuesto rostro, no pudo negar que había otra palabra con *a* para describir a lord Wesly: atractivo.

—Sammie, ¿por qué no enseñas a lord Wesley tu sección, donde preparas las lociones de miel y cera de abeja?

La pregunta de Hubert la sacó bruscamente de sus inquietantes cavilaciones, y se sujetó el estómago para sosegar el nerviosismo que aleteaba en su cuerpo. Por más que su naturaleza de científica la instase a reunirse con los dos varones en el otro extremo de la habitación, sus instintos femeninos la advirtieron que se quedase donde estaba, tan alejada de lord Wesley como pudiera.

Esforzándose por sonreír, señaló la esquina más alejada del granero y dijo:

—No hay nada emocionante que ver, milord. Sólo quemadores, crisoles y moldes, y las pocas jarras de miel que me quedan.

—Está siendo modesta, lord Wesley —replicó Hubert—. Sammie es una científica de primer orden, y también una gran profesora. En realidad, ella despertó mi interés por la ciencia, y es mi mejor fuente de aliento e inspiración. Sus experimentos con cremas y lociones son fascinantes, y es posible que pronto lleve a cabo un descubrimiento importante.

Un intenso calor ascendió por las mejillas de Sammie, que sintió ganas de taparle la boca a Hubert. Si bien apreciaba su entusiasmo y sus amables palabras, no sentía ningún deseo de ver la reacción de lord Wesley: de consternación, horror, asco, aburrimiento, desdén o cualquier combinación de todo ello. De modo que lo miró, decidida a cambiar de tema, pero se sorprendió al ver que él la contemplaba con franca curiosidad.

—¿Qué clase de experimentos está realizando, señorita Briggeham? —En su voz no había ni un ápice de sarcasmo, sólo genuino interés.

Ella titubeó unos segundos y a continuación lo condujo hasta su zona de trabajo.

—Anoche le mencioné a una de mis amigas, la señorita Waynesboro-Paxton...

—La dama que no pudo asistir a la velada por motivos de salud —recordó lord Wesley.

—Así es —repuso Sammie, sorprendida de que se acordara—. Padece graves dolores en las articulaciones, sobre todo en los dedos. He comprobado que hay dos cosas que le alivian el dolor: envolverle las manos en toallas calientes y húmedas y darle masajes con mi crema de miel. Estoy intentando descubrir un modo de hacer que mi crema se caliente por sí sola.

Lord Wesley se acarició la barbilla y asintió.

—Así incorporaría las propiedades del calor directamente a la crema. ¿Y está cerca de lograr el éxito?

—Recientemente he hecho ciertos progresos, pero me temo que aún me queda mucho trabajo. No obstante, estoy empeñada en conseguirlo.

Alzó levemente la barbilla, retándolo en silencio a que se burlara de ella, a que le quitara importancia tildándola de presumida, pero en sus ojos no percibió más que admiración.

—Ingeniosa idea —dijo al tiempo que desviaba la mirada para examinar los materiales—. Deseo sinceramente que obtenga éxito. Dígame, ¿recoge usted misma la miel?

—Sí. Tengo media docena de colmenas detrás de la cámara.

—Atesora esas pocas jarras que le quedan como si fuera una avara —bromeó Hubert—. Pero cuando recoja la miel el mes próximo, podré escamotearle una jarra sin que se dé cuenta. Tengo debilidad por la miel.

Lord Wesley volvió a centrar la mirada en Sammie y la escrutó con una expresión indescifrable que a ella le oprimió el estómago.

—Sí, me temo que a mí me ocurre lo mismo —musitó. Acto seguido volvió a prestar atención a Hubert, y Sammie estuvo a punto de soltar un gemido de alivio.

Dios de los cielos, aquel hombre ejercía un perturbador efecto sobre sus sentidos. Era como si su mutua proximidad les devolviera vivacidad y les pusiera en alerta todos los sentidos. La sensación de su fuerte brazo bajo la palma de su mano cuando la acompañó por el jardín; aquel olor suyo a bosque y a limpio que le había provocado el deseo de acercarse y respirarlo. Sensaciones turbadoras que había conseguido ignorar, hasta que él se detuvo y la miró con aquella intensidad que le hizo encoger los dedos de los pies y le causó un ardor abrasador.

Hasta que él le rozó la mano con sus labios.

Notó que le ardían las mejillas y se apresuró a acercarse al telescopio para fingir que lo inspeccionaba y disimular su confusión. No se podía negar que aquel hombre la confundía. Había empezado enfureciéndose con él, pero cuando él le pidió disculpas, de algún modo había conseguido desarmarla y divertirla, igual que había hecho en la fiesta de la señora Nordfield. Disfrutó de aquel lance verbal, pero una vez que dejaron de hablar y él la miró de aquella forma... de repente se le quitaron las ganas de reír, de repente no deseó otra cosa que él le tocase la cara, tal como estuvo a punto de hacer.

Se sorprendió en el acto de exhalar un largo suspiro, y se abofeteó mentalmente; cielos, ¿en qué estaba pensando? No era posible que estuviera albergando ideas románticas respecto de lord Wesley. Algo así sería como invitar a su casa a un rompecorazones. Necesitaba mantener sus fantasías románticas enfocadas en caballeros imaginarios que jamás pudieran tener su corazón en las manos, o incluso en un hombre como el Ladrón de Novias, que existía sólo en su recuerdo, más como figura heroica que como hombre de carne y hueso.

Un murmullo de voces atrajo su atención al otro lado del recinto, donde Hubert y lord Wesley conversaban.

Su hermano tenía el semblante iluminado por aquel entusiasmo que siempre lo embargaba cuando hablaba de sus experimentos o inventos. Era una mirada que por lo general fijaba en ella. Experimentó una súbita punzada al ver que ahora su hermano la estaba dirigiendo a aquel hombre desconcertante... un hombre que tal vez no fuera digno de la admiración que irradiaban los ojos de Hubert. O quizás el problema fuera la incómoda sensación de que pudiera llegar a gustarle, si se lo permitía a sí misma, y de que la admiración de Hubert no estuviera fuera de lugar.

Miró de nuevo a lord Wesley, que asentía con expresión seria y la vista fija en el vaso lleno de líquido que Hubert le enseñaba. Trató de desviar los ojos, pero se encontró admirando el perfil del conde, la curva de la frente, los pómulos altos, la nariz recta, los labios firmes y la fuerte línea del mentón. Como si él hubiera percibido el peso de aquella mirada, se volvió y la miró a los ojos. Sammie sintió una oleada de calor y a punto estuvo de darse una palmada en la frente. ¡Santo cielo, la había sorprendido mirándolo! Tosió para disimular su vergüenza y se apresuró a aplicar el ojo al telescopio nuevo, rogando que sus mejillas no estuvieran tan coloradas como se temía.

Ajustó el enfoque de la lente más por la necesidad de recobrar la compostura que para ver nada. El jardín se volvió nítido, y se maravilló de las posibilidades de aquel instrumento. Las rosas de su madre parecían tan cerca como para tocarlas y...

De pronto su campo visual fue atravesado por una ráfaga azul. Ajustó la lente y observó. Era su madre, con su vestido azul flotando tras ella, que se dirigía hacia el laboratorio a una velocidad de la que Sammie la creía incapaz. Dios del cielo, se había olvidado por completo de que su madre había ido a preparar un refrigerio para lord Wesley. Probablemente se había alarmado y se preguntaba dónde se habría metido el conde, rezando para que estuviera en cualquier sitio excepto en la Cámara.

Sammie apenas se había incorporado cuando la puerta se abrió de golpe y su madre apareció en el umbral. Tuvo que morderse el labio para no echarse a reír al ver el aspecto desaliñado que ofrecía su siempre impecable madre. El pecho le subía y bajaba a causa de la carrera por el jardín, el echarpe le colgaba lacio del corpiño, a un costado, y su complicado moño, al que le faltaban varias horquillas, se sostenía torcido en lo alto de la cabeza.

—Está aquí, lord Wesley —consiguió decir entre una inspiración y otra—. Creía que se había escapado... eh... marchado antes de que tuviéramos la oportunidad de charlar. Lo he buscado por todo el jardín, hasta en los establos. —Lanzó a su hija una mirada de horror que decía a gritos: «Sea lo que fuera en lo que estabas pensando para traerlo aquí, ya hablaremos de eso más tarde.»

Lord Wesley movió la mano abarcando todo el recinto.

—Hubert se ofreció amablemente a enseñarme su telescopio nuevo. Es una pieza magnífica. Y su laboratorio no es menos que asombroso. Debe de estar muy orgullosa de él.

La mirada de Cordelia se clavó en Hubert, el cual parecía haber crecido cuatro centímetros tras los elogios del conde, y una sonrisa ablandó sus ojos. Amaba con pasión a su inteligente hijo, al que no comprendía en lo más mínimo.

—Muy orgullosa —convino. Se las arregló para sonreír y mirar ceñuda a Hubert a un mismo tiempo—. Aunque mi querido hijo tiende a olvidar que no debe aburrir a nuestros invitados con toda esa complicada cháchara científica.

—No se preocupe, mi querida señora —dijo el conde en tono suave—. Su hijo —su mirada se desvió brevemente hacia Sammie— y su hija constituyen una compañía deliciosa. He disfrutado inmensamente.

El desconcierto cruzó el semblante de Cordelia, como si intentase discernir qué palabras de las pronunciadas por el conde eran ciertas y cuáles mera cortesía. Por fin, decidió que lo mejor era hacerlo regresar a la casa. Le ofreció su mejor sonrisa de anfitriona antes de anunciar:

—Hay té y galletas en la salita.

Él extrajo su reloj del chaleco y consultó la hora.

—Pese a lo mucho que me agradaría acompañarlas, me temo que debo marcharme.

El rostro de Cordelia se desencajó. Sabiendo que a continuación su madre invitaría al conde a que acudiera otro día a tomar el té, Sammie se dispuso a intervenir; no deseaba que su madre imaginase que lord Wesley iba a complacerlas con una segunda visita, ni que se sintiera decepcionada cuando éste rechazase la invitación. Apartó con firmeza la perturbadora idea de que ella también iba a sentirse decepcionada.

Pero antes de que pudiera decir palabra, lord Wesley se volvió hacia ella.

—Cuando llegué, un mozo de cuadras se hizo cargo de mi montura. Tal vez quiera usted acompañarme a los establos, señorita Briggeham.

—Oh, sí. Naturalmente.

—Te agradezco mucho que me hayas enseñado tu laboratorio —le dijo a Hubert antes de darse la vuelta para despedirse de Cordelia con una reverencia formal—. Gracias, señora Briggeham, por su amable hospitalidad.

—Oh, no tiene por qué darlas, milord —replicó Cordelia—. De hecho...

—Acompáñeme, lord Wesley —se adelantó Sammie a su madre. Y salió rápidamente del laboratorio resistiendo el impulso de tirar del brazo de lord Wesley.

Ambos atravesaron el prado a toda prisa en dirección a los establos. Al cabo de unos segundos, lo oyó reír suavemente.

—¿Es esto una carrera, señorita Briggeham?

—¿Cómo dice?

—Va usted corriendo como si la persiguiera el mismísimo diablo.

Sin aminorar la marcha, Sammie le dirigió una mirada de reojo.

—Puede que así sea.

La risa acabó en carcajada.

—Soy más bien todo lo contrario, se lo aseguro.

—¿Intenta convencerme de que se le podría describir como «angelical»?

—Bueno, ésa es otra palabra que empieza por *a*...

Sus palabras terminaron en una risita, y por alguna razón Sammie aceleró aún más el paso. Cuanto antes se fuera, mejor. Aquel hombre la ponía nerviosa, de un modo horrible que estaba segura, o casi segura, de que no le gustaba nada.

Llegaron a los establos en menos de un minuto. Mientras Cyril iba a buscar el caballo del conde, Sammie intentó recuperar el resuello después de aquella carrera casi al galope por el prado. Cuando Cyril regresó con un corcel de color marrón chocolate, no pudo reprimir la exclamación apreciativa que se le escapó.

—Es magnífico, lord Wesley —dijo, tocando el brillante pescuezo del animal, que se volvió y le hociqueó los dedos emitiendo un suave relincho que le hormigueó en la palma—. ¿Cómo se llama?

—*Emperador*.

Montó con elegancia. Sammie se apartó y se protegió los ojos del sol para mirarlo. La cálida brisa le revolvía el cabello. Su mano sujetaba las riendas y sus musculosas piernas ceñían al caballo con la soltura de un jinete experto. Estaba increíblemente masculino a lomos de aquel hermoso corcel, y Sammie anheló poseer talento artístico para captarlo en un dibujo. Ya casi lo imaginaba a galope tendido por una pradera, saltando por encima de una valla, formando un solo ser con su montura.

—Gracias por su hospitalidad, señorita Briggeham —dijo él sacándola de su ensoñación.

—No tiene por qué darlas, milord.

Sintió una punzada de pesar al comprender que el tiempo que habían pasado juntos tocaba a su fin. El conde había demostrado poseer sentido del humor y ser educado y encantador, y el hecho de que hubiera mostrado tanta amabilidad hacia Hubert la había conmovido profundamente. Si las circunstancias fueran distintas... Si ella fuera una mujer que atrajese su atención durante algo más que un instante fugaz...

Pero, por supuesto, no lo era. Él era un conde y ella simplemente una... curiosidad pasajera. Alzó la barbilla y le dijo:

—Gracias por las flores.

Él la miró fijamente con una expresión indescifrable durante varios segundos, como si deseara decirle algo. Sammie sintió que el corazón se le asentaba, esperando a que él hablara. Sin embargo, el conde se limitó a inclinar la cabeza y murmurar:

—De nada.

Una inexplicable desilusión embargó a Sammie. Hizo un esfuerzo por sonreír y dijo:

—Le deseo un buen trayecto de regreso, lord Wesley. Adiós.

—Hasta pronto, señorita Briggeham —contestó él con tono grave y seductor. Puso en movimiento a *Emperador* y se alejó al trote por el sendero.

Sammie lo contempló hasta que desapareció por el recodo, mientras intentaba calmar su pulso errático.

«Hasta pronto.» Seguro que no había querido significar nada con aquella frase de despedida; no era más que una fórmula. Sería una idiota si pretendiera ver algo más, creer que él tenía la intención de visitarla otra vez. ¿Y por qué iba a querer ella eso? Aunque en ese momento no pudiera seguir pensando mal de él, ciertamente no guardaba ningún parecido con el caballero arrojado y valiente que siempre había imaginado que haría aletear su corazón. No, «aventurero» no era una palabra con *a* que pudiese emplear para describir al conde de Wesley.

Por lo tanto, sería de lo más tonto desear que regresara.

Sin embargo, de pronto se sintió de lo más tonta.

7

Del *London Times*:

Varios padres agraviados más se han incorporado a la Brigada contra el Ladrón de Novias, contribuyendo con sus aportaciones a la recompensa económica, que ya asciende a siete mil libras. Adam Straton, el magistrado del lugar donde se produjo el último secuestro, afirma que ha redoblado sus esfuerzos para resolver el caso y que está seguro de que pronto apresará al Ladrón de Novias. «No pienso descansar hasta que lo vea ahorcado por sus crímenes», ha prometido Straton.

Eric tenía la mirada perdida al otro lado de la ventana de su estudio. Normalmente, el cálido brillo del sol que resplandecía entre los árboles y la visión de sus establos a lo lejos le proporcionaban placer y consuelo. Sin embargo, aquel día no lograban serenarlo, pues había intentado por enésima vez olvidar la única cosa que al parecer no podía borrar de la mente.

Samantha Briggeham.

Habían transcurrido tres días desde que fuese a visitarla. Tres días desde que su sinceridad, su inteligencia y su falta de astucia lo habían cautivado, tal como en las dos ocasiones anteriores en que había hablado con ella.

Tres días deseando verla otra vez, hasta el punto de tener que obligarse a no partir en su busca.

Diablos, no había necesidad de preocuparse más por el bienestar de aquella joven; no le habían quedado secuelas de su fallido secuestro. Pero lo cierto era que no lograba quitársela de la cabeza.

¿Por qué? ¿Qué tenía que lo atrajera tanto? Por supuesto que podía mentirse afirmando que su interés radicaba sólo en el hecho de que la había secuestrado equivocadamente. Pero mentirse a sí mismo constituía un ejercicio fútil.

No; había algo más en Samantha Briggeham que lo conmovía inexplicablemente. ¿Qué era? Desde luego no era hermosa, aunque la combinación de ojos y labios demasiado grandes lo fascinaba como nunca lo había conseguido una belleza clásica. Había gozado de la compañía de muchas mujeres espléndidas, mujeres cuya belleza física podía dejar a un hombre sin aliento, pero todas le habían resultado olvidables. De hecho no se acordaba de la cara de ninguna. El rostro que llenaba su mente por el día y la noche no era el de un diamante, sino el de una muchacha rural y sin pretensiones que, de forma incomprensible, lo atraía como ninguna otra mujer antes.

Fue hasta el bar y se sirvió un dedo de coñac. Se quedó contemplando el líquido ambarino como si éste guardara la solución de aquel molesto rompecabezas.

De acuerdo, lo intrigaba el inusual aspecto de la joven. Era agradable. Pero eso no explicaba del todo aquello que no sabía nombrar... aquella preocupación. Se apoyó contra el escritorio de caoba y bebió un sorbo, disfrutando del calor que le bajó hasta el estómago. A su mente acudieron en tropel una serie de imágenes de la señorita Briggeham: escondida detrás de las palmeras de la señora Nordfield; riendo mientras contemplaban las horrendas pinturas de la señora Nordfield; su pánico cuando la secuestró; su expresión soñadora cuando reveló sus ansias de aventura... su deseo de nadar en el Adriático...

Diablos, a lo mejor ése era el problema. Sabía cosas de Samantha Briggeham que no debería saber, que no sabría si no la hubiera conocido en su papel de Ladrón de Novias. Y no sólo estaba al tanto de sus deseos de aventura, sino que también sabía lo que era tenerla entre sus brazos, la sensación de su cuerpo suave apretado contra él, la embriagadora sensación de galopar con ella a través de la oscuridad, el aroma a miel de su piel.

Luego estaba su furia... no, su «fastidio», cuando él se atrevió a criticar al Ladrón de Novias, un hombre al que ella admiraba. Su obvio amor por su hermano y su indulgencia hacia su madre. Su esperanza de inventar una crema medicinal para ayudar a su amiga. Era inteligente, amable, leal, divertida, horriblemente directa al hablar y...

Le gustaba.

Estaba a punto de beber otro sorbo de coñac cuando lo comprendió de repente y el vaso se detuvo a medio camino de sus labios.

Maldición, aquella joven le gustaba.

Le gustaba su sonrisa, su forma de reír, hasta su indignación. Nunca mostraba la actitud prepotente de tantas mujeres que conocía él; Samantha abrigaba sueños de éxitos científicos y de aventura que iban mucho más allá de qué vestidos ponerse o qué sombrero comprar.

Y sus ojos... aquellos extraordinarios ojos como el agua, llenos de esperanzas y deseos por cumplir, que insinuaban sentimientos y vulnerabilidades que él deseaba descubrir. Sí, en eso consistía su preocupación: en el simple deseo de saber más de una mujer interesante. De conversar con ella, de descubrir todas aquellas ideas fascinantes que él notaba bullir bajo sus gruesas gafas.

Bebió otro sorbo de coñac mientras hacía uso de los procesos de toma de decisiones que había perfeccionado en el ejército; identificó el problema, con lo cual tenía ganada la mitad de la batalla: no podía olvidarse de la señorita Briggeham porque le gustaba y quería saber más de ella.

Pero ¿cómo solucionar el problema?

Tenía dos opciones: obligarse a sacarla de su mente, pero dado que no había sido capaz de hacerlo desde que la conoció, descartó dicha alternativa. Así pues, sólo le quedaba verla otra vez, hablar con ella y descubrir más cosas acerca de su persona. Una vez que lo hiciera, su curiosidad quedaría satisfecha y por fin podría colocar su preocupación por ella en la perspectiva adecuada. Perfecto.

Levantó la copa para celebrar su brillante lógica y brindó por su infalible plan.

Eric tiró de las riendas de *Emperador* para detenerlo detrás de unos robles que se alzaban junto a la linde del bosque. Entornó los ojos para protegerse del sol de primeras horas de la tarde y observó cómo se aproximaba la señorita Briggeham, que venía del pueblo. En lugar del paso vivo que le había visto en su anterior encuentro, caminaba despacio entre el verdor, con la cara hacia arriba, saboreando la bonanza del tiempo. El sombrero le colgaba a la espalda, sostenido por las cintas, de modo que el cabello castaño le resplandecía a la luz del sol. Una sonrisa iluminó su semblante, y giró sobre sí misma balanceando con alegre abandono el cesto que llevaba, antes de inclinarse a oler un matojo de flores silvestres.

Eric envidió de pronto aquella imagen despreocupada y relajada. ¿Cuándo había sido la última vez que había disfrutado simplemente de la luz del sol, que se había solazado en un día estupendo, que se había inundado de los aromas y sonidos de la naturaleza sin el peso de sus responsabilidades y obligaciones? Nunca desde aquel último verano antes de ingresar en el ejército, concluyó al cabo de un momento. Margaret y él habían disfrutado de largos paseos a caballo por todo el condado, a menudo llevándose la comida consigo. En varias ocasiones no se habían aventurado más allá de los establos y habían pasado la tarde atendiendo a los caballos con Arthur.

Había transcurrido demasiado tiempo desde su última tarde libre y relajado, y sintió el repentino impulso de unirse a la señorita Briggeham, levantarla en vilo y ponerse a girar con ella y compartir su mismo placer.

Desechó ese impulso, totalmente impropio de un conde, y continuó observándola. Sus labios se curvaron en una sonrisa cuando ella salvó de un salto unas rocas con una euforia que le recordó a un cachorro.

Permaneció oculto hasta que ella estuvo a muy corta distancia. Entonces espoleó los flancos de *Emperador* y salió al camino.

—Vaya, señorita Briggeham, es un placer verla de nuevo.

Ella se detuvo en seco como si se hubiera topado con una pared. El color de sus mejillas ya sonrosadas se intensificó y distintas expresiones cruzaron su rostro. Pero aunque claramente sorprendida de verlo, no pareció disgustada.

—Lord Wesley —dijo sin resuello—. ¿Cómo está?

—Muy bien, gracias. ¿Va de regreso a casa desde el pueblo? —inquirió, como si Arthur no lo hubiera informado de que la señorita Briggeham recorría aquel camino casi todas las mañanas.

—Sí. He ido a ver a mi amiga, la señorita Waynesboro-Paxton.

—¿Y cómo se encuentra hoy de su dolor en las articulaciones?

—Peor, me temo. Le he llevado otra jarra de mi crema de miel y le he dado un masaje en las manos, lo cual la ha aliviado temporalmente. —Se protegió los ojos con una mano a modo de visera y levantó la vista hacia el conde—. ¿Se dirige usted al pueblo?

—No, simplemente he sacado a *Emperador* a que haga un poco de ejercicio y a disfrutar de este día tan espléndido. —Sonrió a la joven—. Creo que ha quedado agotado de tanto correr, así que ¿me permite pasear con usted?

El caballo bajó las orejas, relinchó suavemente y escarbó el suelo con la pata una vez. Sammie rió y dijo:

—Por supuesto. Pero, según parece, a *Emperador* no le agrada que usted lance calumnias sobre su vitalidad. De hecho, jamás hasta ahora he visto un caballo capaz de mostrar indignación. —Acarició el cuello del animal y dijo—: Si lo desea, podemos dar un rodeo hasta el lago para que *Emperador* beba un poco de agua.

—Maravillosa sugerencia.

Eric desmontó con la intención de ofrecerse a cargar con el cesto, pero la invitación murió en su garganta al mirar a la joven. El brillo del sol arrancaba a su pelo destellos de rojos vibrantes y dorados ocultos. Llevaba el moño más bien despeinado, seguramente a causa de dar tantas vueltas, pero aun así aquellos mechones parecían haber sido revueltos por las manos de un hombre... un hombre que hubiera cedido al impulso de acariciar aquellos bucles que parecían de seda.

El brillante resplandor se reflejaba también en las gafas, lo cual atrajo la mirada de Eric hacia sus ojos... unos ojos que lo miraban ligeramente expectantes, como si aguardaran a que él dijera algo, hazaña que al parecer era incapaz de llevar a cabo.

Su piel brillaba bañada por un sol que hacía florecer sus mejillas como si fueran rosas. Eric posó la mirada en aquellos labios carnosos, en los que permanecía una media sonrisa, y tuvo que hacer un esfuerzo para desviar la vista. La joven llevaba un vestido de muselina azul pálido, absolutamente modesto y sin adornos, pero a juzgar por los latidos de su corazón podía haber llevado un camisón de encaje...

Al instante la imaginó vestida con un camisón de encaje, con sus atractivas curvas apenas cubiertas por la tela transparente. Sintió un súbito calor en la ingle y a duras penas logró contener el gruñido de frustración que le subió a la garganta.

Diablos, ¿qué le estaba pasando? Sacudió la cabeza para disipar aquella imagen tan perturbadora.

—¿Sucede algo, lord Wesley?

—Eh... no.

Sammie se acercó y le escrutó el rostro. Eric percibió un sutil aroma de miel que le inundó la cabeza; apretó con fuerza los dientes.

—¿Está seguro? Parece un poco... sonrojado.

¿Sonrojado? Sin duda la joven se equivocaba, aunque sí era cierto que los pantalones se le habían incendiado.

—Es que hace calor. Aquí, al sol. —Maldición, ¿aquel sonido tan ronco era su voz? Le ofreció su brazo y señaló con la cabeza el sendero que se internaba en el bosque—. ¿Le apetece?

—Naturalmente. A la sombra se estará más fresco.

Sí, más fresco. Aquello era lo único que deseaba. Por alguna razón inexplicable, el sol ejercía un extraño efecto en él. Tirando de las riendas de *Emperador* con una mano, y con la mano de la señorita Briggeham levemente apoyada en su brazo, ambos se dirigieron al bosque.

Dejó escapar un suspiro de alivio cuando la sombra que proporcionaban los altos árboles se tragó el calor y le ofreció el frescor que tanto necesitaba. Comenzaron a pasear rodeados de suaves sonidos: el leve murmullo de las hojas, el trino de un pájaro, el crujido de las ramas rotas bajo sus pies, un suave resoplido de *Emperador*.

Eric buscó algo que decir, algo inteligente que la hiciera reír o sonreír, pero por alguna razón se sentía como un colegial tímido e inmaduro. Lo único que se le ocurría era preguntarle: «¿Sabe usted tan bien como huele?», pero era evidente que no podía decir semejante cosa. Por primera vez se veía privado de su habitual soltura mundana; si tuviera una mano libre, se la habría pasado por el pelo. Deseaba ver a aquella mujer, hablar con ella, conocerla mejor, y allí la tenía. Sin embargo, parecía que se le hubiera comido la lengua el gato.

Se vio salvado de iniciar una conversación cuando llegaron al lago. El agua resplandecía en un tono azul oscuro y reflejaba retazos dorados de sol. Soltó las riendas de *Emperador* y lo dejó ir andando hasta la orilla para que bebiera. La señorita Briggeham se soltó de su brazo, y él experimentó el impulso de recuperar su mano a toda prisa. Ella se alejó unos metros y fue a apoyarse contra un grueso sauce.

—Estas últimas tardes ha hecho un tiempo de lo más despejado —comentó la joven, rompiendo el silencio—. ¿Ha aprovechado el buen tiempo para observar las estrellas?

Eric se abalanzó sobre aquel tema de conversación igual que un perro sobre un hueso.

—Pues sí, en efecto. Dígame, ¿está contento Hubert con su nuevo telescopio?

—Sí. Es un instrumento muy bueno, pero tiene pensado construir él mismo uno, algún día. Está convencido de que es probable que existan más planetas, y quiere construir un telescopio lo bastante potente para descubrirlos.

—Como William Herschel cuando descubrió Urano —apuntó Eric.

Ella lo miró con sorpresa y agrado.

—Exacto. Hubert venera a ese hombre.

—Yo tengo un telescopio Herschel.

—¿Un Herschel? ¡Oh! —Se ajustó las gafas y miró al conde con expresión de respeto—. Debe de ser una maravilla.

—En efecto, lo es —confirmó Eric—. Hace varios años tuve la suerte de conocer a sir William, y se lo compré directamente a él.

—Cielos, ¿lo ha conocido en persona?

—Sí. Es un tipo fascinante.

—¡Oh, tiene que serlo! Su teoría de los sistemas de estrellas binarios es brillante. —Su rostro se iluminó como si él le hubiera regalado un puñado de perlas... o estrellas, más bien—. Dígame, ¿alcanza a ver Júpiter con su Herschel?

—Sí. —Eric agachó la cabeza para esquivar las ramas bajas y se reunió con ella a la sombra del sauce—. Y anoche observé varias estrellas fugaces.

—¡Yo también! ¿No eran maravillosas?

Él asintió con la cabeza y dijo:

—Cuando surcan los cielos dejando un rastro de pequeñas joyas me recuerdan a los diamantes.

Ella sonrió.

—Una descripción muy poética, milord.

Cautivado por su sonrisa, Eric se acercó un poco más.

—¿Y cómo las describiría usted, señorita Briggeham?

Ella inclinó la cabeza hacia atrás y miró los retazos de cielo azul que se veían entre el follaje del sauce.

—Como lágrimas de ángeles —dijo por fin con suavidad—. Veo las estrellas fugaces y me pregunto quién estará llorando en el cielo, y por qué. —Bajó la vista hacia el conde, y a él se le cerró la garganta al contemplar su expresión soñadora—. ¿Por qué cree usted que puede llorar un ángel?

—No se me ocurre.

Una leve sonrisa de timidez cruzó sus labios.

—Lágrimas de ángeles. Totalmente ilógico y nada científico, ya lo sé.

—Y sin embargo, una descripción muy clara y atinada. La próxima vez que vea una estrella fugaz, yo también me preguntaré si estará llorando un ángel.

Sus miradas se encontraron durante unos segundos, y a Eric le pareció ver casi una chispa saltar en el aire. ¿La habría notado ella también? Antes de que pudiera llegar a ninguna conclusión, Sammie desvió la mirada y dijo:

—Ardo en deseos de contarle a Hubert que usted ha conocido a sir William Herschel, y que posee uno de sus telescopios. —Una sonrisa tocó sus labios—. Claro que quizá sea mejor no decirle nada; si se lo cuento lo asediará a preguntas, y las que no se le ocurran a él se me ocurrirán a mí.

—Tendré mucho gusto en contestarlas —le aseguró Eric, sorprendido de haber dicho aquello en serio—. No conozco a nadie que comparta mi interés por la astronomía. De hecho, a lo mejor a Hubert y a usted les agradaría venir a Wesley Manor a ver mi Herschel.

Sammie abrió unos ojos como platos y Eric apretó los puños para no arrancarle aquellas gafas.

—Hubert se moriría de la emoción, milord —contestó casi sin respiración.

—Y usted, señorita Briggeham... ¿también se moriría de emoción?

—Por supuesto —respondió ella con un gesto perfectamente serio—. Jamás hubiese imaginado tener tan rara oportunidad.

—Perfecto. —Levantó la vista hacia los parches de cielo azul visibles entre las hojas—. Al parecer, esta noche estará despejado. ¿Tiene compromisos hoy?

—Pues... no, pero ¿está seguro de que...? —Dejó la pregunta sin terminar y le dirigió una mirada ardiente.

—Parece usted bastante atónita por mi invitación, señorita Briggeham. Creía que las palabras que empezaban por *a* eran para describirme a mí.

Una chispa de humor brilló en los ojos de Sammie, y entonces esbozó una sonrisa tímida y complacida. Sin embargo, por alguna razón ridícula aceleró el corazón de Eric.

—Le aseguro —dijo el conde— que me encantaría que usted y Hubert fueran mis invitados esta noche.

—En tal caso, milord, sólo puedo darle las gracias por su amable invitación. Hubert... y yo... acudiremos encantados.

—Excelente. Enviaré mi carruaje a recogerlos. ¿Quedamos, digamos, a las ocho?

—Perfecto. Gracias.

Eric observó cómo formaban las palabras sus labios carnosos, con la atención fija en aquel fascinante lunar que adornaba la comisura de su boca. Los labios se fruncieron al pronunciar la palabra «perfecto» como si estuvieran a punto de ser besados.

Besados. Aquella palabra lo golpeó como un puñetazo en el estómago. Dios, tenía una boca increíble. A medida que iba tomando conciencia de aquel hecho, aquellos labios húmedos lo llamaban como un canto de sirena. El ardoroso impulso de tocar aquella boca seductora con la suya, sólo una vez, un instante, lo abrumó y se superpuso a su agudo sentido común.

Igual que un hombre en trance, se acercó lentamente a ella. Sammie lo miró con ojos cada vez más grandes a cada paso que daba él. Cuando se detuvo casi encima de ella, lo contempló con expresión confusa.

Eric apoyó un brazo en el tronco del sauce, junto al hombro de ella, y con la mirada la recorrió de arriba abajo. Era obvio que su proximidad la ponía nerviosa, hecho que no debería haberlo complacido, pero le complació. Se veía a las claras que no era el único que experimentaba aquella... sensación, fuera lo que fuese.

Los ojos agrandados de Sammie reflejaban desconcierto, y sus mejillas se tiñeron de color. Su pulso latía de forma visible en la base de su delicada garganta y el pecho le subía y bajaba con inspiraciones cada vez más rápidas. Su delicioso aroma embriagó a Eric, que se acercó aún más para captar mejor aquella esquiva fragancia.

—Huele usted a... gachas de avena —dijo en tono suave.

Ella parpadeó dos veces y después sonrió ligeramente.

—Vaya, gracias, milord. Sin embargo, será mejor que le advierta que esos cumplidos tan floridos podrían subírseme a la cabeza.

Eric frunció el entrecejo. ¿Acababa de compararla con las gachas de avena? ¿Cómo demonios se las arreglaba aquella mujer para despojarlo de toda su cortesía? Incapaz de contenerse, se acercó todavía más, hasta quedar a escasos centímetros de ella. Respiró hondo y dijo:

—Gachas de avena rociadas con miel. Mi desayuno favorito. —Sus labios se encontraban a escasa distancia de la fragante curva de su cuello—. Calientes. Dulces. Deliciosas.

Inhaló una vez más y sintió un hormigueo en todo el cuerpo. Dios, olía como para comérsela. El deseo que le vibraba en las venas era tan fuerte, tan ardiente e inesperado, que lo sacó de su estupor. «¿Qué diablos estás haciendo?» Estaba claro que había perdido el juicio.

Reprimió su deseo y retrocedió unos pasos. Maldición, ni siquiera la había tocado y ya estaba jadeando como si hubiera corrido una milla. Y su mirada le confirmó que ella estaba igual de turbada; sus ojos eran fuentes de agua que lo observaban fijamente, con absoluta perplejidad; de sus labios entreabiertos salían espiraciones agitadas y el pecho le subía y bajaba de un modo que lo hizo posar los ojos en sus amplias curvas. A duras penas consiguió tragarse el gemido que pugnaba en su garganta.

¿Por qué no la había besado, al menos brevemente, para satisfacer su curiosidad y terminar de una vez? Obviamente, porque su sentido común había vuelto para recordarle que la señorita Briggeham era una joven respetable con la que no se podía jugar. Pero de igual modo que habló su sentido común, también lo hizo su insidiosa vocecilla interior: «No la has besado porque sabes, en lo más hondo de ti, que no te bastaría con saborearla un breve instante.»

Maldición. Lo mejor era marcharse enseguida, antes de que hiciera algo que pudiera lamentar, como aceptar la invitación casi irresistible que llameaba en sus ojos, aunque dudaba que ella se hubiera percatado siquiera. Se obligó a alejarse unos pasos más e hizo una reverencia formal.

—Debo irme —dijo, arreglándoselas para ignorar el seductor arrebol que coloreaba las sedosas mejillas de la joven—. Pero la veré esta noche.

Frunció el entrecejo de repente. Tal vez no fuera buena idea tenerla en su casa. Pero al instante desechó esa preocupación; iban a estar debidamente acompañados por el hermano, y seguro que no tendría dificultad en resistirse a la leve atracción que pudiera sentir hacia ella. Las extrañas ideas que le habían acudido a la mente momentos antes habían desaparecido ya, y de nuevo poseía un total dominio de sí mismo. La señorita Briggeham se encontraba perfectamente a salvo con él.

Sammie se colocó las gafas y se aclaró la garganta.

—Hasta esta noche —dijo con una serenidad que por alguna razón lo irritó. Naturalmente, él sí que había hablado con serenidad... pero no esperaba que lo hiciera ella.

Fue hasta donde estaba *Emperador* y montó. Tras despedirse de la señorita Briggeham con un gesto de la cabeza, emprendió el regreso a su casa a un vivaz trote.

Qué peligro de mujer. Debía de estar loco para haberla invitado a su casa. Pero no importaba; no sería más que una noche, unas pocas horas en su compañía. Fácil de soportar.

Después de todo, ¿acaso no acababa de demostrarse a sí mismo que era plenamente capaz de resistirse a ella?

Sammie se quedó recostada contra el tronco del árbol, con la mirada fija en el camino mucho después de que él hubiera desaparecido de la vista, y con el pulso acelerado y errático.

Cielo santo, había estado a punto de besarla. Besarla, con aquellos labios firmes y maravillosos. Exhaló un suspiro femenino, de una clase que nunca había exhalado. Cerró los ojos mientras recordaba la manera en que él había apoyado el brazo en el árbol, junto a ella, la manera en que se le acercó y la envolvió en su límpido aroma a bosque. Despedía un intenso calor, y tuvo que apretar las palmas de las manos contra la áspera corteza del sauce para no comprobar si realmente estaba tan caliente como parecía.

Otro suspiro soñador le subió hasta la garganta, pero esta vez, cuando estaba a punto de soltarlo, recobró la cordura con un sonoro palmetazo.

Por supuesto, tenía que estar equivocada. ¿Por qué demonios iba a desear besarla lord Wesley? Sin duda simplemente había mostrado curiosidad por su fragancia y se preguntaba por qué olería a gachas de avena.

Pero el modo en que la miró... con aquella expresión tan intensa que casi la dejó sin respiración. Seguro que no había sido su intención acercarse tanto, no cabía duda de que lo único que buscaba era más sombra.

¿Y qué había hecho ella? Comportarse como una perfecta idiota, quedarse sin resuello y con las rodillas flojas por su proximidad, con el corazón desbocado por la emoción y ansiando el contacto de sus labios.

Sintió una oleada de vergüenza. ¿Se habría dado cuenta él? ¿Habría visto el anhelo en sus ojos? Se llevó las manos a las mejillas, que le ardían. El conde no deseaba otra cosa que ponerse a la sombra, y toda su lógica había quedado hecha añicos, igual que un puñado de cenizas en una tormenta. Dios santo, ¿qué le había ocurrido? No lo sabía, pero no podía negar que aquel hombre la afectaba de un modo de lo más perturbador.

Tal vez no debería ir a su casa... pero tenía que ver ese telescopio Herschel. No podía negarse a sí misma ni a Hubert esa oportunidad. Además, Hubert iba a acompañarla a modo de carabina. No habría motivo para que lord Wesley se le acercase demasiado y por tanto tampoco para que se le acelerase el corazón o se quedase sin respiración. Lord Wesley y ella compartían tan sólo su interés por la astronomía. Era natural que sintiera... afinidad con él; al fin y al cabo, no era muy diferente de hablar de las estrellas con su hermano.

Satisfecha con su explicación lógica, se apartó del árbol y echó a andar por el sendero que conducía a su casa. Con un suspiro, cayó en la cuenta de que un posible problema de su visita a la mansión de lord Wesley iba a ser su madre. No quería que su madre malinterpretara la invitación del conde y la tomara por algo más de lo que era: un gesto amable y generoso hacia otros entusiastas como él para ver un telescopio fabricado por el astrónomo vivo más famoso del mundo. Lord Wesley estaba siendo simplemente... amigable. De hecho, tan amigable que resultaba... alarmante. Asombroso.

Sí, iba a tener que cerciorarse de que su madre entendiera que allí no había nada más. De lo contrario, en la mente casamentera de Cordelia se dispararían pensamientos imposibles, sin esperanzas.

«Y tú también harías bien en recordar que son pensamientos imposibles y sin esperanzas.»

Sin embargo, aunque aquella severa advertencia interior le tensó la espalda, no consiguió apagar el imposible anhelo que el conde de Wesley había despertado en su corazón.

8

—Es la tercera vez que mira el reloj de la chimenea en los últimos diez minutos, milord —comentó Arthur Timstone con su voz ronca desde el otro extremo de la habitación—. Sus invitados no tardarán en llegar. Mirar tanto la hora hace que el tiempo transcurra más despacio.

Eric, situado junto a la chimenea de su estudio privado, se volvió y miró a su fiel mayordomo por encima de su copa de coñac. Arthur se hallaba cómodamente arrellanado en su sillón favorito junto al escritorio de caoba de Eric, con un vaso de whisky medio lleno entre sus curtidas manos.

Con frecuencia se reunían de aquel modo por la noche, y compartían una copa mientras Arthur le relataba las noticias de las que se había enterado por los rumores de la servidumbre y que podían resultar de interés para Eric y el Ladrón de Novias. Sin embargo, aquella noche el centro de todos los chismorreos era Eric.

—Esta invitación a la señorita Sammie ha causado un gran revuelo en la casa de los Briggeham —comentó Arthur—. Su madre es un auténtico manojo de nervios; ya ha invitado a la señora Nordfield a tomar el té mañana para hablar de ello.

Eric había temido que ocurriese algo parecido, pero estaba muy versado en el arte de esquivar a madres casamenteras.

—No hay nada de que hablar. Sencillamente he invitado a la señorita Briggeham y a su hermano a que vengan a ver mi telescopio.

—Por supuesto —convino Arthur con un gesto de la cabeza—. Sería una necedad sugerir que usted está interesado en la señorita Sammie.

—Exacto. Y tanto Cordelia Briggeham como Lydia Nordfield, al igual que todo el mundo, saben muy bien la opinión que siempre he tenido acerca del matrimonio. Sería una estupidez por su parte creer que he cambiado de idea.

—Bah, ya podría usted ponerse a gritar desde los tejados que no tiene ninguna gana de casarse. A nadie le importaría. Probablemente pensarían que es usted un miedoso.

—¿Miedoso? —exclamó—. Después de haber sido testigo de primera mano de la pesadilla que fue el matrimonio de mis padres y de saber cuán infeliz es Margaret en el suyo, no tengo la menor intención de atraer sobre mí semejante desgracia. Y aun cuando estuviera lo bastante loco para casarme, desde luego no podría someter a una esposa y unos hijos al peligro al que me expongo. Si me apresaran, sus vidas quedarían destrozadas.

—Sabia decisión —convino Arthur—. Claro que esas casamenteras no tienen forma de saber esos motivos. —Paladeó un sorbo de whisky y lanzó un suspiro de placer—. Con todo, es una locura que piensen que usted desea a la señorita Sammie; no es el tipo de mujer que atrae a un hombre como usted.

—En efecto, no lo es —coincidió Eric en un tono más áspero de lo que pretendía. Se terminó el coñac y se sirvió otra copa.

—Aun así, con toda la atención que está suscitando, es posible que algún caballero se fije en ella. Cabe pensar que por lo menos habrá un sujeto lo bastante listo para ver más allá de las gafas de esa mujer. —Arthur meneó la cabeza y emitió un ruidito de disgusto—. Pero, bah, esos jóvenes cachorros no quieren otra cosa que caras bonitas, sonrisas tímidas y risitas tontas. No sabrían distinguir a una mujer especial ni aunque se la pusieran delante de las narices. Y desde luego, la señorita Sammie es muy especial. —Señaló a Eric con su grueso dedo índice—. Déjeme decirle que si yo fuera unos años más joven y un caballero, tal vez le hiciera la corte.

La mano de Eric se detuvo a medio camino de la boca. Bajó la copa muy despacio y replicó:

—¿Cómo dices?

Arthur agitó la mano para restarle importancia al asunto.

—No se preocupe. Yo estoy loco por mi Sarah. De todas formas, hay que estar ciego para no reparar en la sonrisa de la señorita Sammie. O en lo bonito que tiene el pelo. O en esos ojos suyos, tan grandes y... brillantes. Y además es más lista que el hambre. Ha tomado al joven Hubert a su cuidado, y gracias a lo que ella le enseña el chico sabe ya más que nadie. Sí, la señorita Sammie vale mucho más de lo que la gente cree.

Eric se apoyó contra la repisa de mármol de la chimenea en una postura relajada, en vivo contraste con el inexplicable desasosiego que lo acuciaba.

—No sabía que estuvieras tan... enterado de los encantos de la señorita Briggeham. —En el instante en que salieron de sus labios aquellas palabras, supo que había cometido un error.

Arthur parpadeó varias veces, se inclinó hacia delante y contempló a Eric. Éste intentó conservar una expresión impasible, pero al parecer no lo logró, porque Arthur le dijo:

—Soy viejo, no ciego. Y no sabía que usted estuviera enterado de que esa joven posee encantos.

Eric levantó las cejas.

—Yo no soy viejo ni ciego.

La confusión de Arthur se demudó en azoramiento.

—¡Que el diablo me lleve!, no estará usted poniendo el ojo en la señorita Sammie, ¿verdad?

Eric abrió la boca para negarlo, pero antes de que pudiera decir nada, Arthur exclamó con ojos como platos:

—Maldita sea, muchacho, ¿acaso ha perdido el juicio? No es la clase de mujer que le gusta a usted.

Aguijoneado por aquella observación, Eric preguntó a su vez en tono glacial:

—¿La que me gusta a mí? ¿Qué significa eso?

—Oh, vamos, no se haga el duro. Yo lo quiero como a un hijo, es sólo que... —Sus ojos se ensombrecieron y dejó la frase sin terminar.

Eric enarcó una ceja.

—Está claro que quieres decirme algo, Arthur. ¿Por qué no lo dices sin más, como has hecho siempre?

Arthur se echó al coleto un buen trago de whisky y a continuación se enfrentó a la mirada de Eric.

—Muy bien. ¿Por qué, exactamente, la ha invitado a venir aquí?

Vaya. ¿Cómo iba a poder explicar algo que él mismo no comprendía? Dejó su copa sobre la repisa y se mesó el pelo.

—Supongo que siento cierta responsabilidad hacia ella, que deseo cerciorarme de que no sufre ningún descalabro social por culpa del secuestro.

—No lo ha sufrido. Ya le he dicho que desde entonces todo el mundo la requiere.

—Lo sé, pero...

—Se le ha metido a usted en la piel.

Se miraron a los ojos y entre ambos fluyó una corriente de entendimiento, nacido tras años y años de compartir cosas, primero de niño a criado, luego de joven a mentor, después de hombre a hombre. De amigo a amigo. De confidente a confidente. Lo que Eric había experimentado siempre por Arthur era el sentimiento de un hijo hacia un padre, más incluso de lo que había sentido hacia su verdadero progenitor.

—En la piel —repitió Eric despacio—. Sí, me temo que así es.

Arthur soltó un profundo suspiro.

—Ahora sí la hemos hecho buena. —Se recostó contra el respaldo y observó a Eric con los ojos entornados—. Sería una lástima que ella sufriera.

Eric se sintió tocado.

—¿Por qué de pronto tienes esa opinión de mí? No tengo intención de hacerla sufrir.

—Lo tengo en más alta estima que a nadie, y usted lo sabe —replicó Arthur con mirada serena y firme—. Usted no desea hacerla sufrir, pero la señorita Sammie no es una mujer corriente. No es una de sus viudas mundanas ni una de sus actrices con tanta experiencia de la vida.

—¿Y crees que no lo sé? —Volvió a mesarse el pelo—. Maldita sea, lo dices como si estuviera a punto de seducirla. Resulta insultante y molesto que pienses siquiera algo así. ¿Es que no te fías de mí?

La dura expresión de Arthur se suavizó. Se incorporó sobre sus débiles rodillas y cruzó la estancia para ponerle una mano en el hombro.

—Claro que sí. Con toda mi alma. Es usted el mejor hombre que conozco. Pero hay ocasiones en que el criterio de un hombre puede nublarse. Hasta el del hombre mejor intencionado. Sobre todo si hay una mujer de por medio. —Los ojos de Arthur reflejaban comprensión y preocupación—. La señorita Sammie es... una joven buena. Decente. Incluso con las personas que se ríen de ella a sus espaldas. Y además es inocente. Es justo la clase de mujer que podría ver en sus intenciones más de lo que usted pretende. —Le dirigió a Eric una mirada penetrante—. A menos, claro está, que usted lo pretenda de verdad.

Eric resopló sin pizca de humor.

—Pareces muy interesado en mis intenciones respecto de la señorita Briggeham. ¿Por qué? Nunca habías mostrado tanto interés en mi vida privada.

—Me ha interesado siempre. Sólo es que nunca he hecho ningún comentario.

—Pero ahora sí.

—Sí. Porque conozco a la señorita Sammie, y la aprecio.

—¿Y se te ha ocurrido que a lo mejor también la aprecio yo?

—A decir verdad, sería usted un necio si no la apreciara. La señorita Sammie es la sal de la tierra. Lo único que espero es que sea... cuidadoso con ella. Tiene muy buen corazón, y no me gustaría nada que se lo destrozaran. —Le dio un apretón en el hombro—. Usted también tiene buen corazón y me gustaría mucho que se lo entregase a alguien antes de que me haga demasiado viejo para verlo.

Eric entrecerró los ojos.

—Estás interpretando demasiadas cosas a partir de una simple invitación.

Arthur tardó unos segundos en contestar. Contempló a Eric con la misma mirada penetrante de antes.

—Sí, probablemente tenga razón. —Le apretó una vez más el hombro y luego se dirigió hacia la puerta—.

Que disfrute de la velada, milord. Estoy seguro de que a la señorita Sammie y al señorito Hubert les encantará su estupendo telescopio.

En el instante mismo en que Arthur cerró la puerta al salir, Eric apuró su copa de coñac. Sintió cómo le bajaba el calor por el cuerpo y calmaba la inquietante sensación que lo atenazaba.

Una simple invitación, maldita sea. No era más que eso. No tenía la menor intención de enredarse con Samantha Briggeham; tenía sus responsabilidades, su vida secreta. Un precio puesto a su cabeza.

En su vida no había sitio para ella.

De pie en el espacioso nicho acristalado que había en un rincón del amplio invernadero de lord Wesley, Sammie contempló a Hubert acercarse al Herschel con expresión reverencial. El chico lanzó una exclamación que la hizo sonreír, y se concentró en la emoción y el entusiasmo de su hermano, un sentimiento que ella misma debería experimentar también... si no fuera porque era casi dolorosamente consciente de la presencia de aquel hombre alto y de cabello oscuro que contestaba con suma paciencia la andanada de preguntas que le disparaba Hubert sin cesar.

Cielos, ¿era posible que un hombre pudiera dejarla a una sin respiración? Jamás lo hubiera imaginado. Hasta aquel momento. Hasta que se encontró en su casa, intentando centrar la atención en lo que decía, en su magnífico telescopio, y fracasando estrepitosamente. Hasta que él volvió la vista hacia ella y todo el oxígeno pareció desaparecer del aire.

Vestido totalmente de negro salvo por la camisa y la corbata de lazo, blancas como la nieve, tenía un aire elegante y al mismo tiempo daba la sensación de que por debajo de aquel pulido barniz bullía una energía apenas contenida. Una fuerza reprimida que sugería que aquel hombre era más de lo que indicaba su impecable apariencia.

—Ahí está Sagitario —dijo Hubert sin aliento debido a la emoción, mirando por el visor—. Y el Águila. ¡Ya las había visto antes, pero no de esta forma! Parecen al alcance de la mano. —Se volvió, agarró a su hermana de la mano y tiró de ella—. Mira, Sammie, nunca has visto nada parecido.

Sammie hizo un esfuerzo para apartar la vista de su inquietante anfitrión y se recordó que estaba deseosa de experimentar el esplendor de un telescopio tan magnífico, de modo que se acercó al instrumento. Tras efectuar ciertos ajustes en el enfoque, lanzó una exclamación de sorpresa.

—Es como si el cielo estuviese a unos metros de mí. —Las estrellas titilaban como diamantes contra terciopelo negro, con un brillo cercano que la hizo desear alargar la mano para cogerlas y jugar con ellas entre los dedos.

—Las estrellas son fabulosas, ciertamente —comentó lord Wesley a su espalda—, pero si mira aquí...

La frase quedó en suspenso cuando él se acercó un poco más y Sammie sintió que la rodeaba el calor de su cuerpo. Eric apoyó una mano en su hombro y extendió la otra por delante para hacer girar lentamente el telescopio.

—Ya está —dijo con voz profunda, junto al oído de Sammie—, ahora debe poder ver Júpiter.

Sammie observó cómo cambiaba el cielo tachonado de diamantes conforme él ajustaba el telescopio, con la respiración atascada en la garganta al sentir el roce de su cuerpo. Su aroma limpio y masculino inundó sus sentidos, y tuvo que luchar por reprimir el impulso de reclinarse contra él, de envolverse en él como en una manta cálida y aterciopelada.

Sintió un leve hormigueo allí donde la mano de él le tocaba el hombro, al tiempo que un estremecimiento de placer le bajaba por la columna vertebral. Entrecerró los ojos al notar las sensaciones que la recorrían de arriba abajo e hizo un esfuerzo por inhalar aire. Pero aquel comportamiento ilógico y nada científico por su parte no podía ser. Abrió los ojos, parpadeó, y entonces lanzó una exclamación ahogada.

—Oh, cielos —jadeó—. Es un milagro ver algo que se encuentra tan lejos.

—Cuénteme qué ve —dijo lord Wesley con suavidad.

—Es... increíble. Rojo. Ardiente. Misterioso. Demasiado distante para imaginar siquiera cómo es. —Con el cuerpo del conde tan cerca de su espalda, observó el lejano planeta y trató, sin éxito, de convencerse de que el rápido latir de su corazón se debía únicamente a la emoción de aquel descubrimiento.

Respiró hondo para recuperarse y se reprendió interiormente. Luego se volvió hacia Hubert, que casi daba saltos de alegría. Se ajustó las gafas y le dirigió una sonrisa claramente temblorosa.

—¿Es grande, Sammie? —preguntó Hubert.

—Es lo más grande que he sentido... digo, visto nunca.

Se apresuró a apartarse del telescopio para que Hubert aplicase el ojo a la lente. Su exclamación de asombro resonó por toda la habitación, y Sammie se atrevió a espiar a lord Wesley: éste la estaba observando, y cuando sus miradas se encontraron, le sonrió.

—¿Está emocionada?

—Oh, muy emocionada, milord. —Cielos, ¿aquella voz sin resuello era la suya? Señaló con un gesto a su hermano, completamente absorto—. Y diría que Hubert está a punto de ponerse a dar brincos.

Él rió quedamente.

—Yo reaccioné del mismo modo la primera vez que miré por el telescopio.

A Sammie le pasó por la mente una imagen de lord Wesley dando brincos con juvenil despreocupación, imagen que le provocó una sonrisa.

—Cielo santo, esto es increíble —exclamó Hubert en tono bajo y reverente. Luego se volvió hacia ellos, hurgó en su chaleco y extrajo una libreta con tapas de cuero—. ¿Le importaría que tomase algunas notas, milord?

—No tengas prisa y anota todo lo que quieras, muchacho —respondió el aludido con una cálida sonrisa. Se volvió hacia Sammie—: Quizá, mientras Hubert disfruta del Herschel, a usted le gustaría conocer mi hogar, señorita Briggeham.

Sammie vaciló. Se trataba de una invitación teóricamente inocente, y sin embargo le dio un vuelco el corazón ante la idea de estar a solas con el conde. Entonces estuvo a punto de romper a reír por su estupidez; por supuesto, no iban a estar solos, una casa de aquel tamaño tendría decenas de criados. Además, no se atrevía a quedarse allí para mirar por el telescopio y arriesgarse de nuevo a tenerlo a él tan cerca de su espalda. Y tampoco deseaba apartar a su hermano del Herschel.

—Espero que un paseo por mi casa no sea un asunto de tanta importancia —comentó Wesley en tono jocoso. Extendió el codo y dijo—: Vamos. He pedido que sirvan el té en la salita. De paso, le enseñaré la galería de retratos y la mataré de aburrimiento con tediosas historias sobre mis numerosos antepasados.

Haciendo un esfuerzo para dar a su voz un tono ligero que distaba mucho de sentir, Sammie aceptó su brazo y murmuró:

—¿Cómo podría resistirme a tan tentadora invitación?

Y mientras salían del invernadero, rogó que, en efecto, el conde la matara de aburrimiento; pero mucho se temía que lord Wesley ya le resultaba demasiado fascinante.

Se detuvieron junto al último grupo de retratos de la galería.

—Supongo que esta dama será su madre —dijo ella.

Eric contempló el bello rostro de su madre, que le devolvía una sonrisa serena y cuyo semblante no reflejaba rastro alguno de la amargura y la infelicidad que había padecido.

—Sí.

—Es encantadora.

A Eric se le hizo un nudo en la garganta.

—Sí lo era. Murió cuando yo tenía quince años.

La pequeña mano que descansaba en su manga le dio un leve apretón de comprensión.

—Lo siento. No hay un buen momento para perder a un progenitor, pero ha de ser especialmente difícil para un chico en el umbral de convertirse en un hombre.

—Sí. —Eric consiguió pronunciar aquel monosílabo con dificultad. Lo asaltaron los recuerdos, como le ocurría cada vez que miraba el retrato de su madre. Voces airadas, su padre lanzando pullas verbales que herían profundamente, y su madre, desesperada en su desgracia, prisionera de la infelicidad de su matrimonio.

—¿Quién es esta mujer? —preguntó Sammie tirando de él y sacándolo de sus turbadores recuerdos.

Eric miró el siguiente retrato, y experimentó el dolor que siempre lo acompañaba al pensar en Margaret. Aquel retrato había sido pintado para conmemorar su decimosexto cumpleaños.

Parecía joven y tan dulce e inocente con su vestido de muselina color marfil... que Eric se acordó vívidamente de cuando se colaba en la biblioteca durante las larguísimas horas que su hermana pasaba en ella posando, para hacerla sonreír. «¿Qué cara es ésa, Margaret? Parece que te has comido un pimiento picante. Sonríe, o cogeré un poco de pintura roja y te dibujaré una gran sonrisa en la cara.» A modo de respuesta, Margaret encogía las mejillas y ponía cara de pez. A pesar de aquellas travesuras, el artista había logrado captar a Margaret con una sonrisa serena y una chispa de malicia en los ojos.

—Ésta es mi hermana Margaret.

Ella se sorprendió.

—No sabía que tuviera usted una hermana, milord.

Eric la miró fijamente. Habría apostado a que casi todas las mujeres del pueblo conocían a los miembros de las familias de la nobleza.

—Margaret es la vizcondesa de Darvin. Vive en Cornualles.

—Yo siempre he deseado ver la costa de Cornualles. ¿Cuánto tiempo lleva viviendo allí?

«Desde que mi padre la vendió como si fuera un saco de harina.»

—Cinco años. Desde que se... casó.

Ella notó la tirantez de su tono y sus ojos brillaron con un sentimiento de amistad.

—¿No es feliz en su matrimonio? —preguntó con suavidad.

—No.

162

—Cuánto lo siento. Es una lástima que no haya podido salvarla el Ladrón de Novias.

Aquellas palabras lo perforaron como un relámpago de culpabilidad.

—Sí, es una lástima.

—¿La ve con frecuencia?

—No lo bastante, me temo.

—Yo echaría mucho de menos a mis hermanas si vivieran tan lejos —comentó Sammie.

—Tiene tres hermanas, ¿me equivoco?

—En efecto. Todas están casadas. Lucille y Hermione viven aquí, en Tunbridge Wells. Emily, que acaba de casarse con el barón Whiteshead, vive a una hora a caballo. Todas nos vemos muy a menudo.

—Recuerdo haber conocido a sus hermanas en una velada musical, hace varios años.

La señorita Briggeham sonrió brevemente.

—Y estoy segura de que no se olvidaría de ellas. Mis hermanas son todas preciosas; pero juntas dejan sin aliento a cualquiera.

Eric no pudo discrepar. Sin embargo, la hermana que a él le resultaba inolvidable era ella.

—Pero lo más asombroso y maravilloso de mis hermanas —continuó Sammie— es que por dentro son tan encantadoras como por fuera.

Eric no detectó envidia en su voz, sólo un profundo orgullo. Estudió su rostro vuelto hacia arriba mientras decidía si debía o no decirle que ella era igual de encantadora. ¿Aceptaría el cumplido como un sentimiento sincero, o creería que no era más que una cortesía superficial?

Incapaz de decidirse, dejó pasar el momento. Entonces dio media vuelta y condujo a la señorita Briggeham a la salita donde se había dispuesto el té. Cerró la puerta tras de sí y observó cómo ella cruzaba el suelo de parqué y se dirigía al centro de la habitación. Al llegar allí se volvió lentamente, mientras recorría con la mirada las paredes cubiertas de seda de color crema, el mullido sofá, el diván y los sillones de orejas, las cortinas de terciopelo azul noche, los apliques de bronce que flanqueaban el gran espejo, el fuego acogedor que crepitaba en la chimenea y el conjunto de porcelanas antiguas que amaba su madre y que adornaban las mesitas auxiliares de caoba.

—Una estancia encantadora, milord —dijo completando el círculo para situarse nuevamente frente a él—. Al igual que toda su casa.

—Gracias. —Eric señaló el servicio de té—. ¿Le apetece una taza de té? ¿O preferiría algo más fuerte? ¿Un jerez, quizá?

La señorita Briggeham lo sorprendió al aceptar un jerez. Mientras ella tomaba asiento sobre el diván, él sirvió la bebida, se preparó un coñac para sí y acto seguido se sentó en el otro extremo. Sammie bebió un pequeño sorbo de jerez, gesto que atrajo la mirada de Eric hacia sus labios. Al instante se imaginó que se inclinaba y tocaba su labio inferior con la lengua para probar su dulzor. Pero cerró los ojos y apuró su bebida de un trago para borrar aquella sensual imagen.

Cuando volvió a abrir los ojos, depositó la copa vacía sobre la mesilla y tomó una jarra de vidrio que descansaba junto al servicio de té. Se la tendió diciendo:

—Es para usted.

—¿Para mí? —Sammie dejó su copa sobre la mesa y cogió la jarra. La sostuvo en alto para captar la luz del fuego y exclamó—: Pero si parece miel.

—Y lo es. Recuerdo que Hubert mencionó que casi se le habían agotado las existencias, de modo que he...

—Su voz se perdió al ver que ella esbozaba una delicada sonrisa, una sonrisa que lo hechizó por completo y le provocó una oleada de calor en todo el cuerpo, una sonrisa que no se debía a que le regalasen flores, y que sospechaba que no se podía conseguir con ninguno de los demás presentes por los que suspiraba la mayoría de las mujeres.

—Es usted muy atento —dijo ella—. Gracias.

—De nada. No obstante, debo admitir que mi regalo va acompañado de una petición.

—Con sumo gusto se la concederé, si está en mi mano.

—Usted ha dicho que la crema de miel que fabrica alivia los dolores de su amiga.

—Eso parece, en efecto, incluso sin las propiedades caloríficas que espero incorporarle.

—Un lacayo mío sufre de rigidez en las articulaciones, y quizá su crema pudiera ayudarlo. Será un placer suministrarle varias jarras más como ésta si usted consiente en fabricar un poco de crema para él.

La sonrisa se ensanchó.

—Ya le estoy proporcionando mi crema al señor Timstone.

—¿En serio?

—Pues sí. Llevo ya varios meses. Si bien no es una cura, le proporciona cierto alivio pasajero. No tendría inconveniente en fabricar un lote de más para él. No es necesario que me dé más de una jarra, milord, una ya es bastante generosidad. Es usted muy... amable.

—Estoy seguro de que no será su intención parecer demasiado sorprendida —sonrió él.

—No estoy sorprendida, milord. —Se apreció un brillo travieso detrás de sus gafas—. Por lo menos, no mucho. —Su diversión disminuyó lentamente—. Agradezco su amabilidad conmigo, pero deseo expresarle mi gratitud por la generosidad que ha demostrado hacia Hubert. —Extendió una mano y lo tocó ligeramente en el brazo—. Gracias.

—No ha supuesto ningún esfuerzo. Hubert es un chico estupendo, y posee una mente aguda e inquisitiva.

—Sí, así es, pero muchas personas simplemente... lo tratan con desdén.

—Hay muchas personas necias.

Una lenta sonrisa, llena de inconfundible admiración, se extendió por el rostro de la señorita Briggeham, y Eric tuvo la sensación de haber sido agraciado con un regalo de valor incalculable. Contempló la pequeña mano de la joven apoyada en su manga y se maravilló de que un contacto tan inocente fuera capaz de prender semejante fuego en él. Alzó la mirada y la clavó en los ojos de Sammie, que lo contemplaban a su vez con un afecto que no hizo sino abrasarle aún más la sangre.

Ella bajó la mirada al lugar donde descansaba su mano, sobre la manga de él. Con una tímida exclamación ahogada, retiró la mano, y él apenas pudo resistir el impulso de aferrarle los dedos y apretarlos contra sí.

De repente pareció hacer demasiado calor en aquella habitación cerrada. Eric necesitaba poner distancia entre ambos, pero antes de que pudiera moverse, ella dejó la jarra sobre la mesa y se incorporó. ¿Habría notado también el calor?

Fue hasta la chimenea y contempló el enorme retrato que colgaba sobre la repisa de mármol.

—¿Es su padre? —preguntó.

—Sí. —Eric miró desapasionadamente al hombre que lo había engendrado.

Marcus Landsdowne había proporcionado la semilla para crear a su hijo, y hasta allí llegó su labor de «padre».

Supuso que muchos hombres habrían retirado el retrato, pero a él nunca se le ocurrió tal cosa; el imperdonable trato que dio su padre a Margaret era la fuerza motriz que alimentaba la misión del Ladrón de Novias, y se aseguraba de mirar todos los días la cara de su padre para no olvidar que... que aquel codicioso bastardo había negociado con una hermosa joven como si ésta fuera un objeto, ni que sus imprudentes infidelidades habían avergonzado a su madre, ni que había tratado a su hijo con una cruel mezcla de indiferencia y desprecio.

No, jamás olvidaría la clase de hombre al que había jurado no parecerse nunca.

Sin embargo, el retrato lo obsesionaba cada vez que lo miraba, porque no se podía negar el parecido físico existente entre su padre y él, un hecho que le dolía. «Puede que me parezca a ti, pero no soy en absoluto como tú, cabrón.»

La señorita Briggeham examinaba el retrato con gran interés.

—Me doy cuenta de que ha advertido el parecido —dijo él, haciendo acopio de fuerzas para la inevitable comparación, aunque de nuevo se dijo a sí mismo que no importaba; el parecido era tan sólo físico.

—En realidad —respondió ella al tiempo que se volvía para mirarlo a él— no lo veo.

Eric se quedó perplejo.

—¿No lo ve? Todo el mundo dice que me parezco a mi padre.

Ella se tocó la barbilla con los dedos y lo estudió con expresión ceñuda.

—Físicamente, supongo.

—¿Y de qué otro modo puede ser?

La joven se ruborizó y desvió la mirada. Eric se levantó y se acercó a ella. El resplandor del fuego la iluminaba desde atrás y dejaba su rostro en sombra. Eric le alzó la barbilla suavemente con un dedo hasta que los ojos de ambos se encontraron.

—Dígamelo —la instó, sorprendido por la extraña necesidad de saber a qué se refería la joven—. Se lo ruego.

—Sólo he querido decir que su padre parece... es decir, por lo visto poseía cierta... aspereza de carácter. Se aprecia ahí, en sus ojos. Alrededor de la boca. En su postura. Usted no tiene un espíritu tan severo.

—¿Lo cree así? —Eric rehusó preguntarse por qué le latía tan fuerte el corazón, ni por el placer que le produjeron aquellas palabras.

Su sorpresa debió de verse reflejada en su rostro, porque de inmediato la señorita Briggeham compuso una mueca de remordimiento.

—Perdóneme, milord. Me temo que soy demasiado directa al hablar, pero no pretendía ofenderlo. Lo que intentaba decir es que usted es mucho más apuesto.

—Entiendo. —La comisura de su boca se curvó hacia arriba y no pudo resistirse a tomarle el pelo—. ¿Me considera apuesto, señorita Briggeham?

Ella abrió los ojos con desmesura y se humedeció los labios.

—Bueno... sí. Estoy segura de que la mayoría de la gente estaría de acuerdo en que es usted... agradable a la vista. Desde luego muchas mujeres.

—Ah. Y resulta innegable que usted es una mujer. Pero es bastante corta de vista, ¿no es así?

—Sí, pero...

El conde la interrumpió y cedió al impulso que le perseguía desde la primera vez que la vio: le retiró las gafas de la nariz. Luego retrocedió unos pasos y le preguntó:

—¿Y ahora qué piensa, señorita Briggeham?

Ella lo miró entornando los ojos y apretó los labios como si reprimiese una sonrisa.

—Estoy segura de que sigue siendo apuesto, aunque no lo vea con nitidez.

—En ese caso, acérquese.

Ella dio un vacilante pasito y volvió a entornar los ojos.

—¿Y bien? —inquirió Eric.

—Me temo que sigo viéndolo borroso, milord. Pero la lógica científica indica que su aspecto no ha cambiado.

—Ah, pero en la ciencia siempre hay que poner a prueba las teorías. —Eric dio un paso hacia ella—. ¿Me ve ahora?

Sammie se esforzó por no sonreír.

—Continúa siendo un simple borrón, me temo.

Otro paso más. Ahora ya no los separaba ni un metro. Eric la miró fijamente, preparado para hallar nerviosismo, esperando ver ansiedad, anhelando ver el deseo arder en sus ojos; pero en cambio, ella se limitó a observarlo con mirada firme, con lo que parecía una distante frialdad, con las cejas levemente alzadas, como si él fuera una especie de... espécimen científico. ¡Diablos!

—¿Sigo siendo un... cómo me ha llamado... ah, sí, un simple borrón?

—Se está volviendo más nítido, pero todavía lo veo borroso en el contorno.

—En ese caso, avíseme cuando consiga enfocarme. —Se inclinó hacia delante, muy despacio, observándola fijamente, deseando que reaccionase al calor que sabía que ardía en su mirada. Supo el instante exacto en que quedó enfocado; las caras de ambos estaban a no más de quince centímetros la una de la otra. Sammie respiró hondo y sus pupilas se dilataron.

—¿Me ve ahora con nitidez? —preguntó Eric suavemente.

Ella tragó y afirmó con la cabeza.

—Eh... sí. Está aquí. Aquí... mismo. Tan... cerca.

Su voz contenía una nota ronca y falta de aliento que Eric sintió como una caricia. Y sus ojos... sí, ahora brillaba en ellos la conciencia de la situación, el nuevo ardor que él buscaba. Alargó una mano para tomarle la muñeca y quedó complacido al comprobar que el pulso de ella latía acelerado.

Posó la mirada en su boca y en ese momento sintió el fuerte zarpazo del deseo. Lo embargó aquel dulce aroma a miel, anegó sus sentidos. Simplemente, tenía que saber si sabía tan dulce como olía. Tenía que comprobarlo. Sólo una vez.

Antes de que pudiera olvidar todas las razones por las que no debía hacerlo, bajó la cabeza y rozó suavemente los labios de la señorita Briggeham con los suyos. Suaves. Melosos. Una pizca de jerez. Con la curiosidad apenas satisfecha, la atrajo a sus brazos y la besó de nuevo envolviendo, jugando, probando sus labios.

Cálidos. Dulces... Más. Necesitaba más.

Con la punta de la lengua recorrió el contorno del labio inferior para instarlo a abrirse para él. Ella dejó escapar un leve jadeo que llevó hasta él una ráfaga de su respiración tibia y perfumada con jerez. Eric lanzó un gemido y deslizó la lengua al interior del sedoso terciopelo de su boca.

Calor. Miel. El paraíso.

Se llenó de su sabor dulce, y todas las cosas desaparecieron excepto ella. Dios, sabía maravillosamente, hasta el punto de que se sintió abrumado por un fuerte impulso de simplemente devorarla. La estrechó un poco más contra sí, apretándose a sus exuberantes curvas, saboreando su suavidad, enardecido por el modo sobrecogedor en que encajaba entre sus brazos. Así la había sentido el día en que la raptó, sólo que este abrazo era mucho más, porque esta vez ella se lo estaba devolviendo... con una sorpresa titubeante que se convirtió rápidamente en un creciente entusiasmo, el cual disolvió todo vestigio de autodominio que conservase.

Ella imitaba todas sus acciones, al principio tímidamente, como un estudiante al que se le presentara una nueva ecuación, pero aprendía deprisa. Y con resultados devastadores. Mientras él la saboreaba, ella exploraba su boca con gesto igual de concienzudo, deslizando su suave lengua contra la de él. Incluso cuando sus dedos se hundieron en su sedoso cabello esparciendo horquillas, los de ella le acariciaron el pelo de la nuca; cuando sus brazos la estrecharon por la cintura, ella se elevó de puntillas y acercó la boca aún más.

Un grave gemido retumbó entre ambos. ¿Procedente de él? ¿De ella? Eric no lo supo. Lo único que supo fue que la sensación de tocarla era increíble, que sabía de manera increíble, y que quería más.

Mientras con una mano le sujetaba la cabeza, con la otra bajó lentamente por su espalda deleitándose en sus curvas suaves y femeninas. Acarició con la palma sus glúteos y después la apretó más contra sí, sabiendo que notaría su erección; pero en vez de retroceder, ella se tensó más contra su cuerpo.

Un remolino de calor recorrió a Eric de arriba abajo, como una llamarada sobre hojarasca seca. Su pulso se disparó y batió en sus oídos, borrándolo todo excepto a ella: la textura de su cabello, la fragancia de su piel, el sabor de su boca.

Más. Tenía que probar más. Le separó los labios y le recorrió el cuello dejando un rastro de besos, saboreando las vibraciones que percibía en la boca cada vez que ella dejaba escapar un ronco gemido.

—Samantha...

El nombre le salió como un susurro entre los labios, incapaz de contenerlo. Acarició con la lengua el frenético latir de su pulso en la base de la garganta. Miel. Dios, ¿todo su cuerpo olería a miel? ¿Tendría en todas partes aquel sabor? Pasó rauda por su mente una imagen de ambos, desnudos en su cama. Ella con los ojos vidriosos a causa del deseo y las piernas extendidas, expectante. Él aferrado a sus caderas, tocando con la lengua su entrepierna humedecida...

La frente se le perló de sudor. Tenía que poner fin a aquella locura. Ahora, mientras todavía pudiera hacerlo. Aspiró aire, tembloroso, y se obligó a incorporarse y finalizar el beso.

Al mirarla fijamente contuvo un gemido. Diablos, ella estaba tan excitada como él; sus labios húmedos e inflamados exhalaban breves suspiros y permanecían entreabiertos, como si le rogasen que los besara otra vez. Tenía los ojos cerrados y las mejillas teñidas de carmesí. Eric posó la mirada en el pulso que latía veloz en la base de su cuello y luego en los senos, que aún seguían apretados contra su pecho. Imaginó sus pezones erectos, y ansió introducir los dedos por debajo del corpiño para tocarla.

En ese momento se abrieron sus párpados, y todo el control de Eric estuvo a punto de desmoronarse ante aquella expresión turbia y lánguida. Notó que la asaltaba un estremecimiento y se apresuró a envolverla en su abrazo para absorber el temblor y provocarse uno a sí mismo. Le apartó un mechón castaño de la mejilla arrebolada y esperó a que su mirada borrosa se enfocara en él.

Cuando por fin sucedió, tuvo que apretar los dientes para resistir la expresión de sorpresa y candor que se leía en sus ojos.

—Cielos —dijo ella—. Ha sido...

—Delicioso. Deleitable. Divino. —Una sonrisa curvó la comisura de sus labios—. Cuántas letras *d* para describir a una mujer. O tal vez fuera mejor utilizar palabras con *e*.

—No puedo negar que me viene a la cabeza la palabra «embriaguez».

Eric sintió pura satisfacción masculina. Tocó con el dedo el seductor lunar que tenía ella junto al labio superior y murmuró:

—Yo estaba pensando en exquisita. Y encantadora.

Sammie se quedó inmóvil. De sus ojos fue desapareciendo lentamente todo vestigio de deseo, hasta que lo miró fijamente con una expresión vacía. No, no estaba vacía del todo; se apreciaban sombras de decepción en sus ojos. Casi le pareció oírla decir: «Yo no soy encantadora. Usted es como todos los demás que han pasado estas últimas semanas soltándome cumplidos hipócritas.»

Su expresión provocó en Eric una sensación de dolor que no supo describir. Antes de que pudiese encontrar una manera de borrar aquella mirada de desilusión, ella apretó los labios y dio un paso atrás para liberarse de sus brazos.

—¿Puede darme mis gafas, por favor? —dijo en un tono sin inflexiones.

—Por supuesto.

Eric tomó las gafas de la repisa de la chimenea y se las entregó. Ella se apresuró a ponérselas y acto seguido se rodeó con los brazos como si quisiera protegerse de un súbito frío. Aspiró hondo varias veces y después levantó la barbilla y se encaró de frente con Eric.

Él se sintió golpeado por un sentimiento de culpa. Maldición, ¿en qué estaba pensando para haberla besado de una manera tan apasionada? ¿Para haberla besado, siquiera? Un caballero jamás haría nada semejante, y sabía que debía excusarse con sinceridad. ¿Pero cómo podía pedir disculpas por algo que parecía tan... ineludible? ¿Y cómo hacerle entender que de veras la consideraba encantadora? Y muy a su pesar, además.

Antes de que pudiera decidirse, ella dijo:

—Creo que lo mejor será que vaya a buscar a Hubert y me marche enseguida, lord Wesley.

Tenía razón. Las cosas entre ellos se habían salido de cauce, y él aceptaba toda la responsabilidad de la situación. Pero de todos modos se sintió abrumado por una aguda sensación de pérdida al percibir la frialdad de su tono. Apretó los puños mientras la veía salir de la habitación; sí, lo mejor sería que se fuera. Pero, diablos, en su interior todo su ser deseaba que se quedase. No podía negarlo.

¿Pero qué diablos podía hacer al respecto?

9

Del *London Times*:

> El baile anual de máscaras celebrado en la casa de campo en Devon de la condesa de Ringshire constituyó, como siempre, un evento memorable. Varios caballeros se disfrazaron del infame Ladrón de Novias, lo cual llevó a muchos invitados a especular, entre risas, con la idea de que tal vez se encontrara entre ellos el auténtico Ladrón de Novias. ¿Sería posible que fuera tan osado? Muchos invitados señalaron, además, que el Ladrón de Novias llevaba varias semanas sin ser noticia. Uno no puede por menos de preguntarse dónde y cuándo atacará de nuevo. Sin embargo, dado que todos los hombres no imposibilitados del país se hallan deseosos de cobrar la recompensa de siete mil libras que han puesto como precio a su cabeza, es seguro que el próximo secuestro del Ladrón de Novias será el último de su infame carrera.

Eric arrojó el periódico sobre la mesa de cerezo de la salita y lanzó un suspiro.

Toda aquella especulación e interés por sus actividades constituía una arma de doble filo. Si bien llamaba la atención sobre el calvario de las mujeres que eran canjeadas mediante un matrimonio como si fueran posesiones de la familia, hacía que sus esfuerzos por rescatarlas fueran todavía más peligrosos. ¿Una recompensa de siete mil libras? Nadie se resistiría a semejante suma. Si cometía el menor error, era hombre muerto.

¿Cómo iría la investigación? ¿Se habría descubierto alguna pista más acerca de la identidad del Ladrón de Novias? Arthur no le había comunicado nada, pero quizá fuera ya hora de acudir directamente a las fuentes. Sí, tal vez fuera una acertada idea tener una charla informal con el magistrado; Adam Straton y él eran conocidos desde hacía mucho tiempo. Tal vez aquel mismo día o al siguiente se acercase hasta el pueblo, y de vuelta a casa...

Su mirada voló hasta la jarra de miel que descansaba sobre la mesa, al lado del periódico arrojado con descuido. La señorita Briggeham la había olvidado la noche anterior, en su prisa por marcharse. Había pensado en la posibilidad de recordárselo, pero luego descartó la idea; devolverle la jarra era la excusa perfecta para verla una vez más, y por mucho que él deseara lo contrario, por alguna razón le era necesario volver a verla.

Se levantó y comenzó a pasear por el parqué con expresión ceñuda. Maldición, ¿cómo podía un simple beso, que había durado sólo unos instantes, haberlo afectado tan profundamente? Se acordaba de cada segundo vivido, de cada uno de los matices de aquella boca, de la huella del cuerpo de Samantha apretado contra el suyo, del modo en que aquellas suaves curvas encajaban en sus manos. Maldición, a lo largo de los años había pasado incontables horas disfrutando de los sensuales encantos de otras mujeres. Y siempre, una vez saciada la pasión y completado el acto, simplemente las había... olvidado. Sin embargo, el beso que había compartido con Samantha, aquel encuentro ardiente y sin aliento de dos bocas, había quedado en su memoria como una marca grabada a fuego.

La noche anterior apenas había dormido. Acostado en su cama y dolorosamente excitado, revivió aquel beso una y otra vez. Después se torturó aún más imaginando lo que podría haber sucedido si ella no se hubiera marchado. Con un gemido, aferró la repisa de la chimenea con ambas manos y bajó la cabeza para mirar sin ver las alegres llamas. Lo estaban bombardeando las imágenes que había intentado apartar durante toda la noche, y cerró los ojos con fuerza para hacerlas desaparecer. Pero en lugar de eso, se vio a sí mismo quitándole el vestido a Samantha y desnudándola centímetro a centímetro, sus bellos ojos al principio agrandados por la sorpresa, luego cerrados mientras él la besaba larga y profundamente. Acto seguido la llevaba hasta el sofá y abría la jarra de miel para introducir el dedo en ella. Luego, muy despacio, dibujaba un círculo dorado alrededor de su pezón erecto. Oyendo los roncos gemidos que le evocaban sensaciones habituales para sus oídos, lamía la delicia que acababa de crear. Cuando por fin levantaba la cabeza y volvía a introducir el dedo en la jarra, ella lo miraba con un brillo especial en sus ojos nublados por el deseo. «¿Qué piensa saborear a continuación, milord?» «Todo tu cuerpo. Y luego...»

En ese instante unos golpes en la puerta lo sacaron de su fantasía erótica. Se pasó las manos por la cara, que le ardía. Bajó la vista y sacudió la cabeza al ver la protuberancia que mostraban sus pantalones. Diablos. Se trataba de la, por lo visto, nunca calmada erección que le provocaba la señorita Briggeham. Se ajustó los estrechos pantalones con una mueca y regresó casi cojeando al sofá. Se deslizó hasta sentarse sobre el cojín, cogió el periódico y lo situó estratégicamente sobre su regazo.

—Adelante.

Entró un criado que le tendió una bandeja de plata en la que descansaba un sobre sellado.

—Acaba de llegar esto, excelencia. El mensajero ha indicado que es urgente y que debía aguardar respuesta.

Eric tomó la carta y se quedó de una pieza al reconocer su nombre escrito con la inconfundible y elegante caligrafía de Margaret. Despidió al criado con un gesto.

—Llamaré cuando tenga lista mi contestación.

En el instante en que se cerró la puerta, Eric rompió el sello de lacre. Le temblaban las manos de miedo cuando desplegó la gruesa vitela. ¿Habría vuelto a hacerle daño aquel bastardo de Darvin? «En ese caso, ya puede darse por muerto.»

Con el corazón desbocado, leyó rápidamente la carta.

Mi queridísimo Eric:

Te escribo para informarte de que Darvin ha muerto. Falleció el miércoles pasado, con ocasión de un duelo. Su hermano menor Charles se trasladará a Darvin Manor tan pronto se lo permitan sus asuntos. Me ha indicado que puedo continuar viviendo aquí, pero yo desearía partir lo antes posible. Abrigo la esperanza de que la oferta que me hiciste siga aún en pie y que pueda quedarme en Wesley, al menos hasta encontrar otro alojamiento.

Quedo ansiosa a la espera de tu respuesta.

Tuya,

Margaret

La tensión fue abandonando lentamente los hombros de Eric, que dejó escapar un largo suspiro. A continuación fue hasta el escritorio, extrajo papel con el membrete de Wesley y escribió con todo cuidado tres palabras a su hermana: «Ven a casa.»

Sammie estaba sentada en su roca plana favorita, con la barbilla apoyada en las rodillas levantadas y asomando los pies por debajo de su viejo y cómodo vestido verde oscuro. Contempló las tranquilas aguas del lago y después lanzó un puñado de guijarros a la superficie espejada. Surgieron decenas de anillos que comezaron a dispersarse, a unirse con aquella quietud añil, a entrecruzarse unos con otros a modo de eco de la miríada de emociones que la inundaban a ella.

Por su mente pasaron de nuevo las vívidas imágenes de la noche anterior, que le provocaban una mezcla contradictoria de alegría, desilusión y vergüenza, todos ingredientes emocionales que se combinaban para dar lugar a una dolorosa confusión.

Cerró los ojos con fuerza e intentó borrar al conde de su memoria... borrar el momento en que la tocó, la miró, la besó, la hizo sentirse más viva de lo que se había sentido nunca, mientras en su interior bullían sensaciones desconocidas que enardecían su cuerpo de una manera tan maravillosa que la dejaba sin respiración. Que la dejaba dolorida. Febril. Con ganas de más.

Y entonces le sobrevino la decepción.

Lanzó un gemido y volvió la cabeza para apoyar la mejilla contra el lado que iluminaba el sol. «Tal vez fuera mejor utilizar palabras con *e*. Yo estaba pensando en "exquisita"... y "encantadora".»

La había halagado, de forma muy parecida a los falsos admiradores que últimamente no cesaban de reclamar su compañía con uno u otro pretexto, con tal de interrogarla acerca del Ladrón de Novias. Casi todos la habían atiborrado de cumplidos, desde adorable hasta maravillosa, y ella los había soportado arreglándoselas de algún modo para no poner los ojos en blanco.

«Encantadora.» Dios, ¿por qué le habría dicho el conde que era encantadora? Era una descarada falsedad. ¿Acaso pensaba que ella no sabía que era más anodina que una pared? Por alguna razón, el oírle pronunciar aquella palabra había surtido el efecto de un cubo de agua que le hubiera caído encima y la hubiera devuelto brusca y cruelmente a sus cabales.

«Encantadora.» Sí, lord Wesley había escogido la misma palabra que había empleado uno de sus nuevos admiradores, un tal señor Martin, justo al comienzo de su reciente popularidad. Por un momento de locura, sorpresa y placer, creyó a aquel joven... hasta que lo oyó una hora más tarde riendo con otro caballero junto a las ventanas francesas, por las que había salido ella para tomar un poco de ansiado aire fresco.

—Es más fea que un saco de arpillera, esa señorita Briggeham —comentó el señor Martin.

—Pero si lo he oído a usted llamarla «encantadora» —replicó su compañero con una risita.

—Jamás han pronunciado mis labios una mentira más evidente —repuso el señor Martin—. Casi me ahogué al proferirla.

Y ahora resultaba que el conde también la había llamado encantadora.

Una lágrima resbaló por su mejilla, y se la limpió con un gesto de impaciencia. No había esperado semejante falsedad en él... en el hombre que había hecho latir su tonto corazón casi desde el principio. Había creído que él era diferente, pero estaba claro que de su boca fluían palabras huecas tan fácilmente como de la de los demás.

Por primera vez en mucho tiempo, se recreó en el inútil ejercicio de desear ser encantadora de veras, una de aquellas mujeres que atraían la atención de un hombre como él. Hacía años que había enterrado sin miramientos sueños tan fútiles, no era lógico perder el tiempo queriendo un imposible.

El ceño le arrugó la frente ante una repentina idea. Si bien cuestionaba la sinceridad de aquel cumplido, no cabía duda de que el conde había sentido deseo hacia ella. Estaba científicamente al tanto de cómo funcionaba el cuerpo humano, y no se podía dudar de las pruebas físicas de su excitación. Encantadora o no, él la había deseado. Y el cielo sabía que ella lo había deseado a él.

Se irguió y procedió a aplicar la lógica a los hechos, apretando los labios. Sí, él había musitado afirmaciones falsas en relación con su aspecto, pero ¿debía censurarlo por ser amable? ¿Por ser educado? Cielos, ¿qué quería que dijera el pobre? ¿Que ella le recordaba a un sapo?

Hasta la noche anterior, ningún hombre había dado muestras de desearla, de querer besarla y tocarla. Pero él sí. Y, que Dios la ayudase, ella quería que la deseara de nuevo. Jamás se había atrevido a abrigar esperanzas de ser destinataria de la pasión de un hombre; era muy posible que aquélla fuera su única oportunidad de vivir una aventura de las que su corazón anhelaba: conocer a un hombre. En todos los sentidos en que podía conocerlo una mujer.

¿Podría pensar de verdad en la posibilidad de convertirse en la amante de lord Wesley? El corazón le dio un vuelco y sintió un intenso arrebol en el rostro. «Sí, ésta es mi oportunidad de experimentar algo con lo que siempre he soñado: pasión. Con un hombre capaz de hacer que corra fuego por mis venas.»

Por supuesto, el matrimonio quedaba descartado. Lord Wesley jamás se plantearía casarse con alguien como ella. Él desposaría a un diamante de primera, una dama joven, fresca y maleable de la aristocracia, que poseyera una cara bonita y una dote a su altura. Pero su reacción física de la noche anterior indicaba claramente que no rechazaba hacer el amor con ella.

Hacer el amor. La aventura de toda una vida. Cerró lentamente los ojos y dejó escapar un largo suspiro. Siempre había soñado vivir aventuras, pero desde su fallido secuestro era como si se hubieran abierto todas las compuertas. Sus antiguos y vagos anhelos se habían transformado en un deseo profundo y dolorido. Sí, el trabajo que realizaba en el laboratorio la llenaba, pero a medida que iba haciéndose mayor reconocía que, aunque su mente se encontraba satisfecha, algo dentro de ella quería más. Y sabía perfectamente qué era.

Lord Wesley.

Se sujetó el estómago para calmar los nervios que lo agitaban. La amante de lord Wesley. Santo Dios, ¿se atrevería? Todos sus antiguos deseos reprimidos le contestaron a gritos: ¡Sí!

Pero había varias cosas a tener en cuenta. Desde luego, haría falta mucha discreción para evitar que cayera un escándalo tanto sobre ella como sobre su familia. ¿Y qué pasaría si se quedase encinta? Aun cuando su aventura pudiera permanecer en secreto, no iba a poder ocultar a un bebé. Por descontado, había maneras de evitar el embarazo, y aunque ella no sabía cuáles eran, seguro que sus hermanas sí. Pero lo mejor sería preguntar sólo a una de ellas; cuantas menos personas estuvieran al corriente de su plan, mejor. Quizá la más adecuada fuese Lucille, pues siempre estaba al corriente de los chimorreos de Londres y parecían fascinarla de modo particular las aventuras ilícitas. «Diré que deseo saberlo meramente a efectos de investigación científica. Seguro que a Lucille no se le ocurrirá sospechar que tengo la intención de tomar un amante.»

Sintió una punzada de emoción ante la perspectiva de vivir semejante aventura. Quería descubrir cómo era la pasión, y de primera mano. Cielos, aquel beso había estado a punto de derretirle las rodillas. ¿Cómo sería compartir otras intimidades con el conde, acariciarse mutuamente... unir sus cuerpos? No lo sabía, pero estaba desesperada por averiguarlo.

La sobresaltó el chasquido de una ramita al quebrarse. Volvió la cabeza y el corazón le dio un vuelco.

A su espalda se erguía lord Wesley.

Eric la miró y se quedó inmóvil al ver su expresión. Venía con la esperanza de que ella no lo mirase con el mismo gesto de desilusión que la noche anterior. Y no lo miró. Pero no estaba preparado para el espectáculo que encontró.

Diablos, parecía estar... excitada. Las mejillas arreboladas, la respiración agitada, un brillo inconfundible de deseo detrás de las gafas. ¿Qué demonios estaría cavilando?

Ella cogió su gastados zapatos y se los calzó. Eric acertó a ver brevemente un tobillo esbelto, que afectó a su pulso mucho más de lo que debería.

Tendió una mano para ayudarla a levantarse y le dijo:

—Buenas tardes, señorita Briggeham.

—Lord Wesley. —Aceptó la mano del conde, y en el instante en que se juntaron sus palmas él experimentó un calor que le ascendió por el brazo.

La ayudó a incorporarse. La tenía a no más de treinta centímetros de sí, sus rizos castaños mostraban un encantador desaliño, su aroma a miel lo envolvía igual que una fragante red. El deseo de besarla, de sentirla, lo golpeó con la violencia de un puñetazo. Aunque su cerebro le decía que le soltase la mano, movió los dedos de modo que las palmas de ambos tuviesen un contacto más íntimo.

—Pensé que tal vez la encontraría aquí —dijo con suavidad.

—¿Deseaba hablar conmigo?

«No. Deseo arrancar ese vestido de tu exuberante cuerpo y recorrerte entera con la lengua. Y cuando haya terminado de saborearte, quiero...» Eric sacudió la cabeza para despejarse.

—¿Hablar con usted? Eh... sí.

—¿Sobre lo de anoche?

—Pues sí. —Demonios, estaba hablando como un imbécil, pero es que no esperaba un tono tan directo. Con todo, debería haberlo esperado de ella.

La señorita Briggeham asintió rápidamente.

—Estupendo, porque yo también deseo hablarle de eso. No debería haberme marchado de una manera tan brusca. Usted fue sumamente generoso con Hubert y conmigo, y le pido disculpas.

—No es necesario que...

—He reflexionado mucho sobre este asunto, y entiendo perfectamente por qué dijo lo que dijo.

—¿Ah, sí?

—Sí. Al fin y al cabo, no podía decirme la verdad. No obstante, agradezco su esfuerzo por...

—¿A qué se refiere con «la verdad»? ¿Está sugiriendo que le he mentido?

Ella frunció el entrecejo y los labios, sopesando la pregunta.

—Considero que la palabra «mentir» resulta demasiado fuerte. Tal vez sea mejor decir que «disfrazó» las cosas. Comprendo que sólo intentaba ser cortés, pero en el futuro preferiría que no dijera esa clase de bobadas.

Eric comprendió a qué se refería. ¿Cómo era posible que aquella singular e increíble mujer no tuviera idea de su propio atractivo?

—No le mentí. Ni disfracé nada. —Se llevó su mano a los labios y depositó un beso en los dedos. A continuación, la rodeó con el otro brazo y la acercó hasta que los senos de ella le rozaron la camisa—. Es cierto que es encantadora —dijo con suavidad al tiempo que la miraba fijamente para que ella viera la sinceridad que había en su mirada. Los ojos de ella reflejaban desconcierto, como si quisiera creerlo pero no pudiera, y Eric deseó demostrárselo, decírselo, hacérselo ver—. No lo digo por cortesía, sino porque es verdad.

Se llevó al pecho las dos manos de Sammie y le apretó las palmas contra su corazón, que latía acelerado. Después, deslizó muy despacio un dedo por su mejilla mientras murmuraba:

—Fíjese en su piel, por ejemplo. Es muy suave, sin un solo defecto. Como la seda más fina.

—Tengo pecas en la nariz.

Una sonrisa afloró a los labios del conde.

—Ya lo sé. Y son de lo más seductoras. —Tomó un mechón de pelo suelto entre los dedos—. Y su cabello es...

—Rebelde.

—Brillante. Suave. —Se acercó el mechón a la cara y aspiró—. Fragante. —Acto seguido, procedió a quitarle las gafas despacio y, guardárselas en el bolsillo de la chaqueta—. Y luego están sus ojos. Son extraordinarios. Grandes y expresivos, cálidos e inteligentes. ¿Sabía que cuando sonríe brillan como aguamarinas? ¿Sabía que u sonrisa sería capaz de alumbrar una habitación a oscuras?

Ella lo miraba fijamente. Parpadeó dos veces y luego se limitó a negar con la cabeza.

La mirada de Eric se posó en su boca, y el pulso le dio un brinco. Recorrió lentamente el contorno de los labios con la yema del dedo y susurró:

—Su boca es... fascinante. Exuberante. Para ser besada.

Se inclinó y le rozó los labios con los suyos una vez, dos, para continuar después a lo largo del mentón. Cuando llegó al oído, atrapó el lóbulo entre los dientes con suavidad y disfrutó del estremecimiento que la sacudió. Inhaló profundamente para llenarse de su fragancia, como si fuera un elixir.

—Su olor —susurró junto a su suave cuello— es mucho más que encantador. Aunque viva cien años, jamás volveré a oler la miel sin que usted me venga a la memoria. Resulta torturante, tentador. —Le tocó la piel con la lengua y se le escapó un gemido—. Un tormento. Hay muchas palabras con *t* para describir a una mujer.

Un gemido tembloroso subió a la garganta de ella, y Eric retrocedió para contemplar su rostro sonrojado.

—Encantadora —reiteró firmemente—. En todos los sentidos. Por dentro y por fuera. Nunca permita que nadie le diga lo contrario. Y no se lo crea jamás.

Ella lo contemplaba sin pestañear, con los ojos como platos. Tenía las manos apoyadas en su camisa, irradiando calor sobre su pecho, un calor que se le extendía por el abdomen y le llegaba a la ingle. Teniendo su blando cuerpo presionado contra el suyo desde el pecho hasta las rodillas, sabía que ella notaba su erección, y quería que así fuera; quería que ella apreciara la evidencia innegable de su deseo, la prueba física de la sinceridad de sus palabras.

En ese momento ella se humedeció los labios con la lengua.

—Nadie me ha dicho nunca cosas como ésas.

—Eso me resulta imposible de creer. Pero recuerdo que anoche coincidíamos en que la mayoría de las personas son necias.

Sammie tardó varios segundos en reaccionar, mientras una lenta sonrisa se le extendía por toda la cara. Para Eric fue como si el sol lo inundase con su dorado resplandor.

—Yo también creo que usted es encantador —susurró ella al fin.

Aquel sencillo cumplido lo conmovió como ninguna otra frase pronunciada jamás por mujer alguna. Sintió la corriente del deseo vibrando en sus venas, anulando su sentido común, apartando a un lado su raciocinio. En su mente comenzó a sonar una única palabra, un mantra que manifestaba su deseo:

Mía. Mía. Mía.

Incapaz de detenerse, hundió los dedos en el cabello de ella, tirando horquillas al suelo, hasta que su melena castaña se derramó suelta sobre sus hombros. Lo envolvió su aroma, inundó sus sentidos, ahogó su razón. Inclinó la cabeza y la besó muy despacio, muy hondo, deslizando la lengua en su boca para retirarla a continuación, en una sensual danza que su cuerpo ansiaba practicar con ella. Sammie respondió a cada uno de sus movimientos moviendo su lengua contra la de él, hundiendo los dedos en su cabello, apretándose contra su cuerpo.

Mía. Mía. Mía.

Sin interrumpir el beso, fue retrocediendo hasta que se apoyó contra el grueso tronco de un árbol. Atrajo a Sammie hacia sí para deslizar las manos hasta sus redondos glúteos. Luego la izó contra su tensa erección y empezó a frotarse lentamente contra ella, un movimiento que le provocó una llamarada que le incendió todo el cuerpo. Con un gruñido grave y gutural, fue subiendo las manos hasta la cintura de Sammie, y después hasta sus pechos. Las manos se le llenaron de la muselina que los recubría, y sus pezones endurecidos se le hincaron en las palmas.

Apartó sus labios de los de ella y comenzó a recorrerle el cuello con besos húmedos y febriles. Ella dejó escapar largos y femeninos gemidos de placer al tiempo que se arqueaba contra él, enardeciéndolo. Eric deslizó los dedos dentro de su corpiño y le acarició los pezones. Su gemido se confundió con el de ella, y entonces levantó la cabeza para devorarle la boca en otro beso ardoroso. Ella se agitó contra su cuerpo, y su erección reaccionó con una sacudida. Que Dios lo ayudase, la deseaba, la necesitaba. *Mía. Mía. Mía.*

Bajó una mano para buscar el borde del vestido y comenzó a levantarlo muy despacio. Introdujo la mano por debajo de la tela y pasó los dedos por el muslo desnudo, suave como la seda. Ella contuvo una exclamación y Eric se irguió ligeramente para mirarla con ojos nublados por el deseo.

Santo cielo, era una mujer increíble. Ruborizada, excitada, los labios hinchados por sus ardientes besos, los pezones duros bajo el delgado vestido, el pecho subiendo y bajando por la excitación. Era todo lo que podía desear un hombre, y la tenía allí, lista para él. Si movía la mano sólo unos centímetros, podría acariciar su parte más íntima... aquellos pliegues inflamados que él sabía que estaban suaves y húmedos. Preparados para él. Y luego...

«Y luego ¿qué? —le gritó la voz de la conciencia

rompiendo la niebla de sensualidad que lo envolvía—. ¿Piensas tomarla así, contra el árbol? ¿A una virgen? Y si lo haces, ¿qué harás después con ella? ¿Desposarla?» Y a continuación de la voz irritada de su conciencia le llegaron las palabras de Arthur: «Es inocente, justo la clase de mujer que podría ver en sus intenciones más de lo que usted pretende.»

Entonces se abatió sobre él la realidad, como un manto frío y húmedo. Sacó la mano de debajo del vestido, sujetó a Sammie por las muñecas y la apartó de él.

Ella respiró hondo para llenarse los pulmones. Sentía un vívido deseo en todo el cuerpo, sobre todo en la ingle. Notaba su feminidad húmeda y tensa, dolorida de un modo que no había experimentado jamás; un dolor maravilloso, del que aún no estaba saciada.

Pero como ya no sentía la excitante presión de la entrepierna de Eric, hizo el esfuerzo de abrir los ojos. Lo vio reclinado contra el árbol, sujetándola a un brazo de distancia por la cintura. Entrecerró los ojos para mirarlo, y aunque estaba borroso, distinguió con facilidad su respiración trabajosa y su expresión intensa.

Gracias a Dios todavía la sujetaba, pues de lo contrario simplemente se habría derrumbado en el suelo fláccidamente. Aspiró aire varias veces e intentó calmar su frenético pulso y recuperar el dominio de sí misma.

Cuando por fin encontró la voz, preguntó:

—¿Por qué no continúa?

Las manos de él le ciñeron la cintura aún más.

—Porque no habría podido parar. —Soltó una risita carente de humor—. Créame, este esfuerzo ha estado a punto de matarme. ¿Tiene idea de lo cerca que he estado de hacerle el amor?

Sammie sintió un profundo júbilo. Hizo acopio de todo su valor para decir:

—¿Y tiene usted idea de lo mucho que yo deseaba que me lo hiciera?

Eric se quedó patidifuso.

—No podemos hacerlo —graznó cuando consiguió recuperarse.

Ella alzó apenas la barbilla y pronunció las palabras que esperaba de todo corazón que le hicieran emprender la mayor aventura de su vida.

—¿Por qué no?

10

—¿Que por qué no? —Eric clavó los ojos en ella, perplejo. Sammie lo miraba a su vez con la cabeza ladeada, aguardando una explicación. Tras lo que se le antojó una eternidad, él se aclaró la garganta por fin y dijo—: Estoy seguro de que comprende la razón por la que no podemos seguir adelante con esto. Podría haber repercusiones... y yo no me encuentro en situación de poder ofrecerle matrimonio.

Sammie levantó las cejas.

—Yo no espero ninguna propuesta matrimonial.

—Entonces ¿qué es lo que espera exactamente?

—Que compartamos una aventura maravillosa.

A Eric se le disparó el corazón. Trató de inhalar; pero parecía tener los pulmones comprimidos, como si se hallaran bajo el peso de una roca enorme.

Aquella respuesta le había dejado atónito. Desde luego, se alegró inmensamente y anheló compartir una aventura con aquella mujer, pero ¿cómo iba a hacer tal cosa? Su conciencia le asediaría sin piedad. Entre ellos iba alargándose el silencio, y comprendió que tenía que decir algo.

—Por mucho que me halague la disposición que usted muestra, me temo que debemos dejarlo así.

Ella frunció el entrecejo, desconcertada

—Oh, vaya. ¿Es que ya tiene una amante?

Eric sintió un intenso calor que le ascendía por la nuca.

—No, en este momento no.

La expresión de Sammie fue de alivio. Bajó la mirada hacia su virilidad, aún prominente, y volvió a mirarlo a la cara.

—No puede negar que me desea.

—Es evidente. Pero hay en juego mucho más que el mero hecho de satisfacer mis deseos. —Sus dedos se tensaron levemente sobre la cintura, y entonces la soltó y se pasó las manos por la cara—. Está claro que usted no ha recapacitado sobre esto...

—Todo lo contrario, sí lo he hecho.

—¿De verdad? Pues no ha tenido en cuenta su reputación, que resultaría completamente arruinada.

—Sólo si se enterase alguien. Yo no pienso contárselo a nadie. ¿Y usted?

—Por supuesto que no. Pero por más discretos que fuésemos, alguien sospecharía y haría correr el rumor: un criado, un vecino, alguien de su familia. Resulta imposible esconder una aventura en un pueblo tan cerrado como Tunbridge Wells.

—No estoy de acuerdo. —Sammie respiró hondo y entrelazó las manos—. En este pueblo se me considera rara, excéntrica, insulsa, una solterona y un ratón de biblioteca. Nadie, ni por un instante, daría crédito a la idea de que un hombre, y mucho menos un hombre como usted, me concediera más que una mirada fugaz. A mí misma me resulta casi imposible de creer. De hecho, me atrevería incluso a decir que si los dos estuviéramos en una sala atestada de gente y anunciáramos que nos habíamos convertido en amantes, nadie nos creería.

Muy probablemente la joven tenía razón, y eso le provocó una oleada de rabia contra cada uno de los mastuerzos que le habían negado su atención. Despreciables idiotas.

—Me estoy acercando rápidamente a los veintiséis —prosiguió ella—. Hace tiempo que acepté las limitaciones que me imponen mi físico y mis inusuales aficiones, pero eso nunca me ha impedido anhelar una aventura en mi vida. Y pasión.

En sus ojos centellearon una frágil esperanza y un profundo anhelo, que a Eric le encogieron el corazón. Maldición, tenía que convencerla de que era una mala idea tomarlo a él como amante, pero debía hacerlo sin humillarla. No obstante, le estaba resultando muy difícil: le dolían las ingles de deseo y al parecer había perdido el habla.

Le cogió la mano y enlazó sus dedos en los de ella. Su contacto le provocó un agradable calor por el brazo, y tuvo que hacer uso de toda su fuerza de voluntad para no estrecharla con ardor y mandar al diablo su maldita conciencia.

—Desde mi encuentro con el Ladrón de Novias —dijo ella suavemente—, no he podido reprimir mi necesidad de aventuras. Es como si él hubiera abierto una compuerta en mi interior.

Eric se quedó petrificado.

—¿El Ladrón de Novias? ¿Qué tiene él que ver con esto?

—Me hizo sentir... viva. Me hizo darme cuenta de lo mucho que deseaba... ciertas cosas.

Eric apretó la mandíbula y entrecerró los ojos.

—¿Cosas como un amante?

Ella le sostuvo la mirada sin mover un solo músculo.

—Sí.

Él sintió una irracional punzada de celos, y le soltó la mano con brusquedad.

—En ese caso, quizá deba acudir con su oferta al Ladrón de Novias.

Ella se sonrojó y a Eric le rechinaron los dientes. No había tenido en cuenta la posibilidad de que ella pudiera albergar sentimientos de... amante hacia su otra personalidad.

—Es improbable que vuelva a verlo.

«Sí, de lo más improbable.»

—¿Y si lo viera?

—No me hizo insinuación alguna de que me... deseara.

Diablos, ¿qué quería decir con eso? ¿Que deseaba experimentar la pasión con el Ladrón de Novias? La idea de que ella deseara a otro hombre, con independencia de que aquel otro hombre en realidad fuera él, le nubló la vista con un velo rojo.

Pero se tragó su creciente cólera y dijo con frialdad:

—¿Se ha parado a pensar que su aventura podría dar como resultado un embarazo?

—Sí, pero tengo entendido que existen medios para evitar esa clase de contratiempo.

—¿Y sabe cuáles son?

—No, aún no.

—¿Aún? —Se pasó la mano por el pelo—. ¿Y cómo piensa averiguarlo?

Ella alzó las cejas.

—¿Los conoce usted?

—Naturalmente. No tengo el menor deseo de ser el padre de un bastardo.

Los labios de Sammie se curvaron en una sonrisa de alivio.

—Perfecto. Entonces podrá decirme todo lo que necesito saber.

—No pienso hacer nada de eso. No necesita esa información, porque yo no voy a ser su amante. —Se pasó la mano por la cara y sacudió la cabeza—. ¿Y si en el futuro decide casarse? —En el momento en que lo dijo, pasó por su mente otra imagen de ella, rodeada por los brazos de un hombre sin rostro, una imagen que a punto estuvo de ahogarlo.

—No tengo el menor deseo de casarme. Me siento realizada con mis trabajos científicos, y espero poder viajar algún día. Si quisiera ser una esposa, podría haber accedido a una boda que recientemente arreglaron mis padres. Le doy mi palabra de que no intentaré extraerle una propuesta de matrimonio.

—Eso es muy sensato, ya que yo tampoco tengo intención de casarme nunca. Y no me gustaría nada que me obligasen a ello.

—Entiendo. Pero ¿qué pasará con su título nobiliario?

—Morirá conmigo —contestó Eric con tono rígido y decidido.

—Ya. —Sammie lanzó un suspiro y dijo—: Bien, pues ya que hemos hablado del tema y superado todos los obstáculos...

El cielo sabía cuánto ansiaba él hacerle el amor. Pero con aquella maldita voz de la conciencia que no dejaba de martillearle el cerebro, se sentía empujado a salvarla de sí mismo, porque, pese a sus protestas, se veía a las claras que aquella joven no se daba cuenta de lo mucho que tenía que perder.

Contuvo el intenso deseo que amenazaba con pulverizar sus buenas intenciones, la tomó por los hombros y la miró a los ojos. Rogando que ella viera cuán profundo era su pesar, le dijo:

—No puedo ser su amante. Y no es porque no la desee, porque sí la deseo —dejó escapar una risita seca—, y con desesperación. Pero no puedo, no quiero ser el responsable de su deshonra social.

Ella alzó la barbilla un poco más.

—Ya le he dicho que nadie le pediría cuentas de cualquier efecto adverso que pudiera acarrear nuestra asociación.

—Entiendo. Pero no soy un hombre capaz de marcharse sencillamente o volver la espalda a las responsabilidades.

En los ojos de ella brilló la confusión.

—¿Pero qué sucedió con sus anteriores amantes? ¿Acaso no le preocupaba la reputación de ellas?

Eric experimentó una oleada de ternura. Tomó su rostro en forma de corazón entre las manos y le rozó las mejillas con los pulgares.

—Ninguna de mis anteriores amantes era tan inocente. Su relación conmigo, o con cualquier otro hombre, no ponía en peligro su estatus social. Pero el de usted resultaría arruinado. Y yo no puedo desentenderme de eso.

Aquellas palabras robaron toda expresión a sus ojos.

—Entiendo. —Se apartó de él con un movimiento brusco—. En tal caso, supongo que lo mejor será que regrese a mi casa. ¿Me da mis gafas, por favor?

—Por supuesto.

Eric sacó las gafas del bolsillo de su chaqueta y se las entregó. Observó cómo se las ponía, sintiendo una aguda punzada de pérdida.

Tras ajustarse las gafas, Sammie le dedicó un gesto formal con la cabeza.

—Me despido de usted, lord Wesley. —Y, girando sobre los talones, emprendió el regreso.

Una despedida. No había forma de confundir el significado de aquellas palabras ni el tono de su voz. Estaba claro que era la última vez que esperaba verlo. Mejor así. Debería estar contento. Pero, maldita sea, sentía un profundo dolor en el pecho ante la idea de no verla nunca más. De no ver su sonrisa, ni oírla reír, ni tocarla, besarla, hacerle el amor...

Apretó los labios para no gritar su nombre, plantó los pies en el suelo firmemente para no echar a correr tras ella, apretó los puños para no abrazarla. Y finalmente cerró los ojos con fuerza, para no tener que ver cómo se alejaba de él.

Había obrado correctamente. Con nobleza. Por ella. Aunque jamás sabría dónde había encontrado fuerzas para resistirse a su oferta.

Jamás lo sabría. En efecto, ya nunca sabría cómo era tener a Samantha Briggeham debajo de él. Encima de él. Enredada en él. Pronunciando su nombre en un gemido. Despertar en ella la pasión que tanto ansiaba conocer... y que deseaba compartir con él.

Entonces abrió los ojos. El sendero por el que se había marchado se veía ahora desierto. Se obligó a moverse y dio media vuelta con intención de irse, pero sus pies se pararon en seco al fijarse en la jarra de miel. La había dejado junto a unos matorrales antes de acercarse a ella. Al instante le asaltó un tropel de imágenes: el placer que experimentó ella al ver el regalo, sus ojos brillantes de deseo cuando él la besó, su expresión seria y dolorosamente esperanzada mientras le preguntaba si quería ser su amante.

Se maldijo a sí mismo.

Sí, ciertamente era un tipo noble.

Un noble idiota con un pesar en el corazón que no desaparecería jamás.

Sammie, sentada a su escritorio, tamborileaba con los dedos sobre la pulimentada superficie de madera de cerezo. «Ha rehusado. He de quitarme la idea de la cabeza.»

Por desgracia, su cabeza no colaboraba en absoluto.

Apretó los labios y dejó escapar un lento suspiro. Aquel rechazo debería haberla avergonzado, humillado, escarmentado. Pero sólo se sentía frustrada y decepcionada.

Y más decidida que nunca a salirse con la suya.

¿Pero cómo? ¿Cómo convencerlo... incitarlo... seducirlo? ¿Por qué tenía que ser tan insoportablemente noble?

Sin embargo, aun cuando se formulaba aquella pregunta, lo admiraba todavía más por preocuparse de su bienestar y su reputación. Si no fuera tan honorable, seguramente no la habría atraído tanto. Con todo, no podía dejar pasar aquella oportunidad de experimentar la pasión. No se imaginaba siquiera desear vivir semejantes intimidades con otro que no fuera lord Wesley, y si no lograba convencerlo a él, temía hacerse vieja sin conocer nunca el amor físico. Tal vez si no hubiera aparecido lord Wesley se hubiera contentado con simplemente transcribir aquellos sueños en su diario.

Pero ahora que había probado sus besos, que conocía la fuerza de sus brazos alrededor del cuerpo, que había sentido el calor del deseo, tenía que saber más. Y ya que estaba decidida a seguir adelante, necesitaba aprender cómo evitar un embarazo.

Sacó una vitela del cajón superior y escribió una breve nota a Lucille, rogándole que la recibiese aquella noche después de cenar. Dobló la misiva, la selló con lacre y acto seguido fue en busca de Hubert. Sabía que el chico se alegraría de llevar la carta a la casa de su hermana en el pueblo, ya que Lucille siempre tenía en la despensa una caja repleta de las galletas de miel favoritas de Hubert.

Mientras aguardaba la respuesta de Lucille, confeccionaría una lista de preguntas que formular a su hermana respecto de los métodos para evitar el embarazo.

Y esperaba tener un motivo para hacer uso de aquella información.

A las nueve en punto de aquella noche Sammie entró en la acogedora salita de Lucille, pero se quedó perpleja al encontrarse con las miradas inquisitivas de tres pares de ojos.

—Buenas noches, Sammie —entonaron al unísono Lucille, Hermione y Emily.

Ay, Dios. Aquello no era en absoluto lo que tenía pensado. Normalmente, se habría alegrado de pasar una velada con todas sus hermanas, pero esta vez no se trataba de circunstancias normales. Comprendió que tendría que esperar otra ocasión para hablar del tema, y le desilusionó tener que postergarlo. Tragándose su decepción, avanzó y abrazó a sus hermanas.

Una vez finalizados los saludos, las cuatro tomaron asiento en sillones de cretona alrededor de la chimenea. Lucille, mientras servía generosos vasos de jerez, preguntó:

—Muy bien, adelante Sammie. ¿Qué sucede con él?

La mano de Sammie se quedó paralizada en el acto de ir a coger su vaso.

—¿Cómo dices?

—Venga, no seas tímida —la reprendió Hermione al tiempo que acercaba su sillón—. Nos morimos de ganas de que nos lo cuentes todo.

Sammie cogió su jerez y se echó un buen trago al

coleto. Cielos. Tenía el terrible presentimiento de saber a qué se referían sus hermanas con «él» y «todo». Sus sospechas se vieron confirmadas cuando Emily, que compartía con ella el diván, se le acercó tanto que casi se le sentó sobre el regazo.

—Oh, es tan guapo, Sammie —suspiró con ojos brillantes—. Y además es muy rico y...

—Con título —terció Lucille dejando la licorera sobre la mesa que había junto al sillón—. De un linaje de lo más impresionante. Es el octavo conde, ¿sabes?

—No, no lo sabía —murmuró Sammie—. Pero...

—Su aversión al matrimonio es bien conocida, pero si está cortejando a nuestra Sammie, por lo visto ha cambiado de idea respecto de tomar esposa —dijo Hermione al tiempo que aceptaba una bandeja llena de galletas que le ofrecía Lucille.

Sammie estuvo a punto de atragantarse con el jerez, pero se lo tragó, aunque casi se ahogó. Aunque sabía que nadie podría creerse que el conde iba detrás de ella, debería haber imaginado que sus leales hermanas sí admitirían una idea tan improbable.

Emily le dio unas palmaditas en la espalda y agregó:

—Imagino que él afirmará que no piensa casarse nunca. Qué tontería. Todos sabíamos que cambiaría de opinión cuando encontrase a la mujer adecuada. —Con lágrimas en los ojos, miró a Sammie con algo parecido al respeto—. Lo que ocurre es que jamás pensamos que la mujer adecuada fueras a ser tú.

Sammie tosió y agitó la mano delante de sus ojos llorosos.

—No —exclamó ahogada—. No es así.

—Pásame su vaso para rellenarlo, Emily —ordenó Lucille—. Y sigue dándole palmaditas en la espalda. Mira, ya le vuelve el color.

—¿Cuándo piensa visitarte de nuevo? —inquirió Hermione mientras Lucille le servía más licor—. Debes procurar no estar disponible cada vez que venga él.

—Hermie tiene razón —convino Emily—. Y cerciórate de que lo haces esperar por lo menos un cuarto de hora antes de aparecer. No te preocupes por eso; un caballero mundano como el conde está bastante acostumbrado a esas cosas.

—Y además —intervino Lucille— debes pasar al menos media hora al día practicando miradas de coqueteo en el espejo. A mí siempre me ha funcionado ésta. —Bajó la barbilla y dirigió la vista hacia abajo con expresión recatada; luego levantó la mirada muy despacio y agitó las pestañas.

—Oh, lo haces maravillosamente —dijo Emily aprobando con la cabeza—. También puedes mirarlo por encima del borde del abanico...

—Y poner los labios así —dijo Hermie frunciendo la boca para formar una *o* perfecta—. Y asegúrate de que...

Sammie alzó una mano.

—Basta. Callaos todas. Debéis escucharme.

Sus hermanas guardaron silencio y la miraron con expresiones ávidas, inquisitivas y extasiadas. Cielos, qué embrollo; tenía que cortar de raíz aquel desastroso estado de cosas antes de que se convirtiera en un jardín entero. Se ajustó las gafas, que le habían resbalado hasta la punta de la nariz al toser, y dijo:

—Habéis interpretado erróneamente la situación. Entre el conde y yo no hay nada.

—Pero si mamá ha dicho que fue a verte y te llevó flores —protestó Lucille.

—Desde que me secuestraron, todos los caballeros solteros del pueblo hacen lo mismo, pero sólo pretenden sonsacarme acerca del Ladrón de Novias. Lord

Wesley no está enamorado; al igual que los demás, es sólo un buscador de curiosidades.

Emily vació su vaso de jerez y lo tendió para que se lo rellenasen.

—Pero mamá ha dicho que te invitó a su casa y...

—Que envió su carruaje a recogerte —terminó Lucille.

—En ese caso, os habrá contado que el conde nos invitó a mí y a Hubert con el único propósito de enseñarnos su telescopio Herschel. Su invitación fue enteramente de carácter científico.

El ceño arrugó la frente perfecta de Hermione.

—¿Ha ido a verte desde entonces?

—No —respondió Sammie, razonando rápidamente que el hecho de que la hubiera encontrado en el lago aquel mismo día no se podía calificar de visita intencionada—. Ni yo esperaría que lo hiciera. Mamá ha creído ver demasiadas cosas en su forma de actuar. —«Dios santo, si mamá sospechase siquiera lo que ha incluido la "forma de actuar" del conde, se desmayaría de verdad.»

La encantadora sonrisa de Emily desapareció con evidente desilusión.

—Entonces quieres decir que él no...

—Quieres decir que no ha... —interrumpió Lucille con una expresión idéntica a la de Emily.

—Pues no —contestó Sammie con su tono más entusiasta—. Entre lord Wesley y yo no hay absolutamente nada. —Apretó los labios y compuso una expresión de lo más remilgada, rogando que el rubor de su cara no delatase su descarada mentira—. Os sugiero que os olvidéis de este asunto.

Aunque obviamente decepcionadas por aquel giro de los acontecimientos, sus hermanas asintieron con un murmullo. Emily le apretó la mano y le dijo:

—Bueno, si lord Wesley pasara una noche en tu compañía y no fuera capaz de reconocer lo especial que eres, es que no es más que...

—Un idiota —sentenció Hermie al tiempo que ponía su mano encima de las de ellas.

—Un asno —afirmó Lucille con firmeza, y tuvo un muy poco femenino golpe de hipo—. ¿Alguien quiere más jerez?

Todas ofrecieron sus vasos vacíos. Mientras los rellenaba, Lucille comentó:

—Si no quieres hablar de tus relaciones con el conde...

—No hay relaciones de las que hablar —logró decir Sammie con los dientes apretados.

—Conforme. En ese caso, ¿por qué querías hablar con nosotras?

Sammie no mencionó que no pretendía hablar con todas ellas, sino sólo con Lucille. Era evidente que ésta había enviado mensajes para atraer a sus hermanas con la promesa de averiguar los detalles de la relación de Sammie con el conde. Se sintió tentada de abandonar todo el plan, pero sus hermanas eran la única esperanza que tenía de obtener la información que buscaba. Mientras dejase claro como el agua que deseaba dicha información sólo con fines científicos, todo iría bien.

Así pues, después de beberse otro buen trago de jerez, dijo:

—En realidad, necesito vuestra ayuda en un asunto científico.

Aquella declaración fue recibida por tres caras inexpresivas.

—Nosotras no sabemos nada de esas cosas —dijo Emily tras dar un pequeño mordisco a una galleta—. Deberías preguntar a Hubert.

Sammie rogó que no se notase su vergüenza.

—Me temo que el tema no es para hablarlo con un... hombre.

Hermione frunció el entrecejo.

—Entonces tal vez pueda ayudarte mamá.

Sammie se las arregló para no hacer una mueca de disgusto ante aquella sugerencia.

—No lo creo. Ya sabes lo excitable que es mamá, y temo que malinterprete la intención de mis preguntas.

—Puedes preguntarnos lo que quieras —cedió Lucille al fin.

—Muy bien. Necesito saber qué hay que hacer para evitar el embarazo.

Tras aquella frase se encontró con tres caras boquiabiertas y de ojos como platos. Se le cayó el alma a los pies. Diablos. ¿Sería que sus hermanas no lo sabían? Pero tenían que saberlo, ya que todas estaban casadas. ¿Acaso no estaban al tanto de aquellas cosas todas las mujeres casadas? Las tres intercambiaron miradas de extrañeza y a continuación volvieron su atención a Sammie, que de repente se sintió como un espécimen bajo el microscopio.

Lucille bebió un buen trago de jerez y dijo:

—Creía que habías dicho que no había nada...

Emily sorbió de golpe su bebida:

—Entre tú...

Hermione se echó al gaznate lo que le quedaba en el vaso:

—Y el conde.

Sammie sintió una oleada de intenso calor, y hasta le pareció que las orejas le echaban fuego.

—Y en efecto, no hay nada entre nosotros. —«Todavía.»—. Sólo necesito esa información para un experimento científico que deseo llevar a cabo. Naturalmente, se trata de un tema sumamente delicado y por lo tanto no puedo preguntárselo a cualquiera.

—Resulta de lo más impropio hablar de cosas así con una mujer soltera —declaró Emily con el entrecejo fruncido y la lengua un poco torpe.

—Así es —convino Hermione—. ¿Qué clase de experimento puede requerir una información como ésa?

Adoptando el tono monótono que sabía que aburría mortalmente a sus hermanas, Sammie afirmó:

—Deseo realizar un estudio comparativo de los ciclos reproductivos de varias especies, entre ellas las ranas, las serpientes y los ratones, respecto de los seres humanos. —Como accionadas por un resorte, la sola mención de ranas, serpientes y ratones hizo que sus hermanas pusieran una cara como si acabaran de morder un limón amargo. Fingiendo entusiasmarse con el tema, Sammie prosiguió—: Tomemos, por ejemplo, la serpiente. Después de mudar de piel...

—Un tema fascinante, Sammie —la interrumpió Lucille rápidamente—, pero no es necesario entrar en detalles. —Le acercó el plato de galletas.

Sammie cogió una y se tragó su sentimiento de culpa por manipular a sus hermanas de manera tan desvergonzada.

Emily carraspeó y acto seguido comenzó con tono discreto:

—Bien, mientras sea por el bien de la ciencia, tengo entendido que algunas mujeres se lavan «ya sabes dónde» con vinagre, después.

Sammie se la quedó mirando, sorprendida y atónita. Cuando al final pudo hablar, dijo:

—¿De verdad? Y... eh... ¿para qué hacen eso?

—Para eliminar «ya sabes qué». —Emily se ruborizó, y se apresuró a coger otra galleta.

Sammie abrió la boca para seguir preguntando, pero entonces intervino Lucille:

—Bueno, yo he oído que... —Echó un rápido vistazo a la habitación para cerciorarse de que no había entrado nadie, y luego se inclinó hacia delante. Su cautivado público hizo lo propio, y Sammie incluso estuvo a punto de caerse del cojín. Bajando la voz hasta convertirla en un murmullo, continuó—: Algunas mujeres llegan incluso a ducharse con vinagre.

A Emily se le agrandaron los ojos.

—¡Qué dices!

—O con zumo de limón —añadió Hermione, asintiendo—. Aunque eso es más difícil de encontrar. —Tomó la licorera y fue rellenando todos los vasos hasta el borde—. Yo he oído comentar que hay mujeres que utilizan esponjas marinas.

—¿Y qué hacen con ellas? —quiso saber Sammie, preguntándose dónde diantre iba a encontrar ella una esponja marina.

—Empaparlas en vinagre...

—O en coñac —terció Emily.

—Y luego las introducen «donde ya sabes» —terminó Hermione.

—Y... hum... ¿para qué sirve eso? —inquirió Sammie, esperando que el «donde ya sabes» fuera lo que ella creía que era.

Un delicado eructo escapó de los labios de Emily.

—Impide que el «ya sabes qué» llegue a «ya sabes dónde» y termine fabricando un bebé.

—Tengo entendido que eso es bastante común —comentó Lucille—, pero yo también he oído que existe un aparato que los hombres pueden ponerse en su «ya sabes qué» y que impide que el «ya sabes qué» llegue a «ya sabes dónde». —Se dio aire con la mano y se aflojó el pañuelo de encaje—. ¡Por Dios, sí que hace calor aquí!

—Bueno, pues yo he oído hablar —dijo Emily— de un método que requiere que el hombre se retire de «ya sabes dónde» antes de «ya sabes qué».

El grupo se quedó en silencio por unos segundos, hasta que Hermione rompió a reír.

—¡Santo cielo, Emily, no estoy segura de querer saber eso!

También Emily se echó a reír sin querer, y enseguida se tapó la boca con la mano. Su risa era contagiosa, y en pocos segundos las cuatro estaban dobladas por la cintura, partiéndose de risa.

—Bueno, por lo que a mí respecta, no soñaría siquiera con emplear ninguno de esos métodos —dijo Lucille secándose las lágrimas con el borde del vestido—. Tengo muchos deseos de ser madre.

—Yo también —dijo Hermione—. Aunque la idea de dar a luz me da bastante miedo. Una de nosotras debería tener un bebé, para que pueda contarnos a las demás qué se siente. Emily, voto por que la primera seas tú.

—¿Yo? —Emily miró ceñuda a su hermana—. ¿Y por qué no tú?

Hermione se volvió hacia Lucille.

—Tú eres la que lleva casada más tiempo, Lucille. Debes ser tú la primera en tener un bebé.

—Muy bien. Ya que insistís, daré a luz antes de que termine el año.

—Oh, pero eso es imposible —se burló Emily—. Hacen falta nueve meses, y ya estamos en julio.

Lucille se limitó a enarcar las cejas al tiempo que esbozaba una ancha sonrisa. Sammie lo comprendió y lanzó una exclamación:

—No es imposible —dijo mirando a Lucille con asombro— si ya está encinta.

Hubo un silencio de asombro por unos instantes, y acto seguido estalló un verdadero revuelo cuando todas se pusieron a chillar al unísono, riendo, llorando, abrazándose y hablando todas a la vez.

—¿Cuánto tiempo hace que lo sabes?

—¿Cómo te encuentras?

—¡No tienes aspecto de estar embarazada!

—¿Lo sabe mamá?

Lucille rió.

—¡Cielos, un poco más despacio! Lo sé desde hace unas semanas, pero quería decírselo a Richard antes que a nadie, y hasta ayer mismo no regresó de visitar a su madre.

—¿Por eso no te fuiste con él? —apuntó Hermie.

Lucille asintió.

—Sospechábamos que podía estar encinta, y no queríamos correr el riesgo que entraña un viaje tan largo. El médico lo confirmó mientras Richard se encontraba ausente. Por lo demás, me siento de maravilla, y mi estado se hará evidente a lo largo de las próximas semanas. Hoy mismo le he dado la noticia a mamá, pero la hice prometer no contároslo, porque quería hacerlo yo misma.

Siguió otra ronda de abrazos. Después, Sammie se reclinó en su asiento y escuchó cómo Emily y Hermione bombardeaban con preguntas a Lucille.

Experimentó una punzada de anhelo y se rodeó con los brazos. ¿Cómo sería llevar dentro el hijo del hombre al que una amaba, en el interior del cuerpo, sentirlo crecer? Un hijo que habrían creado juntos. A juzgar por la expresión radiante de Lucille, debía de ser una sensación maravillosa, muy hermosa.

Tener un hijo. Qué maravilloso era que para Lucille fuera la mejor noticia del mundo. Qué triste que para ella representara un desastre total.

Por un instante anheló tener un esposo amante y un hijo, pero desechó aquel sueño imposible ocultándolo en lo más recóndito de su alma. Sus alternativas eran convertirse en una seca solterona o intentar vivir una aventura apasionada, y ahora que sabía cómo evitar el embarazo, nada la detendría.

Excepto lord Wesley.

Pero seguro que lograría convencerlo.

¿Verdad?

Sí, informándolo de manera lógica de todas las razones por las que ambos deberían comenzar una relación, y junto con los datos que había sonsacado a sus hermanas, seguro que lograría convencerlo.

Pero, sólo por si acaso, supuso que no le haría ningún daño practicar las miradas de coqueteo en el espejo.

11

Del *London Times:*

La Brigada contra el Ladrón de Novias comunica que, con el fin de abarcar un territorio más amplio, piensa permitir que se incorpore a sus filas todo hombre que tenga una hija en edad de casarse. Quienes deseen unirse a la brigada deberán realizar una aportación monetaria a la recompensa que se ofrece por la captura del Ladrón de Novias.

Todos los planes de Sammie en relación con lord Wesley quedaron frustrados a la mañana siguiente. Nada más terminar su desayuno en solitario —por culpa de que se le habían pegado las sábanas, algo nada propio en ella y que atribuyó a los excesos cometidos la noche anterior con sus hermanas—, entró Hubert como una exhalación. El alboroto del muchacho le despertó un infame dolor de cabeza, y se apretó las sienes con los dedos en un débil intento de mitigarlo.

Antes de que pudiera suplicarle que anduviera de puntillas, su hermano le tendió un sobre sellado y le dijo sin resuello:

—Acaba de llegar esto para ti. Se lo dio a Cyril en los establos un muchacho al que no había visto nunca.

—¿De veras? —Su nombre aparecía pulcramente

escrito en una letra que le resultó desconocida—. ¿De quién es?

—No lo sé, pero tal vez sea de él.

Sammie se quedó inmóvil.

—¿Quién?

—Lord Wesley. ¿No sería estupendo que esto fuera una invitación para usar de nuevo su Herschel?

La esperanza que vio brillar en los ojos de su hermano la conmovió. Dejó la nota sobre la mesa, le tomó de las manos y le dio un apretón. Luego, escogiendo las palabras con cuidado, le dijo:

—No deberías hacerte la ilusión de que vaya a invitarnos otra vez, Hubert. Aunque fue muy amable...

—Oh, pero a mí me dijo que podía volver cuando quisiera.

—¿En serio? ¿Cuándo?

—En el momento de marcharnos, mientras tú subías al carruaje. Dijo que lamentaba mucho que tuviéramos que irnos tan pronto, sobre todo porque yo no había terminado de tomar notas. Dijo que regresara a terminarlas cuando quisiera. —Se le encendieron las mejillas—. Estoy deseando hacerlo, pero no me atrevo sin que él especifique el día y la hora.

A Sammie se le hizo un nudo en la garganta, y se lo tragó.

—Eso ha sido muy generoso por parte de lord Wesley.

—Es un gran caballero —convino Hubert, cuya respiración se había recuperado—. Incluso con su título y su posición, se mostró... —Encogió sus estrechos hombros y desvió la mirada.

—Amable con nosotros —dijo Sammie con suavidad.

Se miraron a los ojos, y entonces se entendieron sin decir nada, dos personas más acostumbradas al ridículo que a la aceptación. La nuez de Hubert se movió en su cuello.

—Sí, creo que por eso me cae bien... además de porque tenga un Herschel. Es porque fue amable contigo.

Querido Hubert. Cielos, ¿podría querer a aquel muchacho más de lo que lo quería ya? Volvió a apretarle las manos y le sonrió.

—Qué coincidencia. A mí me cae bien porque fue amable contigo.

Una sonrisa iluminó la cara del chico.

—Bueno, todo el mundo dice que tú y yo nos parecemos. —Señaló la carta con la cabeza—. ¿Vas a leerla?

—Por supuesto.

Cogió la misiva mientras Hubert tomaba asiento y untaba con mermelada de fresa una gruesa rebanada de pan, a modo de segundo desayuno. Tras romper el lacre, extrajo dos pliegos de vitela de color marfil.

Estimada señorita Briggeham:

Me llamo Anne Barrow y vivo en un pequeño pueblo situado a una hora de caballo al norte de Tunbridge Wells. Aunque no nos conocemos, le escribo para pedirle, mejor dicho suplicarle, su ayuda. Me mueve una profunda desesperación. Cuando llegó a mis oídos la noticia de que había sido secuestrada por el Ladrón de Novias, comprendí que era usted mi última esperanza.

Mi padre ha dispuesto que me case con un hombre al que odio. Le he rogado y suplicado, pero él se niega a escucharme. Mi prometido es un hombre cruel y despiadado que incluso ha intentado forzarme. A cambio de mi persona, mi prometido saldará las enormes deudas de juego contraídas por mi padre. Me destroza pensar que mi propio padre sea

213

capaz de venderme de este modo. No dejará el juego ni la bebida y, aunque yo no deseo verlo en prisión, no puedo casarme con ese hombre. Mi padre ha tomado su decisión, y ahora yo debo tomar la mía.

Se lo ruego, señorita Briggeham, es usted la única persona que puede ayudarme. No tengo nadie más a quien recurrir. Mi madre ha muerto y no me quedan más parientes que mi padre. ¿Podría ponerse en contacto con el Ladrón de Novias y hablarle de lo desesperada que estoy y lo mucho que necesito su ayuda? Temo que existen muy pocas posibilidades de que el Ladrón de Novias llegue a enterarse de la gravedad de mi situación, pues mi padre ha organizado este compromiso en secreto, tal vez por temor a que, en efecto, pueda tener lugar un rescate. Estoy dispuesta a ir a cualquier parte, a hacer lo que sea, con tal de escapar de la pesadilla en que se convertirá mi vida si se me obliga a casarme con ese hombre. Yo misma intentaría ponerme en contacto con el Ladrón de Novias, pero mi padre ha llegado incluso a encerrarme bajo llave en mi habitación, y, aun cuando fuera libre, no sabría dónde encontrarlo. Rezo para que llegue a manos de usted esta nota.

Debo partir de viaje a la casa de mi prometido dentro de dos noches. Adjunto un mapa, dibujado por mí, que indica la ruta exacta que seguirá mi carruaje. Por favor, le suplico que haga llegar esta información al Ladrón de Novias para que sepa cómo encontrarme. Comprendo que es mucho pedir por parte de una persona desconocida, pero no habría abusado de su amabilidad si no estuviera desesperada. Por favor, ayúdeme a salvar la vida.

Para siempre en deuda con usted,

Anne Barrow

Había un segundo pliego que contenía el dibujo de la ruta del carruaje. Sammie depositó los papeles sobre la mesa y lanzó un tembloroso suspiro.

Hubert tenía los ojos nublados por un velo de preocupación.

—Sammie, te has quedado blanca como la tiza. ¿Qué sucede? ¿Es una nota de lord Wesley?

—No. —Y, sin decir palabra, empujó la carta hacia Hubert, sabiendo que no podría convencerlo de que no pasaba nada malo.

Hubert la leyó y después miró a su hermana por encima del papel con sus ojos azules agrandados por las gafas.

—Pero esto es terrible.

—En efecto. He de ayudar a esa pobre muchacha. —Se levantó y comenzó a pasear por la habitación—. Es necesario que haga llegar esa información al Ladrón de Novias, pero ¿cómo?

Hubert también se levantó y también se puso a pasear, al otro lado de la larga mesa de caoba.

—Si encontrásemos la cabaña a la que te llevó podríamos dejarle un mensaje. He examinado algunas muestras de cabello y de hojas que retiré de tu ropa la mañana siguiente a tu secuestro, pero...

Sammie se paró en seco y lo miró de hito en hito.

—¿Qué dices que has hecho?

El chico se ruborizó.

—Buscaba pruebas que dieran pistas de su identidad. Por desgracia, lo único que logré determinar fue lo que ya habías dicho tú: que montaba un caballo negro y que habíais cruzado el bosque.

—¿Pero para qué querías conocer su identidad? ¡No estarías pensando en cobrar la recompensa que ofrecen por su captura!

—Naturalmente que no. Aunque no dudaría un momento si te hubiera causado algún daño. No; estoy de acuerdo contigo en que ese hombre es noble y lucha por una causa justa. Simplemente deseaba poner a prueba mi inteligencia contra la suya. —Una tímida sonrisa curvó sus labios—. Ya sabes que no puedo dejar un enigma sin resolver.

—Sí, lo sé, pero en este caso debes dejarlo. —Sammie apoyó ambas palmas sobre la mesa y se inclinó hacia él—. No sólo podría ser peligroso para ti buscar la respuesta a ese enigma, sino también para él. Una vez que se conozca su identidad, estará acabado. Y es posible que tú salieras perjudicado también.

Hubert extendió un brazo y acarició la mano de su hermana.

—No hay de qué preocuparse, Sammie. Lo único que hice fue unos cuantos experimentos en la cámara, y no obtuve ningún resultado. Y aunque lograra descubrir su identidad, no se lo diría al magistrado.

Ella apreció la sinceridad que había en su mirada y asintió. Luego reanudó su paseo y dijo:

—En cuanto a lo de encontrar esa cabaña... es una buena sugerencia, pero podría llevarnos semanas o meses dar con ella, suponiendo que tengamos éxito. Estaba oscuro, y sin las gafas perdí completamente el sentido de la orientación. No; hemos de pensar en otra cosa. —Se dio unos golpecitos con los dedos en la barbilla y continuó caminando—. Apliquemos la lógica. Necesitamos que el Ladrón de Novias se entere de la grave situación de esa joven. ¿Cómo llegan a su conocimiento los casos de las muchachas que rescata, que están a punto de casarse?

Hubert frunció el entrecejo y asintió pensativo.

—Eso, ¿cómo llegan a su conocimiento? No parece probable que las conozca personalmente a todas.

—Exacto. ¿Y cómo se enteró de mi caso? ¿Cómo sabía que yo no deseaba casarme con el mayor Wilshire? Aún no se había anunciado mi compromiso, y ni siquiera mamá se hubiese arriesgado a que surgieran chismorreos antes de los arreglos formales.

Los dos se detuvieron y se miraron por encima de la mesa.

—Sólo existe un modo... —dijo Hubert.

—Debió de filtrarse a través de...

—Los cotilleos de la servidumbre —dijeron ambos al unísono.

Sammie se retorció las manos.

—Sí, ésa es la única explicación lógica. No sé por qué no lo pensé antes.

—Seguramente porque no intentabas encontrar un modo de ponerte en contacto con tu secuestrador.

Sammie recogió la carta y el mapa y rodeó la mesa.

—Los chismorreos sólo pudieron partir de nuestra familia o de la del mayor Wilshire. —Tamborileó con los dedos sobre la mesa mientras su cerebro funcionaba a toda velocidad—. Debo hacer correr inmediatamente entre los criados la noticia de la situación en que se encuentra esa joven. Aquí en casa y en la residencia del mayor. No hay un momento que perder si queremos que la noticia llegue a tiempo al Ladrón de Novias.

—Yo iré a ver al mayor —se ofreció Hubert—. Tengo cierta amistad con el hijo de su cochero. Pero Sammie, ¿y si el magistrado se entera del rumor y le tiende una trampa al Ladrón de Novias?

—Haremos todo lo posible para que el rumor no salga de estas dos familias... y rezaremos por que así sea. Es un plan peligroso, pero el Ladrón de Novias es muy listo, y nosotros tenemos que intentar ayudar a esa joven.

—¿Y si la noticia no le llega a tiempo?

Sammie arrugó la carta en sus manos, con el corazón encogido por Anne Barrow. Comprendía muy bien la desesperación de aquella pobre muchacha.

—Yo he tenido la suerte de poder librarme sola de un matrimonio no deseado, pero hay muchas mujeres que no pueden. Si el Ladrón de Novias no puede socorrerla, tendremos que idear otro plan.

—¿Cómo?

El ceño le arrugó la frente.

—No estoy segura, pero ya pensaré algo.

Mientras Hubert se dirigía a la casa del mayor Wilshire, Sammie fue en busca de su madre, que era capaz de extender un rumor más rápido que un reguero de pólvora. Después de hablarle de la grave situación de Anne Barrow, fue a la cocina y se lo contó todo a Sarah, la cocinera. Segura de que la casa entera estaría al corriente al cabo de una hora, se echó encima el chal y se puso el sombrero. De camino al pueblo para la visita cotidiana, hizo una parada en los establos para contarle la historia a Cyril.

Pasó varias horas en compañía de la señorita Waynesboro-Paxton. Sammie le leyó un fragmento de una manoseada edición de *Sentido y sensibilidad* y después le dio un masaje en sus rígidas manos con crema de miel. Tras disfrutar de una reconstituyente taza de té, se despidió de ella, deseosa de regresar a casa y averiguar cómo le había ido a Hubert en la residencia del mayor.

Mientras caminaba observando el sol de últimas horas de la tarde que se filtraba entre los árboles, elevó una plegaria para que su plan diera resultado y la noticia del matrimonio forzado de Anne Barrow llegara a los oídos del Ladrón de Novias... y no a los del magistrado.

Al hacer correr el rumor, tendía una tensa cuerda entre la posibilidad de estar poniendo en peligro al Ladrón de Novias e intentar facilitarle la libertad a una mujer desesperada. Pero las situaciones críticas requerían medidas desesperadas.

Por supuesto, era sumamente probable que el rumor no alcanzara al Ladrón de Novias a tiempo para socorrer a la señorita Barrow. No dudó que él la rescataría si conociera su situación, pero si no sabía nada, no podía rescatarla. Tenía que lograr que la señorita Barrow fuera liberada de la boda que se le venía encima. Pero ¿cómo?

Por su mente pasó una fugaz imagen del Ladrón de Novias, y entonces tuvo una idea como caída del cielo. Comenzó a darle vueltas, sopesándola desde todos los ángulos. Suponía un riesgo terrible, pero estaba en juego la vida de una mujer. Su mente la advertía de que había un centenar de cosas que podían salir mal; pero su corazón le decía que una podía salir bien: la señorita Barrow sería libre.

Si el Ladrón de Novias no acudía a rescatarla, entonces la rescataría ella misma.

Eric miraba alternativamente a *Emperador*, que pastaba junto al lago, y al camino que procedía del pueblo y se internaba en el bosque. Extrajo su reloj del bolsillo del chaleco y lo consultó con un gesto de impaciencia. Maldición, ¿ya habría pasado? No parecía probable, ya que llevaba más de una hora esperándola. Tal vez aquel día no había ido al pueblo. Tal vez estaba enferma...

El crujido de una rama le hizo volver a fijar la vista en el camino. Cuando la vio, dejó escapar un suspiro que no creía estar reprimiendo, lo cual lo irritó. Y aún lo irritó más el súbito brinco que le dio el corazón. Por todos los diablos, estaba empezando a comportarse como un colegial imberbe. Allí, de pie en el bosque, sosteniendo una jarra de miel como si fuera un necio embobado. «Y lo eres», lo informó su vocecilla interior.

Apretó la mandíbula y mandó al cuerno su irritante —por no decir incorrecta— vocecilla interior. No estaba embobado, sino simplemente... Frunció el entrecejo; no sabía qué demonios estaba, aparte de inexplicablemente irritado. Consigo mismo por desearla, con ella por parecer tan...

Tan Samantha.

Si no se sintiera tan nervioso, se habría reído de sí mismo cuando el deseo se le despertó al ver el sencillo vestido azul y el chal que llevaba. Ella venía a paso vivo por el sendero, con aire resuelto y las cejas juntas, como concentrada en algo. El sombrero le colgaba de las cintas como si fuera una redecilla, y su cabello brillante parecía más despeinado de lo habitual. Con un gesto inconsciente, se ajustó las gafas, un ademán que desde luego no debería haber acelerado el pulso de Eric. Pero es que al instante le evocó una imagen en la que le quitaba las gafas y se perdía en sus bellos ojos.

Se le escapó un gruñido, y se pasó una mano por el rostro. No debería haber ido allí; no debería haberla esperado. ¿Por qué diablos lo había hecho? «Porque no puedes estar separado de ella.»

Su grado de irritación aumentó un poco más ante aquella verdad innegable. Pero ¿cómo diablos iba a mantenerse apartado de una mujer que lo fascinaba, que lo cautivaba? Y todo eso sin una gota de artificio, coquetería ni esfuerzo por su parte. Una mujer que deseaba convertirse en su amante. No lo sabía, pero estaba claro que ponerse a esperarla en el bosque desde luego no era el modo de apartarla de sus pensamientos.

Se limitaría a entregarle la jarra de miel. Se trataba de un acto de honor. Le había prometido la miel, e iba a dársela. Después se retiraría inmediatamente de su perturbadora presencia.

Sí, era un plan excelente.

Cuando ella se encontraba a unos metros de distancia, Eric salió de entre las bajas ramas del sauce y se plantó en mitad del camino.

Ella se sobresaltó y lanzó una exclamación ahogada.

—Cielo santo, lord Wesley. Me ha asustado usted.

—Perdóneme. No era mi intención.

Entre ellos se hizo el silencio más ensordecedor que él había oído jamás. Ella retorció entre los dedos las cintas de su sombrero, obviamente esperando a que hablara él, pero era como si su presencia lo hubiera privado de todo raciocinio. Se limitó a mirarla, mientras aún retumbaba en su mente la pregunta que le había formulado el día anterior: «¿Tiene idea de lo cerca que he estado de hacerle el amor?» Y la sobrecogedora respuesta de ella: «¿Y tiene usted idea de lo mucho que yo deseaba que me lo hiciera?» Dios santo, ¿cómo se las había arreglado para dejarla marchar?

Al final, se aclaró la garganta y dijo:

—En fin, es un placer verlo de nuevo, milord. Si me disculpa... —Inclinó la cabeza y se dispuso a continuar su camino.

Pero Eric la agarró por el brazo.

—Aguarde. Quería darle esto. —Le tendió la jarra de miel—. Se la dejó olvidada la otra noche.

Un súbito rubor tiñó las mejillas de ella, y Eric se preguntó si estaría pensando en el ardiente beso que ambos habían compartido en su casa.

Sammie cogió la jarra.

—Gracias. Me encargaré de que el señor Timstone reciba su crema. Y ahora, si me disculpa... —Intentó zafarse de su brazo, pero él no se lo permitió. Lo miró con expresión interrogante—. ¿Hay algo más, milord?

Eric entornó los ojos y estudió su rostro. En sus ojos no había nada parecido al deseo. De hecho, ella lo contemplaba con gesto de frío distanciamiento. Diablos, parecía haber perdido todo interés.

Maldita mujer incoherente. Tan pronto deseaba ser su amante como quería alejarse de él a toda prisa. Su sentido común le dijo que aquello estaba bien; pero todo el resto de su ser se rebeló. ¿A qué se debía aquel súbito cambio? Aunque había rehusado ser su amante, su deseo no había disminuido. Nada en absoluto.

—¿Ocurre algo malo, señorita Briggeham? Parece usted tener prisa.

—No, milord. Pero hay un... proyecto que necesito iniciar lo antes posible.

—¿Qué proyecto es ése?

Ella bajó los ojos, al parecer fascinada por algo que había en el suelo.

—Nada que pueda interesarle a usted.

Eric sintió una aguda punzada de pérdida. Samantha no quería compartir con él los detalles, detalles de un proyecto que saltaba a la vista era importante para ella. Diablos, no había previsto que fuera a echar tanto de menos la cómoda camaradería que habían compartido.

Debería simplemente dejarla marchar. Pero no pudo.

Se situó delante de ella y le alzó la barbilla hasta que los ojos de ambos se encontraron.

—Respecto de lo que estuvimos hablando ayer...

Ella se puso de un rojo carmesí.

—¿Ha cambiado de idea?

«Sí.»

—No. —Frunció el entrecejo—. Pero abrigaba la esperanza de que pudiéramos seguir siendo... amigos.

Fuera cual fuese la reacción que esperaba de ella, desde luego no era la explosión de ira que vio en sus ojos.

—¿Amigos? —repitió Sammie, levantando las cejas—. Sí, supongo que podemos seguir siendo amigos. Dios sabe que no tengo tantos como para rechazar uno más.

—Sin embargo, está enfadada conmigo.

—No. Estoy decepcionada. No obstante, sí estoy enfadada por la situación en que me encuentro, la misma que la de miles de mujeres. Como no somos hermosas ni inteligentes ni ricas herederas, o por el motivo que sea, nos vemos obligadas a convertirnos en célibes solteronas. Obligadas a vivir nuestras vidas sin haber experimentado nunca el contacto de un hombre. —Casi le saltaban chispas de los ojos—. Una mujer debería poder escoger. Por Dios santo, es tan horrible como verse obligada a contraer un matrimonio no deseado.

Eric se quedó inmóvil.

—No es lo mismo...

—Sí lo es. Es exactamente lo mismo. —Se soltó de un tirón de los dedos súbitamente relajados del conde y dio unos pasos para alejarse de él—. El Ladrón de Novias lo entendería.

Él se puso en tensión.

—¿El Ladrón de Novias? Menuda tontería. Ése no es más que un delincuente común, que rapta a mujeres que...

«Que no tienen alternativa», pensó ella y dijo:

—Que se ven forzadas a llevar una vida que no desean. —Le tembló la voz por la emoción—. Él les da una oportunidad, y les ofrece el regalo impagable de ser libres. Eso es más de lo que tendrá nunca una mujer como yo.

Eric sintió una punzada en el corazón, ya que no podía negar la verdad que encerraban aquellas palabras. Las opciones de las mujeres eran de lo más limitadas. Él también se rebelaba ante aquella injusticia, pero de un modo que no podía revelarle a la señorita Briggeham.

Apretó los puños a los costados para no tocarla y dijo:

—Aunque efectivamente el Ladrón de Novias lo entendiera, usted no volverá a verlo nunca.

La mirada de determinación que ella le devolvió le provocó un escalofrío que le bajó por la espalda.

—Eso es lo que usted cree —replicó Sammie con voz tensa. Y, antes de que él pudiera recuperarse, echó a andar por el sendero raudamente.

Eric se la quedó mirando, estupefacto. Seguro que no habían sido otra cosa que palabras acaloradas, pronunciadas en un momento de apasionamiento, algo muy típico de las mujeres. Pero al punto se desdijo: Samantha Briggeham era la mujer más directa que había conocido jamás. No se la imaginaba capaz de hacer una afirmación semejante a menos que estuviera convencida de ella.

Estaba claro que tenía la intención —o como mínimo la esperanza— de ver de nuevo al Ladrón de Novias. Naturalmente, no podría llevar a buen puerto dicha intención sin la colaboración de él, pero eso no lo sabía ella.

Sintió miedo. Miedo por ella. Y por sí mismo.

Maldición, ¿qué estaría planeando hacer?

12

Cuando Eric llegó a los establos, todavía no había logrado adivinar qué estaría tramando la señorita Briggeham. Distraído, desmontó y entregó las riendas de *Emperador* a Arthur.

—Tenemos que hablar —le dijo éste bajando el tono.

Eric lo miró y el corazón le latió con fuerza al reconocer de forma instantánea la expresión que vio en sus ojos. Asintiendo, repuso:

—Nos veremos en el lugar de siempre, dentro de media hora.

Treinta minutos más tarde, Eric penetró en el mirador que se alzaba junto a la parte posterior de los jardines. Arthur se paseaba dentro de la estructura de mármol, con su curtido rostro tenso por la preocupación.

—He tenido noticia de otro caso que necesita ayuda —dijo el anciano sin preámbulos.

Eric se apoyó contra la balaustrada y cruzó los brazos sobre el pecho.

—Te escucho.

—Una joven llamada Anne Barrow. Parece la situación habitual, pero...

Al ver que Arthur no continuaba, Eric lo apremió:

—¿Hay algo que te preocupa?

—Bueno, es que me resulta muy extraño el modo en que me he enterado. —Su mirada se clavó en la de

Eric—. Al parecer, el rumor ha partido de la señorita Sammie.

Eric se quedó petrificado.

—¿Cómo has dicho?

—A mí también me ha sorprendido, porque la señorita Sammie no es dada a contar chismorreos. Pero lo he sabido directamente de boca de Sarah, la cocinera de los Briggeham. Me ha dicho que esta mañana entró la señorita Sammie en la cocina y le contó que a esa muchacha iban a obligarla a casarse con un hombre horrendo, y que sería maravilloso que la rescatase el Ladrón de Novias. Incluso le contó que dentro de dos noches la joven iba a recorrer determinada ruta. —Arthur frunció el entrecejo y se rascó la cabeza—. Todo esto me resulta muy extraño. ¿Dónde cree usted que habrá oído una cosa así la señorita Sammie?

—No estoy seguro —contestó Eric despacio—. ¿Hay alguien más que te haya contado la misma historia?

—No. Y eso también es raro. Una historia como ésta por lo general me llega desde varias fuentes.

—Dime exactamente qué te ha contado Sarah.

Arthur lo hizo, y a continuación dijo:

—Esa Brigada contra el Ladrón de Novias se hace más numerosa cada día, y están decididos a atraparlo. Y también el magistrado. Toda esta historia podría ser una trampa. ¿Qué va a hacer?

—Te lo diré tan pronto lo haya decidido. Mientras tanto, trata de averiguar discretamente acerca de esa Anne Barrow.

Eric entró en su estudio privado y se sirvió un coñac. Echó la cabeza atrás y apuró el fuerte licor de un solo trago, disfrutando del rastro ardiente que le dejó en sus congeladas entrañas. Se sirvió otra copa y acto seguido fue hasta la chimenea, donde se quedó contemplando las llamas mientras en su mente giraba un sinfín de preguntas.

¿Por qué había divulgado Samantha la noticia de la señorita Barrow? Ella misma había dicho que no le interesaban los chismorreos. ¿Se habría enterado por casualidad, o la supo por otra persona y simplemente se puso a contarla por ahí? En tal caso, ¿por qué no se la había contado a él cuando hablaron junto al lago? ¿Le habría relatado la historia un miembro de la cada vez más grande Brigada contra el Ladrón de Novias, con la esperanza de hacer correr el rumor y así tender una trampa al Ladrón? Quizá. Aun así, ¿por qué servirse de Samantha? No tenía sentido. A no ser que...

¿Esperaba alguien que Samantha acudiera a él con la historia? ¿Sospecharía alguien de él?

Pero si se encontraba bajo sospecha, ¿por qué no habían venido a contárselo directamente a él, en vez de depender de lo imprevisible de los chismorreos de la servidumbre, sobre todo si le estaban tendiendo una trampa?

Depositó la copa sobre la repisa de la chimenea y se pasó las manos por la cara mientras estudiaba la otra posibilidad, la que había apartado a un lado pero que ya no podía continuar ignorando.

¿Se habría inventado Samantha toda aquella historia para atraer al Ladrón de Novias y así verlo de nuevo? ¿Podría tratarse del «proyecto» que había mencionado? Recordó su respuesta cuando él le dijo que nunca volvería a ver al Ladrón de Novias: «Eso es lo que usted cree.» Maldición, ¿existiría de verdad una joven que necesitaba ser rescatada, o no era más que una estratagema? Y si dicha joven existía, ¿cómo encajaba Samantha en todo aquello?

Una parte de él se rebeló contra la idea de que Samantha pudiera mentir y difundir una historia falsa para servir a sus propios fines; era demasiado honrada y sincera.

Pero otra parte lo advertía: «¿Cómo, si no, podría esperar ver otra vez al Ladrón de Novias? Es un plan muy inteligente, y ella es una mujer inteligente... una mujer que sin duda admira tu segunda personalidad, una mujer que quiere vivir aventuras. Una mujer que quiere un amante.»

Sintió una punzada de celos y se le escapó una risa amarga. Diablos, estaba perdiendo el juicio. Estaba ardiendo de celos... de sí mismo. Pero había un modo de arreglarlo.

Después de tomar precauciones extraordinarias para garantizar su seguridad, el Ladrón de Novias rescataría a la señorita Barrow, si es que existía de verdad. Y si resultaba que estaba implicada la señorita Samantha Briggeham, ya se vería a qué grado de familiaridad esperaba ella llegar con el Ladrón de Novias.

La tarde siguiente, Eric tiró de las riendas de *Emperador* para detenerlo y se tocó el sombrero a modo de saludo hacia el magistrado, que se dirigía a caballo hacia él.

—Buenas tardes, Straton —dijo—. Una tarde muy agradable para dar un paseo.

Adam Straton se tocó el sombrero a su vez.

—Ciertamente muy agradable, lord Wesley. Sin embargo, no he salido a dar un paseo; voy de camino a Londres. Tengo varias pistas que seguir.

Eric enarcó las cejas.

—¿Oh? ¿Para alguna investigación en curso?

—Tienen que ver con el Ladrón de Novias.

—¡No me diga! ¿Ha capturado ya a ese maleante?

—Aún no. Pero acaba de llegarme cierta información nueva que espero nos conduzca a su apresamiento.

—Excelente. No es nada bueno que haya un bandido como ése rondando por ahí... si bien tengo entendido que últimamente no ha cometido ninguna fechoría.

—Su última víctima fue la señorita Briggeham —confirmó Straton—, y fue un secuestro fallido. —Sus labios se apretaron formando una línea severa—. Si hubiera llegado sólo cinco minutos antes lo habría apresado. Por desgracia, la señorita Briggeham resultó un testigo poco colaborador.

—¿De veras?

—Sí. No dejó de mirarme furiosa y de insistir en que las acciones de ese hombre eran heroicas. En lugar de sentirse ultrajada por él, estaba irritada conmigo por hablar mal del Ladrón. —Meneó la cabeza—. Una mujer de lo más extraña.

Eric reprimió una sonrisa.

—Es obvio que sí.

—Recuerde lo que le digo, milord: el Ladrón de Novias no pasará mucho más tiempo en libertad. El secuestro fracasado de la señorita Briggeham demuestra que se está volviendo descuidado. Cometerá otro error, y cuando eso suceda yo lo estaré esperando.

—Le deseo la mejor de las suertes, y espero que esa nueva información le resulte de utilidad.

—Yo también lo espero. —Straton dedicó unos segundos a ajustarse los guantes y después preguntó—: ¿Qué tal se encuentra su hermana, milord?

—Va a venir a casa. La espero dentro de los próximos días. Darvin ha fallecido.

Straton pareció quedar congelado en el sitio. Tragó saliva una vez, y después dijo con voz tensa:

—Lamento mucho su pérdida.

Eric no se molestó en señalar que la muerte de Darvin no suponía una pérdida para nadie, y menos aún para Margaret.

—Me aseguraré de transmitirle sus condolencias.

—Gracias. Buenas tardes, lord Wesley. —Y con un breve gesto de asentimiento hincó los talones en los flancos de su montura y se alejó al trote por el camino que llevaba a Londres.

Henchido de una macabra satisfacción, Eric encaminó a *Emperador* hacia Wesley Manor. Adam Straton tendría que pasar al menos dos días en Londres investigando la «información» que Eric le había preparado acerca del Ladrón de Novias. Era un plazo más que suficiente para hacer todo lo que tenía que hacer sin los ojos del magistrado pegados a sus espaldas. Lo disgustaba engañar a Adam, pues admiraba la sinceridad y la integridad de aquel hombre tan trabajador; pero dado que el éxito de Adam en aquel particular asunto suponía la horca para él, se las arregló para superar su sentimiento de culpa.

Justo antes de adentrarse en la tupida foresta, lanzó una mirada hacia atrás. un carruaje que apareció por el recodo del camino de Londres le hizo detener a *Emperador*. Se protegió los ojos del brillo del sol y observó el vehículo. Entonces se le puso todo el cuerpo en tensión al reconocer no sólo el vehículo, sino también la figura de cabello castaño que iba dentro.

¿Qué demonios estaría haciendo Samantha Briggeham regresando de Londres?

Hubert se abalanzó sobre Sammie en el instante en que ésta entró en la cámara.

—¿Y bien? —preguntó—. ¿Lo has conseguido?

Ella acarició su redecilla y asintió.

—Lo tengo todo aquí dentro: el dinero y un pasaje a bordo del *Dama de los Mares*, que zarpa para América mañana por la mañana.

—¿Ha sospechado algo Cyril?

Sammie se sintió culpable por haber engañado a su leal cochero.

—No. El pobre se creyó que estuve todo el tiempo en la librería.

Hubert aprobó con un gesto de la cabeza.

—Ahora vamos a repasar el plan una vez más para asegurarnos de que estás preparada.

—De acuerdo. —Comenzó a pasearse delante de Hubert, enumerando cada punto con los dedos—. Después de cenar pondré el pretexto de que estoy cansada y me iré a mi dormitorio. Cyril se retira a las nueve. Media hora más tarde, tú y yo nos encontraremos en los establos, donde me ayudarás a ensillar los caballos. Montaré a *Azúcar* y conduciré a *Bailarina* hasta el lugar que indicaba en su carta la señorita Barrow. Calculo que tardaré una hora o una hora y media en llegar, tiempo suficiente, ya que la señorita Barrow no pasará por allí antes de medianoche.

Hubert asintió con la cabeza.

—Perfecto. Continúa.

—Cuando llegue, ataré a *Bailarina* cerca del camino pero oculta a la vista. Luego me esconderé y esperaré hasta que vea acercarse el carruaje de la señorita Barrow. Si aparece el Ladrón de Novias a rescatarla, sencillamente me quedaré escondida y luego volveré a casa. Si no se presenta, detendré el carruaje con la excusa de que mi caballo cojea y pediré ayuda. Mientras el cochero examina a *Azúcar*, yo entregaré el dinero y el pasaje a la señorita Barrow y le diré dónde encontrar a *Bailari-*

na. Luego distraeré al cochero todo el tiempo que pueda para darle la oportunidad de escapar.

—¿Has anotado las indicaciones para encontrar el barco y las instrucciones sobre dónde debe dejar a *Bailarina* para que Cyril pueda recuperarla?

—Todavía no, pero lo haré antes de cenar. Según el agente que me ha vendido el pasaje, hay unas caballerizas cerca del muelle. La señorita Barrow no ha de tener dificultad para encontrarlas. —Se ajustó las gafas sobre la nariz—. ¿Nos olvidamos de algo?

—He estado pensando en un problema potencial, Sammie. —Su mirada se tornó de preocupación—. ¿Qué pasa si no eres capaz de distraer al cochero lo suficiente para que escape la señorita Barrow? Y aunque consiga huir, ¿qué pasará si él se da cuenta de que ha desaparecido? Podría sospechar que la has ayudado tú, y en ese caso no sabemos qué podría hacerte.

—Una observación excelente. —Se dio unos golpecitos en la barbilla—. ¿Pero qué puedo hacer? No quisiera tener que golpear al pobre hombre.

—Desde luego. Podrías no golpearlo lo bastante fuerte.

—Más bien estaba pensando que podría atizarle demasiado fuerte.

Hubert parpadeó.

—Oh. Bueno, eso resultaría igual de desastroso, supongo.

Una sonrisa irónica curvó los labios de Sammie.

—Es una lástima que probablemente no echará una cabezada por voluntad propia para que la señorita Barrow pueda desaparecer convenientemente. —Al pronunciar estas palabras, se quedó quieta. Sus ojos se clavaron en los de Hubert y ambos intercambiaron una larga mirada.

—Podría darte una cosa —dijo Hubert en tono bajo y emocionado—. Se deriva de una combinación de hierbas que he inventado basándome en mis estudios de las tribus de Sudamérica. Resulta muy útil para dormir durante un rato a animales como los chimpancés, y así poder examinarlos sin correr riesgos. Eso garantizaría que el cochero echase una cabezada.

—¿No le causaría ningún daño?

Hubert negó con la cabeza.

—Simplemente se quedaría dormido. Durante una hora o dos.

Sammie enarcó las cejas.

—¿Pero cómo se lo voy a administrar? No puedo entregarle una copa y decirle: «Bébase esto.»

—¿Tienes un alfiler?

—¿Un alfiler de sombrero? ¿Para qué demonios quiero yo...?

—Untaré la sustancia en el alfiler. Lo único que tienes que hacer es pincharlo con él.

—¿Y no crees que se dará cuenta? —contestó ella, sin poder evitar incredulidad en su voz.

—Para cuando se dé cuenta de que no ha sido una picadura de abeja, ya estará dormido.

Una lenta sonrisa se extendió por el rostro de Sammie.

—Vaya, Hubert. Eres todo un genio.

Las mejillas del muchacho se sonrojaron de orgullo. Mirando a su hermana por encima de sus gafas, le replicó:

—¿Acaso lo dudabas?

—Ni por un instante. —Alargó la mano y le revolvió su pelo rebelde—. Creo que ya hemos pensado en todo.

—Sí... excepto que yo estaré terriblemente preocupado por ti. Ojalá me permitieras acompañarte...

—Por nada del mundo. Necesito que te quedes aquí para distraer a mamá en caso de que se percate de mi ausencia. —No agregó que no podía correr el riesgo de involucrarlo en una aventura que podía resultar peligrosa. Le apretó las manos con fuerza—. Te quiero por desear protegerme, pero no me pasará nada. Lo único que voy a hacer es entregarle a esa muchacha el dinero, el pasaje y las instrucciones, y si aparece el Ladrón de Novias, ni siquiera eso será necesario.

—En tal caso, no es justo que tú hagas toda la parte divertida —masculló Hubert—. Tú ya has visto al Ladrón de Novias.

—Y si llego a verlo nuevamente esta noche, será desde lejos. Lo dices como si fuéramos a sentarnos un rato a charlar y tomar té y galletas.

Hubert agachó la cabeza y rascó el suelo con la punta del zapato.

—Ya sé que no va a ser así, pero de todos modos me gustaría ir.

—Pero no puedes. —Sammie lanzó un suspiro—. Ahora que ya está todo preparado, voy a escribir las instrucciones. Te veré en la cena. —Y se marchó cerrando la puerta despacio tras ella.

Hubert apoyó las manos en la larga mesa de madera y resopló. Conocía el verdadero motivo por el que Sammie no quería que la acompañase: no deseaba que le ocurriera nada. Pero que el diablo se lo llevase, ¿qué clase de hombre sería si permitiera que su hermana anduviera trajinando por el bosque, de noche y sin compañía? Desde luego, ningún hombre en absoluto. Podía sucederle cualquier cosa, y entonces jamás se perdonaría a sí mismo.

Así pues, la única conducta lógica era seguirla sin que ella lo supiera. De ese modo, no sólo podría protegerla, sino que él también correría una gran aventura. Y quizás, incluso, encontrara la respuesta a la pregunta que lo obsesionaba desde el secuestro de Sammie.

Posó la mirada en el experimento en que llevaba semanas trabajando. ¿Daría resultado su idea? No lo sabía, pero aquella noche lo iba a averiguar.

Y si daba resultado, descubriría la identidad del Ladrón de Novias.

13

Sammie se hallaba escondida tras un grupo de arbustos que se alzaban a un lado del camino, acariciando suavemente el pescuezo de *Azúcar* para tranquilizarlo. Hasta el momento todo iba transcurriendo conforme a su plan.

El corazón le palpitaba con tal mezcla de turbación y euforia, que se maravilló de que no le saltara del pecho y le cayera a los pies. Unas nubes oscurecían la luna, lo cual convenía a sus fines. Los grillos cantaban en las inmediaciones, y una suave brisa con olor a tierra refrescaba su piel acalorada.

De un modo u otro, en los próximos minutos la señorita Barrow iría de camino a la libertad. Inhaló aire varias veces y experimentó una emoción atemperada por una serena determinación. Estaba obrando correctamente. Estaba en juego la vida de una joven. *Bailarina* estaba atada a un árbol a escasos metros de allí, completamente oculta a la vista. Desde su posición detrás de los arbustos, Sammie podía ver el camino pero sería casi imposible que la vieran a ella.

Aferrando su bolsa, que contenía el alfiler y todo lo que iba a necesitar la señorita Barrow, se asomó por encima de los arbustos y escrutó los alrededores.

¿Aparecería el Ladrón de Novias? Notó un hormigueo al pensar en ver de nuevo a aquel heroico aventurero. Por el bien de la señorita Barrow, rezó para que así fuera. Pero si no se presentaba, ella haría todo lo que estuviera en su mano para ayudar a la muchacha.

De momento, lo único que podía hacer era esperar. Y rezar para que todo saliera bien.

Ataviado con su máscara, capa y guantes de Ladrón de Novias, Eric estaba a lomos de *Campeón*, oculto tras unos tupidos matorrales, con todos sus sentidos aguzados y alerta. La mezcla de euforia y precaución que acompañaba todas sus misiones de rescate le animaba y le hacía muy consciente de su entorno. Ya que aquella noche iba a haber un rescate. De acuerdo con la información que había recogido Arthur, la historia de la señorita Barrow era totalmente verídica.

Escrutó la zona en busca de algún ruido o movimiento, y aunque no detectó nada extraño, su instinto le advirtió de que algo no encajaba. Había algo fuera de lugar. Y antes de que pudiera averiguar qué era, oyó el ruido de un carruaje.

Apartó a un lado su aprensión e hizo avanzar a *Campeón* entre las sombras hasta quedar en la posición perfecta, junto al camino, para salir al paso del carruaje cuando éste doblara el recodo... si es que efectivamente llevaba la insignia de la familia Barrow. El ruido se fue acercando, y Eric acarició el pescuezo de *Campeón*.

—Prepárate, amigo —susurró. El caballo respondió echando las orejas hacia atrás.

Eric se inclinó hacia delante, con todos los músculos alerta y la vista fija en el recodo del camino. Entonces surgió un carruaje tirado por dos caballos bayos. Se fijó en el escudo de armas que llevaba en la portezuela; coincidía con la descripción que le había proporcionado Arthur. Respiró hondo y puso en movimiento a *Campeón* calculando su velocidad con precisión. Cuando el carruaje pasó por su lado, extendió un brazo y arrebató las riendas al atónito cochero, y acto seguido detuvo el vehículo.

Introdujo una mano bajo la capa y sacó el ramo de flores y la nota adjunta que constituían su firma, y los lanzó al asiento de cuero, al lado del cochero.

—Por todos los santos —exclamó el hombre—, usted es el maldito Ladrón de Novias.

—Silencio —ordenó Eric con la voz rasposa del Ladrón de Novias—. Colabore y no le pasará nada. Ahora voy a...

Pero se interrumpió bruscamente al percibir un movimiento al otro lado del camino. Se volvió y escudriñó los alrededores. Árboles. Espesura. Más árboles. Arbustos silvestres. Y Samantha Briggeham, que lo observaba, oculta entre la maleza.

Apretó los puños. ¡Maldición, así que efectivamente estaba implicada en aquel asunto! ¿Pero cómo? No lo sabía, pero por el cielo que iba a averiguarlo. Aunque antes tenía que encargarse del cochero.

Se volvió hacia aquel hombre, y al instante maldijo su grave error: en los pocos segundos en que había estado distraído, el cochero había empuñado una recia estaca de madera y su rostro mostraba una expresión de ferocidad. Eric intentó desviar el golpe que se le venía encima, pero fue demasiado tarde.

La estaca golpeó un lado de su cabeza y lo derribó del caballo. Eric aterrizó en el camino con un golpe seco que le produjo un dolor desgarrador en todo el cuerpo.

—¡Ya te tengo, maldito! —oyó gritar a una voz que parecía llegar de muy lejos.

Y entonces se lo tragó la oscuridad y ya no oyó nada más.

Sammie permaneció detrás de los arbustos y contempló horrorizada cómo el cochero esgrimía un palo y derribaba al Ladrón de Novias de su caballo dejándolo sin sentido.

—¡Ya te tengo, maldito! —exclamó el hombre—. Intentabas robarme a la hija de mi patrón, ¿eh?

Entonces se oyeron golpes en la portezuela del carruaje y una voz amortiguada de mujer que procedía del interior.

—No se preocupe, señorita Barrow —voceó el cochero—. Está usted a salvo, bien encerrada con llave ahí dentro. Órdenes de su padre. —Acto seguido metió la mano bajo el pescante y extrajo una cuerda. Saltó al suelo y se acercó al Ladrón de Novias—. Me imaginaba que quizás intentases raptar a la señorita Barrow, ladrón endemoniado, y he venido preparado. Ahora voy a atarte bien atado y entregarte al juez, y así cobraré la bonita recompensa que ofrecen por ti.

Sammie se tapó la boca con una mano para contener una exclamación. Si no actuaba con rapidez, aquel hombre horrendo iba a entregar al Ladrón de Novias a las autoridades. La embargó una firme determinación. No podía permitir que sucediera tal cosa. Pero viendo que el cochero ya estaba maniatando al inconsciente Ladrón de Novias, sólo había un modo de detenerlo.

Abrió su redecilla y extrajo con cuidado el alfiler que había preparado Hubert. Se cubrió un poco más con la capucha para ocultar el rostro lo más posible y, sosteniendo el largo alfiler como si fuera una espada, se agachó y comenzó a avanzar. El cochero estaba musitando para sí, absorto en su tarea de maniatar al Ladrón de Novias con una gruesa cuerda.

Sigilosamente, Samantha se colocó detrás del hombre. Entonces, rogando que la poción de Hubert diera resultado, le hincó el alfiler en las posaderas.

—¡Ay! —El cochero soltó la cuerda y se llevó una mano al lugar del pinchazo al tiempo que se daba la vuelta.

Sammie se puso en pie de un salto y retrocedió hasta que chocó contra la portezuela del carruaje. El hombre clavó la mirada en ella y dio dos pasos amenazantes.

—¿Quién diablos es usted?

Con el corazón desbocado, Sammie se apresuró a esconder el alfiler entre los pliegues de su vestido oscuro mientras su mente gritaba: «¡Duérmete!»

Como si hubiera oído aquella silenciosa orden, el cochero puso los ojos en blanco, dobló las rodillas y se desmoronó en el suelo, cayendo de espaldas junto al Ladrón de Novias. Sammie se lo quedó mirando por varios segundos, con el corazón en la garganta. Luego se inclinó sobre él. De sus labios relajados salían unos ronquidos suaves. ¡Por Júpiter, Hubert era ciertamente un genio!

Moviéndose a toda prisa, se arrodilló junto al Ladrón de Novias y le comprobó el pulso en el cuello. Al notar el fuerte latido estuvo a punto de desmayarse de puro alivio. Pero antes de que pudiera atenderlo, volvieron a golpear la portezuela del carruaje.

—Por favor, déjeme salir —suplicó alguien desde dentro.

Sammie se acercó al cochero y hurgó en el bolsillo de su chaleco. Topó con la frialdad del metal y rápidamente sacó lo que esperaba fuera la llave correcta. Segundos después, abría de un tirón la portezuela del vehículo, del cual salió a trompicones una joven agitada y con los ojos muy abiertos.

—¿Quién es...?

—Samantha Briggeham. Su cochero ha herido al Ladrón de Novias. Yo lo he dejado temporalmente fuera de combate, pero hemos de darnos prisa.

La mirada de la señorita Barrow voló hasta los dos hombres caídos.

—Cielo santo. ¿Qué podemos hacer?

Sammie se arrodilló junto al Ladrón de Novias.

—Usted desátelo, y yo intentaré que recupere el conocimiento.

Sin otra palabra, la joven se arrodilló junto al Ladrón y empezó a manipular los nudos que le sujetaban las muñecas. Sammie pasó con suavidad las manos por la máscara de seda que le cubría la cabeza y se detuvo al topar con un chichón del tamaño de un huevo de gallina justo encima de la oreja. Alternando los golpecitos en la mejilla con unas suaves sacudidas en el hombro, le dijo:

—¿Puede oírme, señor? Por favor, despierte.

Eric percibió una voz como si le llegara a través de una densa niebla de dolor. Poco a poco fue tomando conciencia de unas manos suaves que le tocaban la cara. La cabeza. Los hombros. Inhaló y notó olor a miel.

—¿Puede oírme, señor?

Eric se volvió muy despacio hacia la voz, con la respiración siseante entre los dientes debida a las punzadas de dolor que le atravesaban la cabeza. Obligó a sus ojos a abrirse y parpadeó varias veces, en un intento de alinear el trío de figuras que flotaban frente a sus ojos en una sola. Cuando por fin lo consiguió, se encontró mirando fijamente el rostro de ansiedad de Samantha Briggeham.

Cuando su mirada se clavó en la de ella, Sammie cerró los ojos y exhaló.

—Gracias a Dios que está usted bien. —Le ofreció

una sonrisa trémula y añadió—: No tiene nada que temer, señor. Soy yo, su amiga Samantha Briggeham.

Él trató de levantar la cabeza, pero un batallón de demonios armados de martillos inició un infame concierto en sus sienes. Dejó escapar un gemido.

Sammie le apoyó las palmas en el pecho.

—No intente moverse todavía. Descanse un poco más.

—Ya lo he desatado —dijo una voz femenina desconocida—. ¿Cómo está?

—Recobrando el sentido —respondió Samantha—. Aproveche esas cuerdas para atar al cochero, por si acaso se despierta.

—Será un placer —contestó la joven.

¿Qué cochero? ¿Habían salido a pasear?

—¿Qué ha ocurrido? —susurró. Sentía la lengua como suela de zapato.

—Le ha golpeado el cochero de la señorita Barrow. —Sus ojos detrás de las gafas mostraban profunda preocupación—. ¿No se acuerda? Estaba a punto de realizar un rescate.

¿Un rescate? Se llevó una mano a la cabeza, que le retumbaba. Al hacerlo su guante de cuero rozó la seda, y entonces recuperó la memoria como el rayo. Máscara. Ladrón de Novias. Rescate. Samantha al otro lado del camino. Distracción. El cochero golpéandolo con una estaca. Y ahora un tremendo dolor que le taladraba la cabeza.

Recordó que tenía que hablar con su ronco acento.

—Me acuerdo. ¿Dónde está el cochero?

—Está inconsciente. La señorita Barrow lo está maniatando.

Experimentó una oleada de náuseas, y entonces cerró los ojos y respiró con inspiraciones cortas y superficiales. Ella le cogió la mano enguantada y continuó pasándole los dedos por el rostro enmascarado y por los hombros. Al cabo de un momento, el mareo cedió y recobró el raciocinio, junto con una horrible pesadez en las entrañas.

Menudo embrollo. Tenía que largarse de allí lo antes posible —y también las señoritas Briggeham y Barrow—, antes de que el cochero recuperase el sentido y decidiera entregarlo al magistrado, o antes de que pasara alguien más por el camino y se le ocurriera hacer lo mismo.

¿O su identidad ya habría quedado al descubierto? Abrió los ojos y la miró directamente.

—¿El cochero me quitó la máscara?

—No.

Sintió una oleada de alivio.

—¿Y usted?

Ella abrió mucho los ojos y negó con la cabeza.

—No.

Parte de su tensión se disipó. Ella aún no sabía quién era. Gracias a Dios. Samantha le apretó ligeramente la mano, y el le devolvió el gesto.

—No tema, señor —susurró—. Yo me encargaré de que no le suceda nada malo. —Puso su mano libre sobre su mentón cubierto por la máscara y le obsequió con una gentil sonrisa.

Eric entrecerró los ojos. Desde luego, estaba siendo de lo más solícita con el Ladrón de Novias: le cogía la mano, lo tocaba. Sí, estaba mostrándose demasiado cariñosa con aquella persona, maldición.

—¿Le duele en alguna otra parte? —inquirió con una ternura que lo puso furioso.

Diablos, le dolía en todas partes, pero por nada del mundo se lo diría precisamente a ella. Seguro que se ofrecería a darle un reconfortante masaje al Ladrón de Novias.

—Estoy bien —dijo con aspereza—. Quiero sentarme.

Cuando se apoyó sobre los codos, ella lo sujetó de los antebrazos y lo ayudó a pasar muy despacio a la postura de sentado. Todo giró a su alrededor, y tuvo que sostenerse la cabeza entre las manos. Hizo una mueca de dolor cuando sus dedos encontraron el enorme chichón. El mareo pasó al cabo de unos momentos, y entonces bajó las manos.

Tras humedecerse los labios, susurró con su rudo acento escocés:

—¿Qué está haciendo usted aquí?

—Lo mismo que usted: ayudar a la señorita Barrow.

—¿Es que no se fiaba de mí?

Sammie se ajustó las gafas y lo miró con expresión seria.

—Yo le confiaría a usted la vida, señor. Pero la señorita Barrow me pidió que la ayudara, y como yo no sabía si le llegaría a usted la noticia de su grave situación, tuve que prepararme para socorrerla yo misma.

—¿Y cómo pensaba hacerlo?

Ella le describió de manera concisa un plan que a Eric lo llenó de admiración y furia a un tiempo. Desvió la mirada hacia el cochero dormido, al cual la señorita Barrow continuaba atando como si fuera un ganso. Diablos, ojalá hubiera estado despierto para ver cómo Samantha pinchaba en el trasero a aquel cabrón.

—Maldita sea, muchacha. ¿No se da cuenta del peligro al que se ha expuesto?

—No más que el peligro al que se expone usted, señor. Le aseguro que no me he lanzado a esta aventura sin haberlo reflexionado mucho, de manera lógica, y sin haber sopesado cuidadosamente los riesgos que entrañaba. Como sin duda usted comprenderá, no podía ignorar la petición de socorro de la señorita Barrow.

—Pero ¿y si la hubieran herido? —El hecho de imaginarla herida, tumbada en el bosque, a merced de aquel cochero o de cualquier otro tipejo, le provocó un estremecimiento de miedo y furia.

—Sabía que existían riesgos, por supuesto. Pero, como estoy segura de que usted coincidirá conmigo, el resultado deseado hace que merecieran la pena. —A continuación se incorporó y le tendió las manos—. Vamos a ponernos de pie. Muy despacio.

Eric se agarró a las manos de ella y se puso primero de rodillas, postura en la que permaneció unos instantes mientras mejoraba el mareo. Después, con la ayuda de ella, se puso de pie. Le flaquearon un poco las rodillas, pero apoyó las manos en los hombros de Samantha, cerró los ojos e hizo varias inspiraciones hasta recuperar el equilibrio.

—¿Se encuentra bien? —le preguntó ella con preocupación.

Eric abrió los ojos y contempló su semblante tenso.

—Sí, pequeña.

—Qué alivio. Casi me muero antes, cuando lo golpeó ese hombre horrendo. —Su tono adquirió una nota de timidez—. Para mí ha sido un honor ayudarlo, señor, y... y con gusto lo haría de nuevo.

A Eric se le heló la sangre al oír aquellas palabras. Santo Dios, si no tomaba medidas drásticas, ya se la imaginaba ataviada con una máscara y una capa y cabalgando por el bosque con un saco lleno de aquellos alfileres. Se aferró con más fuerza a sus hombros, y a duras penas logró evitar sacudirla.

—Su lealtad me deja anonadado, y puede contar con

mi eterna gratitud por haberme rescatado. Pero a decir verdad, si no fuera por su interferencia, el rescate se habría llevado a cabo sin problema alguno.

Los ojos de Samantha adoptaron una expresión de sorpresa, y Eric adivinó que había dado en el blanco.

—No era mi intención...

—No importa. Su presencia me distrajo, lo cual le proporcionó al cochero la oportunidad de golpearme. Fue un error que bien podría haberme costado la vida.

Ella abrió los ojos con expresión de horror y con un brillo que, maldita sea, se parecía mucho al de las lágrimas. Eric sintió el aguijón de la culpa por ser tan duro con ella e, incapaz de dominarse, le pasó los dedos enguantados por la mejilla.

—También podría haberle costado la vida a usted. Y yo jamás podría cargar con el sentimiento de culpa que me causaría el que usted sufriera algún daño. Quiero que me prometa que no volverá a intentar ayudarme en mi misión. Es demasiado peligroso.

—Pero...

—Prométalo, señorita Briggeham. No pienso marcharme hasta que obtenga su promesa.

Ella titubeó, y a continuación asintió rígidamente.

—Muy bien, lo prometo. Pero quiero que sepa... —alzó una mano lentamente y la posó sobre la mejilla enmascarada de él— que tiene usted toda mi admiración.

Eric sintió una oleada de calor y tuvo que hacer uso de toda su fuerza de voluntad para no besar ardorosamente aquella mano que olía a miel.

—Y mi más profundo afecto —agregó Samantha en voz baja.

Se quedó congelado, como si le hubieran echado un cubo de agua helada. ¿Afecto? Y no sólo un afecto cualquiera, sino el más profundo afecto. Maldición, no quería que ella sintiera ningún profundo afecto por ningún otro hombre, ¡aunque resultara que aquel otro hombre era él!

En ese momento se reunió con ellos la señorita Barrow, y Eric hizo un esfuerzo para apartar a un lado su irracional e irritante ataque de celos.

—¿Está bien atado su cochero? —le preguntó a la joven.

Ella lanzó una mirada de desprecio al aludido.

—Sí, señor.

—¿Todavía desea que la ayude a escapar, señorita Barrow?

—Más que ninguna otra cosa, señor.

—En ese caso, hemos de irnos. Recoja las pertenencias que desee llevarse consigo. —Se volvió hacia Samantha—. Vaya por su montura y por el caballo que ha traído para la señorita Barrow.

Mientras ellas lo hacían, Eric fue hasta donde se encontraba *Campeón*, a unos metros de allí, y se cercioró de que el semental no había sufrido ningún daño. Acto seguido, regresó junto al cochero; se agachó con una mueca de dolor al notar una punzada en la cabeza y comprobó las ataduras que lo sujetaban. Una sonrisa sin humor tocó sus labios. Ciertamente, la señorita Barrow había maniatado a aquel cabrón a conciencia.

La señorita Barrow bajó del carruaje portando un maletín de viaje.

—No se mueva de ahí —le ordenó, y se volvió hacia Samantha, que en ese momento salía del follaje conduciendo dos caballos—. La señorita Barrow montará conmigo. Usted llevará el otro caballo, y yo la acompañaré de vuelta al bosque, hasta cerca de su casa.

—No —protestó ella, al tiempo que aceptaba su mano para montar—. Usted debe desaparecer.

—Desapareceré en cuanto la vea a usted sana y salva de regreso en su casa. El trayecto dura más de una hora, demasiado para que lo haga usted sola, sobre todo a estas horas de la noche. No pienso discutir con usted, señorita.

Samantha lanzó un gruñido de malhumor.

—En ese caso, por lo menos llévese esto. —Le dio su redecilla—. Contiene el dinero y el pasaje para el *Dama de los Mares* que tenía preparados para la señorita Barrow. —Eric abrió la boca para protestar, pero ella insistió—. Por favor, cójalo. Significa mucho para mí poder ayudarla.

Él necesitó de todas sus fuerzas para no estrecharla entre sus brazos y besarla.

—Yo también había dispuesto lo necesario para la señorita Barrow. Ya que es su deseo, le entregaré el dinero, pero destruiré el pasaje; no quiero que queden pruebas que puedan conducir hasta usted. Y cuando vuelva a casa, debe asegurarse de destruir todo lo que pueda implicarla. ¿Lo ha entendido?

—Sí.

—Entonces, vámonos.

Fue a grandes zancadas hasta *Campeón* y, después de ayudar a la señorita Barrow a montar, se subió a la silla detrás de ella. Acto seguido hizo girar al caballo y encabezó la marcha por el bosque, en dirección a la casa de Samantha.

Hubert se ajustó las gafas sobre la nariz y contuvo el impulso de propinar una patada de pura frustración a un árbol. Lo que había comenzado como una gran aventura, de algún modo se había transformado en un enorme fiasco. Basándose en la información que proporcionaba la señorita Barrow en su carta, sabía dónde se suponía que debía estar, pero no tenía ni idea de cómo llegar hasta allí.

¿Cómo era posible que hubiera perdido de vista a Sammie? La tenía a no más de diez metros de él, y al momento siguiente había desaparecido. Como si se hubiera esfumado.

Lo invadió la irritación. Maldita sea, ¿cómo iba a protegerla si no lograba dar con ella? ¿Y cómo podía abrigar esperanzas de poder descubrir la identidad del Ladrón de Novias? Tenía que encontrarla.

Continuó avanzando por aquel desconocido paraje en la dirección en que la había visto la última vez, deteniéndose a cada poco para aguzar el oído. Al cabo de casi un cuarto de hora, se detuvo en seco al oír unas débiles voces a lo lejos. Se agachó y avanzó con cautela. El corazón le dio un brinco de alivio cuando distinguió a Sammie a lomos de *Azúcar*. Y su alivio se convirtió en emoción cuando divisó la figura que le estaba hablando... un hombre enmascarado que sólo podía ser el célebre Ladrón de Novias.

¡Había acudido! Escrutó la zona. Junto a un carruaje vio a una mujer que seguramente era la señorita Barrow, sosteniendo un maletín de viaje. Al lado del camino se erguía un magnífico caballo negro. Basándose en lo que le había contado Sammie, dedujo que aquélla era la montura del Ladrón. Pero su euforia se transformó en consternación cuando se dio cuenta de que el grupo estaba a punto de partir. Tenía que actuar inmediatamente.

Con un ojo puesto en el Ladrón de Novias, se dirigió hacia el caballo negro. El corazón le palpitaba. Abrió la bolsa de cuero que llevaba aferrada en la mano y espolvoreó a toda prisa su contenido sobre la silla de montar, las riendas y los estribos, y acto seguido se retiró y se escondió detrás de unos tupidos arbustos.

Sintió una mezcla de frustración y euforia. ¡Ojalá tuviera un poco más de tiempo! Así habría podido vaciar los polvos en el interior de la alforja del Ladrón de Novias y haber abierto un pequeño orificio en el cuero para que fuera dejando un rastro que él pudiera seguir. Maldijo el fracaso de su plan original, pero por lo menos al esparcir el polvillo vería si daban resultado sus propiedades fosforescentes.

¡Y a lo mejor el Ladrón de Novias lo conducía hasta la cabaña donde había llevado a Sammie!

Segundos más tarde, el Ladrón de Novias ayudó a la señorita Barrow a montar, luego hizo lo propio detrás de ella y se internó en el bosque.

Tras cerciorarse de que no perdía de vista a Sammie, Hubert siguió al grupo. Pero se sintió desilusionado cuando al cabo de un rato se hizo evidente que se dirigían a Briggeham Manor, lo cual frustraba sus esperanzas de encontrar la cabaña del Ladrón de Novias. ¡Maldita sea! ¡Todo había salido mal! Justo antes de que el follaje diese paso al claro que conducía a su casa, el grupo hizo un alto. Hubert se acercó un poco más, sigilosamente.

—Aquí es donde nos separamos, señorita Briggeham —dijo el Ladrón de Novias con una voz grave y marcado acento—. Le doy nuevamente las gracias por su ayuda y le recuerdo la promesa que me ha hecho.

—Yo también le doy las gracias, señorita Briggeham —dijo la señorita Barrow.

—Buena suerte a los dos —contestó Sammie.

Sin pérdida de tiempo, el Ladrón de Novias hizo girar a su montura y regresó con la señorita Barrow al bosque. La oscuridad los engulló y desaparecieron de la vista.

Hubert observó que Sammie esbozaba una sonrisa, cerraba los ojos y lanzaba uno de aquellos suspiros tan largos que solían exhalar sus otras hermanas. A continuación la vio encaminarse hacia los establos.

En el instante en que ella desapareció de su campo visual, salió disparado y corrió por el prado hacia la casa. A pesar de que las cosas no estaban saliendo como había planeado, apenas podía contener su emoción por aquella aventura. ¡Realmente había visto al infame Ladrón de Novias! ¡Había oído su voz!

¿Conseguiría también, gracias a algún golpe de suerte, conocer su identidad?

14

Del *London Times:*

¡El Ladrón de Novias ataca de nuevo! El último secuestro cometido hace dos noches por el infame bandido ha contestado a la pregunta que bullía en la mente de todos: ¿cuándo atacará otra vez? Ha sido raptada la señorita Anne Barrow de Kent, prometida del señor Lucien Fowler. El cochero de la señorita Barrow, Nigel Grenway, informó al magistrado de que justo antes de caer víctima de una inexplicable dolencia, apareció una figura encapuchada que lo hizo conjeturar que el Ladrón de Novias tiene un cómplice. La investigación se ha intensificado, y el magistrado ha jurado llevar al secuestrador, así como a los demás implicados, ante la justicia.

En relación con este mismo asunto, la Brigada contra el Ladrón de Novias informa de que, como permite que todo hombre que tenga una hija en edad casadera se una a sus filas, el número de sus integrantes ha aumentado a doscientos y crece día a día. El miembro más reciente es el padre de la última víctima, el señor Walter Barrow. La recompensa asciende actualmente a nueve mil libras.

Eric se quedó mirando fijamente las palabras que le encogían el estómago: «conjeturar que el Ladrón de Novias tiene un cómplice». Arrojó el periódico sobre la mesa y se pellizcó la nariz. Un cómplice. Maldita sea. ¿Habría llegado a distinguir el cochero, a pesar de la oscuridad reinante, que la figura encapuchada era una mujer? ¿Le habría proporcionado al magistrado una descripción de Samantha?

Se levantó y comenzó a pasearse por el estudio. Maldición, si aquel tal Grenway había identificado a Samantha...

Se le encogió aún más el estómago y apretó los puños. Luego lo embargó un temor más intenso que el que había sentido nunca por sí mismo. Tenía que proteger a Samantha, pero para eso necesitaba saber qué le había dicho Grenway al juez. Al parecer, convenía mantener otra conversación con Adam Straton. Y, en función del resultado, decidiría si necesitaba o no suministrar a Adam alguna otra información adicional «de utilidad».

Mientras tanto, él —o el Ladrón de Novias— debía advertir a Samantha de que tuviera cuidado con lo que le decía al magistrado si éste la convocaba. Cerró los ojos y recordó su semblante sincero y preocupado cuando lo socorrió en el bosque. Se encontraba a merced de ella, que podría haberlo entregado fácilmente. La recompensa que ofrecían por su cabeza la habría convertido en una mujer rica. Como mínimo, podría haber satisfecho su curiosidad quitándole la máscara. Pero en lugar de eso había arriesgado su reputación, su libertad y su vida para ayudarle a él y a la señorita Barrow. Estaba furioso con ella. Asustado por ella.

Ceñudo, apartó aquel turbador pensamiento; necesitaba centrarse en el hecho de que Samantha había metido las narices en un asunto que no era de su incumbencia. Sin embargo, no cesaba de acudir una idea a su mente: «Qué mujer tan increíble.»

Lanzó un suspiro de cansancio y se mesó el pelo, evitando el punto todavía sensible encima del oído. Sí, Samantha era increíble. Pero si el magistrado descubría que había socorrido al Ladrón de Novias, sería acusada de complicidad. «No permitiré tal cosa mientras me quede un hálito de vida en el cuerpo.»

Fue hasta su escritorio, extrajo un pliego de vitela del cajón superior y se preparó para escribir la carta más importante de su vida.

Sammie se encontraba de pie en la salita, contemplando su nombre pulcramente escrito en el grueso pliego de vitela color marfil. De algún modo adivinaba que la carta provenía del Ladrón de Novias; por la letra desconocida y audaz, por el modo en que había aparecido delante de la puerta de la casa, como si la hubiera depositado allí la mano de un fantasma.

Con el corazón palpitándole, rompió el sello de lacre.

Mi querida señorita Briggeham:
Le escribo para advertirla. El cochero ha informado al magistrado de que el Ladrón de Novias podría tener un cómplice. No sé si ese hombre ha conseguido ofrecer una descripción de usted, pero debe estar preparada para la posibilidad de que la llame el magistrado, ya sea en relación con lo sucedido anoche o para interrogarla nuevamente acerca de nuestro primer encuentro.

Por su seguridad, le recuerdo su promesa de no intentar ayudarme más. Le recuerdo asimismo que destruya todo lo que pueda relacionarla con la noche pasada. Ni que decir tiene que debe quemar esta nota tan pronto termine de leerla. La alegrará saber que nuestra amiga se encuentra sana y salva de camino a una nueva vida en libertad. Le ruego que tenga mucho cuidado.

La carta no estaba firmada, pero por supuesto no cabía duda sobre su remitente. Sammie cerró los ojos y apretó la carta contra el corazón.

La señorita Barrow estaba a salvo. Libre. Embarcada en una vida nueva y llena de aventuras. Experimentó alegría, teñida con una pizca de envidia, al desear que la joven tuviera una vida larga y feliz.

Era evidente que también estaba libre el Ladrón de Novias, gracias a Dios, pero ¿durante cuánto tiempo? Le recorrió un escalofrío al evocarlo tendido e indefenso en el suelo. Podrían haberlo matado. O capturado. Elevó una silenciosa plegaria de agradecimiento por que el rescate hubiera salido bien, pero ¿qué pasaría si no salía bien el siguiente? Según el *Times*, la Brigada contra el Ladrón de Novias crecía día a día, lo mismo que el precio que habían puesto a la cabeza del Ladrón de Novias. ¿Cuánto más podría durar su suerte? Le dio un vuelco el estómago al pensar en aquel hombre tan vital colgando de la horca.

Aquel hombre tal vital. Se le escapó un suspiro involuntario al recordar la sensación de sus sólidos hombros y sus brazos musculosos. La inundó una sensación de calor y estrechó la carta con más fuerza contra el corazón. Por segunda vez, él le había proporcionado una gran aventura, un recuerdo que atesoraría siempre. El rubor tiñó sus mejillas al recordar el momento en que él le tocó la mejilla con su mano enguantada. Había sido tierno y cortés. Tremendamente heroico. Amable y gentil. Precisamente igual que...

Lanzó un suspiro. Igual que lord Wesley. Pero, al igual que el Ladrón de Novias, lord Wesley no estaba a su alcance, si bien por motivos distintos. El Ladrón de Novias no quería que ella le ayudara en sus misiones, y lord Wesley simplemente no la deseaba. Al menos del mismo modo que lo deseaba ella. Acudieron a su memoria los besos apasionados que habían compartido, dejando un rastro ardiente a su paso. La sensación del cuerpo de él pegado al suyo, de sus manos acariciándole los senos. «De acuerdo, está claro que sí me desea, pero a diferencia de mí, él no está dispuesto a asumir el riesgo que ello entraña.» ¡Ojalá lord Wesley fuera tan osado como el Ladrón de Novias!

Naturalmente, lord Wesley le había ofrecido su amistad, lo cual era más de lo que ningún hombre le había ofrecido nunca. Y aunque podía aceptar y valorar su amistad, había una parte de su corazón que continuaba deseando más de él. Sus besos. Su abrazo.

Pero ahora necesitaba dejar de pensar en lord Wesley y en el Ladrón de Novias y prender fuego a aquella carta incriminatoria. La vitela crujió contra la tela de su vestido y la abrumó un sentimiento de tristeza. Odiaba destruir el único recuerdo material de aquel hombre, pero debía hacerlo por seguridad. Tal como había prometido, jamás volvería a verlo, un voto que le pesaba en el corazón pero que no pensaba romper. Tenía que velar por la seguridad de él, y también por la suya propia.

Abrió los ojos y se volvió hacia la chimenea. Y entonces se quedó petrificada.

Lord Wesley estaba de pie en el umbral, mirándola con una expresión intensa.

La invadió un calor súbito, como si ella misma se

hubiera prendido fuego. Escondió a la espalda la carta del Ladrón de Novias y retrocedió ligeramente hacia el escritorio.

—Lord Wesley, ¿qué está haciendo aquí?

Él cerró la puerta y acto seguido se acercó a ella muy despacio, como un gato acechando a su presa, con la mirada clavada en ella.

—Quería hablar con usted. Su mayordomo me ha dicho que se encontraba aquí, y me ofrecí a anunciarme yo mismo.

Samantha chocó contra el escritorio, y se apresuró a volverse y guardar la carta en el cajón superior, que luego cerró de un golpe. El ruido reverberó en la quietud de la habitación, y después reinó el silencio.

Eric avanzó hasta que estuvo delante de ella. Cerró los puños para contener el intenso ataque de celos que lo dominaba. Había permanecido al menos dos minutos enteros en el umbral, observándola, antes de que ella se percatase de su presencia. Vio cómo apretaba contra su corazón la carta del Ladrón de Novias, cómo cerraba los ojos y emitía suspiros soñadores, cómo se ruborizaba. Parecía inocente y seductora. Y profundamente excitada... por otro hombre.

Maldición, al diablo con todo. Había venido a verla para cerciorarse de que se encontraba bien después de la aventura vivida, y con la esperanza de averiguar si había recibido la visita del magistrado Straton. Pero su mente quedó vacía de todo pensamiento cuando la vio sostener aquella condenada carta, de todo pensamiento salvo el que no cesaba de decir: «Mía. Mía. Mía.»

Y ya era hora de hacer algo al respecto.

Se inclinó y apoyó las manos sobre el escritorio a ambos lados de Samantha, aprisionándola. Ella abrió los ojos con desmesura y se echó ligeramente atrás, pero no intentó escapar. Bien. Ahora la tenía justo donde quería tenerla: atrapada.

—¿Qué ha escondido con tanta prisa en el cajón, señorita Briggeham? —le preguntó con voz sedosa.

—Oh, sólo una carta.

—Parecía una carta importante.

Ella tragó saliva.

—Era de una... amistad.

—¿De veras? ¿De una amistad... masculina?

Samantha alzó la barbilla y enarcó una ceja.

—¿Por qué quiere saberlo?

«Porque no quiero que pienses en ningún otro hombre, aunque ese otro hombre sea yo.» Levantó la mano y la pasó con lentitud por sus mejillas teñidas de carmesí.

—Está sonrojada. Me preguntaba si sería debido a esa carta.

—Si estoy sonrojada, es simplemente porque aquí hace mucho calor. Y porque usted está... muy cerca.

Eric bajó la vista y calculó los centímetros que los separaban. Luego su mirada fue ascendiendo lentamente, para hacer una pausa en la generosa curva de sus pechos, que ni siquiera el remilgado escote lograba disimular. Exhaló un profundo suspiro y sintió su aroma a miel, que lo abrumó. Volvió a fijar la mirada en los ojos de Samantha y le preguntó:

—¿Y si me acercara todavía más?

Ella se humedeció los labios, y Eric sintió un tirón en la ingle.

—Imagino que tendría aún más calor.

Sin apartar los ojos de ella, avanzó deliberadamente, suprimiendo los pocos centímetros que quedaban. Entonces lo envolvió plenamente su aroma, y tuvo que hacer uso hasta del último gramo de autodominio, cada vez más menguante, para no tomarla entre sus brazos y besarla apasionadamente. Bajó el rostro y le rozó el mentón con los labios.

—¿Más calor? —le susurró al oído. Le pasó la punta de la lengua por el delicado lóbulo de la oreja y a continuación lo atrapó con suavidad entre los dientes, disfrutando de su exclamación de femenino placer.

—Mucho más calor —dijo Samantha con voz ahogada.

Eric retrocedió lo justo para mirarla, y a duras penas logró reprimir el gruñido que le subió a la garganta. El deseo dilataba los ojos de Samantha, y su boca seductora suplicaba ser besada.

La deseó con una intensidad que jamás había experimentado por ninguna mujer. Todo su cuerpo vibraba con una necesidad que exigía ser satisfecha, una necesidad que sólo podía satisfacer ella. Pasaron por su mente todas las razones por las que no debía hacerle el amor, pero las aplastó como si fueran molestos insectos. Él la protegería; se valdría de la discreción que gobernaba todas las facetas de su vida. Y Samantha sería suya.

Le levantó la barbilla con los dedos y clavó su mirada en la suya.

—Quiero que sienta algo más que calor. Quiero que se abrase, que se funda, que se queme por dentro. Por mí. Conmigo. —Contempló cómo ella absorbía sus palabras al tiempo que se sonrojaba más y se le aceleraba el pulso en la base del cuello—. ¿Todavía está dispuesta?

—Nunca he dejado de estarlo.

Aquella respuesta le produjo un fuego abrasador. Dio un paso atrás, le pasó las manos por los brazos y entrelazó los dedos de ambos.

—Por desgracia, éste no es el momento ni el lugar. —No deseaba interrupciones cuando llevase a Samantha

Briggeham a vivir la mayor aventura de su vida y le borrase de la mente todo pensamiento acerca de otro hombre, y aplacara la sed que tenía de ella.

Se llevó su mano a los labios y le besó la palma con aroma a miel.

—Reúnase conmigo esta noche. A las doce. Junto al lago.

Ambos intercambiaron una larga mirada, y el corazón de Eric aguardó la respuesta latiendo con fuerza.

—De acuerdo —susurró Samantha.

Ignoró la sensación de alivio que lo inundó al ver que ella consentía. Samantha preguntó:

—¿Cómo propone usted que hagamos para... —bajó todavía más la voz— lo que ya sabe?

—No estoy seguro de saber a qué se refiere con «lo que ya sabe».

Ella exhaló lo que parecía un suspiro para tomar fuerzas y dijo precipitadamente:

—¿Qué método vamos a emplear para evitar un embarazo?

Eric se la quedó mirando, estupefacto. Jamás una mujer le había preguntado semejante cosa.

—He investigado varios procedimientos...

—¿Ha investigado? —Gracias a Dios tenía la mandíbula firmemente sujeta, de lo contrario se le habría caído al suelo con un sonoro porrazo—. ¿Y cómo lo ha hecho?

—He hablado del tema con mis hermanas.

Eric se sintió recorrido por una sensación que sólo podía calificarse como de horror.

—¿Sus hermanas? —Dios santo, al diablo con todas sus esperanzas de guardar la discreción. Ella las había estropeado antes de empezar.

Samantha continuó:

—Ellas saben mucho del tema, aunque me temo que no me han dicho dónde exactamente puedo conseguir una esponja marina como la que me describieron. —Levantó la vista hacia él con gesto esperanzado—. Supongo que usted no lo sabrá, ¿verdad?

Por todos los diablos, aquella conversación no podía empeorar más. Al ver que se limitaba a seguir mirándola fijamente, ella aclaró en tono confidencial:

—Una de esas esponjas que evitan que el «ya sabe qué» llegue a «ya sabe dónde».

Dios. Por lo visto sí podía empeorar. Eric le soltó las manos y se pasó las suyas por la cara.

—Samantha, ¿por qué ha hablado de algo de carácter tan íntimo con sus hermanas?

—Era lo más lógico, milord, dado que no podía preguntárselo a mi madre. Necesitaba información... información que usted no quiso proporcionarme...

—Porque en aquel momento usted no la necesitaba. Seguro que sus hermanas sufrieron una conmoción cuando usted las interrogó.

—Se sorprendieron un poco, pero les aseguré que quería saberlo a efectos puramente de investigación científica.

—¿Investigación científica?

—Sí. Cuando les expliqué que deseaba llevar a cabo un estudio comparativo de los ciclos reproductivos de diversas especies, entre otras las ranas, las serpientes y los ratones, en relación con el ciclo humano, se mostraron bastante dispuestas a hablar del tema. Créame, no hay necesidad de preocuparse de que sospechen la verdadera razón por la que yo quería esa información.

—Pero sin duda considerarían sus preguntas... peculiares.

—No hay mucho que yo pueda hacer, sobre todo en

lo concerniente a cuestiones científicas, que mis hermanas consideren peculiar. Están acostumbradas a mi carácter inquisitivo. No tenemos nada que temer de ellas. —Sonrió apenas—. De modo que ya puede borrar esa expresión de alarma que tiene en la cara.

Eric reajustó al instante sus músculos faciales, molesto por haber delatado sus sentimientos con tanta claridad. ¿Estaría ella en lo cierto en su evaluación del modo en que habían reaccionado sus hermanas a sus indagaciones? ¿De verdad se habrían tragado que sólo buscaba información por motivos científicos? Si aquella afirmación la hubiera hecho otra mujer cualquiera, se habría reído de ella. Pero Samantha... En fin, tenía que reconocer que una afirmación así parecía razonable, proviniendo de ella. Sus hombros se relajaron. ¿Ranas, serpientes y ratones? Sí, aquello parecía propio de Samantha.

Pero entonces se le ocurrió una idea que le hizo entornar los ojos. Diablos, ¿habría pensado en tomar como amante a otro hombre? ¿Por ejemplo, el Ladrón de Novias?

—Si ya habíamos decidido no ser amantes, ¿por qué quería esa información de todos modos?

Las mejillas de Samantha se tiñeron de rubor culpable, y él apretó los puños a los costados. No obstante, en vez de desviar los ojos, ella alzó levemente la barbilla y se enfrentó a su mirada.

—En realidad, milord, fue usted el que decidió que no debíamos ser amantes. Abrigaba la esperanza de que cambiase de opinión, y deseaba estar preparada, por si se daba el caso.

Así pues, había buscado la información por él, no por otro hombre. Esperaba que él cambiase de opinión, y por Dios que había cambiado. Sintió una mezcla de alivio y calor. Alargó la mano y de nuevo enlazó los dedos de ambos.

—En ese caso —dijo con suavidad—, me alegro de que sepa qué esperar.

—Bueno, en realidad no lo sé. ¿Qué método sugiere que utilicemos?

Eric se acercó más aún, hasta que los cuerpos se tocaron apenas.

—Yo me retiraré antes de derramar mi simiente.

De pronto visualizó una imagen de los dos, desnudos, unidos en un sensual abrazo, ella envolviéndolo con sus piernas, él con su erección hundida en aquel calor aterciopelado. La sangre se le agolpó en la ingle y a punto estuvo de gemir. Cielos, si no se apartaba de ella inmediatamente, corría el peligro de besarla de nuevo... y ya no podría parar.

—Tiene mi palabra de que la protegeré, Samantha. —Y le apretó los dedos, reacio a soltarla—. Hasta las doce, pues.

Ella asintió con ojos como platos, y Eric, tras obligar a sus pies a moverse, se encaminó hacia la puerta.

Sólo tenía que esperar hasta la medianoche. Doce horas más. Y entonces sería suya. La voz de su conciencia intentó hacerse oír, pero él la acalló sin contemplaciones. La deseaba. Ella lo deseaba a él. Se tendrían el uno al otro.

Cerró la puerta suavemente al salir y se dirigió con paso presuroso al vestíbulo, donde se encontró con Hubert.

—Buenas tardes, lord Wesley —lo saludó el muchacho con una ancha sonrisa.

Él le devolvió la sonrisa.

—Hola, Hubert. ¿Te diriges a tu cámara?

—Sí. Estoy terminando un invento nuevo: una máquina cortadora para el personal de la cocina, para ayudarlo a preparar la comida. —En sus ojos destelló una chispa de esperanza—. ¿Le gustaría verla?

—Me interesaría mucho, pero me temo que ahora tengo otro compromiso. ¿Te importaría que me pasara por aquí mañana?

El semblante del muchacho se iluminó.

—Por supuesto que no, milord.

—Perfecto. ¿Digamos alrededor de las dos?

—Lo estaré esperando en la cámara. —Hubert bajó la cara en un gesto tímido—. A lo mejor le gustaría ver también... —Dejó la frase sin terminar, pues su mirada había quedado atrapada en las botas de montar de Eric. Frunció el entrecejo y se ajustó las gafas. Tras parpadear varias veces, irguió la cabeza de golpe y se quedó mirando a Eric con perplejidad.

—¿Sucede algo malo, muchacho?

—Eh... no. —Negó con la cabeza tan vigorosamente que las gafas le resbalaron hasta la punta de la nariz. Miró otra vez los pies de Eric como si nunca hubiera visto unas botas de montar.

La mirada de Eric siguió la del chico, pero no vio nada inusual, excepto, quizá, que sus botas estaban cubiertas de polvo. Esbozó una amplia sonrisa y señaló:

—Por lo visto, mi ayuda de cámara ha sacado brillo a mis botas a oscuras.

Acto seguido abrió la puerta y salió a la tibia luz del sol, seguido por Hubert. *Emperador* estaba atado a un árbol cercano, y Eric lo montó rápidamente. Mientras se enfundaba los guantes de montar, Hubert se acercó muy despacio al caballo, mirando alternativamente la silla, las riendas y los estribos. Su rostro, pálido y contraído, exhibía un marcado ceño.

Preocupado, Eric insistió:

—¿Seguro que te encuentras bien, Hubert? Pareces haber visto un fantasma.

El chico levantó poco a poco la mirada. Tragó saliva de manera audible y a continuación asintió bruscamente con la cabeza.

—Me encuentro bien, milord. Sólo estoy un poco... desconcertado.

—Oh. ¿Puedo ayudarte?

—No lo creo.

—¿Y estás seguro de no sentirte enfermo?

—Totalmente, milord.

Eric le sonrió.

—Bien. Si cambias de opinión y necesitas mi ayuda, házmelo saber. Por supuesto, eres un chico de una inteligencia extraordinaria; no me cabe duda de que resolverás ese enigma. Hasta mañana. —Hizo girar a *Emperador* y se alejó al trote.

Hubert se lo quedó mirando con la cabeza hecha un torbellino de preguntas turbadoras. Pero había una que se destacaba sobre las demás: ¿por qué las botas, la silla, los estribos y las riendas de lord Wesley conservaban restos inconfundibles del polvo fosforescente fabricado por él mismo y que había esparcido sobre las pertenencias del Ladrón de Novias?

Buscó una explicación razonable, plausible, cualquier explicación; pero su lógica le decía a gritos que sólo cabía sacar una conclusión de aquellas pruebas irrefutables.

Lord Wesley era el Ladrón de Novias.

Pero incluso aunque aquella idea iba penetrando en su cerebro, una parte de él intentaba rechazarla. ¿Cómo podía ser? ¡Lord Wesley era un caballero! No era un osado rescatador de damiselas en apuros. Poseía riquezas y un título. ¿Qué motivos podía tener para dedicarse a una empresa tan peligrosa?

Echó a andar hacia la cámara, pero se detuvo en seco cuando le vino a la cabeza una idea que lo sacudió como un puñetazo: ¿lo sabría Sammie? ¿Era consciente de que el hombre del que se había hecho amiga era el secuestrador más famoso de Inglaterra? Se sujetó el estómago revuelto.

No. Imposible. Sammie se lo habría confiado a él. Además, no sabía cómo ponerse en contacto con el Ladrón de Novias cuando recibió la carta de la señorita Barrow. Tenía que hablar con ella; tal vez pudiera ofrecerle una explicación de por qué lord Wesley llevaba encima el polvillo del Ladrón de Novias.

Dio media vuelta y entró en la casa a toda prisa. Halló a Sammie en la salita, contemplando el fuego. Ella le indicó que cerrase la puerta. Una vez que lo hubo hecho, le agarró la mano y tiró de él hacia el diván.

—He recibido una carta del Ladrón de Novias —le confió en un susurro cuando ya los dos estaban sentados—. El rescate de la señorita Barrow ha sido un éxito. —Su mirada vagó hasta la chimenea—. Te la dejaría leer, pero acabo de quemarla.

—Prudente decisión. Me alegro de que todo haya salido bien. —Se secó las palmas húmedas en los pantalones y se aclaró la garganta—. Hum, Sammie, ¿alguna vez te has preguntado quién es el Ladrón de Novias?

Sammie apretó los labios.

—Más de una vez he especulado sobre eso, pero en realidad no tiene importancia. Lo que importa es su labor, su misión. —Estrechó la mano de Hubert—. Comprendo que tu curiosidad se sienta frustrada por ese misterio, pero debes olvidarlo. Si alguien descubriera la identidad de ese hombre, su vida correría un grave peligro.

Hubert experimentó cierto malestar en el estómago. Carraspeó de nuevo y dijo:

—Hace un momento he visto a lord Wesley saliendo de aquí.

Sammie se ruborizó al instante, y comenzó a juguetear con el encaje de su vestido.

—¿Ah, sí?

—Sí. —La miró con más atención y le preguntó—: ¿Te gusta?

El rubor se intensificó.

—Naturalmente. Es todo un caballero.

Hubert sacudió la cabeza, frustrado por su incapacidad para formular las preguntas adecuadas.

—No; me refiero si sientes... algo por él. —No habría creído posible que el rostro de su hermana se encendiera aún más, pero así fue—. Lamento preguntarte algo tan personal —se apresuró a decir—. Es sólo que, bueno, yo... yo sólo deseo tu felicidad —terminó como mejor pudo.

Ella lo miró con ternura y le tocó la mejilla.

—Soy muy feliz, Hubert. Mi trabajo en la cámara me llena y supone un reto para mí, y disfruto ayudándote. Tú me haces feliz.

—Y lord Wesley... ¿también te hace feliz él?

Los ojos de Sammie adquirieron una expresión soñadora que él estaba acostumbrado a ver en sus otras hermanas.

—Sí —contestó ella con suavidad—. Mi amistad con lord Wesley me agrada bastante.

Hubert apretó los labios. No hacía falta ser un genio para deducir que la amistad de Sammie con lord Wesley la agradaba muchísimo. Y a juzgar por lo que él había presenciado, al parecer lord Wesley también sentía algo por ella. Maldición, ¿cómo podía arriesgarse a hablar con Sammie de la prueba de los polvos fosforescentes? ¿Y si estuviera equivocado? Peor aún: ¿y si estuviera en lo cierto?

Quizá lord Wesley tenía pensado contárselo él mismo, quizá tenía la intención de abandonar sus actividades como Ladrón de Novias, o quizá no había nada que contar ni abandonar. Si le hablara a Sammie de sus sospechas, era posible que estropease toda posibilidad de que ella y lord Wesley tuvieran de ser felices, de tener una vida en común.

Pero ¿y si lord Wesley era en efecto el Ladrón de Novias?

—Sammie, ¿qué harías si te enteraras de que un pretendiente tuyo no ha sido del todo... sincero contigo? —inquirió en un tono que esperaba sonase natural.

Ella frunció el entrecejo, pero al punto se iluminó su mirada al creer comprender.

—¿Por qué? ¿Hay alguna joven que te interese?

Hubert estuvo a punto de tragarse la lengua. Sintió un calor que le humedeció la cara y el cuello. Antes de que pudiera recuperar la voz para responder, Sammie tomó las manos de él en las suyas.

—¿Quieres hablarme de eso?

Él negó con la cabeza sin decir nada.

—Muy bien. Pero recuerda que la sinceridad es crucial, Hubert. Ya sé que tú jamás hablarías a una joven con palabras falsas, y rezo para que ella sepa devolverte la cortesía. Las mentiras destruyen la confianza, y sin confianza no hay nada. Yo jamás tomaría en cuenta la posibilidad de tener un futuro con alguien que me engañase.

Una sensación de incomodidad recorrió a Hubert de arriba abajo. No, no podía hablarle a Sammie de los polvos fosforescentes, por lo menos sin antes verificar sus sospechas. Y sólo existía un modo de verificarlas.

Tendría que encararse con lord Wesley.

15

Aquella noche Sammie llegó al lago a las diez y media. No tenía previsto llegar tan temprano, pero no había sido capaz de permanecer ni un minuto más en su casa. La atraían el aire fresco de la noche, los ruidos nocturnos y los olores húmedos del bosque.

Él llegaría en menos de dos horas. El hombre que iba a ser su amante. Y se embarcaría en la aventura más emocionante de su vida. Con un hombre que para ella se había vuelto muy... importante; un hombre por el que innegablemente sentía algo... muy profundo.

Cerró los ojos y notó que el corazón le palpitaba desbocado, tal como le había sucedido durante toda la jornada. ¿Cómo sería? «Maravilloso. Como todo lo que ya has compartido con él, sólo que más.» Sintió un calor intenso al recordar su contacto, sus besos, su forma de mirarla. Lanzó un profundo suspiro; él ya la había hecho sentir cosas desconocidas, y de ese modo le había despertado el deseo de sentir más. Lo único que esperaba era que su falta de experiencia no empañase la relación entre ambos.

Fue caminando hasta su lugar favorito, una pequeña cala oculta por un afloramiento rocoso y altos matorrales. Se sentó sobre una piedra grande y plana y fijó la vista en el agua. Aquel frescor era como un bálsamo para su piel acalorada.

Se quitó los zapatos y las medias. Al ver que no soportaba pasar un minuto más paseándose por su habitación, había cogido una camisola de más y había salido en dirección al lago, pues sabía que nada la aliviaba tanto como un chapuzón. Tenía tiempo de sobra para secarse y volver a vestirse antes de que llegara lord Wesley.

Se deshizo del vestido y lo dejó cuidadosamente doblado encima de la piedra. Se quitó las gafas y las puso con esmero dentro de un zapato. Después, cubierta sólo con la camisola, penetró en el agua fría hasta que le llegó a la cintura. Aspiró el olor a tierra mojada y exhaló un suspiro de satisfacción. Acarició con las manos la superficie de cristal al tiempo que cerraba los ojos y se movía en círculo, permitiendo que aquella serena quietud le relajara los músculos y la fuera calmando.

De pronto oyó el chasquido de una rama. Abrió los ojos de golpe y se volvió hacia el ruido. Entonces vio una mancha borrosa de pie en la orilla. El corazón le dio un brinco, pero antes de que pudiera decir nada, llegó a sus oídos una voz suave y profunda:

—Al parecer, los dos nos hemos adelantado.

Eric quedó paralizado, de pie en la recogida cala, al verla en el lago con el agua hasta la cintura, vestida sólo con una camisola, y con el resplandor de la luna en los hombros. Había llegado temprano, pues no había sido capaz de permanecer más tiempo en su casa pensando en Samantha, deseándola. Esperaba que ella acudiese con unos minutos de adelanto, pero no había imaginado... aquello. Era como si los dioses le hubieran puesto allí mismo su fantasía, como un festín.

Sin apartar la mirada de Samantha, se quitó la chaqueta y la dejó caer al suelo. A continuación se desanu-

dó la pajarita y se la quitó también. Luego, sin la menor
vacilación, se metió en el agua sin detenerse hasta que
estuvo delante de ella, que lo miró sin pestañear con
una expresión de perplejidad y sobresalto.

Él le cogió las manos y bajó la cabeza hasta que ambas frentes se tocaron.

—Confío en que ya no me verás borroso.

Samantha negó con la cabeza e hizo chocar las dos
narices.

—No. Pero has echado a perder tu ropa. Y tus botas.

—Tengo más. —Eric se inclinó un poco hacia atrás
para absorberla con la mirada. Llevaba el pelo sujeto
con una sencilla cinta. Sus ojos parecían enormes, y en
ellos se veía una mezcla casi sobrecogedora de turbación y anhelo. Parecía temblarle la boca, y Eric experimentó el impulso de tocarla, de besarla, con una intensidad tal que estuvo a punto de lanzar un gemido.

Puso las manos de ella sobre su camisa mojada, a la
altura del pecho.

—Me han dicho que has nadado en este lago —susurró.

Por el semblante de ella cruzó una expresión de
vergüenza.

—Los chismosos suelen fijarse en lo que ellos consideran una conducta excéntrica. Estoy segura de que tú
te escandalizaste como Dios manda.

—No. Me sentí fascinado. —Su mirada se posó en
sus senos, que pugnaban contra la delgada tela de la camisola—. No te haces idea de cuántas veces te he imaginado así. Mojada. Esperándome.

—¿En serio?

—Sí. —«Casi constantemente.»

Le pasó un dedo por la mejilla, el mentón y el cuello, observando las emociones que fueron desfilando

por sus ojos. Todas las preguntas que pudiera haber albergado al contemplarla así, inmóvil, deseando seguir adelante según lo previsto, se evaporaron al ver el deseo que había en su mirada.

La mano continuó su lento recorrido rozando la garganta y después deslizándose hacia abajo para acariciar la curva del seno. Ella dejó escapar una leve exclamación, y entonces Eric recogió agua en sus manos y dejó caer un fino chorro sobre su hombro. Uno de aquellos reguerillos resbaló hasta el pecho. Hipnotizado, repitió varias veces la operación dejando escurrir el agua entre sus dedos sobre la piel de Samantha, iluminada por la luz de la luna.

—Allí donde te toca el agua —le dijo con suavidad—, tu piel relumbra como la plata.

Ella se aferró a su camisa.

—Según la ley de Newton —murmuró con un hilo de voz—, a toda acción la sigue una reacción igual pero opuesta.

—Ah. Por eso cuando yo te toco así... —Ahuecó sus manos en la plenitud de sus pechos—. ¿Cuál es tu reacción?

—Un... estremecimiento.

—¿Y cuando hago esto... ? —Acarició los pezones a través de la camisola mojada y tiró suavemente de ellos al tiempo que amoldaba la blanda carne a sus palmas.

—Oh, Dios... —Ella echó la cabeza atrás y dejó escapar un largo gemido—. Un temblor. Por todas partes.

—¿Y esto? —Lentamente le deslizó los tirantes de los hombros para dejar al descubierto sus pechos altos y redondeados, de pezones erectos.

—Se me olvida respirar.

Eric se sintió traspasado por el deseo, afilado como un cuchillo. Con un ronco gruñido, bajó la cabeza y comenzó a lamer delicadamente uno de aquellos pezones enhiestos, después el otro. Ella se retorció, todavía asida a su camisa como si fuera un salvavidas. Tras deslizar un brazo alrededor de sus caderas y sostenerle la cabeza con el otro, la inclinó hacia atrás y atrapó un pezón con la boca. La acarició con los labios y la lengua, paladeando su piel de satén, recreándose en la rápida inspiración que hizo ella, seguida de un profundo gemido que lo excitó aún más. Su mano se deslizó hacia abajo, hasta sus redondos glúteos, para apretarla más contra él, presionando su blandura femenina contra su erección.

En ese momento lo inundó un torbellino de deseo y perdió toda noción de tiempo y espacio. Resonó en su mente aquel «mía, mía, mía» mientras le iba bajando la camisola con los dientes. Recorrió con los dedos la piel que iba revelando, al tiempo que dejaba un rastro de besos ardientes por su cuello, hasta fundir la boca de ella con la suya.

Sintió la sangre correr por sus venas y latirle con fuerza en los oídos. Ninguna mujer, jamás, le había sabido así: tan dulce, tan caliente y sedosa, tan deliciosa que le parecía poder besarla durante días sin saciarse. Exploró todos los cálidos secretos de su dulce boca memorizando cada textura, mientras sus manos vagaban cada vez con mayor urgencia por su espalda.

Necesitaba aminorar el ritmo, saborear cada uno de sus gemidos, pero, tal como había sucedido antes, ella lo privó de toda sutileza. No había previsto hacerle el amor por primera vez de pie en el lago, pero al parecer no podía parar; diablos, ni siquiera era capaz de frenar un poco. El corazón le retumbaba igual que un martillo. Era como si su propia piel hubiera encogido dos tallas y estuviera a punto de estrangularlo. Deseaba, necesitaba sentir las manos de Samantha en su cuerpo.

Se apartó y aspiró una profunda bocanada de aire.

—Tócame, Samantha. No tengas miedo.

Los ojos de ella brillaron de incertidumbre.

—No sé qué tengo que hacer. No quiero disgustarte.

Eric se habría echado a reír si le hubiera sido posible.

—No es muy probable que ocurra eso. —Se desabotonó rápidamente la camisa y a continuación se pasó la mano de ella por el pecho. Un ronco gemido surgió de su garganta. Soltó su mano y le dijo—: Hazlo otra vez.

Ella le acarició el pecho y notó cómo se contraían los músculos bajo aquel leve contacto.

—¿Te gusta? —le preguntó, extendiendo los dedos sobre su piel y con los ojos iluminados por la sorpresa.

—Dios, sí.

Cada vez más audaz, ella posó la otra mano en su pecho y fue bajándola lentamente hacia las costillas.

—¿Cuál es tu reacción cuando hago esto? —indagó.

Eric necesitó de toda su voluntad para quedarse quieto y permitir que lo explorase.

—Me late con fuerza el corazón.

Samantha le acarició las tetillas.

—¿Y esto?

Él se movió ligeramente y frotó su erección contra ella.

—Me excita.

Ella abrió unos ojos como platos. A continuación, Eric le tomó una mano y la deslizó sobre su propio pecho y abdomen, y luego la sumergió en el agua y apretó su rígida erección contra la palma de ella.

—Tú me excitas. De manera inequívoca, casi insoportable. Hay muchas palabras con *i* para describir el efecto que ejerces en mí.

Los dedos de Samantha se cerraron sobre el tierno miembro, y él apretó los dientes al sentir una oleada de placer. Aguantó con dificultad aquel dulce tormento mientras ella le recorría el miembro con los dedos, descubriéndolo a través del pantalón. Su mirada permanecía fija en la de él, y Eric vio cómo absorbía todo lo que sentía él, junto con el candente deseo que ardía en sus propios ojos.

Sin apartar la mirada, se desabrochó los pantalones y liberó su dolorida erección. Ella lo rodeó con los dedos, lo cual le cortó la respiración. El agua fría no atemperó su ardor, y la mano de ella lo envolvió igual que un tibio guante.

Que Dios lo ayudara, porque no sabía cuánto podría aguantar así. Los dedos de Samantha se movían, matándolo de placer con cada caricia. Pero cuando lo presionaron ligeramente, Eric le aferró la muñeca.

—¿Te he hecho daño? —preguntó ella con preocupación.

Él le apretó la muñeca más fuerte.

—No. Pero cuando haces eso... —Tragó saliva.

De pronto los ojos de Samantha se iluminaron al comprender.

—¿Cómo reaccionas? —preguntó con voz turbia.

—Hace que me olvide de que contigo debo ir despacio. Me olvido de tu inocencia.

Ella flexionó los dedos sobre su carne dolorida y le arrancó un gemido.

—No me siento precisamente inocente —susurró—. Me siento decadente. Y perversa. Y... deseosa.

Dios, él sí sabía lo que era desear, desear hasta tener la sensación de arder en llamas. Desear hasta sentir que te ardían las entrañas.

—Quiero tocarte más —susurró ella.

Incapaz de negárselo, él le soltó la muñeca. Ella deslizó la mano arriba y abajo, enardeciéndolo hasta hacerle perder todo vestigio de autodominio. Se esfumó todo su aire mundano, su experiencia, el dominio de su propio cuerpo. Las manos le temblaron y las rodillas le flaquearon. Y todo por causa de ella. No existía nada excepto ella. El contacto de sus manos. La sensación de su piel. Lo abrumó la necesidad de estar dentro de ella. Ahora. Antes de que explotara en sus manos.

Asió el borde de su camisola y tiró hacia arriba.

—Agárrate de mis hombros y rodéame las caderas con las piernas —gruñó en un tono apenas reconocible.

Ella lo hizo y se abrió a él. Eric deslizó una mano entre ambos, bajo la camisola, y comenzó a acariciarla en un lento movimiento circular, observando cómo ella cerraba los ojos. Sus dedos se le hincaron en los hombros y sus inspiraciones se volvieron largas y profundas.

—Mírame —ordenó Eric.

Cuando ella abrió los párpados, él experimentó una intensa satisfacción masculina al ver su expresión lánguida y divertida. Le dijo:

—Di mi nombre.

Los labios de ella se entreabrieron para emitir un suspiro:

—Lord Wesley.

—No, mi nombre de pila. —Abrió sus suaves pliegues y jugueteó lentamente antes de introducir un dedo—. Dilo.

—Eric —susurró ella.

Sintió que su calor aterciopelado le envolvía el dedo, y su erección dio un respingo. Ella estaba caliente, dispuesta. Y él no podía esperar más.

Retiró el dedo muy despacio, lo cual provocó un suave gemido de protesta. Con la mirada clavada en la suya, la tomó por las caderas y se guió hacia aquel calor que lo aguardaba. Al topar con su virginidad se quedó quieto, pues de improviso le golpeó el significado de lo que estaba haciendo. Estaba a punto de arrancarle su inocencia, de deshonrarla de manera irreparable. Pero, por el cielo, a no ser que ella le rogara que se detuviera, ya no había vuelta atrás.

—Todavía no hemos terminado, ¿verdad? —preguntó Samantha con tanta consternación reprimida que Eric se habría echado a reír. Pero, en cambio, elevó una plegaria de agradecimiento por que ella no le hubiera pedido que parase.

—No, cariño, no hemos terminado. Pero cuando rompa tu virginidad, te dolerá un instante.

Ella le acarició la cara con los dedos mojados.

—No puede dolerme más que la idea de no compartir esto contigo. No te detengas, quiero saberlo todo... vivir todas las sensaciones.

Rezando para no lastimarla, Eric le apretó las caderas con más fuerza y la atrajo hacia abajo al tiempo que él empujaba hacia arriba. Samantha abrió los ojos y soltó una exclamación ahogada, un sonido que a él le conmovió.

—Dios, lo siento —dijo, haciendo un esfuerzo para no moverse—. ¿Estás bien? —Maldición, ¿habría sido demasiado brusco? Debería haber tenido más cuidado. Hacerlo más lentamente. Pero es que ella casi lo había vuelto loco...

—Estoy... bien.

«Gracias a Dios.» Pero su alivio se transformó al instante en tortura sensual. Su cálida feminidad lo envolvió como un guante de seda, y de repente puso en duda su capacidad para retirarse de ella cuando llegara el momento. Haciendo rechinar los dientes para resistir aquel placer casi insoportable, permaneció inmóvil para darle tiempo a ella de adaptarse a la sensación de tenerlo dentro. Una miríada de emociones cruzaron por su rostro... sorpresa, asombro y después placer, que unos segundos más tarde dejó paso al deseo.

—En realidad estoy... —Movió las caderas, y entonces Eric profundizó ligeramente, sintiendo la caricia de su fuego líquido. Samantha hincó los dedos en sus hombros y lanzó un prolongado suspiro al tiempo que cerraba los ojos—. Oh, Dios...

Aferrado a sus caderas, Eric se movió dentro de ella con una lentitud insoportable que estuvo a punto de acabar con él, retirándose hasta casi salir de su cuerpo, sólo para penetrarla nuevamente y llenarla. Cada vez que profundizaba más, ella lo asía con más fuerza, hasta que Eric se encontró temblando de inflamado deseo. Su respiración se trocó en una serie de rápidos jadeos irregulares, que coincidían con las inspiraciones entrecortadas de ella conforme las embestidas iban siendo cada vez más fuertes y rápidas y el agua se arremolinaba, lamiendo sus cuerpos agitados. Eric temió que su intensidad pudiera asustarla, pero Samantha se movía a la par que él, jadeando de la misma forma.

—Eric —gimió. Sus piernas lo ceñían igual que un torniquete y sus brazos le rodeaban el cuello, presionando sus senos contra el pecho de él.

Eric la tenía aprisionada, la abrazaba con tal fuerza que no sabía dónde terminaba la piel de ella y dónde comenzaba la de él. Notó el orgasmo de ella reverberar en todo su cuerpo; su corazón retumbó contra el suyo, sus caderas se sacudieron y su resbaladiza intimidad vibró alrededor de él, ahogándolo en el mismo torbellino que la arrastró a ella.

En el instante en que Samantha se dejó caer sobre él, Eric se retiró, incapaz de contener su propio orgasmo un segundo más. La estrechó con fuerza y hundió el rostro en su fragante cuello, su erección presionada entre ambos al tiempo que alcanzaba el clímax con un estremecimiento.

No tenía idea de cuántos minutos transcurrieron

antes de que su respiración se regularizase y por fin pudiera levantar la cabeza. Cuando lo hizo, Samantha se inclinó hacia atrás todo lo que se lo permitieron los brazos que la ceñían y clavó su mirada en la de él.

Sus ojos despedían un brillo de incredulidad.

—Dios del cielo —susurró—. Ha sido... —Su voz terminó en un suspiro.

—Increíble —aventuró él.

—Indescriptible —confirmó ella.

—Intoxicante.

Samantha recorrió el contorno de la boca con el dedo.

—Cuántas palabras con *i* para describir el efecto que has provocado en mí, Eric.

Él le besó el dedo y a continuación lo chupó despacio.

—Cuántas palabras con *i* para describirte a ti, Samantha —dijo.

Ella bajó la vista, y Eric se dio cuenta de que la había hecho ruborizarse.

—No sabía que la gente hiciera... esto en el agua.

—Yo tampoco.

La mirada de Samantha se posó en él.

—¿Quieres decir que tú nunca has...?

—¿En un lago? No. Ésta ha sido la primera vez.

El rostro de Samantha se iluminó con una sonrisa de genuina satisfacción, y a Eric se le cerró la garganta al ver la imagen encantadora y sensual que ella ofrecía.

—Me alegro de que para ti también haya sido agradable —dijo Samantha—. Temía que mi falta de experiencia te decepcionase.

Por un instante su corazón se quedó vacío, y al momento se inundó de una ternura que nunca había experimentado. ¿Cómo podía no saber que era una mujer fascinante, en todos los aspectos? «Porque son muchos los necios que no ven lo que tienen delante de las narices.» Idiotas. Con todo, egoístamente no podía negar que lo que otros no habían sabido reconocer ni admirar en Samantha de algún modo la hacía pertenecerle más a él.

Le apartó un mechón de pelo mojado de la cara y le dijo:

—Te aseguro que jamás en mi vida me he decepcionado menos. Desde luego, no es una sensación que tú me hayas inspirado nunca. A ti no te falta nada, Samantha. En ningún sentido.

Nuevamente la vio ruborizarse y bajar la mirada.

—He reparado en que te has retirado antes de...

—Te prometí que así lo haría. —«Y no tienes ni idea del esfuerzo que me ha costado; casi acaba conmigo.»

Samantha alzó de nuevo los ojos y susurró:

—No sabía que la semilla de un hombre era tan... caliente.

¿Caliente? Diablos, más atinado sería decir hirviente. Había sentido un calor tan abrasador como para caldear todo aquel condenado lago. El sólo hecho de recordar la sensación de tenerla a ella enroscada a su cuerpo, y él hundido en lo más hondo de su interior, le hacía renacer el deseo.

—Creo que lo mejor es que salgamos del lago antes de que nos quedemos ateridos. —«Antes de que vuelva a hacerte el amor.»—. No tenía la intención de hacerte el amor por primera vez en el agua.

En sus ojos despertó la curiosidad.

—Oh. ¿Y qué tenías planeado?

—Llevarte a una pequeña cabaña que hay en mi propiedad. —La miró a los ojos, y se le alteró el pulso—. ¿Te gustaría acompañarme allí ahora?

Ella dijo sólo una palabra, la única que él deseaba oír.

—Sí.

16

Del *London Times:*

> La Brigada contra el Ladrón de Novias cuenta ya casi con quinientos miembros, y el precio que ponen a la cabeza del bandido ha aumentado a diez mil libras. A estas alturas, no existe un solo lugar de Inglaterra donde pueda esconderse. Ciertamente, sus días están contados.

A la mañana siguiente, antes de reunirse con sus padres y con Hubert en la salita del desayuno, Sammie se miró en el espejo de cuerpo entero de su dormitorio.

¿Cómo era posible que tuviera el mismo aspecto cuando todo había cambiando completa e irrevocablemente? ¿Cómo podía ser que todas las cosas extraordinarias que estaba sintiendo no se reflejaran en el exterior, salvo quizás el color que le teñía las mejillas?

Se rodeó con los brazos y cerró los ojos para permitir que acudieran a ella los recuerdos de la noche anterior. Ni en sus sueños más audaces hubiese imaginado las intimidades que habían compartido Eric y ella, primero en el lago y luego en la cabaña. La sensación indescriptible de yacer desnuda frente a un hombre que exploraba lentamente su cuerpo con las manos y los labios, despertándole una pasión que jamás se había sentido capaz de experimentar.

Y luego la increíble belleza de explorar a su vez el cuerpo desnudo de él, reclinado delante del fuego, cuyo resplandor iluminaba un fascinante despliegue de planos y músculos masculinos. Caricias sin fin y susurros mientras él le enseñaba cómo darle placer y descubría lo que le daba placer a ella. Besos largos, profundos y lentos, que le llegaban al alma. Ciertamente había sido la aventura de su vida... y mucho más.

Abrió los ojos y contempló la mujer anodina que reflejaba el espejo. ¿Qué había visto Eric en ella? La noche anterior la había adorado como si fuera una reina, y sin embargo era innegable que un hombre como él podía tener la mujer que quisiese. Pero, por increíble que fuera, la deseaba a ella.

¿Durante cuánto tiempo?

«No pienses en eso», la advirtió su corazón, pero su cerebro rehusó escuchar. Sería una necedad creer que podría mantener interesado a Eric durante mucho tiempo. ¿Cuánto tardaría en cansarse de ella? ¿Una semana? ¿Un mes? Sintió una aguda punzada al pensar en la posibilidad de separarse de él, de no volver a verlo nunca. O peor: de verlo y tener que fingir que entre ellos no había ocurrido nada; saber que él disfrutaba con otra mujer de las intimidades que había compartido con ella.

La invadió una oleada de celos impotentes ante la idea de que él acariciara a otra mujer... o de que alguien más lo tocase, lo excitase, le diese placer. Se sujetó el estómago y luchó por reprimir las lágrimas que le quemaban los ojos, en un valiente intento de disipar aquel pensamiento antes de que el corazón se le partiera en dos. «Eres una tonta. Se suponía que esto iba a ser una aventura, y mira lo que has hecho: te has enamorado de él.»

¿Por qué no había reparado antes en algo tan desastroso? ¿Por qué no se había preparado? ¿Por qué no se le había ocurrido que podría perder el corazón por él? No sólo poseía cada uno de los rasgos que ella admiraba en una persona, sino que además llenaba todos los rincones de su mente de fantasías románticas que ella debería desechar por ridículas e ilógicas, pero que en cambio la inundaban de... amor.

Un extraño sonido surgió de su garganta, y cubrió los escasos metros que la separaban de su escritorio con paso inseguro antes de dejarse caer en la dura silla de madera. Intentó desoír su voz interior, pero no en vano: lo amaba. Lo amaba sin remedio, sin esperanza. Había una palabra que describía cómo quedaría ella cuando terminara la relación entre ambos: destrozada.

Él pasaría a la mujer siguiente, y ella se quedaría sin nada excepto los recuerdos, porque no concebía tomar jamás otro amante; su alma y su corazón pertenecían a Eric.

Se incorporó y comenzó a pasearse por la habitación. Cuanto más tiempo permitiera que continuase su relación con Eric, más intenso sería su sufrimiento cuando ésta terminara. Sabía con dolorosa certeza que lo único que haría sería enamorarse más de él, y no podría ocultarlo porque no era buena actriz.

Se detuvo y ocultó la cara entre las manos. Santo Dios, qué humillante sería que él supiera... que él la compadeciera por aquellos sentimientos sin esperanza. Pero ¿qué otra cosa podía hacer salvo compadecerla? No había posibilidad de que él correspondiera aquellos sentimientos; tal vez la tratara con amabilidad, o le profesara cierto afecto, pero nunca se enamoraría de ella, nunca querría desposarla y pasar el resto de su vida con ella. Recordó lo que él había dicho: «No tengo intención de casarme nunca.»

Ella tampoco sentía deseos de casarse, una decisión que hasta entonces le había resultado muy fácil mantener. ¿Por qué iba a querer ella pasar toda la vida con un hombre que no respetara su dedicación al estudio científico? Abrigaba la esperanza de hacer algún día una aportación importante a la medicina con su crema de miel, cosa que Eric sí respetaba. Ahora, por primera vez, caía en la cuenta de que no tenía que renunciar a sus sueños para satisfacer a un hombre.

Pero el hombre al que ella quería había dejado bien clara su aversión al matrimonio. ¿Por qué tenía una opinión tan terca al respecto? Sacudió la cabeza. Aunque sentía curiosidad, al final los motivos de él no importaban. No deseaba casarse, y ya está. Y aun cuando algún día cambiara de idea, por supuesto escogería una esposa joven y bonita perteneciente a la aristocracia.

Su sentido común le decía que pusiera fin a la relación. De inmediato. Antes de arriesgar más el corazón. Pero su corazón se rebelaba y la instaba a aferrarse con uñas y dientes al tiempo que pudiera conservar a Eric consigo, y disfrutarlo mientras durase. Tenía una vida entera para remendar su corazón.

Quizá. Con todo, sospechaba que el corazón no se le curaría nunca. Y que nunca podría soportar que Eric la compadeciese. Y que nunca lograría esconder lo que sentía por él. Por su propio bien, para evitar enamorarse de él de un modo del que no podría recuperarse jamás, tenía que poner fin a la relación.

Aun así, se le hacía insoportable la idea de no verlo más. Necesitaba abrazarlo, tocarlo, al menos una vez más, para acumular los recuerdos que tendrían que durarle todas las noches vacías y solitarias que la esperaban. Habían acordado reunirse aquella noche, a las once, en la verja del jardín, para después dirigirse a la cabaña de él. Lo abrazaría una vez más, y luego rezaría para encontrar las fuerzas necesarias para dejarlo marchar.

Eric estaba de pie frente a las ventanas de su estudio privado, tomando su café matinal. Su mirada vagó hasta el reloj de la chimenea y una sonrisa irónica curvó sus labios. Habían pasado exactamente tres minutos desde la última vez que había consultado la hora.

Catorce horas para volver a ver a Samantha de nuevo. No, en realidad eran catorce horas y treinta y siete minutos. ¿Cómo demonios iba a hacer para ocupar el tiempo? Echó un vistazo a su escritorio; había una docena de cartas que requerían su atención, al igual que las cuentas de su propiedad en Norfolk.

Lanzó un largo suspiro de frustración. Por mucho que intentara enfrascarse en el trabajo, nada lograría borrar los recuerdos de la noche anterior: la sensación de tener a Samantha debajo de él, encima de él, enroscada alrededor de él; su nombre pronunciado por ella en el momento de alcanzar el clímax entre sus brazos, descubrir los fascinantes secretos de su cuerpo, el asombro con que ella exploraba el suyo, aquella candente intensidad aplacada por las risas.

Ninguno de sus encuentros sexuales anteriores lo había preparado para lo experimentado con Samantha. Jamás había sentido aquel abrumador impulso de proteger a una mujer, aquella ternura que le dolía en el pecho, aquel afilado deseo de saberlo todo de ella, tanto de su cuerpo como de su mente; aquella acuciante necesidad de complacerla en todos los sentidos, de estrecharla contra sí y simplemente no soltarla más.

Apuró el último sorbo de café y dejó la taza de porcelana sobre el escritorio. Después se presionó las sienes en un vano intento de aliviar los turbadores sentimientos que lo asaltaban. Maldición, se sentía nervioso y, al mismo tiempo, extrañamente vulnerable. Y eso no le gustaba nada. ¿Cómo se las había arreglado Samantha —ingenua en los caminos del amor— para excitarlo y cautivarlo como jamás lo había conseguido ninguna mujer experimentada? ¿Por qué la noche anterior no estaba resultando como todas las noches que había pasado en brazos de una amante: placentera mientras duró, pero totalmente olvidable una vez consumado el acto?

Se le ocurrieron una docena de palabras para describir la noche anterior, pero «olvidable» no era ninguna de ellas. Soltó una amarga risita al recordar que menos de dos semanas antes había imaginado que podría ver a Samantha Briggeham una vez más y luego olvidarse de ella. ¡Qué broma cruel! Ya antes de hacerle el amor no había podido apartarla de sus pensamientos, y ahora ocupaba todos los rincones de su mente.

¿Olvidarse de ella? ¿Cómo abrigar semejante esperanza cuando tenía su tacto, su olor, grabados de manera indeleble en el cerebro? Y temía que en más lugares también; era como si le hubiera escrito su nombre a fuego en el corazón, y en el alma. Resultaba inquietante.

Aquel deseo, aquella necesidad de tenerla suponía una prueba dolorosa para su control, una faceta de sí mismo de la que siempre se había enorgullecido. La noche anterior había hecho un esfuerzo hercúleo para no derramar su simiente en ella. A decir verdad, apenas había conseguido retirarse a tiempo.

Sintió que se le retorcían las entrañas y se maldijo mentalmente. ¿Cómo había permitido que la relación llegase a aquel punto? ¿Por qué había perseguido algo que era totalmente imposible? «Porque eres un maldito egoísta y no podías quitarle las manos de encima.» Por mucho que aquello lo avergonzara, no podía negar la verdad que le anunciaba su vocecilla interior. Y sólo existía un modo de reparar lo que su egoísmo había dañado.

Tendría que poner fin a la relación.

Todo su ser elevó un grito de protesta, y juraría que su corazón había clamado «¡No!». Pero, maldita sea, todos aquellos... sentimientos, aquellas emociones dulces y tiernas que Samantha generaba en él lo inquietaban sobremanera. Lo asustaban. No podía ofrecerle el futuro que ella merecía. Ciertamente, era posible que una relación a largo plazo con él supusiera un peligro para Samantha.

Su relación tarde o temprano tendría que terminar. Por el bien de los dos, necesitaba que fuera más bien temprano.

Pero Dios, todavía no.

Tenía que verla de nuevo, una vez más, para memorizar cada una de sus miradas, su contacto, cada centímetro de ella; porque sabía, en su imprevisto agitado fuero interno, que nunca conocería otra mujer como Samantha Briggeham.

Sus pensamientos se vieron interrumpidos por unos golpes en la puerta del estudio.

—Adelante.

Entró Eversley, con su rostro de mayordomo, por lo general impasible, iluminado por una animación inusual.

—Tiene una visita, milord.

El corazón le dio un brinco. ¿Había venido a verlo Samantha? Hizo un esfuerzo por conservar un tono sin inflexiones y preguntó:

—¿De quién se trata?

En los ojos de Eversley destelló un brillo inconfundible.

—Es lady Darvin, milord.

En ese momento apareció detrás de Eversley su hermana Margaret, su rostro enmarcado por su hermoso cabello negro perfectamente peinado. Mostraba signos de fatiga y tensión, y las lágrimas afloraban a sus ojos oscuros, unos ojos exactamente iguales a los de él. Eric clavó la mirada en ellos y sintió alivio al no encontrar sufrimiento, aunque resultaba dolorosamente obvio que su hermana continuaba sufriendo una sensación de acoso y una penosa inseguridad en sí misma.

Le tembló el labio inferior cuando dijo:

—Hola, Eric. Gracias por...

Él se acercó en tres grandes zancadas y la estrechó contra sí en un fuerte abrazo que ya no le permitió seguir hablando. Ella le pasó los brazos por la cintura y, con los puños apretados contra su espalda, hundió el rostro en su hombro. Bruscos estremecimientos sacudieron su cuerpo, y Eric la estrechó con más fuerza, preparado para pasar todo el día así y absorber sus lágrimas si eso era lo que necesitaba Margaret.

Se le hizo un nudo en la garganta, y maldijo su incapacidad para absorber también su sufrimiento. Maldición, Margaret parecía pequeña y frágil en sus brazos, y sin embargo él sabía que poseía una sólida fortaleza interior.

Hizo una seña a Eversley, que se retiró con discreción. En el momento en que se cerró la puerta, Eric apoyó una mejilla contra el suave cabello de su hermana; entonces esbozó una sonrisa: todavía olía a rosas. Siempre había olido así, incluso cuando era pequeña. Incluso a la edad de diez años, en una ocasión en que se escapó del ojo atento de su institutriz y anduvo jugando en el barro regresó a casa terriblemente sucia y mojada, pero por Dios que seguía oliendo a rosas.

Al cabo, los estremecimientos fueron cediendo. Margaret alzó la cabeza y miró a su hermano a través de sus pestañas húmedas. La triste desolación que ensombrecía sus ojos oprimió el corazón de Eric, que juró hacer desaparecer aquella expresión.

—¿Te encuentras bien? —le preguntó en voz queda.

Ella asintió lentamente.

—Lamento haberme derrumbado así. Es que he sentido una gran alegría al verte, y por estar aquí.

Él le depositó un breve beso en la frente.

—No tienes idea de lo estupendo que es tenerte aquí. Éste es tu hogar, Margaret, puedes quedarte todo el tiempo que quieras. —Le obsequió con una sonrisa—. Ha estado muy solitario sin ti.

Ella no le devolvió la sonrisa, y Eric sintió un vuelco en el estómago: su hermana ya no era la niña risueña y de ojos luminosos que él había conocido en su juventud. Maldijo a su padre para sus adentros y también al hombre con el que la había obligado a casarse, por haberle robado la alegría y las risas. «Por Dios que voy a hacer todo lo que esté en mi mano para que no vuelvas a estar triste nunca más.»

—Éste es tu hogar, Eric —repuso Margaret—, y yo me siento agradecida por tu generosidad.

—No es ningún esfuerzo disfrutar de la compañía de mi hermana favorita.

Ella no sonrió, pero Eric creyó ver una tenue chispa de diversión en sus ojos.

—Soy tu única hermana.

—Ah, pero si tuviera una docena seguirías siendo mi favorita.

En vez de la carcajada que esperaba oír, Margaret se apartó de sus brazos y fue hasta la ventana para contemplar el florido jardín.

—Se me había olvidado que esto es... precioso.

Eric apretó los puños. Su tono de voz le conmovió. Hizo un esfuerzo por sonar desenfadado y le propuso:

—¿Te apetece dar un paseo por los jardines, y así te pongo al día de todas las noticias de por aquí? Luego, por la tarde, a lo mejor quieres acompañarme a hacer una visita.

Ella se volvió para mirarlo.

—¿A quién vas a visitar?

—A los Briggeham. ¿Te acuerdas de ellos?

Margaret apretó los labios, reflexionó unos segundos y asintió con la cabeza.

—Sí. Tienen varias hijas y un hijo, creo recordar.

—Cuatro hijas, todas casadas excepto la mayor. Es al hijo, Hubert, a quien voy a visitar. Es un muchacho de una inteligencia increíble. Ha construido en el antiguo granero un laboratorio fascinante que él llama la cámara. Le prometí ir a ver un invento en el que está trabajando. —Se acercó a ella y la tomó dulcemente de las manos—. Te gustará conocer a Hubert, y también a su hermana y a sus padres, si están en casa. Estoy seguro de que te encantará la señorita Briggeham, las dos sois de edades parecidas y...

—Te lo agradezco, Eric, pero no me siento con fuerzas para responder preguntas sobre... —Dejó la frase sin terminar y miró el suelo.

Eric le puso un dedo bajo la barbilla y le levantó el rostro hasta que las miradas se encontraron.

—No tengo intención de someterte a ningún sufrimiento, Margaret. Samantha... quiero decir, la señorita Briggeham no es amiga de chismorreos. Es amable y, al igual que te ocurre a ti, no le vendría mal una amiga.

De repente se quedó petrificado al comprender lo que había hecho: se había ofrecido a presentar su hermana a su amante. Había sugerido que ambas se hicieran amigas. ¡Por todos los diablos! Nunca en su vida se le habría ocurrido semejante ofensa al decoro de Margaret, pero es que no pensaba en Samantha en aquellos términos; maldición, ella era su... amiga.

La enormidad de lo que le había hecho a Samantha lo golpeó como una roca caída del cielo. La había convertido en su amante. En lo que a la sociedad concernía, el comportamiento de Samantha no la dejaba en mejor lugar que una ramera. Se enfureció al pensar que alguien pudiera considerarla de aquel modo. Samantha era una mujer cariñosa, inteligente, generosa y buena que merecía mucho más de lo que él le había dado.

Otra razón para poner fin a la relación. Aquella misma noche. Además, con el fin de conservar él mismo algo de su mancillado honor y no ofenderla más a ella, tenía que terminar con todo sin hacerle el amor otra vez. Un repentino malestar se instaló en su estómago, pues no tendría la oportunidad de tocarla de nuevo. Pero lo que le atravesaba el corazón como un cuchillo era el hecho de darse cuenta de que al tomarla como amante había destruido toda esperanza de que quedaran como amigos. No se imaginaba regresando a la natural camaradería de la que habían disfrutado anteriormente, cuando la deseaba con todas y cada una de las fibras de su ser.

La voz de Margaret lo sacó bruscamente de sus pensamientos.

—Está bien, te acompañaré a visitar a los Briggeham. —Escrutó su mirada con ojos serios—. Eric, ya sé que no quieres mi gratitud, pero he de darte las gracias; no sólo por permitirme vivir aquí, sino por no... presionarme para que te dé detalles.

—No pienso hacerlo—dijo él—, pero estoy dispuesto a escuchar lo que tú desees contarme.

Por la mejilla de ella resbaló una lágrima solitaria, que a Eric le encogió el corazón.

—Gracias. Ha pasado tanto tiempo desde que... —Apretó los labios y tragó saliva—. No quiero hablar de... él. Ya no está. —Alguna emoción profunda afloró a sus ojos—. No puedo llorar por él, su muerte me ha liberado.

Aquellas palabras, aquel tono vehemente, hicieron hervir la sangre a Eric, no sólo de rabia hacia Darvin sino también hacia sí mismo.

—Debería haber matado yo a ese canalla —espetó—. Ojalá hubiera...

Margaret silenció sus labios con los dedos.

—No. Entonces te habrían ahorcado por asesinato, y él no valía lo bastante como para perderte a ti. Yo hice mis votos matrimoniales ante Dios y era mi deber cumplirlos.

—Él no los cumplió. Yo debería haber...

—Pero no hiciste nada. Porque yo te pedí que no lo hicieras. Respetaste mi deseo por encima del tuyo, y te estoy agradecida. —En sus ojos relampagueó la determinación—. He pasado los cinco últimos años en tinieblas, Eric. Quiero volver a disfrutar de la luz del sol.

Él le apretó las manos ligeramente.

—Entonces salgamos y gocemos del sol.

Por los labios de Margaret cruzó una sonrisa fugaz, y a Eric le dio un vuelco el corazón.

—Me parece —dijo ella— que es la mejor invitación que me han hecho en mucho tiempo.

Eric y Margaret se encontraban en la cámara de Hubert, escuchando con interés cómo el muchacho les explicaba su invento más reciente, un aparato denominado «cortadora de guillotina».

—Hace unas semanas nuestra cocinera Sarah se lastimó cortando patatas —decía Hubert—. Se le resbaló el cuchillo de la mano y la hoja estuvo a punto de cortarle también un pie al caer al suelo. Con mi cortadora, esto deja de ser un problema. Observen.

Sacó un disco redondo y metálico tachonado de una docena de púas cortas y lo pinchó en el extremo de una patata. A continuación introdujo la mano por una correa de cuero unida al disco y colocó la patata sobre el artilugio, que en efecto parecía una guillotina horizontal apoyada en unas robustas patas de madera de quince centímetros de alto.

—Se fija la cuchilla en su sitio —explicó Hubert—. Agarro el disco metálico para no cortarme los dedos y simplemente paso la patata por la cuchilla. —Sujetó la cortadora en su sitio con su mano libre e hizo la demostración. En unos segundos apareció un montón de trozos de patata uniformemente cortados en el plato que había debajo de la cortadora.

Luego señaló una manecilla situada a un lado del artilugio y agregó:

—Estoy trabajando en la posibilidad de añadir un elemento que permita ajustar el grosor del corte. Una vez que lo haya perfeccionado, espero desarrollar una versión de mayor tamaño basada en los mismos principios, para cortar carne.

—Muy impresionante —comentó Eric examinando un trozo perfectamente cortado.

Las mejillas de Hubert se ruborizaron de satisfacción. Eric puso una mano en el hombro del chico y le dijo:

—Me interesaría comprar una de estas máquinas para mi cocinera.

Los ojos de Hubert se agrandaron detrás de las gafas.

—Oh, con mucho gusto le regalaré una, lord Wesley.

—Gracias, muchacho, pero insisto en pagarla. De hecho, me atrevo a decir que si esto se pusiera a la venta, acudirían hordas de interesados. —Se volvió hacia Margaret—. ¿Qué opinas tú?

Su hermana se quedó atónita al ver que le pedían su opinión.

—Yo... pues... me parece un invento ingenioso que sería de gran utilidad en cualquier casa.

Eric le sonrió y se volvió hacia Hubert.

—Creo sinceramente que es una máquina que posee un gran potencial, Hubert. Si te decides a comercializarla...

—¿Quiere decir como un negocio?

—Exacto. Poseo varios contactos en Londres a los que podría hablar en tu nombre. Y yo mismo estaría dispuesto a invertir dinero si decidieras lanzarte, con el permiso de tu padre, naturalmente.

La oferta de Eric dejó estupefacto al chico.

—Eso es muy amable por su parte, milord, pero aún no he terminado el diseño. Además, yo soy un científico, no un comerciante.

—En ese caso, podrías estudiar la posibilidad de vender tu idea a un tercero. Sea como fuere, mi oferta continúa en pie. Piénsalo, coméntalo con tu padre y comunícame lo que decidas. Si quieres, yo también hablaré con tu padre.

—Muy bien. Gracias. —Hubert se ajustó las gafas y dijo con cierta timidez—: De hecho, hay otra cosa de la que quisiera hablar con usted, milord.

Dirigió una mirada incómoda a Margaret, que, percibiendo que se trataba de algo privado, inclinó la cabeza y dijo:

—Gracias por enseñarme tu máquina, Hubert. Si

me perdonas, quisiera dar un paseo por los jardines y disfrutar de este tiempo tan maravilloso... si no te importa.

—En absoluto, lady Darvin. —Se sonrojó—. Espero no haberla aburrido. Mamá siempre me advierte que no suelte discursos a los invitados.

—Al contrario, he disfrutado mucho de la visita.

Una sonrisa trémula cruzó su semblante, como si hubiera olvidado que su rostro era capaz de hacer aquel gesto. Segundos más tarde, dedicó a Hubert una sonrisa plena y auténtica, y Eric dejó escapar la respiración sin darse cuenta de que la había estado conteniendo. Dios, aquella muestra de felicidad era un bálsamo para su alma. Se sintió inundado de gratitud hacia Hubert por haberle dado a Margaret un motivo para sonreír.

Ella salió y cerró la puerta de la cámara a sus espaldas. Eric se volvió hacia el chico, y se sorprendió al ver la turbación que mostraba su rostro.

—¿Ocurre algo malo, muchacho?

—Necesito preguntarle una cosa, milord.

Eric lo escudriñó. El chico parecía estar soportando el peso del mundo sobre sus delgados hombros. Sintió un escalofrío de intranquilidad. ¿Tendría algo que ver con Samantha? Maldición, ¿podría ser que el muchacho los hubiera visto la noche anterior en el lago?

—Puedes preguntarme lo que sea —le aseguró Eric, rezando para que no fuera nada, pero aun así haciendo acopio de fuerzas.

Hubert abrió un cajón y extrajo una bolsita de cuero negro. Desató el cordón y esparció sobre su mano un poco de polvo.

—Esto es un polvo que tiene propiedades fosforescentes, inventado por mí mismo —dijo en voz baja—. Que yo sepa, nadie más tiene algo así.

Eric sintió una punzada de alivio y confusión a un tiempo. Se acercó más para examinar la sustancia.

—¿Y para qué sirve?

—Despide un ligero brillo y se adhiere a todo. —Dejó la bolsita sobre la mesa y se limpió la mano en sus pantalones negros. Luego intentó sacudirse el polvo, pero no lo consiguió del todo—. En realidad es el brillo, más que el polvo en sí, lo que no se puede quitar del todo de la tela.

Eric se quedó mirando fijamente los pantalones de Hubert y de pronto comprendió. Se acordó de haber observado recientemente aquel mismo brillo extraño en sus botas.

Hubert se irguió y lo miró a los ojos.

—Hace dos noches esparcí este polvo sobre la silla, las riendas y los estribos de la montura de cierto caballero.

Había algo en la mirada firme de Hubert que provocó en Eric un gélido presentimiento.

—¿De qué caballero?

—El Ladrón de Novias.

El nombre quedó flotando en el aire por unos segundos. Después, con el semblante totalmente impávido, Eric preguntó:

—¿Qué te hace pensar que aquel caballo pertenecía al Ladrón de Novias?

—Que yo lo vi. En el bosque. Vestido todo de negro, con una máscara que le cubría toda la cabeza. Rescató a la señorita Barrow.

Durante breves instantes todo quedó congelado en Eric: su respiración, su sangre, sus latidos. Al cabo, alzó las cejas y repuso con tono controlado:

—No hay duda de que estás en un error...

—No hay ningún error —lo interrumpió Hubert meneando la cabeza—. Lo vi con mi hermana y con la señorita Barrow. Esparcí los polvos sobre su silla, sus riendas y sus estribos. Al día siguiente... ayer... usted vino a ver a Sammie, y traía restos de esos polvos en las botas. Y también en la silla, las riendas y los estribos de su caballo.

—Mis botas y mis arreos simplemente venían sucios del polvo del camino.

—No era polvo, lord Wesley. Eran mis polvos. Los reconocería en cualquier parte. Pero, sólo para confirmar mis observaciones, limpié un poco de su silla. Y coincide perfectamente.

Dios santo. Eric logró tragarse una carcajada de incredulidad. Todas las autoridades de Inglaterra, junto con la Brigada contra el Ladrón de Novias y otros cientos de personas deseosas de cobrar la recompensa que pesaba sobre su cabeza, querían capturar al Ladrón de Novias, y he aquí que un muchacho de catorce años había triunfado allí donde todos fracasaban. Si no estuviera tan estupefacto y alarmado, habría felicitado a Hubert por un trabajo bien hecho. Por desgracia, la inteligencia del chico bien podía costarle a él la vida.

Se apresuró a estudiar varias coartadas que podía intentar hacer creer a Hubert, pero con la misma rapidez comprendió su futilidad; Hubert no sólo poseía una aguda inteligencia, sino también una gran tenacidad. Estaba claro que le resultaría más ventajoso confiar en él que intentar engañarlo, pero antes tenía varias observaciones que hacer.

—Estás preguntándome si el Ladrón de Novias soy yo.

Hubert asintió al tiempo que tragaba saliva.

—¿Pretendes cobrar la recompensa por su captura?

Los ojos del muchacho se nublaron de sorpresa y angustia.

—Oh, no, milord. Siento el mayor respeto por la misión que usted... que él... que usted desempeña. Es usted la personificación de la valentía y el heroísmo. Quiero decir él... bueno... usted. —Se sonrojó intensamente—. Los dos lo son.

Eric entrecerró los ojos.

—¿Te das cuenta de que si el Ladrón de Novias es apresado, lo ahorcarán?

El sonrojo huyó al instante de las mejillas de Hubert.

—Le juro por mi alma que nunca se lo diré a nadie. Jamás. Nunca haría algo que pudiese perjudicarlo, milord. Usted ha sido un buen amigo conmigo, y también con Sammie.

Al oír el nombre de ella, Eric cerró los puños.

—¿Has hablado con tu hermana de esto?

Hubert negó con la cabeza con tanta vehemencia que casi se le cayeron las gafas.

—No, milord. Y tiene usted mi palabra de honor de que no lo haré. —Se aclaró la garganta—. Y le sugiero que usted tampoco lo haga.

—¿Eres consciente de que si el magistrado descubre que Samantha ha ayudado al Ladrón de Novias en el rescate de la señorita Barrow, podrían acusarla de delito?

El rostro de Hubert se tornó blanco como el papel.

—El magistrado no se enterará de nada por mi boca. Pero insisto en que no debe usted decírselo a Sammie, porque creo que eso la pondría furiosa. Verá, me ha dicho que... —Dejó la frase sin terminar y frunció el entrecejo.

El corazón de Eric se desbocó.

—¿Qué es lo que te ha dicho?

—Que la sinceridad es algo crucial y que la mentira destruye la confianza. —Su voz fue transformándose en un susurro—. Y que sin confianza no hay nada.

Eric apretó los dientes ante el dolor que le produjeron aquellas palabras. Por supuesto, no había esperanza de que Samantha y él pudieran tener un futuro juntos algún día, debido a su trabajo como Ladrón de Novias, y tampoco pensaba arriesgar la seguridad de ella revelándole su identidad. Aun así, si por un momento de locura pensara en revelársela, la perdería de manera irremisible por haberla engañado. «Sin confianza no hay nada.»

—Yo tampoco, Hubert. Te doy mi palabra de honor de que no permitiré que le pase nada.

Hubert alzó ligeramente la barbilla y agregó:

—Sammie lo aprecia a usted. No juegue con sus sentimientos.

Eric sintió admiración por aquel muchacho, aun cuando sus palabras lo abofetearon con la culpa.

«Sammie lo aprecia.» Que Dios lo ayudara, pero él también la apreciaba a ella... más bien demasiado.

—No pienso hacerle daño —aseguró a Hubert—. Entiendo perfectamente y respeto tu deseo de proteger a tu hermana; yo siento lo mismo por la mía. Ella es la razón por la que hago... lo que hago.

Hubert agrandó los ojos.

—Reconozco que me preguntaba cuál era el motivo.

—Nuestro padre la obligó a casarse. Yo no pude salvarla, así que desde entonces salvo a otras.

La expresión de Hubert decía a las claras que de pronto lo comprendía todo, y ambos intercambiaron una larga mirada ponderativa. A continuación Eric le tendió la mano.

—Me parece que nos entendemos el uno al otro.

Hubert le estrechó la mano con firmeza.

—Así es. Y permítame decirle que para mí es un honor conocerlo.

Los hombros de Eric se relajaron.

—Vaya. Yo estaba a punto de decir lo mismo. —Soltó la mano del chico y acto seguido señaló la puerta con la cabeza—. Quisiera presentar a nuestras respectivas hermanas. ¿Está en casa la señorita Briggeham?

—Cuando yo vine a la cámara, estaba leyendo en la salita.

—Perfecto.

Y salieron del laboratorio, Eric delante. Parpadeó para adaptarse al resplandor del sol; vio a Margaret sentada en un banco de piedra del jardín y alzó una mano a modo de saludo. Ella le devolvió el gesto y se puso de pie. Había recorrido la mitad de la distancia que los separaba cuando de pronto su hermana se detuvo y pareció clavar la mirada en algo situado a la espalda de él.

Eric se volvió, y quedó petrificado. Notó que Hubert llegaba a su lado y que aspiraba aire con fuerza.

Caminando hacia ellos, con expresión severa, se acercaba Samantha.

A su lado venía Adam Straton, el magistrado.

17

A medida que Sammie y el magistrado se aproximaban a la cámara, ella trataba de disimular su desasosiego. La inesperada visita de Straton con el fin de volver a interrogarla acerca de su secuestro por parte del Ladrón de Novias la había puesto muy nerviosa. Aunque sus preguntas no indicaban con claridad que sospechara que ella hubiese hecho algo malo, no podía evitar preguntarse si habría descubierto de algún modo su participación en el rescate de la señorita Barrow. Se sintió aliviada cuando él anunció que se marchaba, pero cuando lo acompañaba a los establos en busca de su montura, acertaron a ver a lord Wesley y a Hubert saliendo de la cámara.

El corazón le dio un vuelco al ver a Eric, y, para consternación suya, Straton cambió de dirección al momento y se encaminó hacia la cámara murmurando que le gustaría hablar un instante con el conde. Mientras se esforzaba por caminar al paso de las largas zancadas del magistrado, se fijó en una mujer que por el sendero del jardín se acercaba a Eric. Advirtió el parecido que había entre ambos, y la reconoció al instante gracias al retrato que había visto en Wesley Manor. Iba vestida de negro, y Sammie experimentó afecto por ella; justo aquella misma mañana su madre había mencionado que la hermana de lord Wesley había enviudado recientemente.

Cuando Straton y ella se unieron al trío frente a la cámara, el grupo entero permaneció inmóvil unos segundos, una escena muda formada por un quinteto de diversas expresiones:

Samantha intentaba ocultar su incomodidad, pero no estaba segura de conseguirlo. Hubert miraba fijamente a Straton como si fuera un fantasma. El semblante de Eric, que también miraba al magistrado, se veía totalmente inexpresivo. Al igual que Hubert y Eric, la hermana tenía la vista clavada en el mismo hombre, con los ojos muy abiertos y la cara pálida. Sammie miró al señor Straton, cuya atención estaba centrada en la hermana de Eric. Por algún motivo, el aire que rodeaba al grupo estaba cargado de tensión... o quizá sólo se lo parecía a ella debido a la ansiedad que sufría.

Eric rompió el silencio. Inclinó la cabeza hacia ella y el magistrado y les dijo:

—Buenas tardes. Permítanme que les presente a mi hermana, lady Darvin. Ésta es Samantha Briggeham, y el señor Straton, el magistrado.

Sammie realizó una reverencia y dirigió una sonrisa a la mujer.

—Es un placer conocerla.

La tristeza se adivinaba en la media sonrisa que le dedicó lady Darvin, lo cual provocó un sentimiento de compasión en Samantha, no sólo por la pérdida de su esposo sino también porque su matrimonio no había sido feliz.

—También es un placer para mí, señorita Briggeham —contestó lady Darvin—, aunque yo diría que nos habíamos visto hace años, en alguna velada.

Straton se adelantó y ejecutó una rígida reverencia.

—Es un honor verla de nuevo, lady Darvin.

Las pálidas mejillas de la aludida se tiñeron de color y bajó la mirada al suelo.

—A usted también, señor Straton.

—Mis condolencias por la pérdida de su esposo.

—Gracias.

Siguió otro incómodo silencio, y Samantha se preguntó por qué Eric no le había mencionado la visita de su hermana.

Por fin habló Eric.

—¿Qué lo trae a la casa de los Briggeham, Straton?

—Deseaba formular a la señorita Briggeham unas preguntas más sobre su desgraciado encuentro con el Ladrón de Novias.

Sammie se mordió el interior de la mejilla y rogó que no la delatasen sus sentimientos. No le convenía que precisamente el magistrado sospechara de ella.

—¿Le han sido de alguna utilidad esas pistas que andaba siguiendo? —inquirió Eric.

—No han servido para nada. Pero he recibido cierta información que parece ciertamente alentadora.

Eric alzó las cejas.

—¿De veras? ¿Algo que pueda contarnos?

—Una de las víctimas que fueron raptadas el año pasado ha escrito a su familia. Esta mañana me ha traído la carta su padre. En ella tranquiliza a su familia y le dice que se encuentra bien. No revela su paradero, aparte de decir que está viviendo en América y que recientemente ha contraído matrimonio. El dato más interesante es que viajó a América con un pasaje y dinero que le proporcionó el Ladrón de Novias la noche en que la raptó. —Straton se acarició el mentón—. He de decir que me siento aliviado. Esta nueva prueba por lo menos demuestra que el Ladrón de Novias no asesinó a esa muchacha.

De los labios de Sammie brotó una exclamación de impaciencia.

—Por el amor de Dios, señor Straton, no creerá usted que el Ladrón de Novias causa algún daño a las mujeres a quienes socorre, ¿verdad? Siempre deja una nota en la que lo explica.

Straton le dirigió una mirada penetrante.

—Así es. Pero hasta esta carta no había ningún rastro de sus víctimas. No tengo ninguna prueba de que alguna de ellas siga con vida, excepto un puñado de notas de un delincuente buscado por la justicia.

Ella levantó la barbilla.

—Yo diría que esa prueba soy yo, señor Straton. Como puede ver, el Ladrón de Novias no me causó daño alguno; de hecho, tomó toda clase de precauciones respecto de mi seguridad.

—Salvo por el detalle de raptarla, claro.

Sammie experimentó una punzada de irritación. Abrió la boca para continuar discutiendo, pero Eric se le adelantó:

—Seguro que podrá servirse de esa nota para localizar a esa mujer e interrogarla.

Sammie clavó su mirada en el conde, consternada.

El semblante del magistrado se endureció.

—Ya he tomado medidas a tal efecto. Hasta ahora el Ladrón de Novias ha logrado escapar, pero pronto lo atraparemos. Peinaré el país de arriba abajo hasta dar con él.

En ese momento se oyó un sonido apenas audible pero familiar que atrajo la atención de Sammie hacia Hubert. El muchacho tenía el rostro extrañamente pálido y permanecía inmóvil, recto como un palo, excepto por la rítmica flexión de sus dedos, que producía un débil chasquido. Era un hábito que practicaba sólo cuando algo lo angustiaba sobremanera. Estaba claro que las palabras de Straton lo habían alterado, un sentimiento que ella compartía plenamente.

—¿El país? —repitió Eric—. Hubiera creído que un criminal como él se ocultaría en Londres. Allí hay literalmente miles de edificios y callejuelas donde esconderse. Sin duda ese rufián se oculta entre las chabolas o junto a los muelles.

Sammie apretó los labios y rogó que no se le notaran la decepción y la angustia que le causaron las palabras de Eric. ¿Por qué tenía que considerar un delincuente al Ladrón de Novias y hacer sugerencias que podían conducir a su captura? Aunque ansiaba hacer oír su opinión, no se atrevió a pronunciar palabra por miedo a hablar de más y empeorar la situación.

—Antes yo también creía que el Ladrón de Novias se encontraría en Londres —dijo Straton—, pero empiezo a sospechar que prefiere el campo. Es un hombre que posee medios económicos y contactos para comprarles a esas mujeres un pasaje para otro país y entregarles fondos para comenzar una vida nueva. Según todas las descripciones, su montura, un magnífico semental negro, vale el rescate de un rey, y a pesar del alto precio que han puesto a su cabeza, no ha aparecido nadie que afirme mantener un animal así. Ello me induce a pensar que tiene un establo propio.

Eric se acarició el mentón y asintió lentamente.

—Una teoría interesante. —Esbozó una leve sonrisa—. No le envidio el trabajo que le va a costar meter las narices en todos los establos de Inglaterra.

—Espero que eso no sea necesario. Basándome en los lugares donde se ha llevado a cabo la mayoría de los secuestros, considero muy posible que ese bandido actúe desde algún punto de las inmediaciones, probablemente dentro de un radio de cincuenta millas. Con la ayuda de la brigada, que cada día es más numerosa, no debería resultar difícil rastrear esta zona.

A Sammie se le hizo un nudo en el estómago. Parecía como si el círculo se fuera estrechando. Si pudiera advertir de algún modo al Ladrón de Novias... pero no podía faltar a la promesa que le había hecho. Y por supuesto él no necesitaba que ella le advirtiera de los peligros que corría. Los conocía de sobra.

—Estoy pensando en solicitar varios voluntarios que me ayuden personalmente a realizar el peinado de la zona —continuó Straton, al tiempo que dirigía una mirada especulativa a Eric—. ¿Le interesa, lord Wesley?

—Será un placer para mí ayudar en lo que pueda —respondió Eric sin dudarlo—. Poseo contactos en varios establos de las cercanías, y muchos de aquí a Brighton. Con gusto haré averiguaciones para usted.

A Sammie se le cayó el alma a los pies. ¡Eric estaba desempeñando un papel activo en la captura del Ladrón de Novias! Estaba ofreciendo sugerencias lógicas, la ventaja de los contactos que él poseía, además de mostrarse dispuesto a presentarse voluntario. ¡Gracias a Dios ella nunca le había confesado sus encuentros con el Ladrón de Novias!

Sintió angustia y alarma, y además se dio cuenta de que había cometido un error terrible. ¿Cómo podía haberse enamorado de un hombre que tenía opiniones tan distintas de las suyas, un hombre tan deseoso de acabar con el Ladrón de Novias? ¿Y por qué, a pesar de su disparidad de criterios sobre la cuestión del Ladrón de Novias, seguía amándolo? «Porque en todos los demás aspectos es maravilloso. Él nunca ha visto al Ladrón de Novias, no lo conoce tan bien como tú. Si lo conociera, también lo vería como un héroe.»

Pero una sola mirada a su tranquilo perfil bastó para marchitar esta esperanza.

Santo Dios, jamás en su vida se había visto en semejante disyuntiva. La investigación que rodeaba a su héroe iba estrechando su cerco igual que un nudo corredizo, y el hombre al que amaba ayudaba a la ejecución. Visualizó una imagen del Ladrón de Novias caminando hacia la horca y tuvo un fuerte presentimiento.

Hubert se aclaró la garganta y atrajo su atención.

—Si me disculpan, he prometido a mi padre jugar una partida de ajedrez y ya se me hace tarde.

Todos se despidieron de él, y el chico se fue hacia la casa, caminando al doble de su velocidad habitual. Sammie se lo quedó mirando con preocupación; se veía a las claras que estaba alterado, y sabiendo que él consideraba al Ladrón de Novias un hombre noble que luchaba por una causa justa, era evidente que se sentía ansioso de huir de aquella conversación. No pudo reprochárselo; ella ansiaba hacer lo mismo. Pero antes tenía un par de cosas que decirle a Eric.

Se volvió hacia él... y lo encontró mirándola fijamente, con una concentración que le cortó la respiración, la misma intensidad candente con que la había mirado mientras exploraba su cuerpo. Al instante le vino a la memoria el recuerdo de él desnudo, totalmente excitado, arrodillado entre las piernas de ella. Sintió un calor repentino, como si una cerilla le hubiera prendido fuego al vestido. Miró a hurtadillas a lady Darvin y a Straton y sintió alivio al ver que estaban entretenidos en admirar uno de los rosales de su madre. De modo que se inclinó hacia Eric y le susurró:

—Necesito hablar contigo. En privado.

Luego se irguió y contuvo un suspiro de frustración. Por más que deseara hablar con Eric de inmediato, la cortesía dictaba que ofreciera unos refrigerios. Así pues, tendría que llevarse a Eric a un aparte antes de que se fuera.

—¿Les apetece entrar en la casa a tomar un té?

—Gracias, señorita Briggeham —dijo lady Darvin—, pero me temo que el cansancio del largo viaje ha hecho mella en mí. Creo que me iré a casa, pero con gusto vendré a verla otro día. —Al momento surgió la preocupación en los ojos de su hermano, y ella le apoyó una mano enguantada en la manga—. Me encuentro bien, sólo fatigada. Conozco el camino de regreso a Wesley Manor. Por favor, disfruta de la visita. —Se volvió hacia Sammie—. Ha sido un placer verla de nuevo, señorita Briggeham, y también conocer a su hermano.

—Gracias, lady Darvin. Espero que pronto nos veamos de nuevo.

Eric miró alternativamente a Sammie y a su hermana.

—No quiero que te vayas a casa sola, Margaret.

—Será un honor para mí acompañar a lady Darvin a casa en mi carruaje —terció Straton.

—Eso no es necesario —rehusó ella con tono tenso.

Eric le sonrió.

—Tal vez no sea necesario, pero me quedaría más tranquilo si supiera que te acompañan hasta la puerta. Yo te llevaré el caballo cuando me vaya.

Lady Darvin puso cara de querer negarse, pero de pronto aceptó con un gesto brusco de la cabeza. Tras despedirse, Straton le ofreció el codo. Lady Darvin posó la punta de los dedos en su brazo y ambos echaron a andar por el sendero que conducía a los establos.

En el momento mismo en que desaparecieron de la vista, Eric aferró a Sammie de la mano y la condujo hacia la cámara. Muy bien. Ella no quería que oyesen su conversación. Cuando entraron, Eric cerró la puerta y se apoyó contra la madera, contemplándola con los ojos entornados. Ella le devolvió la mirada sin hacer caso del calor que la invadía. ¿Cómo se las arreglaba para

afectarla de aquel modo sólo con mirarla? Era absolutamente ilógico. Y de lo más irritante.

Eric se separó de la puerta y se acercó a ella despacio,
hasta que quedaron a escasa distancia el uno del otro.

—¿Querías hablar conmigo?

Obligándose a concentrarse a pesar de la perturbadora proximidad de él, Sammie asintió con la cabeza.

—Es en relación con lo que le has dicho al señor
Straton sobre el Ladrón de Novias.

—Entiendo. ¿Y es del Ladrón de Novias de lo que
habéis hablado el señor Straton y tú durante su visita?

—Sí. Me ha formulado la misma clase de preguntas
que la noche en que fui secuestrada por error. Naturalmente, no he podido arrojar más luz sobre el tema. Pero
en cuanto a lo que has dicho tú de ayudarlo a capturar
a ese hombre, y eso de ofrecerte a hacer averiguaciones...

—¿Sí?

Sammie se llevó una mano al corazón.

—Te ruego que no lo hagas. —En sus ojos llameó
una fugaz emoción que no supo identificar—. No te lo
pediría si no fuera importante para mí. Ya sé que la mayoría de la gente opina que el Ladrón de Novias es un
criminal...

—Y en efecto lo es, Samantha. El secuestro es un
delito.

—¡Pero si él no secuestra a nadie! No obliga a las
mujeres a que lo acompañen. No les hace ningún daño
ni exige rescate alguno. A mí me devolvió a casa sana
y salva cuando se dio cuenta de que había cometido un
error, con gran riesgo para sí mismo, debería añadir.
—Escrutó el rostro de Eric, consternada por su expresión tranquila—. Créeme cuando te digo que no es el
tipo despreciable que la gente hace que parezca; es honorable, y sólo pretende ayudar a las mujeres a las que

rapta. Les ofrece una alternativa. Ya sé que no tengo derecho a pedirte que no contribuyas a su captura, pero te lo pido de todas formas. Por favor.

Eric miró aquellos ojos suyos tan serios detrás de las gafas, y el miedo le heló el corazón. Maldición, ¿es que no se daba cuenta del peligro en que se ponía ella misma al hacerle semejante petición? ¿Qué pasaría si le pidiera lo mismo a otra persona y se enterase Adam Straton? ¿Y si Straton descubría su participación en el último rescate del Ladrón de Novias, y que había comprado un pasaje para América?

Las consecuencias eran demasiado horribles para tenerlas en cuenta siquiera. Su familia resultaría completamente destrozada. Ella misma resultaría destrozada. Y también él.

La sujetó por los hombros y la miró a los ojos, resistiéndose al impulso de sacudirla.

—Samantha, escúchame. Debes olvidarte de este asunto del Ladrón de Novias. Ese hombre es peligroso.

En los ojos de ella relampagueó un fuego azul.

—No lo es.

—Sí lo es. Su propia vida corre peligro, de una forma que tú no comprendes. Hay un precio enorme puesto a su cabeza, y todo el que esté a su alrededor, todo el que intente ayudarlo podría correr peligro también. Quiero que me prometas que no vas a intentar nada.

—No estoy intentando ayudarlo. Lo único que estoy haciendo es pedirte que no contribuyas a su captura.

—¿No ves que eso es ayudarlo, aunque sea de forma indirecta? —La sujetó con más fuerza—. Prométeme que te olvidarás de este asunto.

Sammie lo estudió con mirada seria y escrutadora.

—¿Me prometes tú que no vas a ayudar al magistrado?

—No puedo prometerte eso.

El dolor y la decepción que vio en los ojos de Samantha casi acabaron con él.

—En ese caso, me temo que yo tampoco puedo prometerte nada.

A Eric lo impresionó la trémula determinación que había en su voz. Sammie trató de zafarse, pero él la retuvo por los hombros. No podía dejarla marchar así.

—¿No ves —le dijo, luchando contra la desesperación que lo acosaba— que me preocupa tu seguridad? No soporto la idea de que corras peligro.

Antes de que ella pudiera replicar, fuera se oyó una voz que llamaba a lo lejos.

—Samantha, ¿dónde estás?

Ella abrió los ojos como platos.

—Cielos, es mi madre. Vamos, deprisa.

Se dirigió rápidamente a la puerta. Él la siguió y cerró suavemente al salir. Samantha lo condujo hacia los jardines. Apenas habían puesto un pie en el sendero cuando los alcanzó Cordelia.

—¡Estás aquí, querida! Y también lord Wesley. —Hizo una reverencia hacia Eric—. En cuanto Hubert mencionó que había venido usted acompañado de su hermana, he salido en su busca. Debe usted quedarse a tomar el té, sobre todo dado que la última vez que nos visitó tuvo que marcharse. —Estiró el cuello para mirar alrededor—. ¿Dónde está lady Darvin?

—Me temo que acaba de escapársele —contestó Eric inyectando en su tono la cantidad justa de pesar—. Estaba fatigada a causa del viaje y ha regresado a casa para descansar. —Sabiendo que no tenía otro remedio que quedarse, ordenó a su boca que sonriera y ofreció el codo—. Sin embargo, yo tendré sumo placer en tomar el té con ustedes.

La aguda mirada de la señora Briggeham rebotó velozmente entre Samantha y él, y luego sonrió.

—Bien, eso sería maravilloso, ¿no cree?

Si el dolor que pesaba sobre su corazón fuera indicación de algo, Eric sospechaba que la palabra «maravilloso» no era precisamente la más adecuada en aquel momento.

El carruaje de Adam avanzaba lentamente por el sendero jalonado de árboles. La luz del sol se filtraba entre las copas formando sombras moteadas que mitigaban el calor de la tarde. Los únicos sonidos que rompían elsilencio eran el piar de los pájaros y el leve chirriar del asiento de cuero. Lanzó con el rabillo del ojo una mirada furtiva a su pasajera, buscando desesperadamente algo que decirle, pero seguía teniendo la lengua más atada que el nudo de una cuerda.

Dios, era encantadora. Llevaba cinco años sin poner los ojos en ella. «Cinco años, dos meses y dieciséis días.» No hubiera creído posible que pudiera ser más bella que la imagen que conservaba en su corazón, pero lo era. Sin embargo, observó que la muchacha despreocupada de la que él se había enamorado perdidamente había desaparecido. Era evidente que la pérdida de su esposo la había afligido mucho.

Respiró hondo y apretó los labios con fuerza. Cielos, aún olía a rosas. En su alocada juventud, cuando se torturaba con sueños inútiles de que un hombre como él, que carecía de títulos nobiliarios, pudiera cortejar a la hija de un conde, plantó una docena de rosales en un rincón del jardín de su madre. Todos los años aguardaba impaciente a que florecieran, y después se sentaba en el banco de piedra con los ojos cerrados a respirar su delicado aroma, imaginándose el rostro sonriente de Margaret. Cuando comprendió que ella iba a casarse con lord Darvin, no volvió a visitar aquella parte del jardín.

—Da alegría volver a casa —dijo Margaret con una voz suave que irrumpió en los pensamientos de Adam.

Aliviado de que ella hubiera iniciado una conversación, le preguntó:

—¿Cuánto tiempo tiene pensado quedarse?

—He venido para siempre.

El corazón se le disparó al oír aquellas cuatro sencillas palabras, y una súbita euforia lo recorrió de arriba abajo, sólo para ser sustituida al momento por el miedo. Se volvió hacia ella y ambos se miraron. Le inundaron como fuego líquido unos sentimientos que creía haber enterrado definitivamente: deseo, necesidad y un amor tan vehemente y desesperado que casi lo asfixió. No había logrado olvidarla, ni siquiera cuando se mudó a la propiedad de su marido en Cornualles. ¿Cómo iba a hacer para comportarse con normalidad ahora que ella estaba aquí? La tendría lo bastante cerca para verla, para tocarla, y sin embargo no para reclamarla como algo suyo.

Apartó la mirada con esfuerzo y volvió a fijar su atención en el camino. El hecho de que hubiera regresado a Tunbridge Wells no iba a significar más que una tortura para él. Los años no habían cambiado nada, él seguía siendo un plebeyo y ella una dama, una vizcondesa. Se dio cuenta de que el silencio entre ambos se volvía opresivo y entonces preguntó:

—¿Le gustaba vivir en Cornualles?

—Lo odiaba —contestó ella en un tono tan implacable que Adam se volvió otra vez, sorprendido, no muy seguro de cómo reaccionar. Margaret tenía la mirada fija al frente, el semblante pálido, las manos enguantadas apoyadas sobre el regazo—. Pasaba el tiempo en los acantilados, contemplando el mar, preguntándome...

—¿Preguntándose qué?

Ella se volvió y lo miró a los ojos con una expresión de tristeza que le provocó un escalofrío.

—Cómo sería saltar desde el acantilado, caer en medio de aquellas aguas gélidas y agitadas.

Impresionado, Adam detuvo los caballos. Escrutó su rostro en busca de algún indicio de que estuviera bromeando, pero era obvio que sus palabras eran de una terrible sinceridad.

Tragó saliva:

—Lo siento —dijo, encogiéndose por dentro al percibir la insuficiencia de sus palabras—. No tenía idea. Todos estos años... creía que era usted feliz.

—Lo único que me daba un poco de felicidad era el hecho de pensar en mi casa, en poder regresar aquí algún día.

Un montón de preguntas bullían en su cabeza. ¿Qué le habría ocurrido en Cornualles para ser tan infeliz? Estaba claro que la separación de su casa y de su hermano la habían afectado grandemente. Maldijo su propia estupidez por no haber tenido en cuenta dicha posibilidad, pero es que simplemente había dado por sentado que Margaret florecería en aquel entorno nuevo. Se la había imaginado presidiendo veladas elegantes, siendo festejada y admirada por todo el mundillo social. Y aun cuando se le hubiera ocurrido que tal vez no fuera feliz, ¿qué podría haber hecho él? Nada.

Aunque el matrimonio de Margaret le rompió el corazón, ella tuvo que casarse según los deseos de su padre. Y era correcto que lo hiciera así; su padre deseaba su bien, y se quedaba tranquilo al saber que su hija iba a vivir mimada por un caballero noble y acaudalado que besaría el suelo que ella pisara. Y en cambio no había sido feliz. ¿Tal vez no le había mostrado afecto lord Darvin? Parecía imposible creer tal cosa; ¿qué hombre podría no amarla hasta la locura? No, tenía que haber otro motivo...

De pronto, la respuesta le golpeó como un puñetazo. Sin duda, la causa de su infelicidad era el hecho de que no había tenido un hijo. Recordó haberla oído decir en más de una ocasión lo mucho que anhelaba tener una gran familia, y que él disimuló su profunda pena tras una sonrisa, sabedor de que jamás podría casarse con ella ni por lo tanto ser el primero en darle los hijos que quería. Le embargó la compasión y, sin pensarlo, cubrió sus manos entrelazadas con la suya. Ella abrió los ojos ligeramente, pero no hizo ningún ademán de rechazo. Con el corazón acelerado como si hubiera corrido una milla, Adam le dijo:

—Espero que el hecho de estar en su casa le traiga la felicidad que usted se merece, lady Darvin.

Ella lo estudió durante unos segundos con una expresión que él no supo descifrar y luego murmuró:

—Gracias. —Y volvió a fijar la vista en el camino que se abría frente a ellos—. Ahora me gustaría ir a casa.

—Por supuesto.

Retiró la mano de mala gana, pues sabía que no iba a tener otra oportunidad de tocarla de nuevo tan íntimamente. Sacudido por un torbellino de emociones contradictorias, asió las riendas con fuerza y puso en movimiento los caballos, en dirección a Wesley Manor.

Sammie creía que la hora que había pasado Eric tomando té en la salita con ella y con sus padres había transcurrido de forma bastante inocente, pero cuando el conde se marchó se dio cuenta de su ingenuidad.

—Oh, ¿te has fijado, Charles? —comentó Cordelia sin aliento.

Su padre la miró por encima de sus lentes bifocales.

—¿En qué?

—En que lord Wesley está cortejando a nuestra hija.

Sammie casi se ahogó con un sorbo de té. Mientras intentaba recuperar el resuello, su padre frunció el entrecejo y dijo:

—Naturalmente que he visto a Wesley. Resultaba imposible no verlo, sobre todo teniendo en cuenta que lo tenía sentado justo enfrente de mí. Pero lo único que yo le he visto hacer es beber té y dar buena cuenta de estas galletas. A propósito, están muy buenas.

Cordelia agitó la mano con gesto impaciente.

—Lord Wesley no tomaría el té con nosotros si no hubiera un motivo. Está cortejando a nuestra hija, te lo digo yo. Oh, estoy deseando contárselo a Lydia...

—¡Mamá! —exclamó Sammie. Tosió varias veces y al cabo consiguió respirar con normalidad—. Lord Wesley no me está cortejando.

—Por supuesto que sí. —Cordelia juntó las manos y su rostro adquirió una expresión de entusiasmo—. Oh, cielos, Charles, ¡nuestra querida Samantha va a ser condesa!

A Sammie la asaltó una sensación de alarma. Cielo santo, ¿cómo no había previsto una reacción así en su madre? Sin duda, la visita del magistrado, unida a su turbadora conversación con Eric en la cámara, había interrumpido su razonamiento lógico. Además, había descartado que alguien se creyera que Eric iba a cortejarla por considerarlo completamente ilógico, y sin embargo había ocurrido, delante de sus narices. Últimamente le estaba sucediendo algo horrible a su lógica, y el momento no podía haber sido peor.

En fin, tenía que poner fin a aquello enseguida, antes de que su madre comenzase a hacer planes para una boda que no iba a celebrarse nunca. De modo que se levantó del diván, se acercó a su madre y le tomó las manos.

—Mamá, lord Wesley ha venido hoy por invitación de Hubert. A ver a Hubert. A ver el último invento de Hubert. ¿Lo entiendes?

Cordelia la miró exasperada.

—Pues claro que lo entiendo, Samantha. Pero está claro que la visita a Hubert ha sido sencillamente una estratagema para verte a ti. —Un brillo ladino apareció en sus ojos—. Lo he observado detenidamente y lo he pillado mirándote en cierto momento con una expresión que sólo podría describirse como «interesada».

—Estoy segura de que tenía una mota de polvo en el ojo —replicó Sammie, intentando contener la desesperación que se le quería colar en la voz.

—Tonterías. —Cordelia le acarició la mejilla—. Créeme, querida. Una madre sabe de estas cosas.

Sammie aspiró profundamente para calmarse.

—Mamá, te aseguro que el conde no tiene el menor interés en convertirme en su condesa. —Aquello, por lo menos, era verdad—. Te ruego que no malinterpretes lo que no es más que simple cortesía por su parte, porque en ese caso no me cabe duda de que interrumpirá su amistad con Hubert. Ya sé que tu intención es buena, pero seguro que comprendes lo embarazoso que resultaría tanto para lord Wesley como para mí que se sugiriera que él es un pretendiente.

—Yo no lo veo así en absoluto. Lo que veo es que uno de los solteros más codiciables de Inglaterra se ha encaprichado de mi hija. ¿No estás de acuerdo, Charles? —Al ver que él no contestaba, le lanzó una mirada de fastidio—. ¿Charles?

El padre de Sammie, cómodamente arrellanado en su sillón favorito, despertó con un resoplido.

—¿Eh? ¿Qué sucede?

—¿No estás de acuerdo en que Samantha sería una condesa digna de admirar?

—Mamá, sería una condesa espantosa.

—Cielos, me he quedado dormido sólo un instante. ¿Me he perdido una propuesta? —preguntó su padre, parpadeando detrás de sus bifocales.

—¡No! —contestó Sammie casi gritando. Santo Dios, aquella situación se había desmandado totalmente, y la obligaba a reforzar su decisión de poner fin a la relación con Eric aquella misma noche, antes de que su madre mandara anunciar las amonestaciones—. Entre lord Wesley y yo no hay nada. —«O no lo habrá a partir de esta noche.»—. Ni se te ocurra hacer correr el rumor de que ese hombre tiene algún interés en mí. No pienso tolerar que te entrometas.

Su madre la contempló con expresión atónita.

—No me estoy entrometiendo...

—Sí te entrometes. Y con ello no vas a conseguir nada, excepto hacer que me sienta incómoda. ¿Es eso lo que quieres?

—Claro que no —replicó, casi ofendida—. Pero...

—Nada de peros, mamá. Y se ha terminado lo de hacer de casamentera. —Sammie dejó escapar un profundo suspiro—. Ahora, si me perdonas, tengo varias cartas que escribir. —Salió de la salita y cerró la puerta tras ella con un leve golpe.

Cordelia se quedó mirando la puerta cerrada y soltó un bufido de frustración. Después se volvió hacia su esposo y le clavó una mirada con los ojos entornados cuando él musitó algo sospechosamente parecido a «bien hecho, Sammie».

¡Oh, qué situación tan irritante! Un conde, prácticamente caído en su puerta como un regalo del cielo, y ella era la única que sabía ver aquella oportunidad de oro. Claro que el deber de una madre era ver dichas oportunidades, pero que tanto Sammie como Charles fueran tan obtusos le resultaba un misterio indescifrable.

En fin, ella sí que había visto aquella mirada ávida en los ojos de lord Wesley cuando creía que nadie lo estaba observando. Estaba enamorado de Samantha, apostaría cualquier cosa. Oh, el mero hecho de pensar en presumir delante de Lydia de tener una propuesta de un conde le provocó un gozoso estremecimiento. Lord Wesley era un caballero elegante que podría hacer muy feliz a Samantha. ¿Qué mujer en su sano juicio no encontraría atractivo a aquel noble tan gallardo? Y aunque no fuera terriblemente atractivo, era terriblemente rico. Y provisto de buenos contactos.

¡Oh, era el sueño de una madre hecho realidad! Las posibilidades que se abrían eran embriagadoras. Desde luego, ahora que pensaba en ello se sentía un tanto mareada. Miró a Charles y apretó los labios; maldición. No merecía la pena desmayarse cuando el encargado de ir a buscar las sales estaba roncando.

En fin, no importaba. No había tiempo para entretenerse con los vapores cuando había tantos planes que hacer. Porque, a pesar de sus protestas, Samantha había pescado uno de los peces más gordos de Inglaterra.

Ahora, lo único que había que hacer era arrastrarlo hasta la playa.

18

Margaret levantó la vista del libro y observó a su hermano, que se paseaba arriba y abajo por la biblioteca. Con una copa de coñac en la mano, iba de la chimenea a las estanterías repletas de libros hasta el techo, sus pasos amortiguados por la gruesa alfombra persa. Ida y vuelta, una y otra vez, deteniéndose a cada poco junto a la repisa de la chimenea para contemplar fijamente las llamas con expresión pensativa, y después continuar paseando.

Al cabo de un cuarto de hora de observarlo, dejó el libro sobre el diván de cretona en que estaba sentada. Aquella tarde lo había observado detenidamente, y le parecía saber exactamente qué lo tenía preocupado. La siguiente vez que se detuvo junto al fuego, le preguntó:

—¿Te encuentras bien, Eric?

Él se volvió y parpadeó con sorpresa; se veía a las claras que se había olvidado de su presencia. Una tímida sonrisa curvó la comisura de sus labios.

—Perdóname, estoy siendo un auténtico fastidio.

Margaret se levantó y fue hasta la chimenea para recibir el calor que despedían las suaves llamas. Aun grande y llena de corrientes, de algún modo la biblioteca era un ambiente acogedor y siempre había sido su habitación favorita, mucho más que la salita en la que colgaba el retrato de su padre sobre la chimenea. Había sentido un escalofrío al ver su semblante y sus ojos fríos mirándola desde el lienzo. Pero como su marido, su padre estaba muerto. Ninguno de los dos podría ya hacerla sufrir.

Miró a Eric y le apoyó una mano en el brazo, maravillada por la agradable sensación que producía poder tocar a alguien.

—Hay algo que te preocupa —le dijo con suavidad— ¿Quieres hablar de ello?

Los ojos de Eric reflejaron ternura y cansancio.

—Estoy bien, Margaret.

No era verdad, pero obviamente no deseaba agobiarla, un gesto bondadoso pero innecesario por su parte que provocó en ella una chispa de indignación.

Eric volvió a fijar la vista en las llamas, con lo cual daba por terminada la conversación. Hombre necio.

Entonces, adoptando un tono informal, ella señaló:

—Ayer disfruté de la visita a tus amigos. El joven Hubert es muy ingenioso, y la señorita Briggeham es...

La mirada de Eric se clavó en la suya a tal velocidad que le pareció oír contraerse sus músculos.

—¿Qué?

Cualquier duda que pudiera haber albergado acerca de la fuente de la preocupación de su hermano se desvaneció.

—Pues bastante interesante.

—¿En serio? ¿En qué sentido?

—Admiré su talante al defender sus opiniones sobre el Ladrón de Novias frente al señor Straton. Y también me di cuenta de que siente una gran devoción por su hermano, sentimiento que comprendo muy bien.

Eric retribuyó el comentario con una sonrisa.

—Hubert y ella están muy unidos.

—No es el tipo de mujer que suele despertar tu interés.

Eric se quedó inmóvil unos momentos. Después, con un aire de naturalidad que podía confundir a cualquiera salvo a ella, preguntó:

—¿Qué quieres decir?

—No merece la pena que lo niegues, Eric. Te conozco demasiado bien. He visto cómo la mirabas.

—¿Y cómo la miraba?

Margaret le apretó suavemente la mano.

—De la manera en que toda mujer sueña que la miren.

Eric no contestó, sólo se quedó allí, contemplándola con una expresión indescifrable. Margaret temió haber presionado demasiado, y tal vez hubiera sido así, pero no soportaba verlo tan preocupado.

—Ella siente lo mismo por ti, ¿sabes? —dijo con suavidad—. Lo vi claramente, incluso en los breves instantes en que estuvimos juntos.

Un sonido torturado escapó de la garganta de Eric, que cerró los ojos con fuerza.

—¿Por qué no eres feliz? Deberías dar gracias a Dios de que, por ser hombre, no te has visto atrapado por los dictados de tu destino, como me sucedió a mí. Tú tienes libertad para seguir los designios de tu corazón, para casarte con quien tú elijas.

Eric abrió los ojos y la perforó con una mirada que le hizo preguntarse si no habría cometido un error al valorar la situación.

—Ya sabes lo que opino a ese respecto. No tengo la intención de casarme, jamás.

Su dura réplica la dejó atónita.

—Suponía que con los años habías ido cambiando de opinión a ese respecto, y por supuesto a estas alturas, ya que es obvio que sientes algo por la señorita Briggeham. —Al ver que él guardaba silencio, añadió—: Ella es la clase de mujer con la que se casan los hombres, Eric.

Un músculo se contrajo en su mejilla.

—Me doy cuenta de ello.

—Supongo que querrás tener un hijo que herede el título.

—No me importa en absoluto perpetuar mi título. —Hizo con la mano un ademán que abarcaba toda la estancia—. Si bien no puedo negar que prefiero vivir aquí en lugar de las chabolas de Londres, mi título no me ha dado ninguna felicidad. —Lanzó a su hermana una mirada penetrante—. Como tampoco te la ha dado a ti.

Aquellas palabras la hirieron como la hoja de un cuchillo.

—Pero seguro que una esposa, una familia, te darían felicidad.

Él dejó escapar una risa breve y carente de humor.

—Me sorprende que precisamente tú me recomiendes que me case. —Apuró su coñac y dejó la copa vacía sobre la repisa de la chimenea con un golpe seco—. El matrimonio de nuestros padres fue un verdadero infierno, igual que el tuyo con ese canalla de Darvin. ¿Por qué me deseas a mí la misma desgracia?

—Yo sólo deseo tu felicidad. Y he aprendido que el matrimonio puede ser una fuente de felicidad si es entre dos personas que se aman, como parece ocurrir entre la señorita Briggeham y tú. En Cornualles conocí a una mujer llamada Sally. Vivía en el pueblo y trabajaba en las cocinas de Darvin Hall. Era de la misma edad que yo y estaba casada con un tendero local. Oh, Eric, estaban tan enamorados... —Fijó la mirada en el fuego—. Y eran increíblemente felices, de un modo que me llenaba de alegría por ellos, pero también de envidia, porque yo deseaba con desesperación lo que ellos compartían. —Alzó la mirada hacia su hermano y dijo en un susurro—: En cierta ocasión yo estuve así de enamorada. Si me hubieran permitido escoger al hombre que deseaba, tal vez hubiera conocido la misma satisfacción que conocía Sally.

En los oscuros ojos de Eric brilló la confusión.

—No sabía que te hubieras enamorado de nadie.

—Fue después de que tú partieras para incorporarte al ejército.

—¿Por qué no te pidió en matrimonio ese hombre?

Margaret sintió el fuerte escozor de las lágrimas y levantó la vista al techo para no derramarlas.

—Por muchas razones. Nunca me hizo ninguna indicación de que sintiera por mí algo más que amistad. Y aunque me la hubiera hecho, nuestro padre jamás lo habría consentido. —Clavó la mirada en los ojos interrogantes de su hermano—. No poseía título, ni riquezas, pero era el dueño de mi corazón. —Su voz disminuyó hasta convertirse en un susurro—: Y todavía lo es.

Eric la miró fijamente, aturdido por aquella revelación. Acto seguido sintió una oleada de furia. Maldición, no sólo la habían vendido para casarla, sino que además le habían arrebatado al hombre que amaba. Una lágrima solitaria resbaló por la pálida mejilla de Margaret, y Eric se sintió de nuevo abrumado por la culpa por haberle fallado.

«Ojalá lo hubiera sabido. Ojalá no hubiese estado en el ejército en aquellos momentos.» Pero, según había dicho ella misma, todavía estaba enamorada de aquel hombre. «Por Dios que no volveré a fallarle. Tendrá al hombre al que ama.»

La tomó por los hombros y le preguntó con suavidad:

—¿Quién es?

—Eso no importa.

—Dímelo. Por favor.

Margaret apretó los labios y respondió con un hilo de voz:

—El señor Straton.

A Eric le pareció que la tierra se abría bajo sus pies.

—¿Adam Straton? ¿El magistrado?

Ella asintió bruscamente con la cabeza. Dejó escapar un sollozo, y Eric la envolvió en sus brazos. Sus lágrimas le humedecieron la camisa y sus hombros se agitaban mientras él, impotente, le acariciaba la espalda y le permitía desahogar toda su angustia.

El magistrado. Dios santo. Si no estuviera tan atónito, se habría reído por lo irónico de la situación. ¡De todos los hombres de Inglaterra, Margaret tenía que enamorarse del único que estaba empeñado en ahorcarlo a él!

Echó la cabeza atrás y cerró los ojos. No le costó imaginarse la desesperación de su hermana por su situación. ¿Estaría enamorado de ella Adam? No lo sabía, pero estaba claro que eso no había tenido importancia; su padre jamás habría permitido que un plebeyo cortejara a Margaret. Y no podía imaginarse a Adam Straton, estricto cumplidor de la ley, dejando a un lado las normas sociales y declarándose a la hija de un conde.

Bueno, aquél sí era un embrollo de mil demonios. El cielo sabía que él deseaba la felicidad de Margaret, pero ¿cómo iba a alentarla a iniciar una relación que no haría sino involucrar a Straton más estrechamente en su vida?

Los sollozos de Margaret fueron cediendo, hasta que por fin se apartó. Sus ojos, rodeados de largas y húmedas pestañas, lo miraron suplicantes.

—Te lo ruego, Eric, ya es demasiado tarde para mí, pero para ti no. Tú has encontrado alguien a quien amar, que te corresponde a su vez. No lo desperdicies. El amor es algo muy preciado, y raro. No permitas que la infelicidad y la amargura que dominaron la vida de nuestros padres destruyan tu oportunidad de tener un futuro feliz. —Respiró hondo y prosiguió—: A pesar de la tristeza que conocimos aquí por obra de nuestro padre, tú y yo nos las arreglaremos para labrarnos una existencia dichosa por nosotros mismos. Imagina lo maravilloso que podría ser Wesley Manor si estuviera lleno de amor y risas, y de niños nacidos de una relación basada en el cariño. Tú serías un padre increíble, Eric; bueno, paciente, cariñoso. No como él. Y yo estaría encantada y orgullosa de llamar hermana a la mujer que tú amases, y de ser la tía de tus hijos. —Se alzó de puntillas y le depositó un beso en la mejilla—. Me temo que debo retirarme ya, porque estoy completamente exhausta. Por favor, piensa en lo que te he dicho.

Salió de la habitación, y tan pronto se cerró la puerta Eric se pasó las manos por la cara y dejó escapar un prolongado suspiro.

«Tú has encontrado alguien a quien amar.»

Sí, eso parecía. Una mujer que lo estimulaba en todos los sentidos. Adoraba su apariencia, su contacto, su aroma y su sabor, adoraba su manera de reír y su inteligencia, su ingenio y su carácter afectuoso, adoraba su lealtad y...

La amaba.

Un gemido surgió de su garganta, y se derrumbó en un sillón con un golpe sordo. Apoyó los codos en las rodillas y hundió el rostro en sus manos temblorosas. Que Dios lo ayudase, estaba enamorado de Samantha.

¿Cómo había permitido que sucediera algo así? Siempre había protegido su corazón, pero la verdad era que ninguna mujer se había acercado a tocarlo. No resultaba difícil proteger una ciudadela que nunca ha sido acosada. Pero Samantha había logrado de algún modo llegar hasta su interior, escalar sus murallas y agarrarle el corazón en un puño.

Maldición, no debería haberle hecho el amor. En ese caso, quizás hubiera podido evitar esta catástrofe. Sin embargo, aunque aquella idea le entró en la mente, comprendió que no era verdad. No se había enamorado de ella a causa de lo sucedido la noche anterior, sino que lo sucedido la noche anterior se debía a que estaba enamorado de ella.

Aun así, ¿cómo podía haberse enamorado y no haberse dado cuenta hasta ahora? ¿Cuándo había ocurrido? Trató de establecer el momento exacto en que cayó en aquel abismo emocional, pero no pudo. Se había sentido fascinado por Samantha desde el principio, y había sido incapaz de olvidarla por más que se había empeñado.

«Ella siente lo mismo por ti.» La frase de Margaret reverberó por todo su ser. Se masajeó las sienes doloridas. Sabía que Samantha se preocupaba por él, pero, diablos, se preocupaba por todo el mundo. «Pero nunca ha hecho el amor con nadie más que tú.» ¿Era posible que estuviera enamorada de él?

Caviló aquel punto seriamente, pero al final decidió que no. Ella deseaba una aventura, nada más. Y era mejor que no estuviera enamorada; él no quería destrozarle el corazón, como iba a sucederle a él. Porque si ella lo amaba, y por su bien rogó que no fuera así, era imposible soñar con un futuro en común.

Entre sus planes no se encontraba el matrimonio, pues había visto que no causaba más que desgracia. No obstante, si tenía que creer a Margaret, si dos personas se amaban la una a la otra el matrimonio podía ser maravilloso. Por un instante imposible se permitió pensar en lo impensable: Samantha como esposa suya, compartiendo su vida y su lecho todas las noches, dándole hijos.

Le abrumó un doloroso sentimiento de pérdida como no había sentido jamás, y por segunda vez aquella noche le abofeteó la ironía de aquella situación.

Maldición, lo quería todo: amor, hijos. Quería casarse con ella.

Pero la vida que había elegido como Ladrón de Novias lo hacía imposible. Aunque no volviera a rescatar a ninguna otra mujer, todavía podrían ahorcarlo por los secuestros anteriores, y no podía convertir la vida de Samantha en un horror si tal cosa ocurría. Además, sus hijos no escaparían nunca de la vergüenza de haber tenido por padre a un criminal ajusticiado.

No, no podía casarse jamás. Cuanto más alejado se mantuviera de Samantha, mejor para ella. Pero Dios, ¿cómo iba a soportar vivir sin ella el resto de su vida?

Levantó la cabeza y miró el reloj de la repisa. Faltaban dos horas para reunirse con ella en la verja del jardín.

Dos horas para decirle que su relación había terminado.

Dos horas para que su corazón quedara destrozado.

Sammie aspiró el aire fresco de la noche, dejando que las fragancias florales del jardín sosegasen sus agitados nervios a medida que avanzaba por el sendero que conducía a la entrada de atrás. Quedaban diez minutos para encontrarse con Eric, pero había tenido que escapar de los asfixiantes confines de su dormitorio. Poco después de la cena había llegado la señora Nordfield para echar una partida de cartas y cotillear un poco. Como era raro que Sammie participase en aquellas reuniones, a nadie le resultó extraño que se retirase temprano.

Ciertamente, en los ojos de su madre había detectado que ardía en deseos de informar a la señora Nordfield sobre el invitado que habían tenido aquel día a tomar el té. Sammie sólo pudo rezar para que su madre hiciera caso de su ruego y no mencionase que el conde la estaba cortejando. Por descontado, imaginaba que no diría abiertamente que se trataba de un pretendiente, pero sí lo insinuaría con una oportuna elevación de cejas. Y, naturalmente, no desengañaría a la señora Nordfield de las ideas incorrectas que ésta pudiera hacerse.

El potencial de humillación era abrumador. Ya le parecía estar oyendo los chismorreos: «Oh, qué tremendo y ridículo es que la pobre y excéntrica Samantha Briggeham y su madre se hayan hecho ilusiones de que Wesley vaya a hacer la corte a una muchacha tan anodina.» Sin duda el rumor llegaría a oídos de Eric, y Sammie sintió una profunda mortificación al pensar en su inevitable respuesta: «¿Hacer la corte a la señorita Briggeham? Qué tontería. ¿Por qué iba yo a hacer algo así?» Oh, claro que procuraría disfrazar su rechazo con términos más amables, pero el resultado final sería el mismo.

Se sintió arder de vergüenza, y apretó el paso por el sendero de flores. Unos minutos después llegó a la verja, sin resuello. Se acomodó en un banco de piedra flanqueado por fragantes rosales y cerró los ojos. Al instante visualizó una serie de imágenes de la noche anterior, y escondió su rostro ruborizado entre las manos.

«Cielo santo, ¿qué he hecho?» Lo único que quería era compartir las maravillas de la pasión con el único hombre que se la había inspirado, un hombre al que respetaba y admiraba, un hombre que había sido su amigo. Pero también era un hombre, tal como había descubierto hoy, que sostenía unas opiniones básicas diametralmente opuestas a las suyas. Una razón más para poner fin a la relación.

De sus labios escapó un sonido que era medio sollozo y medio carcajada, al congratularse por lo afortunada que era de que nadie sospechase el verdadero alcance de dicha relación. Dios bendito, pero si Eric no había hecho más que tomar el té con su familia y ya su madre abrigaba la esperanza de casar a su hija amante de los libros con un conde. Si Eric fuera a visitarla de nuevo por algún motivo... en fin, no habría manera de detener a su madre. Tal como estaban las cosas, su desilusión iba a reverberar en todos los salones de Briggeham Manor, sin duda durante décadas.

¡Ojalá no se hubiera enamorado de él! Sí, tendría sus recuerdos, pero también se había condenado a sí misma al profundo dolor de un corazón destrozado. Bajó las manos y lanzó un suspiro tembloroso. Estaba claro que no podía arriesgarse a pasar otra noche con Eric; cuando llegara, tendría que decirle de inmediato que su relación había terminado... por el bien de los dos.

Le subió el corazón a la garganta y luchó por reprimir las lágrimas que le arrasaban los ojos. No habría una última noche de pasión en sus brazos, ninguna otra oportunidad de tocarlo de nuevo, de saborear sus besos, de demostrarle, con las palabras que no sabía decir, lo mucho que le amaba. No habría más tiempo para formar los recuerdos que la sustentarían durante toda la vida. No tenían futuro. Él era el hombre inadecuado para ella en todos los sentidos.

Su apasionada aventura había terminado... e iba a pagarlo con todo su corazón.

En la salita, Cordelia Briggeham observaba a Lydia, que parecía bastante incómoda, y ocultó expertamente su sonrisa satisfecha detrás de la taza de té. La noche había ido todavía mejor de lo que esperaba. No sólo Lydia estaba que trinaba por la visita de lord Wesley y el interés de éste por Samantha, sino que además Cordelia le había propinado una buena paliza jugando al *piquet*. Contempló a Lydia por entre sus pestañas y se apresuró a tomar otro sorbito de té para tragarse su regocijo. Ciertamente, Lydia parecía un gato que acaba de recibir un desagradable baño.

Como su triunfo no le permitía permanecer quieta, Cordelia se levantó y fue hasta las ventanas francesas. Penetraba una brisa fresca y con olor a flores procedente de los jardines. En ese momento advirtió un destello de color que la hizo volver la vista hacia un sendero lateral que se internaba en el jardín. La taza de té se le detuvo a medio camino de la boca y el ceño le arrugó la frente. ¿Qué demonios estaba haciendo Samantha allí a aquellas horas de la noche? ¿Por qué no estaba durmiendo, si se había retirado varias horas antes?

Diablos, la joven y su conducta excéntrica iban a acabar con ella. Sin duda pescaría un resfriado y estaría enferma la próxima vez que viniese a visitarla lord Wesley...

Mientras escrutaba la oscuridad que rodeaba a su hija, le dio un brinco el corazón. Había algo muy extraño —¿tal vez furtivo?— en aquel paseo nocturno. Cordelia entrecerró los ojos, pero se reprendió por aquellas funestas sospechas. Seguro que Sammie jamás... y a lord Wesley no se le ocurriría...

No; estaba descartado que se tratase de una cita amorosa. ¿O no? Por supuesto, si hubieran acordado encontrarse, desde luego sería maravilloso... eh... preocupante.

Regresó a toda prisa al diván y depositó la taza sobre la mesa de caoba.

—Lydia, hace una noche estupenda. Vamos a dar un paseo.

Lydia se la quedó mirando como si le hubiera salido un tercer ojo en la frente.

—¿Un paseo? ¡Pero si son casi las once!

—Hubert ha plantado un esqueje nuevo en mi jardín, algo que ha creado en su cámara. No recuerdo qué nombre tiene, pero se supone que florece sólo de noche. Ardo en deseos de ver si ha florecido.

—¿Una planta que florece por la noche? —repitió Lydia con un destello de curiosidad en los ojos.

—Sí. Si ha florecido, te daré algunos injertos. —Seguro que aquel aliciente convencía a Lydia; se moriría si Cordelia tuviera una flor que no tenía ella.

—Bueno, supongo que si llevamos una linterna para no torcernos un tobillo...

—No podemos llevar linternas. Ni hablar más alto que susurrando. Una luz o un ruido y ¡pff!... —chasqueó los dedos bajo las narices de Lydia— las flores se cerrarían instantáneamente. —Al ver que su amiga titubeaba, Cordelia soltó un suspiro exagerado—. Claro que si estás demasiado cansada... es comprensible en una mujer de tu avanzada edad.

Lydia se puso en pie como si tuviera un muelle gigantesco debajo de las posaderas.

—Sólo tengo dos años más que tú, Cordelia. Te aseguro que estoy muy en forma.

—Por supuesto que sí, querida. ¿Por qué no te sientas otra vez antes de que te hagas daño en tu delicada persona? —Extendió una mano solícita hacia Lydia, la cual se colocó ágilmente a su lado y le dirigió una mirada asesina.

—Desde luego que no pienso sentarme. Tu sugerencia de dar un paseo no ha hecho sino estimularme. Ahora que lo pienso mejor, opino que un paseo en silencio y a oscuras por los jardines en busca de unas plantas que florecen por la noche es una idea excelente.

—Bien, si insistes, Lydia...

—Por supuesto que sí.

Lydia levantó la barbilla y se encaminó hacia la puerta como una reina dirigiéndose a su trono. Cordelia la siguió de cerca, mordiéndose las mejillas por dentro para contener su sonrisa de triunfo.

Exactamente a las once en punto, Eric desmontó de *Emperador* y lo ató a un árbol cercano a la verja de los Briggeham. Cuando se aproximaba a la entrada divisó a Samantha sentada en un banco de piedra, y se detuvo. Parecía sumida en sus pensamientos. ¿Estaría pensando en la noche anterior? Contempló su perfil y dejó que acudieran a su mente los recuerdos de aquella apasionada velada; reprodujo en su mente cada caricia sensual, cada sabor exquisito, que le llenaron a un tiempo de anhelo y una intensa sensación de pérdida.

Reanudó la marcha en dirección a Samantha. Casi la había alcanzado cuando una ramita crujió bajo su bota, y ella se puso en pie nerviosamente y se volvió hacia él. La bañaba la luz de la luna, y el corazón de Eric sufrió un extraño vuelco al recorrerla lentamente con la mirada, reparando en su moño ligeramente desaliñado y en su sencillo vestido de muselina. Luego volvió la mirada a su rostro. Samantha lo miraba a través de sus gruesas gafas con ojos serios. Sacó la lengua para humedecerse los labios y Eric imitó el gesto de forma involuntaria, imaginando su sabor a miel.

Caminó hacia ella despacio y sólo se detuvo cuando los separaban escasos centímetros. El pulso le latía al doble de lo normal mientras la admiraba con ojos ávidos... la mujer que amaba, la mujer que no podía tener, la mujer que muy probablemente no volvería a ver nunca una vez que se separara de ella esa noche.

Que Dios lo ayudase, no deseaba otra cosa que llevársela consigo, repetir la pasión y el placer que habían compartido la noche anterior. La miró a los ojos y sintió que su fuerza de voluntad se le escapaba igual que los granos de arena a través de un cedazo. Tenía que decirle que su relación había terminado, ya, antes de que los deseos e impulsos de su corazón lo cegasen.

—Tengo algo que decirte —dijeron los dos al unísono.

Se miraron, sorprendidos, durante varios segundos. Después, aliviado por postergar unos momentos más lo inevitable, Eric inclinó la cabeza.

—Las damas primero.

—Está bien. —Samantha respiró hondo y lo miró con ojos llenos de sentimiento—. Llevo horas tratando de buscar la manera adecuada de decirlo, pero no estoy segura de que exista, así que simplemente tendré que decirlo sin más. Deseo poner fin a nuestra... relación.

Eric tuvo la sensación de que el aire abandonaba sus pulmones. ¿Ella deseaba poner fin a la relación? Él había sufrido tanto, preocupado por la posibilidad de herirla, ¡y resultaba que ella ya no lo deseaba! Se le atascó en la garganta una exclamación de incredulidad; si hubiera podido, se habría echado a reír de su propia vanidad.

Ciertamente, debería sentirse aliviado por aquel inesperado giro de los acontecimientos que lo eximía de la responsabilidad de tomar la iniciativa. Lo único que tenía que hacer era asentir y marcharse. Se quedó inmóvil, aguardando a sentir la felicidad que debería estar sintiendo, pero era obvio que aquélla no era precisamente la palabra adecuada para definir las emociones que lo embargaban. Más bien se parecían a un intenso dolor, maldita sea.

—¿Puedo preguntar por qué? —inquirió con rigidez.

Ella entrelazó las manos y se dio la vuelta hacia un seto alto y perfectamente recortado, dejando que Eric contemplara su espalda. Su nuca. La delicada curva de su cuello, que él sabía que tenía sabor a miel y tacto de seda.

—Por muchas razones. Temo que si prolongamos nuestra relación, nos arriesgamos a que nos descubran, y en cualquier caso no era más que algo temporal... —Hizo una pausa y cuadró los hombros—. Tu visita de hoy ha conseguido que mi madre conciba la falsa esperanza de que me estás cortejando. He hecho todo lo posible para convencerla de que se equivoca, pero es muy persistente en estos asuntos. Además, últimamente he descuidado mi trabajo en la cámara. Deseo dedicar mis energías a avanzar en mis experimentos, y quizás incluso a planear un viaje al continente. Así pues, creo que lo más prudente, y lo más lógico, es que no nos veamos más. En ningún sentido.

Una furia irrazonable e injustificada atenazó a Eric igual que un grillete.

—Mírame —articuló con los dientes apretados.

Ella se volvió lentamente hacia él. Sus ojos parecían enormes, pero por lo demás parecía perfectamente serena, hecho que lo molestó todavía más.

—¿De modo que quieres poner funto final a nuestra amistad, y también a nuestra relación? —le preguntó.

A Samantha el corazón le dio un vuelco.

—Es lo mejor.

Se abatió un silencio sobre ambos. Samantha tenía toda la razón, por supuesto. A Eric la cabeza le decía que le deseara buena suerte y se fuera, pero su voz y su cuerpo se negaron a colaborar.

Tras lo que le pareció una eternidad, en realidad menos de un minuto, ella preguntó:

—Y tú, ¿qué querías decirme?

«Que te amo. Que quiero que seas mi mujer, mi amor, la madre de mis hijos. Quiero ver el mundo contigo y compartir todas esas aventuras con las que sueñas: explorar las ruinas de Pompeya, pasear por el Coliseo, visitar los Uffizi, contemplar las obras de Bernini y Miguel Ángel, nadar en las cálidas aguas del Adriático... Quiero decirte que no deseo que transcurra un solo día de mi vida sin ver tu sonrisa, oír tu risa ni tocar tu cuerpo, y que muero por dentro al saber que jamás tendré esas cosas contigo.»

Intentó que sus facciones compusieran una expresión tímida, nada seguro de conseguirlo.

—Lo curioso es que yo tenía la intención de sugerirte lo mismo... por las mismas razones que has expuesto tú.

—En... tiendo. —Samantha miró al suelo unos segundos, luego alzó el rostro y le obsequió una débil sonrisa—. Bien, entonces, según parece estamos de acuerdo. Te deseo una vida larga y próspera. Para mí ha sido un... un gran placer conocerte.

Se movió como para decirle adiós y marcharse tranquilamente.

Antes de que su sano juicio pudiera evitarlo, Eric alargó una mano de pronto y la agarró del brazo.

Sintió un agudo dolor que lo abrasaba por dentro, arañándole las entrañas. ¿Cómo podía marcharse sin más?

Samantha miró la mano que la sujetaba y clavó sus ojos en los de él.

—¿Hay algo más, milord?

Eric notó que algo saltaba en su interior al oír aquel tono inexpresivo y el uso formal de su título. Maldición, quería oírla pronunciar su nombre, tal como lo había susurrado la noche anterior, cargado de deseo, cuando él estaba en lo más profundo de su cuerpo, antes de que el mundo y sus leyes y sus responsabilidades conspirasen para robarle aquella mujer.

—Sí, Samantha, hay algo más.

Y entonces la atrajo hacia sí y le dio un beso abrasador, desesperado e indignado.

Ella permaneció inmóvil y sin reaccionar durante varios segundos, pero entonces gimió, se alzó de puntillas y le devolvió el beso. Toda cordura le abandonó cuando él la estrechó entre sus brazos, perdido en la sensación de sus blandas curvas pegadas a su cuerpo. Eric exploró su boca con una posesividad primitiva y una falta de delicadeza que en otras circunstancias lo habrían horrorizado. Su lengua acarició la de ella con rítmica ansia, a la par del mantra que se repetía en su cabeza: «mía, mía, mía».

No tuvo noción del tiempo transcurrido hasta que el beso dejó de ser una confrontación salvaje de labios, lenguas y alientos y se transformó en un encuentro pausado, lánguido y profundo que hizo fluir un deseo turbio y candente por sus venas. Deslizó una mano hasta su nuca para hundirla en su cabello y soltar las horquillas, que cayeron al suelo en silencio. Los bucles suaves y fragantes se derramaron sobre sus dedos mientras su otra mano descendía para acariciar la femenina curva de sus nalgas. La garganta de Samantha emitió un gemido de placer. Se movió contra él, y su erección respondió con una sacudida.

—Samantha —susurró contra sus labios—. Yo...

En ese momento se oyó una sonora exclamación que interrumpió lo que estaba diciendo. Ambos se volvieron en dirección al sonido.

A menos de tres metros de ellos estaban Cordelia Briggeham y Lydia Nordfield, ambas con la boca abierta y los ojos como platos.

Samantha aspiró profundamente y se zafó con brusquedad de los brazos de Eric como si le quemasen. Pero el daño ya estaba hecho.

Entonces, los labios de la señora Briggeham formaron una *o* perfecta por la cual salieron gorjeos entrecortados. Se llevó el dorso de la mano a la frente con gesto melodramático, dio unos pasos tambaleantes hasta el banco de piedra y a continuación se desplomó gorjeando en un elegante desmayo.

19

Sammie contempló con horror a su madre hábilmente desvanecida. La humillación y la vergüenza se abatieron sobre ella como piedras caídas del cielo y la aplastaron hasta dejarla casi sin respiración. Sintió el impulso de negar a gritos, de afirmar que había un malentendido, pero no había manera de refutar la evidencia. Aunque Eric y ella no hubieran sido sorprendidos en un abrazo apasionado, ninguno de los dos podía disimular su cabello y sus ropas desaliñados.

—Charles, mis sales —pidió Cordelia, agitando débilmente la mano.

Eric se acercó a ella.

—Me temo que su esposo no está aquí para oírla, señora, y a mí se me han acabado las sales —le dijo con sequedad—. ¿Puedo ayudarla? ¿O quizá deberíamos llamar a un médico?

Cordelia parpadeó y se incorporó a medias.

—¿Un médico? Oh, no, eso no es necesario. Me recuperaré en un momento. Ha sido un instante de debilidad por la buena noticia.

La señora Nordfield avanzó un paso y lanzó un resoplido de burla.

—¿Buena noticia? Por Dios, Cordelia, es que acaso te has vuelto loca. —Dedicó a Eric y Sammie una mirada fulminante de la cabeza a los pies—. Esto es escandaloso. Horroroso. Insultante. Completamente inadmisible.

Cordelia se puso de pie con una agilidad asombrosa para una persona que acababa de desmayarse.

—Es una buena noticia —repitió con firmeza. Acto seguido se volvió hacia Eric y le obsequió una sonrisa tan angelical, que a Sammie casi le pareció ver un halo alrededor de su cabeza—. No tenía idea de que había decidido declararse tan pronto, milord. —Extrajo del bolsillo de su vestido un pañuelito de encaje y se lo pasó por los ojos—. Me siento muy feliz por los dos.

Siguió un minuto entero del silencio más ensordecedor que Sammie había oído jamás. Se vio invadida por una profunda mortificación y rezó para que se la tragara la tierra. Cerró los ojos con fuerza, con la esperanza de que al abrirlos aquella escena no fuera más que una horrible pesadilla. Suplicó que le cayera encima un rayo.

Una sonrisa irónica curvó los labios de la señora Nordfield.

—Se ve a las claras que has interpretado mal la situación, Cordelia.

—Por supuesto que no —replicó la aludida con un gesto airoso del pañuelo—. El conde es un hombre honorable, y no se le habría ocurrido besar a Samantha de una forma tan... vigorosa a no ser que antes se le hubiera declarado. —Sacudió el dedo índice en dirección a Eric, a modo de fingida regañina—. Desde luego ha sido una travesura por su parte no haber pedido antes la mano de Samantha a su padre, milord, pero naturalmente cuenta con nuestras bendiciones.

—No creo en absoluto que haya habido ninguna declaración —insistió la señora Nordfield al tiempo que les dirigía una mirada colectiva de desdén—. No, es obvio que en nuestro afán de encontrar plantas que florecen de noche, sin darnos cuenta hemos topado con una cita amorosa ilícita. ¿Por qué iba el conde a declararse a estas horas de la noche? Los caballeros se declaran durante el día, convenientemente acompañados y en un lugar apropiado, como el salón. —Sus ojos adoptaron una expresión taimada—. Pero no temas, Cordelia, que salga de mí una sola palabra acerca de este escándalo.

Cordelia alzó la barbilla en un gesto de lo más regio.

—No es en absoluto un escándalo. Es una declaración. Y, por supuesto, eso será lo que contarás a todo el mundo. —Posó su mirada imperiosa en Eric—. ¿Y bien, lord Wesley? ¿Qué tiene usted que decir?

Sammie lo miró con el rabillo del ojo. Eric permanecía erguido, al parecer tranquilo, pero un músculo le vibraba en la mejilla y estaba pálido.

—La señorita Briggeham y yo vamos a casarnos —articuló con un tono que sonó a cristales rotos.

Samantha sintió una oleada de náuseas y su cerebro profirió un largo y agónico ¡NO! En sus sueños más profundos y más secretos había ansiado una propuesta así, pero no de aquella manera, por Dios, atrapada contra su voluntad. Recordó las palabras de Eric, que la quemaron como el ácido: «No me encuentro en situación de ofrecerte matrimonio. No tengo intención de casarme nunca... Jamás quisiera verme obligado a casarme.»

La sonrisa de Cordelia podría haber alumbrado el reino entero.

—Mi esposo y yo esperamos tener mañana noticias suyas respecto de los planes de la boda. —Dirigió una mirada de soslayo a la señora Nordfield—. Lydia, tú puedes ser la primera en dar la enhorabuena y desear lo mejor a su señoría y a mi hija.

El semblante desencajado de la señora Nordfield indicaba que antes preferiría tumbarse sobre un lecho de carbones encendidos. La mandíbula se le abrió y cerró varias veces, hasta que por fin dijo:

—Mi enhorabuena a los dos. —Luego masculló algo para sus adentros que sonó a «por todos los diablos, maldita sea».

Todavía sonriendo, Cordelia se volvió hacia Sammie y la agarró firmemente del brazo.

—Vámonos, Samantha.

Demasiado aturdida para discutir, Sammie permitió que su madre tirara de ella por el sendero que conducía a la casa, con la señora Nordfield a la zaga.

Eric llegó a sus establos con necesidad de dos cosas: un milagro y una botella de coñac. Por experiencia sabía que los milagros eran imposibles; por suerte, de coñac disponía en abundancia.

Cuando desmontaba, Arthur salió por la doble puerta de los establos.

—Tenemos que hablar —dijo Eric entregándole las riendas de *Emperador*—. Reúnete conmigo en mi estudio dentro de treinta minutos.

Cuando llegó Arthur, Eric iba ya por el segundo coñac. Después de que el criado se acomodase en su sillón favorito con un vaso de whisky, el amo le relató sucintamente la conversación de aquella tarde con Adam Straton. Al terminar, Arthur meneó la cabeza.

—Me parece a mí que se han terminado para siempre los rescates —dijo—. Ya sabíamos que algún día tendría que dejarlo, y ahora se ha vuelto demasiado peligroso continuar. Aunque el establo de *Campeón* se halle oculto detrás de esas puertas falsas, un tipo agudo de verdad como Straton, que esté buscando, podría dar con él.

Arthur se levantó y cubrió los pocos pasos que lo separaban de Eric, que estaba apoyado contra el borde de su escritorio. Le puso en el hombro una mano curtida por el trabajo y añadió:

—Lady Margaret ya no está casada. Ha salvado a muchas mujeres y debe sentirse orgulloso de sí mismo, como lo estoy yo. Ya ha pagado su deuda. Es hora de desprenderse de ese sentimiento de culpa y dejarlo. Ahora mismo. —Apretó con más fuerza—. No tengo ningún deseo de verlo ahorcado.

Eric dejó escapar una risa sin humor.

—Yo tampoco quiero verme a mí mismo ahorcado.

—Entonces está decidido. —Arthur alzó su vaso a modo de brindis—. Por su retiro. Que sea próspero y duradero.

Eric no levantó su copa.

—Tengo otra noticia más, aunque entre tus contactos en la familia Briggeham y la velocidad con que se desplazan los chismorreos, es posible que ya estés enterado. Samantha Briggeham va a casarse.

Arthur arrugó la frente con desconcierto.

—¿Cómo es eso? ¿La señorita Sammie va a casarse? Bah, debe de ser otra equivocación. Me habría llegado el rumor.

—Créeme, no es ninguna equivocación.

Arthur se agitó indignado.

—¿Y quién es el pelmazo que le ha propuesto ahora su padre?

Esta vez Eric sí alzó la copa.

—Ese pelmazo voy a ser yo.

Si la situación no fuera tan apurada, Eric se habría reído de la expresión de aturdimiento y estupefacción de Arthur.

—¡Usted! Pero... pero... ¿cómo? ¿Por qué?

—Esta misma noche, su madre y Lydia Nordfield nos han descubierto en una postura comprometedora.

Si los ojos de Arthur se hubieran abierto más, sin duda se le habrían salido de las órbitas.

—¿Usted se ha comprometido con la señorita Sammie?

Eric se terminó el coñac de golpe.

—Del todo.

Arthur retrocedió hasta que sus corvas chocaron contra el sillón. A continuación se le doblaron las piernas y se desplomó con un ruido sordo, mirando fijamente a Eric con un asombro que al punto se transformó en furia.

—El diablo me lleve, ya habíamos hablado de esto mismo —gruñó—. ¿En qué demonios estaba pensando? ¿Por qué no ha buscado una de sus viuditas o sus actrices?

—Estoy enamorado de ella.

Si imaginaba que aquella declaración, pronunciada en tono calmo, iba a valerle la comprensión de Arthur, se equivocaba.

—En ese caso, debería haberse comportado de manera honorable y haberse casado primero.

Eric dejó la copa vacía sobre el escritorio con brusquedad.

—¿Y condenarla a una vida de peligros con un marido que en cualquier momento podría verse arrastrado a la horca? ¿A una vida en la que podrían considerarla sospechosa de conspiración simplemente por su relación conmigo?

—Entonces no debería haberle puesto las manos encima. Pero ya que lo ha hecho, ahora ha de hacer lo correcto y casarse con ella.

Eric clavó los ojos en el indignado Arthur y se pasó las manos por la cara con gesto de cansancio.

—Eso es lo que quiero. Más que ninguna otra cosa.

Si mi situación fuera distinta, con gusto me casaría con ella y pasaría las próximas décadas fabricando herederos. —Soltó una risa carente de humor—. Aunque eso ni siquiera importaría, dado que la dama no desea casarse conmigo.

—Diablos. ¿Y por qué no va a querer? Cualquier mujer vendería hasta los dientes con tal de casarse con usted.

—Creo que ambos estamos de acuerdo en que Samantha no encaja precisamente en la categoría de «cualquier mujer». Justo antes de que nos descubriera su madre, dejó bien claro que no deseaba verme más. En ningún sentido. Quiere dedicarse a sus estudios científicos y a viajar al extranjero.

—Ya no importa lo que quiera esa muchacha. Tiene que casarse con usted, o será su perdición.

—Maldita sea, sí que importa lo que quiera ella. Más que nada. No debe ser obligada a contraer un matrimonio que no desea, al igual que cualquier otra mujer... —Dejó la frase sin terminar y se quedó absorto.

Arthur entrecerró los ojos.

—Estoy viendo esa expresión característica que me produce escalofríos. ¿En qué está pensando?

—En que va a haber otro rescate antes de que me retire —respondió Eric muy despacio, con la mente hecha un torbellino.

Arthur se rascó la cabeza con expresión de no entender nada.

—¿Otro rescate? Maldición, es demasiado peligroso, teniendo a Straton y a esa condenada brigada husmeando por ahí. ¿Para qué arriesgarse?

—Porque Samantha Briggeham bien vale ese riesgo.

Arthur lo comprendió de repente, y sus cejas desaparecieron bajo la línea de su cabello.

—¿Está loco? Limítese a casarse con ella.

Eric se apartó del escritorio y comenzó a pasearse frente a Arthur.

—Piénsalo. Lo fácil, lo egoísta, sería simplemente casarse con ella, forzarla a una unión que no desea. Amarla y gozarla hasta que mi pasado me pase factura y después ir a la horca y abandonarla, a ella y quizás a algunos hijos, al desprecio de la sociedad. No puedo correr ese riesgo.

Se paró un momento delante de las ventanas y contempló la oscuridad. Apoyó la frente contra el frío cristal y cerró los ojos tratando de no pensar en los días tristes y sombríos que le aguardaban lejos de ella.

—La amo lo suficiente para dejarla marchar. El Ladrón de Novias la rescatará. —El dolor lo perforó como un millar de agujas de acero, y su voz descendió hasta convertirse en un ronco susurro—: La liberará de un matrimonio que no desea y le proporcionará la aventura que ella busca.

Se apartó de la ventana y se encaró con Arthur, clavando la mirada en los ojos preocupados de su viejo amigo.

—Y yo soy, o más bien el Ladrón de Novias, el único hombre que puede liberarla. Me niego a obligarla, y no puedo soportar la idea de verla en peligro. Si Straton llegara a descubrir que ella me ayudó en el transcurso de mi último rescate, la acusaría de complicidad.

—Como esposo suyo, usted podría protegerla.

—Como esposo suyo, podría destrozarla.

Arthur lanzó un profundo suspiro.

—Una maldita ironía, eso es todo esto.

A Eric se le hizo un nudo en la garganta. Incapaz de hablar, se limitó a asentir con un gesto. Sabía lo que tenía que hacer. Por ella. Lo dispondría todo para que viajase por Italia entera, todo el maldito continente, si así lo deseaba. Que estableciera un laboratorio donde más le gustase. Que viviera las aventuras que siempre había ansiado vivir. Y él se encargaría de que nunca le faltase de nada.

Lo único que tenía que hacer era proporcionarle el pasaje y el dinero, una tarea sencilla. Pero por el cielo que no tenía ni idea de dónde iba a sacar las fuerzas necesarias para dejarla marchar.

A las diez de la mañana siguiente, Sammie bajaba las escaleras profundamente agotada pero llena de decisión. Tras haber pasado la noche sin dormir, puntuada con varios ataques inútiles de llanto, había decidido por fin lo que iba a hacer. Aunque no sentía el menor apetito, se dirigió hacia el comedor pues sabía que iba a necesitar todas sus fuerzas para la batalla que estallaría cuando hablara con sus padres.

Hubert la saludó al entrar en el comedor.

—Buenos días, Sammie. Oye, ¿te encuentras bien? Estás muy pálida.

Ella forzó una sonrisa.

—Estoy bien. ¿Has visto a mamá y papá?

—Sí, están en la salita con lord Wesley.

El estómago le dio un vuelco.

—¿Está aquí lord Wesley? ¿Tan temprano?

—Llegó hace más de una hora. Lo vi desde la ventana de mi dormitorio. Y debo decir que parecía bastante serio.

¡Más de una hora! Cielo santo, aquello era un desastre. Salió disparada y echó a correr por el pasillo. Pero al ver que se abría la puerta de la salita, se detuvo en seco. Entonces salió su padre, con expresión satisfecha, seguido de cerca por su madre, que parecía un gato al que acabaran de regalar un cuenco de nata y una raspa de pescado.

A continuación salió Eric. Su mirada chocó con la de Sammie, y ésta sintió que el corazón se le hacía pedazos. Estaba tan guapo, tan atrapado, y tan claramente infeliz.

—Samantha, cariño —canturreó su madre al tiempo que enlazaba su brazo en el de ella—. Qué maravilla que estés despierta. Tenemos un montón de preparativos que hacer, y muy poco tiempo. No sé cómo me las voy a arreglar para organizar una boda en menos de una semana, pero...

—Precisamente quería hablar de ese tema contigo y con papá —replicó Sammie—. Pero antes quisiera hablar un momento con lord Wesley.

Cordelia chasqueó la lengua.

—Bueno, supongo que podemos dedicar unos instantes a...

—En privado, mamá.

Cordelia parpadeó varias veces y acto seguido inclinó la cabeza en un gesto de lo más elegante.

—Bien, supongo que no resultará demasiado inapropiado que pases unos momentos a solas con tu *fiancé*. —Se volvió hacia su esposo y dijo—: Vamos, Charles. Tomaremos una taza de té mientras el conde y su futura condesa celebran su primera conversación como una pareja comprometida.

Y se alejó pasillo abajo deslizándose como si flotara, con su sumiso marido a la zaga.

Sammie se apresuró a entrar en la salita y se situó en el centro de la misma. Fijó la vista al otro lado de la ventana, con las manos fuertemente entrelazadas a la altura de la cintura, aguardando hasta que oyó entrar a Eric y cerrar la puerta. Entonces respiró hondo varias veces y se volvió para mirarlo de frente, pero se sorprendió al descubrir que se encontraba apenas a un metro de ella.

La mirada de Eric se clavó en la suya, y sintió una profunda aflicción al darse cuenta de su expresión de cansancio. La luz del sol que entraba por la ventana lo bañaba con un resplandor dorado que destacaba las huellas de fatiga que enmarcaban sus ojos y su boca. Eric se acercó aún más, saliendo del haz de luz. Le pasó suavemente un dedo por la mejilla, un gesto de ternura que casi logró que se le saltaran las lágrimas.

—¿Estás bien? —preguntó.

—En realidad, no. Siento no haber estado levantada cuando llegaste, pero es que no te esperaba hasta esta tarde.

—No hallé motivo alguno para retrasar la reunión con tu padre. Esta misma mañana he dispuesto lo necesario para obtener una licencia especial.

—Precisamente de esas gestiones es de lo que quiero hablarte —repuso Sammie, orgullosa de que su voz sonara tan firme—. Deseo que lo canceles todo.

Una sonrisa de cansancio tocó la comisura de los labios de Eric.

—Me temo que eso es imposible, porque vamos a necesitar la licencia especial para casarnos tan precipitadamente.

Santo Dios, ¿tendría idea de lo exhausto y resignado que se le veía?

—Lo siento —susurró ella—. Lo siento muchísimo...

Él le rozó los labios con dos dedos para acallar sus palabras.

—No tienes nada de que excusarte, Samantha.

—Pero tú estás muy molesto, y con toda la razón.

—No por culpa tuya. —La tomó por los hombros y la miró a los ojos—. En absoluto.

—Bueno, pues deberías. La culpable de toda esta catástrofe soy yo.

—Al contrario, la culpa es completamente mía. No debería haberte robado tu inocencia.

—Tú no has tomado nada que yo no haya entregado libremente, que no estuviera dispuesta a darte. Y ésa es la razón por la que no puedo aceptar tu proposición.

Una arruga se formó entre las cejas de Eric.

—¿Cómo dices?

Sammie cuadró los hombros y levantó la barbilla.

—Te estoy liberando de tu obligación de casarte conmigo.

Eric le soltó los hombros lentamente. Sus ojos aparecían privados de toda expresión.

—Entiendo. Ni siquiera enfrentándote al escándalo social quieres casarte conmigo, ¿verdad?

Sammie sintió que el corazón se le quedaba insensible al oír aquella declaración pronunciada con rotundidad. Le quemaban la garganta palabras que pugnaban por salir, para decirle que lo amaba y que deseaba ser su mujer más que nada en el mundo, pero se obligó a no hacerlo.

—Ya dejaste bien claro cuál era tu opinión respecto del matrimonio antes de que comenzara nuestra relación.

—Tú también.

—Y mi opinión no ha variado. Ninguno de los dos desea casarse, sobre todo en estas circunstancias.

—Sea como fuere, me temo que nuestros actos no nos dejan alternativa.

—Por eso te eximo de tu obligación. No quiero forzarte a nada.

—Tus padres y yo ya hemos acordado las condiciones.

—Entonces no tienes más que desacordarlas.

—¿Desacordarlas? —En su garganta surgió un gruñido de incredulidad—. ¿Has pensado que tu reputación resultará arruinada de manera irreparable?

—Pienso hacer un largo viaje al continente... el viaje que siempre he deseado. Para cuando regrese, los chismorreos ya habrán desaparecido.

—Los chismorreos no desaparecerán nunca. El escándalo te perseguirá toda tu vida y alcanzará a todos los miembros de tu familia. Es evidente que no has pensado en eso. Ni tampoco en la mancha que caerá sobre mi honor si no me caso contigo.

—No será una mancha para tu honor si soy yo la que se niega.

Eric avanzó un paso, y Sammie se obligó a no retroceder.

—¿Y cuánta gente —preguntó con suavidad, en total contraste con las ardientes emociones que brillaban en sus ojos— se creería que has rechazado la oportunidad de convertirte en mi condesa? —Antes de que ella pudiera contestar, añadió—: Yo te lo diré: nadie. Por mucho que tú afirmaras lo contrario, todo el mundo pensaría que yo te deshonré y después me negué a casarme contigo.

Sammie tragó saliva.

—No... no lo había pensado de ese modo, pero por supuesto que tienes razón. Nadie creería que una mujer como yo rechazase a un hombre como tú.

Eric miró la expresión afligida de sus ojos tras las gafas, y sintió que se inflamaba su cólera. «Maldita sea, un hombre como yo daría hasta el último de sus bienes por una mujer como tú. Incluido su corazón.» Sabía lo que Samantha estaba intentando hacer por él, y la amaba más por eso, pero la solución que proponía era imposible.

—Samantha, no tenemos más remedio que casarnos. —Le cogió las manos y las apretó suavemente—. Ya se está extendiendo el rumor de nuestra conducta escandalosa y de nuestros próximos esponsales.

—No puede ser.

—Esta mañana me ha felicitado mi mayordomo por mi futura boda —replicó Eric con acritud.

Sammie hundió los hombros y miró el suelo.

—Oh, cielos. Cuánto lo siento. En ningún momento fue mi intención que te sucediera algo así. Ni a mí. A ninguno de los dos.

Eric le alzó la barbilla hasta que ella lo miró a la cara. La derrota y la tristeza que advirtió en sus ojos casi hicieron que se le doblaran las rodillas. Le retiró de la mejilla un mechón de cabello castaño y después le tomó el rostro entre las manos.

—Samantha. Todo va a salir bien, te doy mi palabra. ¿Confías en mí?

Ella lo contempló con mirada solemne. En sus ojos brillaban las lágrimas.

—Sí, confiaré en ti.

—¿Y aceptarás ser mi esposa?

La fugaz expresión reacia que pasó por los ojos de Sammie hirió su ego, y lo abrumó un deseo inexplicable y urgente de reírse de su propia vanidad. Maldita sea, era cierto que jamás había pensado en casarse, pero tampoco había tenido en cuenta la posibilidad de que le resultase tan difícil conseguir que una mujer accediera a ser su condesa.

Por fin, Sammie asintió bruscamente con la cabeza.

—Me casaré contigo.

Eric exhaló el aire que no sabía que estaba conteniendo, la rodeó con los brazos y la besó con dulzura en el pelo.

—Te prometo —susurró contra su cabello suave y con aroma a miel— que todos tus sueños se harán realidad.

Eric casi había llegado a los establos de los Briggeham para recoger a *Emperador* y regresar a su casa cuando lo hizo detenerse un Hubert sin resuello.

—Lord Wesley, ¿puedo hablar con usted, por favor?

Eric esperó a que el chico terminara de atravesar el prado a la carrera.

—¿Qué sucede, Hubert? —le preguntó cuando el muchacho llegó jadeante.

—Acaba de decirme mi madre que Samantha y usted van a casarse. ¿Es cierto?

—Tu hermana ha accedido a ser mi esposa, efectivamente —respondió Eric con cuidado, pues no quería mentirle.

El delgado rostro de Hubert se arrugó con un ceño fruncido.

—¿Lo sabe ella?

Eric no fingió no haber comprendido.

—No.

—Debe decírselo, milord. Antes de la boda. Es justo que sepa la verdad.

Tras estudiar detenidamente el semblante acalorado del chico, Eric le planteó:

—¿Y qué pasa si, una vez que lo sepa, se niega a ser mi esposa?

Hubert reflexionó con seriedad.

—No creo que ocurra eso. Al principio se sentirá

molesta, pero después de pensarlo un poco comprenderá por qué no se lo ha dicho usted antes y agradecerá que haya confiado en ella lo suficiente como para revelarle su secreto antes de contraer matrimonio.

Eric sintió un escalofrío al imaginarse una Sammie de cuerpo entero aceptando su identidad como Ladrón de Novias. Dios santo, ella quería ayudarlo, compartir todas sus aventuras, seguro que desearía tener también una máscara y una capa.

Hubert se ajustó las gafas.

—Me haría feliz hablar bien de usted si surgiera la necesidad, milord. —Rascó la bota contra la hierba y añadió—: Usted sería un marido admirable para Sammie y, bueno, para mí sería un honor tenerlo como cuñado. Pero debe usted decírselo.

Eric sintió una oleada de afecto hacia aquel muchacho tan leal, y se le hizo un nudo en la garganta. Le dio una palmada en el hombro.

—No te preocupes, Hubert. Te prometo que me encargaré de todo.

20

Del *London Times*:

Se está intensificando la búsqueda del Ladrón
de Novias, ya que la recompensa por su captura
ha ascendido a once mil libras. La Brigada contra el
Ladrón de Novias cuenta casi con seiscientos miembros, y según los informes vuelan las apuestas acerca
de la probabilidad de que este bandido sea apresado
antes de que finalice la semana en curso, incluso antes si intentase llevar a cabo otro rescate.

Dos días después, Sammie estaba de pie, inmóvil
como una estatua, en su dormitorio iluminado por el sol
mientras la costurera ponía y quitaba alfileres realizando
los últimos ajustes a su vestido de novia. Llegaba hasta
ella el rumor de voces femeninas, que correspondían a su
madre y sus hermanas, sentadas a lo largo del borde de
su cama como si fueran un cuarteto de palomitas de colores pastel.

Hablaban de los planes para la boda, señalaban
puntos donde el borde del vestido parecía desigual —lo
cual les costaba miradas reprobatorias de la costurera—
y sonreían a Sammie con un orgullo que indicaba que
había hecho algo maravilloso, cuando en realidad había
cazado a un conde y lo había obligado a casarse.

Sammie hacía oídos sordos a la animada charla, una artimaña que había perfeccionado tiempo atrás, y reprimió un suspiro. Volvió la vista hacia el espejo de cuerpo entero y se le hizo un nudo en la garganta. El vestido era precioso, una sencilla creación en seda de color crema con mangas cortas y abullonadas. Llevaba una delicada cinta de satén marfil atada bajo el busto que descendía por la falda sin adornos. Su madre había querido un vestido mucho más espectacular, repleto de encajes y volantes, pero Sammie se negó de plano.

Se preguntó si a Eric le gustaría el vestido, y de inmediato se le sonrojaron las mejillas. Dentro de dos días iba a ser su esposa. Sintió una profunda tristeza al pensar en lo diferente y dichosa que sería aquella ocasión si él la amara y de verdad quisiera casarse con ella, en lugar de verse obligado a ello.

Pero en los dos últimos días, desde la última conversación mantenida en la salita, había comprendido que, aunque la situación no fuera una bendición del cielo, tampoco era un infierno total. Ella lo amaba. Eran amigos y compartían intereses comunes. Eric era amable y generoso, paciente e inteligente. Seguro que muchos matrimonios se basaban en mucho menos. Y el modo en que la besaba y la acariciaba...

Dejó escapar un suspiro de ensueño. Cielos, compartir su cama no iba a suponer ninguna prueba. Él no la amaba, pero ella haría todo lo posible para ser una buena esposa.

Por supuesto, ser una buena esposa conllevaba convertirse en condesa, y se le hizo un nudo en el estómago ante semejante perspectiva. Tratar de encajar en su esfera social sería como intentar meter una llave redonda en una cerradura cuadrada.

Se encogió al pensar en todas las meteduras de pata

que le aguardaban, y elevó una plegaria para no avergonzar demasiado al conde. Con suerte, su madre y sus hermanas podrían instruirla un poco para evitar el desastre total. Eric se merecía ser feliz y tener una esposa de la que sentirse orgulloso, pero ella cuestionaba seriamente su capacidad para encarnar dicha mujer. Con todo, lo intentaría. Por él. Y tal vez, con el tiempo y un milagro, la amistad que él sentía por ella florecería en algo más profundo.

Estrechó aquella esperanza contra su corazón y volvió la vista hacia el escritorio. El pulso le dio un brinco al acordarse de la nota que había ocultado en el cajón superior. La misiva había llegado aquella misma mañana y contenía una única frase escrita con una letra elegante pero obviamente masculina: «Por favor, ven al lago esta noche, a las doce.»

Se le aceleró el pulso al pensar en ver a Eric, y posó la mirada en el reloj de la repisa de la chimenea; sólo había que esperar diez horas. Pero al mirar su cama y toparse con cuatro sonrisas radiantes y orgullosas, supo que iban a ser diez horas muy largas.

A primera hora de aquella tarde, lady Darvin fue a ver a Sammie. Mientras tomaban asiento en la salita, Sammie rogó que no se notara su nerviosismo. Aunque la hermana de Eric parecía una persona de lo más agradable, se preguntó acerca del propósito de su visita. ¿Sabría lady Darvin la verdad acerca de la proposición de Eric? ¿La acusaría de haberlo atrapado para obligarlo a casarse?

Una vez que estuvieron sentadas en el diván, lady Darvin le estrechó la mano.

—Ya sé que está usted muy ocupada con los preparativos de la boda, de modo que no voy a entretenerla mucho. He venido tan sólo a ofrecerle mis mejores deseos. Me doy cuenta de que apenas nos conocemos, pero espero que eso cambie. Yo siempre he deseado tener una hermana.

Sammie sintió un profundo alivio y respondió con una sonrisa.

—Gracias, lady Darvin.

—Por favor, llámeme Margaret. ¿Me permite que la llame Samantha?

—Por supuesto. Para mí es un honor que vayamos a ser hermanas.

—Gracias. Aunque yo ignoro cómo es ser hermana de una hermana, me temo. Pero como tú ya tienes tres, podrás enseñarme todo lo que necesite saber.

—Haré lo que esté en mi mano. —Y, decidida a disipar todas las preocupaciones que pudiera abrigar Margaret, añadió—: Quiero que sepas que también voy a hacer todo lo que esté en mi mano para ser una buena esposa para Eric y para que se sienta feliz y orgulloso de mí.

Una dulce sonrisa curvó los labios de Margaret.

—Ya has conseguido hacerlo feliz, y sé que se siente orgulloso de ti. Me ha hablado en términos muy entusiastas de tus experimentos y tus esperanzas de conseguir un ungüento de propiedades medicinales. Yo opino que es una empresa fascinante. Y muy encomiable. —De pronto su expresión se vio nublada por un velo de tristeza—. Ojalá hubiera tenido yo algo útil en que ocupar el tiempo cuando vivía en Cornualles. Oh, atendía el jardín y bordé cientos de pañuelos, pero nada de importancia.

Sammie experimentó un sentimiento de afecto. Esperando no pasarse de la raya, tomó una de las manos de Margaret entre las suyas.

—¿Te gustaría aprender a fabricar la crema de miel?

En los ojos de Margaret brilló una mezcla de desconcierto y agradable sorpresa.

—¿Crees que puedo aprenderlo?

—Naturalmente que sí. Si tienes fortaleza suficiente para bordar, podrás dominar la técnica de fabricar crema de manos en un santiamén. Según mi experiencia, la ciencia no es tan complicada como trabajar con la aguja y el hilo.

Margaret le devolvió una media sonrisa de inconfundible gratitud.

—Estoy deseando empezar con la primera lección. —Observó a Sammie unos instantes y dijo—: No te imaginas lo contenta que estoy de que Eric haya seguido mi consejo.

—¿Qué consejo es ése?

Margaret titubeó, y en lugar de contestar preguntó:

—¿Te ha hablado Eric de nuestros padres?

—No. Lo único que sé es que vuestra madre murió cuando Eric tenía quince años.

—Sí. Era muy hermosa. Y desesperadamente infeliz. —Clavó la mirada en Sammie—. Nuestro padre era un hombre avaro y egoísta. Humilló a nuestra madre con sus indiscretas aventuras amorosas y sus deudas de juego. A Eric le fijaba metas imposibles de alcanzar, y sin embargo montaba en cólera cuando rebasaba sus expectativas. En cuanto a mí, era una niña inútil, y por lo tanto me ignoraba por completo... hasta que decidió casarme con el vizconde Darvin, otro hombre avaro y egoísta que aborrecí desde el momento mismo de conocerlo.

Sammie le dio un suave apretón de manos.

—Lo siento mucho.

—Yo también. Pero como los dos matrimonios que conoció Eric, el de nuestros padres y el mío, fueron tan desdichados, decidió que él no se casaría nunca. Incluso ya de niño la idea de casarse le resultaba desagradable, y cuando falleció nuestra madre juró que jamás contraería matrimonio. Aun así, cuando vi el modo en que te miraba a ti, cuando vi lo que sentía por ti, le dije que no permitiera que aquellos dos matrimonios desgraciados destruyeran su felicidad futura. —Sus labios se curvaron en una sonrisa—. Ha seguido mi consejo, y me alegro mucho de ello. Eric aportó alegría a lo que de otro modo habría sido una infancia desgraciada para mí, y se merece toda la felicidad del mundo. Siempre ha sido un hermano maravilloso y afectuoso, y estoy segura de que será el mismo tipo de marido. Y padre.

Sammie hizo un esfuerzo por corresponder a la sonrisa de Margaret, pero las entrañas se le retorcieron con un sentimiento de culpabilidad. Se veía a todas luces que Margaret pensaba que Eric se había declarado porque de hecho deseaba tener una esposa. Qué terriblemente equivocada estaba. Y sólo ahora entendía Sammie exactamente hasta qué punto.

Dios santo, ¡Eric había detestado la idea de casarse durante toda su vida! Iba a llevar hasta el altar su profundo sentido del honor, pero la idea de casarse tenía que resultarle una verdadera tortura.

Ahora más que nunca, Sammie aborreció la idea de haberlo atrapado.

Pero no había nada que pudiera hacer para liberarlo.

Ataviado para su último rescate con su capa y su máscara negras, Eric se encontraba a lomos de *Campeón*, oculto tras unos tupidos arbustos. A su alrededor cantaban los grillos, y de vez en cuando se oía ulular a un búho. Tenía la mirada fija en el camino, pues se negaba a mirar hacia el lago y revivir los recuerdos que le evocaba. Tenía el resto de su vida para rememorar aquellos recuerdos... cuando Samantha se hubiera ido.

En ese instante apareció por el recodo una figura. No logró distinguir sus rasgos, pero era capaz de reconocer en cualquier parte aquella manera resuelta de andar. Conforme ella se iba acercando, se fijó en su insulso vestido de color oscuro y esbozó una media sonrisa; sólo a su Samantha se le ocurriría acudir a una cita amorosa ilícita vestida de modo tan anodino.

«Su Samantha.» Apretó los labios al tiempo que sentía un dolor sordo en el pecho. Después de aquella noche no volvería a ver a su Samantha. Por el momento, el hecho de que fuera a estar libre y a salvo le ofrecía escaso consuelo para el sufrimiento que le oprimía el corazón.

Samantha se detuvo junto al enorme sauce con la mirada fija en el agua, y a la mente de Eric acudió la imagen de ella debajo de aquel mismo árbol el primer día que la encontró en el lago. Aquel día ansiaba dolorosamente besarla, sólo una vez, convencido de que un único beso serviría para saciar su apetito. No recordaba ninguna ocasión en que hubiera estado más equivocado.

La observó durante unos segundos y se le encogieron las entrañas cuando ella ocultó brevemente la cara entre las manos. Maldición, lo destrozaba verla tan infeliz. Había llegado el momento de liberarla.

Desmontó y se aproximó a ella a pie, sin hacer ruido. Samantha, sumida en sus pensamientos, no detectó su presencia hasta que lo tuvo casi a su espalda. Entonces tensó los hombros y pareció tomar aire para prepararse.

—Llega temprano, milord —dijo, y se dio la vuelta. Entonces dejó escapar una exclamación y dio un paso atrás llevándose una mano a la garganta.

Él la retuvo por el brazo.

—No tenga miedo, muchacha —susurró con su ronco acento escocés.

—No... no tengo miedo, señor. Simplemente me ha sobresaltado.

—Perdóneme. Estaba muy pensativa.

Ni siquiera la oscuridad lograba disimular la tristeza que cruzó por su semblante.

—Sí. —De pronto Samantha miró alrededor. A continuación lo agarró de la mano y tiró de él hacia el sauce para ocultarse los dos detrás de unas frondosas ramas—. ¿Qué hace aquí, señor? Es peligroso que ande por ahí, el magistrado posee información nueva...

Él le puso un dedo enguantado en los labios.

—Estoy al corriente de esa información, muchacha. No tema. —Se acercó a ella un poco más y le susurró—: Pero ahora... estaba pensando en su próxima boda.

Ella lo miró ansiosa con los ojos brillantes como dos gotas de agua.

—¿Está enterado de mi boda?

Antes de que él respondiera, ululó un búho que asustó a Samantha y la hizo mirar frenéticamente a un lado y otro.

—Debo encontrarme aquí con mi prometido, y está tan empeñado en capturarlo a usted como el magistrado. Debe marcharse enseguida.

—Fui yo quien le escribió la nota. —La expresión de Samantha se trocó en sorpresa y luego en confusión. Su mano seguía aferrando la de él, y él flexionó los dedos para estrechar su contacto—. Su boda... Ésa es la razón por la que estoy aquí, muchacha. Para salvarla de ella.

—¿Salvarme...? —Sus ojos se llenaron de desconcierto, seguido de un profundo asombro al comprender súbitamente—. ¿Está aquí para ayudarme a escapar?

—Le ofrezco el regalo que he ofrecido a las otras

mujeres, señorita Briggeham: liberarla de un matrimonio indeseado. —Su tono se hizo más ronco—. Podrá vivir todas esas aventuras de las que me habló.

Ella abrió unos ojos como platos.

—No... no sé qué decir. He de pensarlo de manera lógica. —Le soltó la mano, se apretó los dedos contra las sienes y comenzó a pasearse con paso inseguro y nervioso—. Ésta es mi oportunidad de dejarlo libre, sí. No me gusta la idea de abandonar a mi familia... pero Dios santo, lo mejor para él sería que yo desapareciera. Es el mejor regalo que podría hacerle.

Bajo la máscara, Eric arrugó el entrecejo.

—Es a usted a quien pretendo liberar, muchacha.

Samantha se detuvo delante de él.

—Lo entiendo. Pero de hecho es a lord Wesley a quien va a dejar libre.

—¿De qué está hablando?

Samantha bajó la vista y respondió:

—Wesley va a casarse conmigo sólo porque las normas sociales así lo exigen.

—Se ha comprometido con usted —replicó Eric con aspereza.

Samantha levantó el rostro.

—Él no ha hecho nada que yo no quisiera... nada que yo no le haya pedido que hiciese —dijo con firmeza—. Y no obstante va a cargar con todas las consecuencias viéndose obligado a contraer un matrimonio que no desea.

—Y que tampoco desea usted —replicó él, y aguardó a que ella lo confirmara.

Pero en lugar de eso, vio brillar detrás de sus gafas algo que se parecía mucho a las lágrimas. Con los labios apretados, Samantha desvió la mirada.

—¿Qué le hace pensar eso? En realidad no sé por

qué está usted aquí. En ningún momento imaginé que intentaría rescatarme de nuevo, ya que usted sólo socorre a novias que no quieren casarse.

Eric se sintió aguijoneado por un extraño sentimiento que no supo definir. Le tocó la barbilla con sus dedos enguantados y la obligó suavemente a mirarlo de nuevo a los ojos.

—Aquella primera noche, usted me dijo que no se casaría jamás. ¿Ha cambiado de opinión desde entonces?

Una lágrima solitaria resbaló por su mejilla.

—Me temo que sí.

Eric fue presa de la confusión.

—¿Está diciendo que efectivamente desea casarse con el conde?

—Más que nada en el mundo.

Diablos, tal vez había habido en su vida un momento de mayor sorpresa que éste, pero tendrían que torturarlo para que recordara cuál.

—¿Pero por qué?

—Porque lo amo.

El tiempo pareció detenerse, así como su respiración y los latidos de su corazón. Aquellas palabras resonaron en su cerebro como el eco en el interior de una cueva. «Lo amo. Lo amo.»

Cielos, no creía poder sentir mayor sorpresa que cuando ella dijo que quería casarse con él, pero aquello... aquello lo golpeó como si le hubieran asestado un puñetazo. Maldición, de hecho sintió la apremiante necesidad de sentarse. Pero antes tenía que aclarar unas cuantas cosas.

La agarró por los hombros y la increpó:

—Usted ama al conde. —Gracias a Dios se acordó de usar su ronco acento escocés.

—Completamente.

—Y desea casarse con él.

—Con desesperación.

Eric sintió un estallido de alegría que lo sacudió de la cabeza a los pies.

—Pero —apuntó ella— él no desea casarse conmigo. Va a hacerlo únicamente porque es su deber. Para salvar mi reputación. Es bueno, decente y honrado... —Sus labios se curvaron en una media sonrisa de tristeza—. Ésos son sólo un ejemplo de los motivos que me hacen quererlo tanto. —Respiró hondo y después afirmó con un único pero decisivo gesto de cabeza—: Yo habría hecho lo indecible para que fuese feliz, para ser una buena esposa, pero usted, inesperadamente, me ofrece la oportunidad de dejarlo libre. —Le recorrió un escalofrío y bajó la voz hasta convertirla en un pesaroso susurro—: Aunque se me rompa el corazón, lo amo lo suficiente como para dejarlo marchar.

Eric no pudo hacer otra cosa que mirarla sin pestañear mientras un sinfín de emociones lo asaeteaban por todas partes, como un pelotón de soldados armados con bayonetas tendiéndole una emboscada. La enormidad de aquellas palabras, de lo que Samantha estaba dispuesta a sacrificar por él —su familia, toda su existencia—, lo dejó tan anonadado que comenzó a temblar. Estaba abrumado.

—Samantha —susurró por encima del nudo que le atenazaba la garganta—. Dios, Samantha... —El nombre terminó en un gemido, y entonces la tomó entre sus brazos y la besó con toda la pasión y todo el deseo que laceraban su cuerpo.

Ella dejó escapar una exclamación ahogada cuando Eric abrió los labios y su lengua tomó posesión de aquella boca con exigencia y desesperación. La estrechó con fuerza y ella se fundió en su abrazo con un grave gemido, devolviendo sus besos con la misma urgencia, y Eric sintió que se le aceleraba la sangre en las venas.

«Mía. Mía. Mía.»

No existía nada excepto ella... la mujer que tenía entre sus brazos, la mujer a la que amaba tanto que temblaba de amor.

La mujer que lo amaba a él.

Se apartó y le acarició el rostro... aquel rostro singular e imperfecto que lo había cautivado y fascinado desde el principio.

Samantha abrió los ojos lentamente y de pronto sus miradas se encontraron. Ella parpadeó varias veces y frunció el entrecejo. Muy despacio, alzó una mano y le tocó el rostro. Aquel rostro enmascarado.

En ese instante Eric recobró la cordura y se acordó de dónde estaba y de quién era.

¡Maldición! ¿En qué estaba pensando? Obviamente, no estaba pensando. ¿Pero en qué diablos estaría pensando ella, besando así a otro hombre, segundos después de haber confesado que lo amaba a él?

La soltó como si se quemase y rápidamente retrocedió dos pasos.

—Perdóneme —dijo con voz grave—, no sé qué me ha pasado.

Samantha se limitó a mirarlo fijamente, con los ojos agrandados por la impresión, pero de algún modo consiguió parecer inmóvil como una estatua y al mismo tiempo inerte y laxa.

Eric tomó aire, esperando un estallido de ira, una andanada de improperios, pero ella sólo lo miraba mientras le resbalaban las lágrimas por las mejillas, y susurró una única palabra:

—Eric.

21

Sammie tuvo que hacer un gran esfuerzo para insuflar aire en sus pulmones. La periferia de su visión se volvió borrosa, y por un instante creyó que iba a desmayarse. El hombre enmascarado que estaba de pie frente a ella, el Ladrón de Novias, era Eric. No había ni rastro de duda. En el instante en que la tomó entre sus brazos, su cuerpo y su mente lo reconocieron.

Cerró los ojos con fuerza en un intento de aplicar la lógica, pero su cerebro parecía haberse congelado. ¿Cómo era posible? ¿Por qué? Necesitaba preguntárselo, pero apenas podía formular un pensamiento coherente, y mucho menos hablar.

Abrió los ojos y lo miró: de pie, inmóvil, ataviado de negro enteramente, con sólo los ojos y la boca a la vista. Incluso así, ahora que sabía la verdad, lo reconoció al instante: su estatura, la anchura de sus hombros, su aire imponente. ¿Cómo podía no haberse dado cuenta antes? «Porque no tenías motivo para suponer que él era otra cosa que lo que parecía ser. Ni siquiera pensar que te estaba mintiendo.»

Y en efecto, aquella única idea se abrió camino entre el torbellino que era su mente. Él le había mentido. Y repetidas veces.

La cólera la abofeteó con violencia, y a punto estuvo de tambalearse. Apretó los puños a los costados y se aproximó a él con paso tembloroso.

—Quítate esa máscara —exigió, orgullosa de lograr mantener la voz firme.

Al ver que él dudaba, su cólera se transformó en furia desatada, y por primera vez en su vida sintió el impulso de golpear a alguien. Incapaz de contenerse del todo, le clavó el dedo índice en el pecho.

—Sé que eres tú el que está debajo de esa máscara, Eric. Reconocería en cualquier parte tus besos, tu sabor. Quí-ta-te-la. —Puntuó la orden con cuatro golpecitos más del dedo.

Se miraron fijamente durante lo que a Sammie le pareció una eternidad. Por fin, él alzó una mano y se quitó despacio la máscara de seda que le cubría la cabeza.

Aun cuando sabía que iba a ver la cara de Eric, Sammie recibió una fuerte impresión. Él, con el cabello oscuro aplastado a causa de la máscara, la miró con expresión indescifrable. El silencio fue alargándose hasta que Sammie sintió que le iba a estallar la cabeza.

Luchando por controlar el tumulto de emociones que la invadía, le preguntó:

—¿Puedes explicarme esto, por favor?

—¿Qué más quieres saber?

—¿Qué más, dices? ¡No sé nada! Excepto que me has engañado.

Eric dio un paso y ella retrocedió. Tenía el entrecejo fruncido, pero no se aventuró a seguir avanzando.

—Sin duda comprenderás la necesidad de proteger mi identidad, Samantha.

—¿Lo sabe alguien más?

—Sólo Arthur Timstone. Y tu hermano.

A Sammie le pareció que el suelo cedía bajo sus pies.

—¿Hubert?

—La noche en que rescaté a la señorita Barrows te siguió y esparció un polvo especial, fabricado por él, sobre la silla y los estribos del Ladrón de Novias. Cuando al día siguiente yo, lord Wesley, fui a tu casa, mis botas y mi silla de montar aún mostraban restos de ese polvo. Cuando Hubert me encaró armado de pruebas tan irrefutables, no pude negarlas.

Sammie se esforzó para que las rodillas no le flaqueasen.

—No puedo creer que no me haya dicho nada.

—Yo le pedí su palabra de que iba a mantener el secreto. Si me descubren...

Dejó la frase sin terminar, y Sammie se lo imaginó fugazmente con un lazo al cuello.

—Te ahorcarán —terminó por él, con el estómago encogido de sólo pensar en ello—. Ya sabes que yo creo firmemente en tu causa, pero ¿qué te hizo...? —Nada más comenzar la pregunta, le vino la respuesta—: Tu hermana —susurró con asombro—. Me contaste que una persona a la que querías había sido obligada a casarse...

—Así es. No pude salvarla. Pero había muchas otras a las que sí podía salvar. —Se pasó las manos por el pelo—. Sin embargo, ahora que la investigación del juez va estrechando el cerco, parece que tendré que retirarme.

—Y a pesar del peligro, has venido aquí esta noche.

Un músculo se contrajo en la mejilla de Eric.

—Sí.

La importancia de aquel hecho fue calando en la mente de Sammie, lentamente al principio pero cada vez a mayor velocidad, hasta que penetró a todo galope. Sintió ganas de reír y llorar, pero se obligó a conservar la postura. Sabía que Eric no deseaba casarse con ella, pero ni remotamente había imaginado hasta qué extremo sería capaz de llegar para no hacerlo. Pese a la amenaza que suponían el magistrado y la Brigada contra el

Ladrón de Novias, había arriesgado la vida para ofrecerle a ella la libertad.

Y al darle la libertad a ella, también se la daba a sí mismo.

Eric la miraba, intentando comprender sus sentimientos contradictorios. Samantha lo amaba. Cerró los ojos por un instante para disfrutar de aquella increíble sensación. Visualizó varias imágenes de lo que podría haber sido una vida en común con ella... compartir su amor mutuo, hacer realidad los sueños de cada uno, criar los hijos de ambos.

Sintió la acuciante necesidad de decirle que la amaba, que la amaba más que a nada en el mundo, pero se abstuvo a duras penas. El peligro al que se enfrentaba seguía siendo demasiado real, y ahora que ella conocía su identidad, la amenaza era peor aún. Si le decía que la amaba, Samantha, leal como era, no lo abandonaría nunca; no le sería posible apartarla de él para conducirla a la seguridad. De hecho, sabía que ella sería capaz de caminar sobre el fuego por él, algo que lo complacía, anonadaba y aterrorizaba al mismo tiempo. No tenía derecho a amarla ni a casarse con ella, pero si no la convertía en su esposa la dejaría deshonrada. Se pasó las manos lentamente por el rostro. ¿Qué diablos iba a hacer?

Sammie observó su semblante torturado y se le encogió el corazón. Se le veía indeciso y confuso, sin saber qué decir ni qué hacer. No quería casarse con ella, pero tampoco quería, ni podía, dejarla marchar. No la deseaba, y sin embargo no quería hacerle daño. Y ahora que ella había revelado impulsivamente sus sentimientos...

La embargó una terrible humillación, como una losa tremenda a punto de aplastarla con su peso. Igual que un río desbordado y furioso, evocó la conversación que acababan de tener, cómo ella le había desnudado su alma y su corazón, cómo le había confesado el amor que sentía por él, y su respuesta cuando él le preguntó si deseaba casarse con el conde: «Con desesperación.»

El cuerpo se le quedó helado a causa de la mortificación. Eric adelantó una mano, pero ella retrocedió bruscamente. Se rodeó a sí misma con los brazos y dijo con un hilo de voz:

—No me toques.

Eric bajó la mano despacio, sin duda sufriendo, pero ella no pudo hacer ni decir nada para consolarlo. Necesitaba hasta la última gota de concentración y fuerza para no desmoronarse delante de él.

En ese momento se oyó un suave relincho y ella volvió la mirada hacia un arbusto.

—No te preocupes —dijo Eric—. Es mi caballo, *Campeón*.

La cabeza le dio vueltas otra vez, y de pronto se hizo la luz en su mente.

—*Campeón*... tu caballo... Te ofreciste a ayudar al señor Straton a buscar tu propio caballo. Todas las cosas que dijiste, las sugerencias para ayudar a capturar al Ladrón de Novias, eran simplemente mentiras. Todo lo que sale de tu boca no es más que una mentira.

—Hago lo que debo para seguir en libertad, Samantha.

—Sí —admitió ella con tono inexpresivo—. Eso es obvio.

—Esta noche he venido aquí para darte la libertad.

Sammie se encogió por dentro. «Sí, lo cual te la dará a ti también.»

Eric dejó la mirada perdida en la oscuridad, con las cejas juntas en actitud pensativa, y luego comenzó a pasearse delante de Sammie. Justo cuando ésta creía no poder soportar más el silencio, dijo:

—Se me está ocurriendo una idea... Tal vez exista otro modo. —Dio unos pasos más con el entrecejo fruncido, seguramente cavilando algo. Luego asintió con gesto resuelto y se detuvo frente a Samantha—. Creo que he encontrado una solución. Podemos casarnos y partir al extranjero inmediatamente después de la ceremonia. Podemos vivir en el continente o en América, en cualquier parte donde no pueda encontrarnos el magistrado, un lugar donde nadie haya oído hablar del Ladrón de Novias.

Sammie sintió la tenaza de la desesperación. Santo Dios, ahora que él sabía que ella lo amaba, se estaba ofreciendo noblemente a abandonarlo todo, su hogar, sus derechos de cuna, su lugar en la sociedad, su estilo de vida, en el nombre del honor. Y por una mujer a la que no amaba.

—Ya sé que es mucho pedirte —añadió él en voz baja—. Tendrías que dejar tu familia, tu hogar...

—Tanto como tú.

—Sí. Pero sólo si nos casamos y salimos del país se solucionará el problema.

«El problema.» Sí, aquello significaba ella para él. Sintió una aguda sensación de pérdida, junto con un deseo casi absurdo de echarse a reír. Nunca había imaginado que iba a encontrar un hombre al que amar, y ¿qué ocurría ahora que lo había encontrado? Que se trataba de dos hombres, y aunque admiraba su valor y creía fervientemente en su causa, estaba claro que en realidad no lo conocía. ¿O sí? Su vida estaba apuntalada en mentiras, y la había engañado desde el principio. ¿Cómo era posible que amara a aquel hombre? Sin embargo, así era. Se frotó las sienes en un vano intento de despejar parte de la confusión.

—Saldrá bien, Samantha —dijo Eric, y su voz la devolvió bruscamente a la realidad.

Sammie sacudió la cabeza al tiempo que ponía distancias.

—Necesito tiempo para pensar. No tengo idea de quién eres. Y es evidente que tú no tenías intención de decírmelo nunca. ¿O sí? ¿Me habrías dicho la verdad alguna vez?

Eric la perforó con la mirada y se produjo un silencio que se prolongó casi medio minuto antes de que él meneara la cabeza para decir:

—No lo sé, pero por tu propia protección... probablemente no.

—Ya... Entiendo. —A Sammie se le quebró la voz y tuvo que aclararse la garganta. A continuación, levantó la barbilla y dijo en un susurro—: Te he dicho algunas cosas, como Ladrón de Novias, que no te habría dicho si hubiera sabido con quién estaba hablando en realidad. Y ciertamente no sé quién eres, pero sí sé que no eres el hombre que yo creía. Ninguno de los dos lo sois. —Le salió una risa amarga que casi la ahogó—. Dios mío, ni siquiera sé con quién estoy hablando. —Y haciendo acopio del frágil autodominio que conservaba, lanzó un suspiro tembloroso y dijo—: Tengo que irme. —Y se dispuso a salir de debajo del árbol.

Pero Eric la agarró del brazo.

—Samantha, espera. No puedes irte así. Hemos de hablar.

Ella intentó zafarse, pero no pudo.

—No tengo nada que decirte en este momento. Quiero, necesito estar sola, lejos de ti. Para poder pensar y decidir qué hacer. —La fuerte rienda con que sujetaba sus emociones resbaló un poco más—. Te lo he dado todo: mi respetabilidad, mi inocencia. —«Mi corazón, mi alma.»—. Deja que me marche sin apropiarte también de mi dignidad. Te lo ruego.

Eric la soltó lentamente.

—Pasado mañana estaré en la iglesia.

Sammie reprimió un sollozo y se apartó de él.

—Me temo que no puedo prometerte lo mismo.

Y sin más, se recogió las faldas y se fue, acelerando el paso hasta que terminó por correr como si la persiguiera el diablo.

Eric se quedó contemplando cómo la oscuridad se tragaba su figura. La mente le gritaba que fuera tras ella, pero respetó su ruego al tiempo que en su cabeza resonaban aquellas palabras: «Te lo he dado todo.»

«No, Samantha, te lo he arrebatado yo.» Sintió un autodesprecio tan intenso que lo hizo caer de rodillas en el suelo, que le humedeció los pantalones. Cerró los ojos con fuerza y apoyó la frente en sus manos convertidas en dos puños. ¿Cómo demonios era posible sentirse tan aturdido y al mismo tiempo tan dolorosamente herido?

De alguna manera, sin haberlo buscado ni haberse dado cuenta de que lo deseaba, milagrosamente le había sido entregado un tesoro: una mujer que lo conmovía profundamente, en lo más hondo, en partes de su corazón que no tenía conciencia de que existieran.

Pero, al igual que un puñado de arena, había permitido que Samantha se le escurriera entre los dedos; aunque, en verdad, no habría podido hacer nada para evitarlo... salvo no haberse acercado nunca a ella. ¡Maldita sea, no era más que un cerdo egoísta! No tenía ningún derecho a desearla, a tocarla, a amarla, sabiendo que no podía ofrecerle el futuro que ella se merecía. Si la hubiera dejado en paz, quizás otro hombre, uno que no tuviera un precio por su cabeza, la habría cortejado, se habría enamorado de ella y la habría convertido en su esposa.

Le acometió una violenta punzada de celos por el mero hecho de pensar en que la tocara otro hombre. Samantha era suya. Pero ella decidiría: ¿acudiría a la iglesia a casarse con él? Le subió a la garganta una risa amarga. «¿Estás loco? ¿Por qué iba a casarse con un hombre al que considera un mentiroso, y que sin duda terminaría ahorcado y la involucraría en el escándalo? Yo de ella, sencillamente querría empezar una nueva vida, lo más lejos posible de mí.» En fin, si aquello era lo que quería Samantha, él haría todo lo que estuviera en su mano para que así sucediera.

La decisión no dependía de él. Lo único que podía hacer era esperar. Samantha estaba mejor sin él, pero su egoísta corazón rogaba que compareciera en la boda.

Sammie no dejó de correr hasta que llegó a su dormitorio. Cerró la puerta tras de sí, se dejó caer sobre la cama y se arrebujó bajo las mantas, dolida como un animal herido. Se hizo un ovillo y por fin permitió que fluyeran las lágrimas. No sabía que fuera posible sufrir tanto, como si le hubieran arrancado el corazón y lo hubiesen arrojado al suelo.

Hundió la cara en la almohada para amortiguar los sollozos y lloró hasta que los ojos se le hincharon tanto que apenas podía abrirlos. Su mente no cesaba de recordar una y otra vez cada minuto pasado en compañía de Eric, puntuado con silenciosos gritos de ¡«embustero!».

Cuando llegó el alba y empezaron a filtrarse por la ventana unos tímidos rayos de sol, por fin dejó escapar un largo suspiro de cansancio. Tras varias horas de rebuscar en su alma, no podía censurar a Eric por sus mentiras; había hecho lo necesario para protegerse. Sus sentimientos hacia el Ladrón de Novias, su profunda admiración de su valor y el compromiso con su causa, no se habían alterado. Y en un momento de cruda sinceridad consigo misma, reconoció que resultaba emocionante saber que el hombre al que amaba era en realidad aquel héroe enmascarado.

El hombre al que amaba. Volvió a herirle la humillación. El hombre al que amaba había arriesgado su vida para darle la libertad. ¿O había sido para quedar libre él mismo? ¿Tenía importancia aquel detalle? Nada podía cambiar el hecho de que él abrigaba una arraigada repugnancia hacia el matrimonio; nunca había querido casarse, y aunque Sammie intentó consolarse con el hecho de que no habría querido casarse con nadie, no con ella en particular, resultaba un flaco consuelo.

Si Eric la quisiera de verdad, ella lo habría sacrificado todo para casarse con él. Y en cambio le había ofrecido ser libre, al tiempo que se liberaba a sí mismo. La libertad era lo único que él deseaba, y ella era la única persona que podía dársela.

Y aquello era exactamente lo que pensaba hacer.

Después de desayunar empezaría a disponerlo todo. Compraría el pasaje para viajar al extranjero y se prepararía para dejar su hogar para siempre.

No había necesidad de que Eric la esperase en la iglesia al día siguiente.

22

Del *London Times:*

> Dado que la Brigada contra el Ladrón de No-
> vias crece y amplía su extensiva búsqueda cada día,
> y con la recompensa por su cabeza que ya ascien-
> de a quince mil libras, el bandido bien puede darse
> por muerto.

Adam Straton caminaba a paso vivo por un sendero
apenas utilizado que discurría a lo largo del perímetro oeste del pueblo, y que conducía al tupido bosque
que marcaba el límite posterior de las vastas tierras de
lord Wesley. Trataba de disfrutar del aire fresco de la
mañana, pero tenía los nervios demasiado alterados por
la misión que lo acuciaba.

Antes de adentrarse en el bosque, hizo una pausa
para intentar acallar su conciencia.

En realidad no debería atravesar las tierras de lord
Wesley, pero... Miró el ramillete de flores que aferraba
en la mano e hizo una mueca; si no tomaba aquel atajo,
las flores que había comprado para lady Darvin se mar-
chitarían, por no decir que quedarían estranguladas.
Tragó saliva, y su prudencia y su sentido común se en-
zarzaron un poco más en la batalla que venían librando
desde media hora antes, cuando compró las flores en el

pueblo. De modo que respiró hondo y se internó en la espesura.

«No hay ningún motivo para visitar a lady Darvin», exclamó su sensatez; pero su sentido común le replicó: «Naturalmente que lo hay.» Eran amigos, conocidos desde hacía mucho tiempo. No existía ninguna razón para no visitarla, sobre todo después de la conversación en que ella le había revelado su profunda infelicidad. Él era sólo un amigo preocupado, deseoso de que ella se encontrase bien.

Su prudencia dio un respingo. Conque sólo un amigo preocupado. Entonces ¿por qué le palpitaba el corazón y tenía un nudo en el estómago ante la perspectiva de verla? ¿Por qué se había gastado el presupuesto para la colada semanal en rosas? ¿Y por qué la idea de que ella no fuera feliz le provocaba una necesidad abrumadora de hacerla sonreír?

«Porque, pedazo de alcornoque —le instruyó el sentido común—, estás perdidamente enamorado de ella.»

Adam hizo un alto y se mesó el pelo. Estaba muy claro que no debía hacerle ninguna visita, pero es que tenía que saber si se encontraba bien. Asintió con decisión; sí, su deber era visitarla. De hecho...

En ese momento un ligero movimiento lo hizo volverse. Espió entre los árboles y vio a un hombre que conducía un caballo negro en dirección a los establos de lord Wesley. Se acercó un poco más para tener mejor vista y entonces lo reconoció: era Arthur Timstone, el mozo de cuadras del conde.

Sin embargo, no reconoció el caballo. Podría tratarse de un castrado pero, a juzgar por su altura y su andar fogoso, seguramente era un semental. De hecho, al observar cómo Arthur lo calmaba y lo guiaba dentro del establo, ya no le cupo duda.

El ceño le arrugó la frente. Que él supiera, lord Wesley no tenía un animal así. Por supuesto, podía haberlo adquirido recientemente.

Dio un respingo. ¿Podía ser que lord Wesley hubiera encontrado aquel animal en su afán de colaborar en el caso del Ladrón de Novias? Ciertamente, aquel caballo coincidía con la descripción de la montura del Ladrón. Sintió una oleada de emoción y se encaminó a los establos, decidido a hablar con Arthur.

Cuando llegó ligeramente sin resuello a la gran estructura de madera, traspuso el umbral. Su vista tardó unos momentos en adaptarse a la penumbra del interior. Los establos de Wesley eran enormes y estaban inmaculados.

—¿Hola? —llamó, al tiempo que penetraba un poco más—. ¿Está usted ahí, Timstone?

Como respuesta sólo recibió silencio. Arthur se había ido después de dejar el caballo negro en su establo, sin duda en dirección a las cocinas en busca de algo de comer. Bueno, sólo echaría un vistazo al semental antes de proseguir hasta la casa para ver a lady Darvin. Con suerte también se encontraría allí el conde, y él podría preguntarle por ese corcel negro.

Avanzó lentamente por el establo, fisgoneando en cada compartimiento. Al llegar al último, se detuvo. Lord Wesley poseía algunos caballos de excepcional calidad, pero entre ellos no había ningún semental negro.

El austero mayordomo de lord Wesley abrió una hoja de la doble puerta de roble macizo de Wesley Manor para atender al llamado del magistrado.

—¿En qué puedo servirlo, señor? —le preguntó.

Adam le entregó su tarjeta.

—Quisiera hablar con lord Wesley o con su hermana, por favor. Con los dos, si es posible.

—Me temo que será imposible, señor Straton, ya que han partido esta misma mañana para pasar el día en Londres.

—Entiendo. ¿Tiene idea de cuándo piensan regresar?

—No. Sin embargo, dado que el conde ha de casarse mañana a las diez, yo diría que regresarán antes de esa hora.

—Eh... sí, por supuesto. ¿Conoce usted el motivo de su viaje?

El mayordomo hizo una mueca reprobatoria ante aquella pregunta.

—Su señoría no suele dar explicaciones de sus idas y venidas a la servidumbre.

Dicho de otro modo, el sirviente no lo sabía. O no quería decirlo. Adam le entregó el ramo de rosas diciendo:

—He traído estas flores para lady Darvin. Para contribuir a animarla.

El severo semblante del mayordomo se relajó por un momento al coger las rosas.

—Muy atento de su parte, señor. Me encargaré de que las reciba.

—Gracias, señor...

—Eversley, señor.

—Dígame, Eversley, ¿ha visto a Arthur Timstone por ahí? No estaba en las caballerizas, y me gustaría hablar un momento con él.

—Si no se encuentra en las caballerizas, lo más probable es que esté comiendo en la cocina. ¿Quiere que vaya a buscarlo?

—¿Suele regresar a las cuadras después del desayuno?

—Sí, señor.

—En ese caso, no lo moleste. Volveré a los establos y lo aguardaré allí.

—Muy bien, señor.

Adam hizo ademán de marcharse, pero se detuvo.

—Una cosa más, Eversley. ¿Por casualidad sabe usted si el conde posee un semental negro?

Eversley pareció sobresaltarse por aquella pregunta.

—El tema de los caballos corresponde a Timstone, señor, pero no puedo decir que recuerde haber visto nunca un animal así ni que el conde lo haya mencionado.

—Gracias, Eversley.

El mayordomo asintió y cerró la puerta. Adam, ceñudo, cruzó nuevamente el cuidado prado de vuelta a los establos, decidido a esperar a Arthur Timstone. Allí pasaba algo muy extraño, y no pensaba marcharse hasta que...

De pronto oyó una voz hosca que lo llamaba por su nombre. Se volvió y vio a Arthur caminando hacia él. Excelente. Iba a obtener sus respuestas antes de lo previsto.

—Buenos días, señor Straton —saludó Arthur al alcanzarlo—. ¿Qué lo trae por Wesley Manor?

—Tenía la intención de hacer una visita de pésame a lady Darvin, pero acaban de informarme de que ella y el conde se han ido a pasar el día a Londres.

—Así es.

—¿Sabe usted cuál era el motivo del viaje? ¿O cuándo se espera que estén de vuelta?

—No lo sé con seguridad, pero supongo que el conde deseaba comprar alguna chuchería para su prometida y ha pedido a lady Darvin que le ayudara. Es probable que estén en casa para la hora de la cena.

—Entiendo. También esperaba preguntar al conde si había tenido éxito en las indagaciones que está realizando para mí respecto de un semental negro. —Dirigió a Arthur una sonrisa amistosa—. ¿Ha localizado ese caballo?

—No, que él haya mencionado.

—¿De veras? ¿Tal vez posee un animal de esas características?

El rostro de Arthur se contrajo en un ceño de perplejidad y se rascó la cabeza.

—¿Un semental negro? No, señor. Lord Wesley no posee un caballo así.

—¿Un castrado negro, entonces?

—No, señor. El único caballo negro que tiene su señoría es la yegua *Medianoche*.

Adam meneó la cabeza. El caballo que había visto no era una yegua.

—¿Puede ser que el conde esté cuidando de un semental propiedad de otra persona? Hablo del caballo que le vi a usted conducir a los establos hace media hora.

Arthur se relajó y rió suavemente.

—El conde no cuida caballos ajenos, así que debe usted de referirse a *Emperador*. Antes de desayunar lo he llevado a que diera un paseo. Pero le falla la vista, señor Straton; el pelaje de *Emperador* no es negro, sino marrón oscuro. Es fácil de confundir. El sol y las sombras han debido de jugarle una mala pasada.

—Supongo que sí.

—Bien, si me disculpa, tengo mucho trabajo que hacer.

El magistrado sonrió.

—Por supuesto. Que tenga un buen día, Timstone.

—Lo mismo le deseo, señor.

Arthur se alejó en dirección a los establos.

Adam entrecerró los ojos y lo observó. Aunque Timstone había estado convincente, no cabía duda de que había mentido. Pero ¿por qué? Él había visto el animal con toda claridad, y ningún truco de la luz había hecho que el pelaje le cambiara de negro a marrón. Además, aquel misterioso semental negro que lord Wesley al parecer no poseía había desaparecido dentro de las caballerizas. ¿Era posible que él no lo hubiese visto? No; había sido bastante concienzudo... a no ser que hubiera un compartimiento oculto. Un compartimiento que nadie debía ver.

El corazón comenzó a palpitarle mientras todo iba encajando en su sitio. ¿Por qué iba a mentir Timstone a no ser que tuviera algo que esconder... por ejemplo, la montura del Ladrón de Novias? Pero si en efecto aquel semental negro pertenecía al Ladrón de Novias, no era posible que Arthur fuera el hombre que se ocultaba tras la máscara. No, el Ladrón de Novias era mucho más joven y fuerte...

De repente se quedó paralizado. Dios santo, ¿podía ser lord Wesley el Ladrón de Novias? Trató de descartar aquella posibilidad por ridícula, pero no pudo; casi oía cómo iban encajando en su mente todas las piezas del rompecabezas. Efectivamente, Wesley poseía los recursos financieros necesarios, su propiedad le proporcionaba privacidad; era un jinete experto, ¿y quién iba a sospechar de él?

Recordó lo dispuesto que se había mostrado a ayudar en la investigación. ¿Era ayuda... o sabotaje? Lanzó un profundo suspiro y procuró serenarse. ¿Sería posible que el hombre que andaba buscando hubiera estado todo el tiempo prácticamente delante de sus narices? ¿Estaría tocando a su fin la investigación?

Apretó la mandíbula. Maldición, siempre le había caído bien lord Wesley. Por supuesto, le cayera bien o mal, si era el Ladrón de Novias lo llevaría ante la justicia. Apretó los puños a los costados al pensar en que

Margaret iba a sufrir la pérdida de su hermano, y en que su nombre resultaría perjudicado por el escándalo. «Si su hermano terminara en la horca y su apellido quedara mancillado, yo podría consolarla, podría...»

Pero se apresuró a apartar aquel pensamiento, horrorizado de sí mismo. Jamás se valdría de su cargo de juez para perseguir sus intereses personales. Además, sin duda Margaret lo odiaría por haber detenido a su hermano. Pero había que servir a la justicia, y por tanto detener al Ladrón de Novias. Lo que necesitaba ahora era una prueba.

Volvió a mirar los establos. Vio a Timstone en la puerta, observándolo, y alzó la mano en gesto amistoso. Timstone le devolvió el saludo, y Adam se obligó a regresar por el sendero que conducía al pueblo.

Necesitaba entrar de nuevo en los establos del conde, pero bajo el ojo atento de Timstone no podría realizar el registro que necesitaba. «Esta noche. Volveré cuando Timstone ya se haya retirado y veré si puedo encontrar ese caballo.»

Una vez tomada la decisión, sus pensamientos volaron a Samantha Briggeham. ¿Tendría ella idea de que el hombre con quien estaba a punto de casarse quizá fuese el bandido más buscado de Inglaterra? Al fin y al cabo, ella había sido secuestrada por dicho hombre. ¿Lo habría reconocido?

No lo sabía, pero por el cielo que iba a averiguarlo. Cuando llegó al punto donde se bifurcaba el sendero, tomó el que conducía a Briggeham Manor.

Sammie estaba sentada en su sitio acostumbrado del comedor, haciendo el esfuerzo de llevarse un tenedor a la boca. Tal vez fueran huevos lo que estaba masticando, pero no estaba segura. Su mirada se posaba alternativamente en su madre, su padre y Hubert, y lo único en que podía pensar era que a partir del día siguiente no sabía cuándo los vería de nuevo, si es que volvía a verlos.

Se le atascó un bocado en la garganta y las lágrimas asomaron a sus ojos, pero se apresuró a levantar la taza de té para ocultar su angustia. Su madre parloteaba sin parar de la boda, toda sonrisas. En ocasiones podía resultar exasperante, pero iba a echarla muchísimo de menos. Su risa rápida, sus peculiaridades, sus gorjeos, sus desmayos.

A continuación posó la mirada en su padre y la inundó el afecto. Su padre, que la quería aunque a menudo no la entendiera, y que poseía más paciencia que una docena de hombres, aunque era capaz de imponerse a mamá cuando la ocasión lo requería. De niña le encantaba acurrucarse en su regazo con un libro y escucharlo leer con su voz profunda. Cuando fue un poco mayor, su padre y ella se sentaban juntos en la salita, en los mullidos cojines del diván, y aplaudían con entusiasmo las canciones que interpretaban Lucille, Hermione y Emily en sus muchos conciertos familiares improvisados.

Su mente fue hacia sus hermanas, y entonces le temblaron los labios. Habían compartido tantos momentos felices, tantas risas cuando se aliaban para combatir las ideas más peregrinas de su madre, o cuando las tres bellezas intentaban bondadosamente transformar a Sammie en el cisne que no sería jamás. Y la defendían con vehemencia cuando alguien se burlaba de ella. Sintió una profunda tristeza al pensar que no iba a estar presente cuando naciera el niño de Lucille, que quizá no conocería nunca a su sobrino.

En ese momento Hubert preguntó algo a su madre, y Sammie fijó la vista en su rostro serio y con gafas. La embargó un dolor desgarrador. Cielo santo, ¿cómo iba a soportar abandonar a Hubert? Lo quería desde el momento mismo en que nació, y había disfrutado cada una de las etapas de su desarrollo como una madre orgullosa. Y ahora no había más que fijarse en él: un chico inteligente y prometedor. Le rompía el corazón pensar que no iba a verlo convertirse en el hombre maravilloso que estaba destinado a ser.

Por lo menos de Hubert se despediría como Dios manda. Había pensado en no confiarle sus planes, pero simplemente no pudo asumir el hecho de marcharse por las buenas. Se lo contaría todo una vez que lo tuviera todo dispuesto. Había demostrado ser capaz de guardar un secreto, y confiaba en él sin reservas.

A continuación se centró precisamente en aquellos preparativos y en lo que necesitaba hacer nada más terminar de desayunar. Un viaje a Londres para adquirir el pasaje a... no estaba segura de adónde; dependía de qué barcos zarparan a la mañana siguiente. Pero antes de partir para Londres pensaba hacer una parada en Wesley Manor, pues necesitaba informar de su decisión a Eric.

Sintió una pena enorme al pensar en ver a Eric. Iba a necesitar hasta la última gota de sus fuerzas para pronunciar las palabras que lo dejarían libre... y después marcharse.

Y cuando regresara de Londres, debía reunir las pertenencias que se llevaría consigo. Una gran parte de su guardarropa estaba ya embalada para lo que todo el mundo creía iba a ser su viaje de novios, pero debía recoger sus libros, sus diarios y ciertos objetos personales inestimables.

La voz de su madre la sacó de su ensoñación.

—¿No estás de acuerdo, querida Sammie?

Miró el rostro sonriente de su madre y trató de sonreír, pero fracasó. En lugar de eso le temblaron los labios y, para mortificación suya, le cayó un grueso lagrimón justo en la taza de té.

Los ojos de su madre se nublaron de preocupación.

—Pero cariño, ¿qué te ocurre? Oh, cielos, son los nervios previos a la boda. —Se levantó y con un murmullo de muselina corrió hacia la silla de Sammie. Le rodeó los hombros con un brazo y le dijo dulcemente—: No te preocupes, todas las novias se ponen nerviosas el día antes. Pero pasado mañana... —lanzó un suspiro de felicidad— tu vida entera será diferente.

Sammie cerró con fuerza los ojos para contener las lágrimas y se reclinó contra el abrazo consolador de su madre. Ciertamente, dos días después su vida entera habría cambiado.

Provista de su vestido y calzado más cómodo, Sammie cerró la puerta principal al salir y bajó los escalones de piedra del porche, iluminados por el sol. Cuanto antes terminara la visita a Eric, tanto mejor.

Sólo había dado media docena de pasos cuando vaciló al percatarse de la figura del magistrado, que se aproximaba a ella. Se detuvo, procurando aparentar serenidad, mientras el corazón le retumbaba lo bastante fuerte como para que lo oyera todo el mundo. ¿Qué estaría haciendo allí? ¿Tendría novedades de su investigación, o más preguntas? Santo Dios, ¿habría descubierto la verdad?

Cuando Straton casi la había alcanzado, Sammie esbozó una sonrisa forzada.

—Buenos días, señor Straton.

—Buenos días, señorita Briggeham. ¿Se disponía a salir?

Decidió que era mejor que él no estuviera al tanto de sus planes y le contestó:

—Sí, me dirijo al pueblo. Si me disculpa. —Rodeó a Straton, pero éste echó a andar a su lado.

—Tengo varias preguntas que hacerle. ¿Me permite que la acompañe?

Como Sammie no tenía intención de ir andando hasta el pueblo y tampoco deseaba permanecer tanto tiempo en la compañía del magistrado, se detuvo y le dedicó una sonrisa pesarosa.

—Me temo que mi madre no aprobaría que recorriera a pie una distancia tan grande con un hombre sin ir debidamente acompañada.

—Por supuesto. —Straton miró alrededor e indicó un banco de piedra a escasa distancia de allí, cerca de los senderos que conducían al jardín—. Sentémonos un momento. Le prometo que no la entretendré demasiado.

Sammie contuvo el impulso de negarse y asintió con la cabeza.

Una vez que estuvieron sentados, Straton le sonrió y dijo:

—Confío en que todos los preparativos estén ya finalizados para la boda de mañana.

Sammie sintió un vuelco en el estómago, pero se las arregló para devolverle la sonrisa.

—Sí, por supuesto.

—Magnífico. Me alivia saber que el viaje a Londres de lord Wesley no se debe a algún problema de última hora.

La expresión de Sammie traicionó su sorpresa y consternación por aquella noticia, y el juez le preguntó:

—¿No sabía que el conde ha ido a pasar el día a Londres?

¿El día? ¿Cómo iba a hablar con él?

—No, no lo sabía.

—Según su mayordomo, el conde y su hermana han partido esta mañana temprano. Abrigaba la esperanza de que tal vez usted supiera el motivo de dicho viaje.

Sammie alzó la barbilla y sostuvo la mirada inquisitiva del magistrado.

—Desde luego que no lo sé. Quizá lady Darvin haya encargado un vestido para la ceremonia, o puede que lord Wesley deseara comprarme un regalo de bodas.

—Sin duda se trata de eso —convino el juez—. Dígame, señorita Briggeham, ¿alguna vez ha visitado los establos de lord Wesley?

Sammie tuvo un terrible presentimiento.

—No, sin embargo estoy segura de que están muy bien atendidos. Conozco al mozo de cuadras, el señor Timstone, un hombre muy experto.

—¿Alguna vez ha visto a lord Wesley montando un semental negro?

El corazón le dio un brinco. Dios mío. Apretó los labios y fingió reflexionar sobre aquel punto, y acto seguido negó con la cabeza.

—Sólo lo he visto montar un castrado marrón, un corcel muy bonito y brioso que se llama *Emperador*. —Curvó los labios en lo que esperaba que pasara por una sonrisa inocente—. Espero que algún día me deje montarlo.

Straton se limitó a asentir mientras la perforaba con su mirada perspicaz. Transcurrieron diez segundos de tenso silencio. Incapaz de soportar más aquel escrutinio, Sammie se levantó con la intención de marcharse.

—Si eso es todo, señor Straton...

—Tengo ciertas noticias en relación con el Ladrón de Novias.

Sammie volvió a sentarse lentamente, con un nudo en el estómago.

—¿De veras?

—Sí. Han salido a la luz nuevas pruebas, y estoy seguro de que voy a llevar a cabo un arresto muy pronto; probablemente dentro de las próximas veinticuatro horas.

Sammie palideció como la cera.

Los ojos del magistrado se nublaron de preocupación.

—Señorita Briggeham, ¿se encuentra bien? Está usted pálida.

—Eh... estoy bien. Es que, la noticia me ha sorprendido. —Se humedeció los labios secos—. ¿Así que ha descubierto la identidad del Ladrón de Novias?

—Estamos siguiendo varias pistas prometedoras. Cuando actúe nuevamente lo apresaremos, si no antes. —Y dicho aquello se puso de pie. Miró a Sammie y le hizo una reverencia—. Bien, no quiero entretenerla más, señorita Briggeham. Disfrute del resto del día. La veré mañana en la iglesia.

Paralizada por la impresión y estumecida por el miedo, Sammie permaneció sentada en el banco, observando cómo el magistrado se alejaba en dirección al pueblo con paso lento y tranquilo, como si no tuviera ninguna preocupación en el mundo.

Cuando desapareció de la vista, obligó a sus piernas reblandecidas a ponerse en pie y a moverse con estudiada calma de regreso a la casa. Tenía que mostrar un aspecto relajado y normal por si acaso el magistrado la estaba observando desde la espesura del bosque, aguardando ver su reacción. Le bajó un escalofrío por la columna vertebral, y en efecto tuvo la sensación de tener clavada en la espalda la mirada de Straton.

Estaba claro que sospechaba de Eric, y Sammie mucho se temía que su reacción involuntaria al anuncio del inminente arresto pudiera haber confirmado sus sospechas.

Tenía que advertir a Eric. ¿Pero cómo iba a hacerlo si estaba en Londres? Además, no le cabía duda de que Straton iba a vigilarla, y también a Eric. Si le enviaba una nota podrían interceptarla.

Se sujetó el estómago. ¿Qué demonios iba a hacer?

Oculto detrás de un árbol, Adam observó a la señorita Briggeham, que se dirigía lentamente hacia la puerta principal de la casa. Alzó las cejas. Por lo visto, se había olvidado de su visita al pueblo.

La joven había intentado fingir indiferencia ante sus preguntas, y ciertamente tenía que reconocerle el mérito de una representación magnífica, pero había advertido más de una chispa de miedo en sus ojos. Y cuando le anunció que esperaba llevar a cabo un arresto, palideció como un fantasma.

Sí, las reacciones de la señorita Briggeham no sólo reforzaban sus sospechas en relación con lord Wesley, sino que además lo llevaban a pensar que ella sabía, o al menos lo sospechaba, que su prometido era el Ladrón de Novias. Ahora, lo único que tenía que hacer era demostrarlo.

Y ya estaba tomando forma en su cabeza un plan encaminado precisamente a tal fin.

23

A las diez de aquella noche, Eric cruzó a grandes zancadas el oscuro pasillo que llevaba a su estudio, con el único deseo de un poco de intimidad y un buen trago de coñac.

Aunque había disfrutado de la compañía de Margaret en el viaje a Londres, sintió alivio al regresar a casa, donde podía estar a solas con sus pensamientos.

Sus pensamientos. Maldición, los había tenido el día entero ocupados por Samantha: durante los trayectos de ida y vuelta en el carruaje, mientras esperaba a Margaret en el salón de costura, mientras compraba pasajes para dos personas en el *Doncella del Mar*, que partía para el continente la noche siguiente, de nuevo durante la reunión con su abogado, también cuando actualizó su testamento para incluir ciertas cláusulas para ella y para los hijos que nacieran del matrimonio... un matrimonio que no estaba seguro de que fuera a celebrarse.

Entró en el estudio y cerró la puerta. Luego se dirigió hacia las bebidas, pero se detuvo a medio camino al ver a Arthur sentado en su sillón de costumbre y con un vaso de whisky entre sus curtidas manos.

—Tenemos que hablar —dijo Arthur en un tono que puso a Eric en estado de alerta. Señaló con la cabeza las licoreras y agregó—: Sírvase un buen trago. Va a necesitarlo.

Veinte minutos después, mientras todavía resonaba en su cabeza la inquietante información sobre la visita de Adam Straton, Eric se sirvió otra copa. De pie frente al fuego, la levantó en un brindis irónico.

—En fin, no es una noticia precisamente halagüeña.

Los ojos del anciano brillaron de preocupación.

—Es más bien todo lo contrario. Ese hombre sospecha de usted. Es como un maldito perro con un hueso, no va a dejar de husmear y presionar hasta que lo vea con la soga al cuello. Opino que debería embarcarse en un viaje largo, a algún sitio lejano.

—De hecho, ya lo he dispuesto todo a tal efecto. Con la excusa de la luna de miel, he comprado pasajes para abandonar Inglaterra después de la boda... si es que Samantha se presenta en la iglesia.

Arthur asintió despacio.

—Un plan inteligente. No es inusual que las personas de su clase social se vayan de luna de miel durante meses. Años, incluso.

—Exacto. Ya he hecho todos los preparativos necesarios, pero quisiera pedirte que vigilaras a Margaret por mí. Asegúrate de que se adapte a esta casa y de que se sienta... feliz. A no ser, por supuesto, que yo siga aquí.

—Puede contar con ello. Pero debe marcharse sea como fuere... incluso aunque la señorita Sammie lo deje plantado ante el altar. Diga que se marcha de Inglaterra para curarse el mal de amores. El motivo no importa, lo importante es que se vaya.

—No puedo hacer eso. No podría dejar que Samantha se enfrentase sola al escándalo. Si no viene a la iglesia, yo... —Se mesó el pelo y dejó escapar un profundo suspiro—. Maldita sea, no sé qué voy a hacer. Tendré que idear otro plan.

—Si no se marcha, acabará muerto. —En los ojos

de Arthur brillaron las lágrimas—. Y yo jamás me perdonaré por haber sido tan descuidado de pasear a *Campeón* de ese modo. Todo este maldito embrollo es por mi culpa.

Eric depositó la copa sobre la repisa de la chimenea y se acercó a Arthur. Se agachó en cuclillas para situarse a la altura de sus ojos y le dirigió una mirada firme al tiempo que daba un apretón en el hombro a su angustiado amigo.

—Deja de culparte. No tenías modo de saber que Straton te estaba vigilando. Yo conozco y he aceptado desde el principio las consecuencias de mis actos, y eso es lo que son: mis actos. Y pienso asumir la responsabilidad de ellos. En cuanto a Straton, puede albergar todas las sospechas que quiera, pero no puede hacer nada si no tiene pruebas. Aunque consiguiera dar con el establo de *Campeón*, eso no demuestra que sea yo el hombre que está buscando.

—No, pero ese cabrón podría hacerle la vida imposible. Tenemos que cerciorarnos de que no encuentre pruebas contra usted, y eso quiere decir que no puede arriesgarse a efectuar otro rescate. Nunca más.

Eric asintió lentamente, y a continuación esbozó lo que esperaba que pasara por una sonrisa alentadora.

—De acuerdo.

Pero en su corazón sospechaba que ya era demasiado tarde.

La mañana siguiente, Eric se encontraba en un discreto habitáculo a la derecha del altar de la iglesia, consultando su reloj de bolsillo. Faltaban treinta minutos para que diera comienzo la ceremonia.

¿Se presentaría Samantha?

Con el reloj en una mano, se paseó por el reducido espacio. ¿Se presentaría? Diablos, se había hecho aquella pregunta un millar de veces desde la última vez que la vio. El hecho de que no se hubiera puesto en contacto con él, ¿significaba que tenía la intención de casarse? ¿O que lo había borrado totalmente de su vida, y al diablo con el escándalo?

Oyó el murmullo de unas voces amortiguadas y abrió las cortinas de terciopelo verde para observar, sin ser visto, a los invitados que iban llegando.

Al parecer, el pueblo entero se estaba congregando en la iglesia para ver cómo el conde de Wesley convertía a Samantha Briggeham en su condesa. Escudriñó a la creciente multitud y reparó en Lydia Nordfield, sentada en un largo banco de madera flanqueada por sus hijas y sus yernos. Arthur, Eversley y una docena de miembros de su servidumbre ocupaban un banco en la parte de atrás.

Su mirada reparó en caras y nombres, y luego se detuvo en Margaret. Estaba sentada en el primer banco, con la vista fija en sus manos enguantadas y apoyadas en el regazo. El corazón le dio un vuelco de comprensión: sin duda estaba pensando en su propia boda con aquel canalla de Darvin. Pensó en acercarse a ella, pero decidió dejarla a solas con sus pensamientos. Quizás el hecho de estar allí, en aquella iglesia, fuera un buen modo de exorcizar los demonios que la acosaban.

Continuó observando a los invitados, esperanzado, pero en la iglesia aún no había entrado ningún miembro de la familia de Samantha. Soltó la cortina y consultó el reloj: veintitrés minutos para el inicio de la ceremonia.

¿Se presentaría Samantha?

Adam Straton se dirigía a pie hacia la iglesia, con el corazón inquieto debido a sentimientos contradictorios y la mente hecha un torbellino. La noche pasada, después de que Arthur Timstone se encaminase a la casa, registró los establos de Wesley. El edificio parecía más largo por fuera que por dentro, de modo que concentró sus esfuerzos en la parte posterior de la estructura. Al cabo de diez minutos localizó una puerta hábilmente camuflada. La abrió y se encontró en un espacioso pesebre dotado de un ventanuco practicado en el techo. Sostuvo su linterna en alto y experimentó una sensación de triunfo: en el rincón se hallaba el magnífico caballo negro.

Ya no le quedaba ninguna duda de que lord Wesley era el Ladrón de Novias, pero necesitaba más pruebas. No tenía la intención de detenerlo sólo para dejarlo en libertad debido a falta de pruebas. Con un poco de suerte, dichas pruebas aparecerían en muy poco tiempo. Extrajo su reloj del bolsillo del chaleco y lo consultó con expresión satisfecha; en aquel momento su hombre de más confianza, Farsnworth, se encontraba registrando la casa del conde. Con Wesley Manor casi desierta mientras la mayor parte de la servidumbre asistía a la boda, era de esperar que Farnsworth hallara las pruebas necesarias.

Volvió a guardarse el reloj y apretó el paso con la mirada puesta en los invitados que entraban en la iglesia. Sí, aquel día, muy probablemente, pondría fin al caso más sorprendente y frustrante de toda su carrera, una carrera que rebosaría de nuevas posibilidades una vez que apresara al famoso Ladrón de Novias. Sin embargo, aunque no debería sentir otra cosa que triunfo, su inminente victoria le pareció hueca: Wesley le caía bien. Y amaba a Margaret. Detestaba la idea de que ella perdiera a su hermano.

Pero su deber era hacer cumplir la ley.

24

Eric se paseaba por el hábitaculo igual que un animal enjaulado, con el corazón cada vez más pesaroso.

Samantha se retrasaba ya diez minutos.

No podía soportar mirar de nuevo el reloj, no podía soportar contemplar aquella esfera burlona.

En ese momento se abrieron las cortinas de terciopelo y se volvió bruscamente. Era el vicario, que acudía nervioso a verlo.

—¿Ha llegado ya? —quiso saber Eric.

—No, milord. —El hombre extrajo un pañuelo de los pliegues de sus voluminosas vestiduras y se secó la frente sudorosa.

Eric enarcó una ceja.

—En ese caso —dijo en un tono cuidadosamente controlado—, sugiero que se mantenga atento y me avise en cuanto llegue.

El vicario asintió con un gesto que le sacudió la papada.

—Sí, milord —dijo antes de salir por la cortina.

Nuevamente a solas, Eric cerró los ojos, derrotado por la desolación. Samantha no iba a venir. No lo quería. Prefería el escándalo antes que casarse con él.

Maldición, aquello le dolía profundamente, como nunca antes le había dolido nada. Y también lo enfurecía, porque ella ni siquiera había tenido la cortesía de comunicarle su decisión. Si no pensaba casarse con él, bien podía habérselo dicho a la cara. Y si no quería acudir allí a decírselo, entonces él iría a buscarla y la obligaría a que lo dijera.

Se volvió para salir, pero antes de que pudiera hacerlo, la pesada cortina de terciopelo se abrió y apareció el rostro del vicario.

—Ha llegado la señorita Briggeham, milord. Sin embargo, insiste en hablar con usted en privado... antes de la ceremonia. Es de lo más irregular. —El vicario apretó los labios en un gesto reprobatorio—. Le está esperando en mi despacho.

Sammie estaba paseándose por la gastada alfombra del pequeño despacho del vicario, situado junto al vestíbulo. Cuando llamaron a la puerta, dijo:

—Adelante.

Eric entró y cerró la puerta con suavidad. Los ojos de ambos se encontraron y Sammie se quedó sin respiración. Vestido para la boda, desde la corbata de lazo perfectamente anudada, la camisa de un blanco níveo, el chaleco color crema, hasta la chaqueta Devonshire marrón y los pantalones beige, era sencillamente el hombre más apuesto que había visto nunca. Y durante un breve e increíble instante en el tiempo le había pertenecido a ella.

—Gracias por venir —le dijo—. Tenemos que hablar.

Él se recostó contra la puerta y la contempló con los ojos entornados.

—Te has retrasado.

—Lo siento. Hay muchos detalles que atender cuando una está a punto de irse de casa para siempre.

Eric cerró los ojos musitando algo parecido a «gracias a Dios».

—Tenía que despedirme de Hubert —prosiguió Sammie con un toque de emoción al pronunciar el nombre—. No podía marcharme sin explicarle las cosas.

Eric se acercó a ella y la recorrió lentamente con la mirada de la cabeza a los pies. Luego la miró a los ojos con una expresión que acaloró a Sammie.

—Estás preciosa.

Ella se ruborizó y bajó la mirada hacia el traje de novia.

—Gracias a ti. El vestido es maravilloso.

Eric le levantó el rostro con los dedos.

—Sí, pero me refería a la novia que lo lleva puesto.

La sinceridad en su voz y en sus ojos le provocó el impulso de rodearlo con los brazos y fingir que no existía ningún obstáculo entre ellos; pero les quedaba poco tiempo, y con tantas cosas que tenía que decirle no podía perder ni un minuto más.

De modo que respiró hondo con decisión y le dijo:

—No estoy aquí para convertirme en una novia, Eric. En realidad he venido para liberarte de tu obligación de casarte conmigo. Lo tengo todo preparado para marcharme al extranjero, a vivir mi propia vida. Ya no tienes necesidad de preocuparte por mi bienestar.

La mano de Eric resbaló despacio de su barbilla y sus ojos se vaciaron de toda expresión.

—Entiendo.

Sammie le agarró el brazo y le dio una sacudida.

—No, no lo entiendes. Quise haber hablado contigo ayer, pero no me atreví. Eric, Adam Straton sabe quién eres. Ayer vino a mi casa y me interrogó. —Le refirió a toda prisa su conversación con el magistrado—. Lo sabe, Eric. Va a detenerte y encargarse de que te ahorquen. —Se le quebró la voz y las lágrimas afloraron a sus ojos—. Debes aprovechar esta oportunidad para escapar, ahora mismo, inmediatamente. Yo distraeré todo lo que pueda al vicario y los invitados para que les lleves una buena ventaja. Tengo el terrible presentimiento de que no hay tiempo que perder.

Eric la sujetó por los hombros.

—Samantha, no puedo abandonarte aquí.

—Sí que puedes. Cuentas con mis bendiciones.

—Entonces déjame que lo exprese de otra forma: no pienso abandonarte aquí.

Desesperada, Sammie lo aferró por la chaqueta.

—Tienes que irte. Por favor. Puedo hacer frente al escándalo, al ridículo y el desprecio, pero no puedo hacer frente al hecho de que te capturen. —Las lágrimas ya resbalaban por sus mejillas—. No podría soportar verte morir.

—Entonces cásate conmigo. Y nos iremos juntos. Ya está todo dispuesto. —Le tomó la cara entre las manos y le clavó una mirada intensa—. No quiero vivir sin ti, Samantha. Quiero compartir mi vida, mi nueva vida conforme a la ley, contigo. Podemos continuar ofreciendo a las mujeres libertad para elegir, pero lo haremos juntos, legalmente, utilizando canales financieros. Crearemos un fondo de algún tipo, lo que decidamos. Juntos.

A Sammie la abandonó su capacidad de hablar, incluso de respirar, y simplemente se lo quedó mirando, tratando de asimilar aquello. «No quiero vivir sin ti.»

Eric inclinó la cabeza y apoyó la frente en la de ella.

—Te quiero, Samantha, te quiero tanto que me produce dolor. —Alzó la cabeza y le dirigió una mirada profunda—. Todas esas cosas que creía no desear... el matrimonio, una familia... cosas que creía que no podría tener nunca... El amor ha cambiado todo eso. Tú lo has cambiado todo. Quiero que seas mi esposa, mi amante, la madre de mis hijos. Sé que existe el riesgo de que me detengan, pero podemos salir de Inglaterra inmediatamente después de la ceremonia.

Sammie intentó humedecerse los labios resecos con una lengua igual de reseca, pero fracasó penosamente.

—Repítelo —logró articular.

—Podemos salir de Inglaterra...

Le puso un dedo en los labios.

—Eso no. La parte de «te quiero, Samantha».

Eric tomó la mano que lo había silenciado y depositó un beso en la palma al tiempo que perforaba a Sammie con la mirada.

—Te quiero. —A continuación se llevó aquella mano al pecho y Sammie sintió el fuerte retumbar de su corazón—. ¿Lo notas? Está latiendo por ti. Si me aceptas, me harás el hombre más feliz del mundo. Si no... —apretó la mano con más fuerza— aquí quedará solamente un hueco vacío. Mi corazón te pertenece; puedes tomarlo... o romperlo. Toda mujer se merece elegir. La decisión es tuya.

Sammie lo miró fijamente. Su propio corazón latía con tanta fuerza que el pulso le martilleaba en las sienes. Él la amaba. Amaba a la insulsa, rara y excéntrica Sammie. Imposible. Debía de estar trastornado. O ebrio. Olfateó discretamente, pero no notó olor a alcohol; tan sólo percibió su aroma limpio, masculino, caliente. Y no había duda de la sinceridad que se leía en su mirada, ni del amor que ardía en sus ojos oscuros.

Con todo, sólo por si acaso el pobre no estuviera en sus cabales, se sintió empujada a señalar:

—¿Te das cuenta de que sería una condesa horrible?

—No. Serás una condesa encantadora. Cautivadora,

cariñosa, cuerda y comedida. Llena de coraje. —Le acarició suavemente la mejilla con los dedos—. Cuántas palabras con *c* para describir a mi extraordinaria Samantha.

Ella tuvo que afianzar las rodillas para permanecer erguida y trató de pensar con claridad, pero el hecho de que Eric la amara desafiaba toda lógica. Antes de empezar siquiera a dominar sus emociones dispersas, sonó un golpe en la puerta.

Ambos se volvieron.

—Entre —dijo Eric.

Era el vicario, que alternó su mirada interrogante entre el uno y el otro.

—¿Podemos comenzar ya? —quiso saber.

Eric se volvió hacia Samantha y los dos se miraron a los ojos. No dijo nada, sólo se limitó a mirarla, aguardando, permitiéndole escoger, rezando para que lo aceptara.

Entonces, con sus ojos fijos en los de Eric, Sammie respondió al vicario:

—Sí, podemos comenzar.

Eric experimentó una profunda sensación de alegría y euforia. Samantha y él iban a estar juntos... como marido y mujer.

Todo iba a salir a la perfección.

Farnsworth, el hombre de más confianza del magistrado, se deslizó en el dormitorio del conde de Wesley y cerró la puerta sin hacer ruido. Paseó la mirada por la espaciosa y lujosa habitación y se dirigió a toda prisa al escritorio de cerezo situado junto a la ventana. Con suerte encontraría algo allí. El registro efectuado en el estudio privado del conde y en la biblioteca no había dado resultado, y el tiempo se estaba acabando.

Examinó los cajones, pero no halló nada. Acto seguido se puso en cuclillas y pasó las manos ligeramente por la madera brillante. Entonces, detrás de una de las patas, sus dedos toparon con una manecilla redonda. Casi sin atreverse a respirar, la hizo girar. Sonó un leve chasquido y se abrió un compartimiento secreto. Algo blando le cayó en la palma de la mano.

Sacó la mano, y se quedó mirando una máscara de seda negra.

Experimentó una abrumadora sensación de triunfo. Aquélla era justamente la prueba que necesitaba el magistrado.

25

Eric estaba frente al altar, contemplando cómo Samantha avanzaba despacio por el pasillo con una mano apoyada en el brazo de su padre. El quedo murmullo de la multitud llenaba la iglesia. La mirada de Samantha estaba fija en la de Eric, sus gafas magnificaban el amor que resplandecía en sus ojos.

Eric sintió una punzada de amor en el corazón que se irradió en forma de calor por todo su cuerpo. Samantha se colocó junto a él ante el altar con una sonrisa tímida y trémula en los labios y los ojos rebosantes de las mismas emociones que lo embargaban a él.

Quince minutos más tarde, cuando pronunciaron los votos que habrían de unirlos para toda la vida, el vicario les dio su bendición con su rechoncho rostro resplandeciente de orgullo. Eric se volvió hacia su esposa —su esposa— y sintió una oleada de felicidad que estuvo a punto de hacerle perder el equilibrio. Depositó un casto beso en los labios de ella, y sus sentidos se vieron abrumados por el deseo. Tenía que tocarla, besarla intensamente. Ahora mismo. Lejos de miradas curiosas. Pasó la mano de Samantha por su brazo y la guió pasillo adelante. Llegó al vestíbulo prácticamente corriendo, y continuó hasta salir al exterior, para llevarse a Samantha al otro lado del edificio, a una zona en sombras.

—Cielo santo, Eric —dijo ella sin aliento—. Yo...

Él la estrechó entre sus brazos y le cubrió la boca con la suya. Sammie emitió un minúsculo gemido de placer cuando abrió los labios. Él deslizó la lengua al interior de aquel calor con sabor a miel que le aguardaba, al tiempo que todo su cuerpo ronroneaba de satisfacción, y de una felicidad casi inconcebible.

Sammie le rodeó la cintura con los brazos y aceptó con avidez aquel fogoso beso... un beso lleno de amor, promesas y honda pasión. Cuando Eric levantó la cabeza por fin, ella se abandonó contra su cuerpo y se preguntó entre nubes dónde estarían las rodillas que no sentía. Entonces fue abriendo los ojos lentamente y no vio nada más que blanco; parpadeó rápidamente para enfocar la vista y notó que le quitaban las gafas. En cuanto Eric se las retiró del todo, lo vio. Su marido. Y el calor que despedía su amorosa mirada la traspasó de parte a parte. Transcurrieron unos momentos de silencio, hasta que la boca de él se torció en una sonrisa irónica.

—Me temo que hemos empañado tus gafas.

—Creía estar viendo nubes. Como si me hubiera muerto y hubiera ascendido al cielo.

—El cielo. Sí, ésa es la sensación que tú me provocas. —Eric le resiguió el contorno del labio inferior con el dedo, una sensación cosquilleante que Sammie percibió hasta en los pies. Oyeron las voces de los invitados que salían de la iglesia. Eric esbozó una sonrisa cálida como la luz del sol—. Ven, mi encantadora condesa. Vamos a recibir las felicitaciones y los parabienes de nuestros invitados.

—Sí, antes de que nos sorprendan besándonos a hurtadillas.

Inclinó la cabeza en lo que esperaba fuera un gesto propio de una condesa y deslizó la mano por el brazo de

Eric. Éste rompió a reír, y ambos se encaminaron al portal de la iglesia, preparados para atender a los invitados.

Adam salió de la iglesia y parpadeó al sentir el fuerte brillo del sol. Observó la multitud que se apiñaba en torno a los novios y estiró un poco más el cuello en busca de Margaret. Como si el mero hecho de pensar en ella la hubiera hecho materializarse, la descubrió de pie a la sombra de un enorme roble que había en al jardín de la iglesia. Estaba sola, con la cabeza gacha y las manos entrelazadas. Atraído hacia ella como por un imán, Adam se apartó del grupo de los presentes y se acercó.

—Buenos días, lady Darvin —le dijo situándose bajo la protectora sombra del roble.

Ella se volvió, y Adam se quedó perplejo al ver su semblante de profunda tristeza y su mirada atormentada. Acicateado por una honda preocupación, dejó a un lado toda cortesía: alzó una mano y la tomó suavemente del brazo, y a continuación se colocó de modo que su espalda obstaculizase las posibles miradas de curiosos.

—¿Qué ocurre? —le preguntó.

Margaret parecía no verlo; al parecer sus pensamientos estaban muy lejos de allí.

—La ceremonia... me ha hecho recordar. He intentado no hacerlo, pero al estar sentada dentro de la iglesia... —Le recorrió un estremecimiento—. No había vuelto desde el día en que me casé.

Adam recordó aquel día con vívido detalle. Él estaba tumbado en su cama, enfermo de pena, mirando el reloj, sabiendo que a cada minuto que pasaba la mujer que amaba estaba intercambiando sus votos con otro hombre. Cuando oyó a lo lejos el tañido de las campanas de la iglesia, que marcaban el final de la ceremonia, abrió una botella de whisky y por primera vez en su vida procedió a emborracharse deliberadamente. Permaneció dos días ebrio, y otros dos días sufriendo la peor resaca de la historia de las resacas. Luego, simplemente... continuó viviendo, creyendo que ella era feliz.

Pero una sola mirada a su rostro desencajado lo desengañó de aquella idea. Margaret parecía tan... acosada y angustiada. Brillaban lágrimas en sus ojos, pero no las lágrimas de alegría que las mujeres solían derramar en las bodas.

¿Habría en aquella infelicidad algo más de lo que él había supuesto? ¿Algo más que la pérdida de su hogar y de su hermano? ¿Más que el hecho de que no hubiera tenido hijos? Le soltó el brazo para sacarse el pañuelo del bolsillo y ofrecérselo.

Margaret se secó los ojos y le dijo:

—Gracias. Y perdóneme. Éste es un día feliz, y sin embargo yo me echo a llorar. Me temo que he permitido que mis recuerdos me entristezcan.

Aquellas palabras preocuparon a Adam, que experimentó una intensa sensación de malestar.

—Su esposo... —titubeó, inseguro de cómo expresarlo—, ¿no fue bueno con usted?

Ella dejó escapar una risita carente de humor y desvió la mirada. Aun cuando su mente le decía que no lo hiciera, Adam le cogió la mano enguantada y le apretó los dedos suavemente.

Ella se volvió, sobrecogiendo a Adam por el fuego que había en sus ojos.

—¿Si no fue bueno? —repitió Margaret con una voz horrible, que no reconoció—. No, no fue bueno.

La ira se desvaneció tan repentinamente como había aparecido, igual que si la hubieran apagado con agua fría, para ser sustituida por una expresión de pérdida y derrota. Comenzó a temblar y cerró los ojos. Una lágrima solitaria resbaló por su mejilla y fue a aterrizar sobre el puño blanco de la camisa de Adam, el cual observó cómo era absorbida por la tela.

Maldición, aquel canalla la había hecho sufrir. En su mente y en su espíritu. Dios todopoderoso, ¿la habría maltratado también físicamente? Una niebla roja le nubló la vista, y le embargó una rabia que nunca había experimentado.

El matrimonio de Margaret con Darvin había estado a punto de acabar con él, pero aceptó lo inevitable con estoica resignación. Por mucho que la quisiera, sabía que jamás podría cortejarla, y mucho menos casarse con ella. Él no tenía nada que ofrecer a la hija de un conde.

Excepto amor. Y bondad. Por un instante resonaron en su mente las palabras de Margaret: «Pasaba el tiempo en los acantilados, contemplando el mar, preguntándome cómo sería saltar...»

Sintió náuseas al pensar que Darvin pudiera haberla maltratado hasta el punto de hacerla pensar en la posibilidad de suicidarse. Dios de los cielos. Si lo hubiera sabido... «¿Qué habrías hecho? —se preguntó a sí mismo—. ¿Qué podrías haber hecho?» Pero conocía la respuesta; en el fondo de su alma sabía que él, un hombre que había dedicado su vida a la defensa de la ley, habría matado a aquel bastardo. ¿Y por qué diablos no lo había hecho el hermano de Margaret?

Ella abrió los ojos y lo miró. Sus sentimientos debieron de delatarlo, porque la mirada de Margaret se llenó de una ternura que lo dejó sin respiración.

—Agradezco que se indigne por mí. Usted siempre ha sido un amigo leal. Pero no había nada que hubiera podido hacer.

«Un amigo leal.» ¿Tendría idea Margaret de que él habría dado cualquier cosa por ser algo más?

—Su hermano... —atinó a decir a pesar del nudo en la garganta—, ¿estaba enterado?

—Sabía que yo no era feliz, pero no hasta qué punto llegaba mi infelicidad, y yo no me atrevía a contárselo. Vino a verme al regresar de la guerra, y vio que tenía hematomas en los brazos. Le dije que me había caído, pero por lo visto él había oído hablar de las costumbres de Darvin y no me creyó.

Adam apretó los dientes para controlar la cólera que lo iba cegando.

—¿Por qué razón protegía usted a semejante monstruo?

—Yo no protegía a Darvin. Era a mi hermano a quien pretendía proteger. De haberlo sabido, habría matado a Darvin y luego lo habrían ahorcado a él. De hecho, golpeó a Darvin hasta dejarlo casi inconsciente y lo amenazó con acabar con él si se atrevía a maltratarme otra vez.

—¿Y la maltrató?

Los ojos de Margaret perdieron toda expresión.

—Sí. Pero no con tanta frecuencia. Yo... yo nunca se lo conté a Eric. Al final Darvin fue perdiendo interés en mí y se centró en otras mujeres. Eric sólo sabe que Darvin me era infiel, no lo... lo demás.

Adam sintió que cada centímetro de su cuerpo clamaba de furia e impotencia ante el sufrimiento de Margaret y el hombre que se lo había infligido. Que la había maltratado, humillado. Que le había sido infiel... a aquella criatura dulce y encantadora, a la que él amaba desde el instante mismo en que posó los ojos en ella cuando ambos no eran más que unos chiquillos. Sentía el corazón destrozado, por ella y también por sí mismo.

Notó un sabor a bilis y apretó los labios tratando de calmarse.

Apretó la mano de Margaret resistiéndose al impulso abrumador de atraerla a sus brazos, de protegerla, de hacerle saber que jamás permitiría que nadie volviera a causarle daño.

—¿Por qué no lo abandonó?

—Lo hice, un mes después de casarnos. Pero dio conmigo en una posada cerca de Cornualles. Me dijo que si volvía a dejarlo mataría a mi hermano. —La mirada de Margaret, atormentada y confusa, buscó la suya—. Yo... no tenía la intención de contarle todo esto. Perdone, no sé por qué lo he hecho.

Adam se sintió consumido por un torbellino de sentimientos, y no pudo apartar de su mente la imagen de Margaret maltratada y llorosa. Miró sus ojos acosados, ensombrecidos por siniestros recuerdos de sufrimientos inimaginables y en su interior estalló un acceso de ira que luchó por reprimir. Darvin estaba muerto, y sin embargo no sentía otro deseo que sacar a aquel canalla de su tumba y matarlo de nuevo. ¿Cómo diablos había conseguido frenarse su hermano para no estrangular a Darvin con sus propias manos?

Su hermano. Experimentó un tumulto interior, y de pronto una profunda calma al comprenderlo todo. No, su hermano no había matado a Darvin; en lugar de eso, había encauzado de otro modo su rabia, y había arriesgado la vida para salvar a otras mujeres de una vida similar de desgracia.

Se humedeció los labios resecos.

—Dígame... Si hubiera tenido la oportunidad de huir, aunque ello hubiera supuesto no volver a ver a su familia y sus amigos, ¿habría huido para evitar casarse con él?

Margaret no dudó.

—Sí.

Aquella única palabra, apenas más que un susurro, hizo tambalear todos sus cimientos. Había dedicado los cinco últimos años de su vida a capturar al Ladrón de Novias. Aquel hombre era un delincuente, un secuestrador. Había destrozado familias y desbaratado planes de boda. Y sin embargo, Margaret habría aceptado su ayuda para salvarse de Darvin. «Y se habría ahorrado estos años de horror y desesperación.»

La confusión lo abrumó. No había manera de dejar a un lado la ley. Él se enorgullecía de su honestidad y su integridad. El castigo para los secuestradores era la horca. Si no se ocupaba de que se hiciera justicia, ¿cómo iba a poder llamarse a sí mismo hombre de ley?

Tragó saliva para desalojar el corazón de la garganta.

—Ha dicho que no tenía la intención de contarme todo esto. ¿Por qué no?

Ella miró el suelo.

—No... no quería que se formase una mala opinión de mí.

Adam habría jurado que el corazón se le partía en dos. Le tembló la mano al levantarla para tomar la barbilla de Margaret entre los dedos.

—Yo jamás podría tener mala opinión de usted. Del hombre que la maltrató sí, pero no de usted. —Dios, ansiaba decirle que le sería imposible tener mejor opinión de ella, pero no se atrevía—. Lamento mucho lo que ha sufrido.

—Gracias. Pero ahora ya soy libre. Y he vuelto al hogar que amo, con mi hermano.

Adam sintió una punzada de culpabilidad. En el plazo de una hora esperaba tener a su hermano bajo arresto.

Una sonrisa fugaz tocó los labios de Margaret.

—Y hoy mismo he ganado una hermana, así que hay mucho de lo que alegrarse. —Retiró la mano suavemente—. Será mejor que vaya a darles la enhorabuena. ¿Quiere acompañarme?

Antes de que él pudiera contestar, oyó una tos discreta a la espalda.

—Le ruego me disculpe, señor Straton, pero necesito hablar con usted.

A Adam se le tensaron todos los músculos al reconocer la voz de Farnsworth. Dedicó una breve reverencia a lady Darvin y dijo:

—Me reuniré con usted dentro de un momento.

Ella inclinó la cabeza y a continuación se encaminó hacia la multitud de invitados. Una vez que estuvo seguro de que ya no podía oírlo, Adam se volvió hacia Farnsworth.

—¿Y bien? —inquirió.

Farnsworth extrajo de su bolsillo un pedazo de tela negra y se lo entregó.

—He encontrado esto en el dormitorio de lord Wesley, señor. En un compartimiento secreto de su escritorio. Sin duda es la máscara del Ladrón de Novias.

Adam se quedó mirando la máscara de seda negra, la prueba que llevaba cinco años buscando. Ya tenía todo lo que necesitaba para detener al Ladrón de Novias.

Cuando Sammie y Eric regresaron, después de su apasionado beso a escondidas, cayó sobre ellos Cordelia Briggeham.

—¡Estás aquí, querida! —Engulló a Sammie en un abrazo asfixiante que hizo disfrutar a su hija, como si aquélla fuera la última vez que fuera a sentir los brazos de su madre—. Me siento inmensamente feliz por ti —le dijo Cordelia y sorbió por la nariz. Y acto seguido le susurró al oído—: Siento mucho que no hayamos tenido tiempo de hablar de... ya sabes qué, pero estoy segura de que el conde sabrá lo que hay que hacer.

Se apartó y se secó los ojos con un pañuelo de encaje, y emitió un trino de gorjeos. Miró rápidamente a un lado y otro, pero como no había bancos lo bastante cerca como para desmayarse, dejó escapar un profundo suspiro y se recobró enseguida. En realidad se iluminó como una docena de velas cuando se le acercaron Lydia Nordfield y su hija Daphne, ambas luciendo similares expresiones de desagrado.

—¡Lydia! —exclamó Cordelia. Y abrazó a su rival con un entusiasmo que arrancó una mueca a las facciones ya contraídas de la señora Nordfield. Cordelia compuso un gesto que era la viva personificación de la preocupación—. No te preocupes, Lydia. Estoy completamente segura de que Daphne encontrará un caballero magnífico. Algún día.

La señora Nordfield emitió un sonido ahogado y le dirigió una sonrisa glacial. A continuación, Daphne y ella ofrecieron sus mejores deseos a Sammie de manera un tanto artificial. La mirada entornada de la señora Nordfield saltaba alternativamente entre Sammie y su propia hija; Sammie se mordió las mejillas para disimular su diversión, porque casi le pareció oír decir: «Si Samantha Briggeham puede convertirse en condesa, sin duda mi Daphne puede ser marquesa o duquesa.»

—Tal vez si llevaras gafas, querida Daphne —murmuró la señora Nordfield al tiempo que se llevaba a su hija, que tenía un gesto adusto—. En realidad poseen cierto encanto...

A continuación les tocó el turno a Hermione, Lucille

y Emily, y Sammie las abrazó de una en una, grabándose en la memoria sus caras radiantes. ¿Cómo era posible sentir tanta tristeza y alegría a la vez, tanta pena por el tiempo que iban a dejar de compartir y tanta emoción por el futuro?

Después vino el padre, que la besó en ambas mejillas.

—Siempre supe que algún tipo con suerte te encontraría, Sammie. Ya se lo dije a tu madre. —La acarició en la cabeza como si fuera su perro favorito y se alejó.

Entonces le llegó el turno a Hubert. Ya se habían despedido por la mañana, y aun así, las lágrimas le enturbiaron la visión. Le revolvió el cabello rebelde, y sus ojos se clavaron en los del chico. Él tragó saliva, y Sammie sintió un doloroso nudo en la garganta.

Hubert la miraba con tristeza en los ojos, pero sus labios se curvaron en una sonrisa ladeada. A continuación dio a su hermana un abrazo torpe y las gafas de ambos entrechocaron. Los dos se separaron riendo.

—Un bonito espectáculo, Sammie —le dijo ajustándose las gafas—. Eres la condesa más guapa que he visto.

Ella se tragó su melancolía y se rió.

—Soy la única condesa que has visto.

—Bueno, yo sí he visto muchas condesas —terció Eric—, y debo decir que coincido con Eric. Estás preciosa. —Le cogió la mano, se la llevó a los labios y le envió un mensaje con los ojos que le provocó una oleada de calor.

Hubert continuó adelante, y siguió lo que parecía una fila interminable de gente que quería darle la enhorabuena. Por fin tuvo delante a Margaret, que le tendió ambas manos.

—Oficialmente ya somos hermanas —le dijo con lágrimas en los ojos—. Y tú ya eres oficialmente una condesa.

Sammie le dio un apretón en las manos y sonrió para ocultar su tristeza por no haber tenido la oportunidad de conocerla mejor.

—Es cierto que somos hermanas. Y, cielos, yo soy condesa... Es una perspectiva que encuentro un poco... aterradora.

Margaret dirigió una mirada fugaz a su hermano y luego le ofreció a Sammie una ancha sonrisa.

—No tienes de qué preocuparte, ya has cumplido la tarea más importante de una condesa: has hecho al conde muy feliz.

Sammie notó la mano de Eric en la espalda.

—Así es.

Observó cómo Eric abrazaba a su hermana y se le encogió el corazón cuando él cerró los ojos para sentir lo que iba a ser su último abrazo. Después se volvió hacia la siguiente persona que aguardaba para darles la enhorabuena.

Adam Straton. Le acompañaba otro hombre que ella no conocía. Aparentaba más de treinta años, era de buena constitución, de cabello rubio oscuro, y exhibía un aire serio y un gesto severo en la boca. Los dos hombres parecían tensos, con una mirada que no indicaba el deseo de dar ninguna enhorabuena. Su atención estaba fija en Eric, que en ese momento sonreía a su hermana.

A Sammie el corazón comenzó a palpitarle, a medida que el miedo iba invadiéndola y el estómago parecía hundírsele como un peso muerto. Se esforzó por esbozar una sonrisa cordial y abrió la boca para hablar, pero antes de que pudiera pronunciar palabra Straton se dirigió a Eric:

—¿Le importaría acompañarme un momento, lord Wesley? Mi ayudante Farnsworth y yo necesitamos hablar con usted. En privado.

Eric y el magistrado intercambiaron una larga mirada y a continuación el conde asintió lentamente.

—Desde luego. —Rodeó con un brazo la cintura de Sammie y le dio lo que ella interpretó como un apretón alentador. Luego se inclinó para besarla en la mejilla—. No olvides nunca —le susurró al oído— lo mucho que te quiero.

La soltó, y ella apretó los labios para reprimir el agónico «¡No!» que amenazaba con escapar de su garganta.

Sintió miedo cuando los tres hombres penetraron en el sombrío interior de la iglesia y desaparecieron de la vista.

—Me gustaría saber qué es lo que está sucediendo aquí —murmuró Margaret.

Sammie tenía el estómago encogido por el pánico. Creía saber lo que estaba sucediendo.

Con el corazón desbocado, Eric entró en el despacho del vicario y miró a Straton y Farnsworth con fingida indiferencia. Tras unos segundos de incómodo silencio, cruzó los brazos y enarcó las cejas.

—¿De qué querían hablar conmigo? —preguntó, inyectando una pizca de impaciencia en su voz.

Straton sacó lentamente del bolsillo un trozo de tela negra y se la entregó. Aquella seda familiar tenía un tacto frío, en contraste con la sensación de calor que le producía el miedo que lo atenazaba. Mantuvo una expresión serena y preguntó:

—¿Qué es esto?

Farnsworth se aclaró la garganta.

—Es la máscara del Ladrón de Novias. La encontré oculta en el escritorio de su habitación, milord.

Aquellas palabras reverberaron en su mente, y cerró la mandíbula con fuerza para contener el rugido de angustia que deseaba lanzar. «¡Ahora no!» Ahora que acababan de entregarle la felicidad en bandeja de oro, ahora que Samantha y él estaban tan cerca de escapar.

Ahora que tenía tanto por lo que vivir.

Posó su mirada en Straton esperando encontrar una expresión dura, pero el magistrado miraba por la ventana con un gesto que Eric sólo pudo describir como atormentado. Siguió su mirada y se dio cuenta de que la atención de Straton estaba fija en Margaret, que estaba no muy lejos de allí, a la sombra de un roble enorme.

Con los puños apretados, en uno de ellos la tela arrugada, Eric permaneció inmóvil como una estatua, con todos los músculos en tensión, aguardando a que lo detuvieran. No había manera de refutar la prueba que sostenía en la mano, y además no podía por menos de respetar a Straton y Farnsworth por su ingenio.

Sus pensamientos volaron a Samantha y se le contrajo un músculo de la mejilla. Maldición, sin duda estaría frenética. Experimentó un profundo pesar por lo que iba a tener que afrontar ella a consecuencia de su arresto y posterior ejecución. Pesar por no tener ya la oportunidad de ser su esposo, de reír y amar con ella. Pero al menos había asegurado económicamente su futuro; la condesa de Wesley era una mujer sumamente rica. Rezó para que se fuera de Inglaterra, dejase atrás el escándalo y comenzase una nueva vida.

Su atención se centró nuevamente en el magistrado. Straton continuaba con la vista fija en la ventana. Estaba pálido y sus manos formaban dos puños a los costados, con los nudillos blancos. Transcurrió casi un minuto entero de un silencio ensordecedor.

Por fin Straton se volvió hacia su subordinado.

—Un trabajo excelente, Farnsworth —le dijo—. Ha aprobado usted el examen de forma verdaderamente admirable.

Eric sintió el mismo desconcierto que dejó en blanco el semblante de Farnsworth.

—¿El examen, señor? —repitió el ayudante, rascándose la cabeza.

—Sí. Hace ya algún tiempo que había puesto el ojo en usted para una posible promoción, pero me resultaba necesario poner a prueba su destreza; seguro que lo comprenderá.

—Pues... en realidad no...

—Lord Wesley, que ha mostrado un gran civismo al ofrecer su ayuda durante esta investigación, ha sido tan amable de permitirme hacer uso de su casa. —Straton juntó las manos a la espalda y prosiguió—: Siguiendo mis instrucciones, el conde escondió esa máscara, que es una réplica de la del Ladrón de Novias confeccionada por mí a partir de descripciones de testigos, en Wesley Manor. Yo sabía que si sus capacidades deductivas eran lo bastante agudas para encontrar la máscara, Farnsworth, merecía usted esa promoción. —Se volvió hacia Eric—. ¿Así que un compartimiento secreto bajo su escritorio, milord? Un escondrijo diabólicamente ingenioso. Le agradezco mucho su ayuda.

Eric no salía de su asombro. Sólo una vida entera acostumbrado a dominar sus emociones le impidió mostrar la misma reacción estupefacta que Farnsworth. Seguro que no había oído bien; ¿de qué demonios estaba hablando Straton?

Adam se volvió hacia su ayudante y le tendió la mano.

—Felicitaciones, Farnsworth. Su promoción conlleva que se encargue de un nuevo caso, unos presuntos contrabandistas. Mañana por la mañana lo informaré debidamente de su misión.

Con el semblante ahora sonrojado en una mezcla de perplejidad y orgullo, Farnsworth estrechó la mano de su jefe.

—¡Gracias, señor! Me siento abrumado. —Su sonrisa se desvaneció—. Naturalmente, la mala noticia es que aún seguimos sin apresar al Ladrón de Novias. —Miró a Eric con gesto contrito—. Creía que usted era nuestro hombre, lord Wesley. Le ruego que acepte mis excusas.

Sin confiar en su propia voz, Eric se limitó a inclinar la cabeza por toda respuesta.

—Sí, por desgracia el Ladrón de Novias sigue en libertad —confirmó Straton. Se volvió hacia Eric y le dirigió una mirada absolutamente seria—. No obstante, juro que no toleraré más secuestros. Si el Ladrón de Novias comete el error de actuar de nuevo, me encargaré de que lo ahorquen.

Una verdad increíble se abrió paso poco a poco entre la confusión que experimentaba Eric:

Straton lo dejaba en libertad. Si bien no cabía duda respecto de la advertencia del magistrado en relación con futuros secuestros, era innegable que Straton le había salvado la vida.

Farnsworth apoyó una mano en el hombro de Straton a modo de consuelo.

—Así se habla, señor. Atrapará al Ladrón de Novias cuando vuelva a dejarse ver.

Straton y Eric intercambiaron una larga mirada. Después, el magistrado dijo:

—No deseamos entretenerlo más, excelencia. Nuestros mejores deseos para usted y su esposa.

Eric consiguió de algún modo encontrar la voz para decir:

—Gracias.

Farnsworth abrió la puerta y salió del despacho. Cuando el magistrado hizo ademán de seguirlo, Eric lo detuvo:

—Quisiera hablar un instante con usted, Straton.

Adam se quedó en el umbral y a continuación volvió a entrar y cerró la puerta. Eric contempló al hombre que acababa de salvarlo de la horca y dijo simplemente:

—¿Por qué?

Straton se recostó contra la puerta, y Eric se dio cuenta de que de nuevo dirigía la mirada hacia la ventana, por la cual se veía a Margaret bajo el majestuoso roble. Miró a Eric una vez más y le respondió:

—He tenido una conversación muy instructiva con su hermana.

Eric se tensó.

—Margaret no sabe nada de esto.

—Sí, lo sé. Pero ahora entiendo por qué usted hacía... lo que hacía. No pudo salvarla a ella, de modo que salvaba a otras. —Cruzó los brazos y sus ojos relampaguearon—. Me ha dicho que si ella hubiera tenido la oportunidad de escapar de casarse, la misma libertad que ofrece el Ladrón de Novias, la habría aprovechado sin vacilar. Y se habría ahorrado estos años de infelicidad.

—Y si usted cree que eso no me carcome cada día, está muy equivocado.

—Ahora que sé que ella sufrió a manos de ese canalla, eso me va a carcomer a mí, cada día. —Straton apretó los puños a los costados y sus labios formaron una delgada línea—. Hasta esta mañana, creía que casarse con un miembro de la nobleza era lo mejor que podía sucederle a una mujer. Y si dicho matrimonio era arreglado, en fin, el padre se limitaba a hacer lo mejor para ella. —Soltó una risa amarga—. Pero para lady Darvin no fue lo mejor. Ahora lo entiendo, ahora veo que una mujer no debe ser obligada a casarse en contra de su voluntad, ni ser forzada a pasar su vida con un hombre al que aborrece, un hombre que podría maltratarla. No he podido imaginarlo a usted ahorcado por salvar a otras mujeres de un destino como ése. En realidad, aplaudo el autodominio que demostró no habiendo matado a ese bastardo de Darvin. Yo no puedo decir que hubiera tenido un autocontrol semejante al suyo.

Adam respiró hondo y prosiguió:

—Poco a poco irá disminuyendo el interés por el Ladrón de Novias cuando se deje de hablar de él. Dentro de unos meses, comunicaré al *Times* que en vista de que no se ha denunciado ningún secuestro más, me veo obligado a suponer que el Ladrón de Novias ha abandonado sus actividades delictivas. Y en ese momento también animaré a la Brigada contra el Ladrón de Novias a que se disuelva y devuelva los fondos de la recompensa a los hombres que los han aportado.

Señaló la máscara que Eric aún aferraba.

—Queme eso. Y ocúpese de que yo nunca más vuelva a oír hablar del Ladrón de Novias. Pero si decide continuar ayudando a las mujeres por medios legales, puede contar conmigo para lo que pueda servirle.

Eric se guardó en el bolsillo la máscara de seda.

—Considere desaparecido al Ladrón de Novias. En efecto, pienso continuar ayudando a esas mujeres por medios legales, pero aún no he perfilado todos los detalles. Cuando los tenga, se lo comunicaré.

Aspiró hondo. En su mente veía ya su futuro, y el de Samantha, extendido ante él como un festín.

—No sé cómo darle las gracias... —De pronto se detuvo. En realidad, sí sabía cómo—. Dígame, Straton... ¿usted siente algo por mi hermana?

El magistrado se ruborizó.

—Lady Darvin es una dama encantadora y...

—No nos andemos con rodeos. Deme una respuesta sincera. ¿Siente algo por ella?

Straton apretó los labios.

—Sí —admitió.

—¿La ama?

Eric observó cómo Straton hacía esfuerzos por decir algo, hasta que por fin afirmó bruscamente con la cabeza.

—Pero no tiene que preocuparse de que vaya a intentar nada a ese respecto —dijo con un hilo de voz—. Soy consciente de que no soy un candidato adecuado para una dama como su hermana.

Eric se acercó al juez.

—Una dama como mi hermana se merece un hombre que la ame, un hombre al que ella ame a su vez. No es eso lo que tuvo con su noble esposo. Por lo tanto, yo diría que ya es hora de que tenga un hombre verdaderamente noble. —Le tendió la mano—. Tiene usted mi bendición.

Straton titubeó y a continuación se la estrechó con fuerza.

—Jamás pensé que... No imaginaba que... —Una expresión de asombro se extendió por su rostro—. Ella es todo lo que he deseado siempre.

A Eric le vino a la cabeza una imagen de Samantha.

—Sé exactamente lo que quiere decir.

Eric se detuvo en la puerta de la iglesia y observó cómo Adam Straton se acercaba a Margaret. Satisfecho de haber asegurado la felicidad de su hermana, fue a buscar la suya. Y la encontró de pie entre su madre y sus hermanas, que parloteaban sin cesar a su alrededor. Sin embargo, Samantha estaba mirando a Adam Straton. Como si hubiera intuido la mirada de Eric, de pronto se volvió hacia la puerta de la iglesia y clavó los ojos en él.

Al momento se desembarazó de su familia y se dirigió hacia Eric con aquel paso decidido que él adoraba. La aguardó, y cuando llegó a su lado la atrajo al interior y le explicó a toda prisa lo sucedido. Al terminar, en los ojos de Sammie brillaban las lágrimas.

—Nos ha dejado libres... —musitó, casi sin poder creérselo.

—Así es, amor mío.

Resbaló por su mejilla una lágrima que dejó un rastro plateado.

—Me sentí morir cuando entraste con ellos en la iglesia. Creí que se disponían a detenerte.

—Debo reconocer que yo también pasé un mal rato. —Le tomó la cara entre las manos y le limpió una lágrima con el pulgar—. La idea de perderte antes de que tuviéramos la oportunidad de vivir como marido y mujer... me produjo un dolor indescriptible.

—Yo deseaba venir aquí y escuchar detrás de la puerta, pero mi madre y mis hermanas me habrían seguido igual que una jauría de perros.

Toda la tensión y todo su miedo por el futuro de ambos se disiparon como una nube de vapor. Eric le deslizó las manos por los brazos, enlazó sus dedos con los de ella y se acercó más:

—Debo decirte que escuchar detrás de las puertas es algo totalmente impropio de una condesa —le dijo.

—Ya te advertí de que iba a ser una condesa horrible.

—En absoluto. Eres maravillosa. Milagrosa. —Sonrió mirándola a sus bellos ojos—. Hay muchas palabras con *m* para describirte.

—Y tú eres sencillamente magnífico. —Un vivo

sonrojo tiñó sus mejillas, y dejó escapar un suspiro soñador—. Y también... masculino.

Eric emitió un sonido medio carcajada y medio gemido de deseo.

—Gracias. Y ahora, sugiero que nos vayamos.
Nuestro barco zarpa al anochecer.

Los ojos de Sammie se iluminaron.

—¿Adónde vamos?

—A Italia. Roma, Florencia, Venecia, Nápoles...
y todas las ciudades que hay en medio de ésas. Visitare-
mos las ruinas de Pompeya, pasearemos por el Coliseo,
recorreremos los Uffizi, contemplaremos las obras de
Bernini y Miguel Ángel, nadaremos en las cálidas aguas
del Adriático... —Le apretó suavemente las manos—.
Después regresaremos a Inglaterra y haremos planes
para nuestra próxima aventura.

Sammie le dedicó una sonrisa que lo deslumbró
y cautivó.

—Eso suena... mágico.

—Ciertamente. Y ya sabes que, por supuesto, hay una
palabra más con *m* para describirte a ti.

—¿Cuál es?

Eric se llevó su mano a los labios y le dio un fer-
viente beso en los dedos.

—Mía —susurró—. Para siempre. Mía. Mía. Mía.